SUE GRAFTON

Goldgrube

Buch

Als der Senior der hochangesehenen Firma Malek stirbt, stehen seine vier Söhne vor einem millionenschweren Erbe – und vor einem ungeklärten Testament. Denn der jüngste Sohn Guy, ein Rebell und Tunichtgut, wurde von seinem Vater schon vor vielen Jahren enterbt und mit einer einmaligen Abfindung in der Tasche aus dem Haus gejagt. Aber dieses Testament ist plötzlich unauffindbar. Und damit ist der verlorene Sohn ebenso erbberechtigt wie seine Brüder! Kinsey Millhone nimmt die Spur des Verschollenen auf, der nun voller Versöhnungsbereitschaft in den Schoß der Familie zurückkehrt. Wenig später ist Guy tot. Feige ermordet im Schlaf. Da stößt Kinsey auf obskure Machenschaften der Brüder, die weit in die Vergangenheit zurückreichen. Und alles weist darauf hin, daß Guy tief in die tragischen Ereignisse verstrickt war …

Autorin

Sue Grafton, geboren in Kentucky, verfaßte Drehbücher, bevor sie ihren ersten Roman veröffentlichte. Inzwischen werden ihre Bücher in achtundzwanzig Sprachen übersetzt und erreichen Millionenauflagen allein in den USA. Sue Grafton ist Präsidentin des Verbandes der »Mystery Writers of America«. Sie lebt abwechselnd in Kentucky und im kalifornischen Santa Barbara.

Von Sue Grafton außerdem im Goldmann Verlag erschienen:

Nichts zu verlieren [A wie Alibi]. Roman (42657)
In aller Stille [B wie Bruch]. Roman (42658)
Abgrundtief [C wie Calahan]. Roman (42659)
Ruhelos [D wie Drohung]. Roman (43701)
Kleine Geschenke [E wie Eigennutz]. Roman (43702)
Stille Wasser. Roman (43358/42637) · *(›J‹ is for Judgement)*
Frau in der Nacht. Roman (42638/41571) · *(›K‹ is for Killer)*
Letzte Ehre. Roman (41586) · *(›L‹ is for Lawless)*

Als gebundene Ausgabe:

Kopf in der Schlinge. Roman (30794) · *(›N‹ is for Noose)*

Sue Grafton

Goldgrube

[M wie Mißgunst]

Aus dem Amerikanischen
von Ariane Böckler

GOLDMANN

Die Originalausgabe erschien 1996 unter dem Titel
»M is for Malice«
bei Henry Holt, New York

Umwelthinweis:
Alle bedruckten Materialien dieses Taschenbuches
sind chlorfrei und umweltschonend.

Der Goldmann Verlag
ist ein Unternehmen der Verlagsgruppe Bertelsmann GmbH.

Einmalige Sonderausgabe September 2000

Umschlaggestaltung: Design Team München
Umschlagfoto: Artothek
Made in Germany · Verlagsnummer: 44802

ISBN 3-442-44802-X
www.goldmann-verlag.de

Für meine guten
Freunde …
Barbara Brightman Jones
und Joe Jones
und Joanna Barnes
und Jack Warner

1

Robert Dietz trat am Mittwoch, dem achten Januar, wieder in mein Leben. Ich erinnere mich an das Datum, weil es Elvis Presleys Geburtstag war und einer der lokalen Radiosender angekündigt hatte, sie würden die nächsten vierundzwanzig Stunden damit verbringen, jeden Song zu spielen, den er je gesungen hatte. Um sechs Uhr morgens plärrte mein Radiowecker mit »Heartbreak Hotel« in voller Lautstärke los. Ich schlug mit der flachen Hand auf den Ausschaltknopf und rollte mich wie gewohnt aus dem Bett. Dann schlüpfte ich zur Vorbereitung auf meinen morgendlichen Dauerlauf in den Jogginganzug, putzte mir die Zähne, spritzte mir Wasser ins Gesicht und trottete die Wendeltreppe hinab. Ich schloß die Haustür hinter mir ab und ging hinaus, wo ich, an den Türpfosten vor meiner Wohnung gelehnt, ein paar obligatorische Stretching-Übungen machte. Der Tag konnte nur seltsam werden, da mir ein gefürchtetes Mittagessen mit Tasha Howard bevorstand, einer meiner kürzlich entdeckten Cousinen ersten Grades. Joggen war das einzige, was mir einfiel, um mein Unbehagen zu dämpfen. Mein Ziel war der Fahrradweg, der am Strand entlangführt.

Ach, der Januar. Die Feiertage hatten mich unruhig gemacht, und der Anbruch des neuen Jahres löste eine dieser endlosen inneren Diskussionen über den Sinn des Lebens aus. Normalerweise achte ich nicht besonders auf den Lauf der Zeit, aber dieses Jahr nahm ich mich aus irgendeinem Grund selbst unter die Lupe. Wer war ich wirklich innerhalb des Gesamtsystems, und worauf lief das alles hinaus? Fürs Protokoll: Ich heiße Kinsey Millhone, bin weiblich, alleinstehend, fünfunddreißig Jahre alt und alleinige Inhaberin von Kinsey Millhone Investigations in der südkalifornischen Stadt Santa Teresa. Ich habe eine Ausbildung zur Polizistin durchlaufen und zwei Jahre bei der Polizei von Santa Teresa gearbeitet, bevor mir das Leben in die Quere kam, was eine ganz andere Geschichte ist, und zwar eine, die ich (noch) nicht zu erzählen beabsichtige. Seit mittlerweile zehn Jahren verdiene ich mein Geld als Privatdetektivin. An manchen Tagen sehe ich mich selbst (edel, ich geb's zu) als Kämpferin gegen das Böse im Ringen um Recht und Ordnung. An anderen Tagen gestehe ich ein, daß die dunklen Mächte an Boden gewinnen.

Nicht alles davon war mir bewußt. Ein Teil meiner diffusen Grübelei vollzog sich auf einer Ebene, die ich kaum wahrnahm. Es ist ja nicht so, daß ich meine Tage in einem Zustand unablässiger Angst verbringe, die Hände ringe und mir die Kleider zerreiße. Ich vermute, daß das, was ich durchmachte, eine leichte Form von Depression war, ausgelöst (vielleicht) durch die schlichte Tatsache, daß es Winter war und die kalifornische Sonne sich rar machte.

Ich habe meine Laufbahn mit der Untersuchung von Brandstiftungen und Ansprüchen aufgrund fahrlässiger Tötung für die California Fidelity Insurance begonnen. Vor einem Jahr kam meine Verbindung zur CFI zu einem abrupten und schimpflichen Ende, und derzeit teile ich Büroräume mit der Anwaltskanzlei Kingman und Ives und nehme nahezu alles an, um über die Runden zu kommen. Ich bin lizenziert, vereidigt und komplett versichert. Ich habe fünfundzwanzigtausend Dollar auf einem Sparbuch, wodurch ich mir den Luxus erlauben kann, jeden Kunden wegzuschicken, der mir nicht paßt. Bis jetzt habe ich zwar noch keinen Fall abgelehnt, aber ich habe es schon ernsthaft in Erwägung gezogen.

Tasha Howard, die bereits erwähnte Cousine, hatte mich angerufen und mir einen Auftrag angeboten, wobei jedoch der Fall in seinen Einzelheiten noch nicht zur Sprache gekommen war. Tasha ist Anwältin und hat sich auf Testamente und Nachlässe spezialisiert. Sie arbeitet für eine Kanzlei, die Büros unterhält in San Francisco und in Lompoc, etwa eine Stunde nördlich von Santa Teresa. Soweit ich es verstanden habe, teilt sie ihre Zeit in etwa gleichmäßig zwischen den beiden auf. Normalerweise bin ich an Arbeit interessiert, aber Tasha und ich stehen uns nicht direkt nahe, und ich vermutete, daß sie den Köder eines Auftrags benutzte, um sich in mein Leben einzuschleichen.

Wie es der Zufall wollte, kam ihr erster Anruf am Tag nach Neujahr, und so konnte ich ihr ausweichen, indem ich behauptete, ich machte noch Urlaub. Als sie am siebten Januar erneut anrief, gab es kein Entrinnen mehr. Ich saß im Büro und steckte gerade mitten in einer anstrengenden Patience, als das Telefon klingelte.

»Hi, Kinsey. Hier ist Tasha. Ich dachte, ich versuche es noch mal bei dir. Habe ich dich in einem ungünstigen Moment erwischt?«

»Es paßt schon«, sagte ich. Ich begann zu schielen und tat so, als brächte ich mich mit einem den Schlund hinabgerichteten Finger selbst zum Würgen. Natürlich konnte sie das nicht sehen. Ich legte eine rote Acht auf eine schwarze Neun und deckte die letzten drei Karten auf. Soweit ich sah, würde die Patience nicht aufgehen. »Wie geht's?« fragte ich, vielleicht eine Millisekunde zu spät.

»Ganz gut, danke. Und dir?«

»Mir geht's gut«, sagte ich. »Mensch, ist das ein Zufall, daß du ausgerechnet jetzt anrufst. Gerade wollte ich den Hörer abnehmen. Ich habe den ganzen Vormittag Anrufe erledigt, und du warst die nächste auf meiner Liste.« Ich benutze oft das Wort *Mensch*, wenn ich das Blaue vom Himmel herunterlüge.

»Freut mich, das zu hören«, sagte sie. »Ich dachte, du gingst mir aus dem Weg.«

Ich lachte. Ha. Ha. Ha. »Überhaupt nicht«, sagte ich. Ich wollte meinen Protest schon weiter ausführen, doch sie redete unverdrossen weiter. Da ich ohnehin keine Karte mehr ablegen konnte, schob ich sie allesamt beiseite und begann, meine Schreibtischauflage mit ein paar Arbeitsplatz-Graffiti zu verzieren. Ich schrieb das Wort KOTZ in Blockbuchstaben und versah jeden einzelnen davon mit einer dreidimensionalen Schattierung.

Sie fragte: »Wie sieht dein Terminplan für morgen aus? Können wir uns eine Stunde zusammensetzen? Ich muß sowieso nach Santa Teresa, und wir könnten uns zum Mittagessen treffen.«

»Das ginge wahrscheinlich«, sagte ich vorsichtig. In dieser Welt kommt man mit Lügen nur so lange weiter, bis einen die Wahrheit einholt. »Worum geht es denn?«

»Das würde ich lieber unter vier Augen besprechen. Paßt dir zwölf Uhr?«

»Klingt gut«, sagte ich.

»Wunderbar. Ich reserviere uns einen Tisch. Bei Emile's-at-the-Beach. Wir treffen uns dort«, sagte sie, und mit einem Klicken war sie weg.

Ich legte den Hörer auf, schob den Kugelschreiber beiseite und bettete meinen Kopf auf den Tisch. Was war ich doch für eine Idiotin! Tasha mußte *gewußt* haben, daß ich sie nicht sprechen wollte, ich hatte mich aber nicht getraut, ihr das zu sagen. Vor zwei Monaten hatte sie mir aus der Klemme geholfen, und obwohl ich ihr das Geld zurückgezahlt hatte, hatte ich immer noch das Gefühl, ihr etwas schuldig zu sein. Vielleicht würde ich ihr höflich zuhören, bevor ich ablehnte. Ich hatte noch einen anderen kleinen Auftrag auf Lager. Von einem Anwalt im ersten Stock unseres Gebäudes war ich engagiert worden, zwei Vorladungen zu eidlichen Zeugenaussagen in einem Zivilprozeß zuzustellen.

Am Nachmittag zog ich los und gab fünfunddreißig Dollar (plus Trinkgeld) für einen regulären Haarschnitt im Friseursalon aus. Sonst gehe ich immer alle sechs Wochen selbst mit einer Nagelschere auf meinen widerspenstigen Schopf los, wobei meine Technik darin besteht, daß ich jedes Haarbüschel abschneide, das hervorsteht. Ich muß mich wohl wirklich verunsichert gefühlt haben, da es mir normalerweise nicht einfiele, bares Geld für etwas hinzublättern, das ich so leicht selbst machen kann. Natürlich habe ich schon öfter zu hören bekommen, daß meine Frisur wie das Hinterteil eines jungen Hundes aussieht, aber was gibt es dagegen einzuwenden?

Der Morgen des achten Januar brach unvermeidlich an, und ich jagte wie von Furien gehetzt den Fahrradweg entlang. Meistens nutze ich meinen Dauerlauf als Möglichkeit, zu mir selbst zu kommen und den Tag und die Natur am Strand zu genießen. An diesem Morgen war ich ganz auf Arbeit konzentriert und strafte mich schon fast selbst durch die Energie, die ich in mein Training investierte. Als ich meinen Lauf und meine allmorgendlichen Verrichtungen beendet hatte, ging ich gar nicht erst ins Büro, sondern werkelte zu Hause herum. Ich bezahlte ein paar Rechnungen, räumte meinen Schreibtisch auf, wusch eine Maschine Wäsche und plauderte kurz mit meinem Vermieter Henry Pitts, während ich drei seiner frisch gebackenen Zimtschnecken verspeiste. Nervös war ich selbstverständlich nicht.

Wie üblich, wenn man auf etwas Unangenehmes wartet, schien die Uhr in Zehnminutensätzen vorwärtszuspringen. Ehe ich mich's versah, stand ich vor meinem Badezimmerspiegel und trug – in Gottes Namen – preisreduzierte Kosmetika auf, während ich mich zusammen mit Elvis, der »It's Now Or Never« sang, einem Gefühlsausbruch hingab. Die Mitsingerei versetzte mich in meine Schulzeit zurück – keine umwerfende Assoziation, aber trotzdem lustig. Damals verstand ich nicht mehr von Make-up als heute.

Ich überlegte, ob ich mich besonders schick machen sollte, aber das wäre in meinen Augen wirklich zu weit gegangen, also schlüpfte ich in meine gewohnten Blue jeans, einen Rollkragenpullover, meinen Tweed-Blazer und Stiefel. Ich besitze genau ein Kleid, und das wollte ich nicht für einen solchen Anlaß verschwenden. Ich sah auf die Uhr: elf Uhr fünfundfünfzig. Emile's war nicht weit, gerade fünf Minuten zu Fuß. Wenn ich Glück hatte, würde mich beim Überqueren der Straße ein Lastwagen anfahren.

Als ich eintraf, waren fast alle Tische besetzt. In Santa Teresa machen die Strandrestaurants den Löwenanteil ihres Geschäfts in der Touristensaison im Sommer, wenn die Motels und Pensionen in Meeresnähe allesamt ausgebucht sind. Nach dem Labor Day Anfang September werden die Menschenströme dünner, bis die Stadt wieder ihren Bewohnern gehört. Aber Emile's-at-the-Beach ist auch unter den Einheimischen sehr beliebt und scheint unter dem turnusmäßigen Kommen und Gehen der auswärtigen Gäste nicht zu leiden.

Tasha mußte mit dem Wagen von Lompoc heruntergefahren sein, da ein schnittiger roter Trans Am mit einem persönlichen Kennzeichen, auf dem TASHA H stand, am Bordstein parkte. Unter Detektiven nennt man so etwas einen Anhaltspunkt. Außerdem macht der Flug von Lompoc hier herunter mehr Ärger, als er wert ist. Ich betrat das Restaurant und suchte die Tische ab. Ich verspürte nur wenig Lust auf die Begegnung, aber ich wollte für alle Möglichkeiten offenbleiben. Welche das waren, wußte ich nicht zu sagen.

Ich entdeckte Tasha hinter einem der bogenförmigen Durchgänge, bevor sie mich sah. Sie saß in einem kleinen Nebenzimmer abseits des Hauptspeisesaals. Emile hatte sie an einen Zweiertisch direkt am Fenster plaziert. Sie blickte hinaus auf den Kinderspielplatz, der auf der anderen Straßenseite in dem kleinen Park am Strand lag. Das Planschbecken war geschlossen und den Winter über abgelassen worden, ein Kreis aus blaulackiertem Gips, der jetzt wie ein Landeplatz für ein UFO wirkte. Zwei Kinder im Vorschulalter kletterten mühsam rückwärts auf eine daneben stehende Rutsche, die im Sand verankert war. Ihre Mutter saß mit einer Zigarette in der Hand auf der niedrigen Einfassungsmauer aus Beton. Hinter ihr sah man die nackten Masten der Boote, die im Hafen lagen. Der Tag war sonnig und kühl, und am blauen Himmel jagten die Wolken dahin, die ein Unwetter zurückgelassen hatte, das nun nach Süden abzog.

Ein Kellner kam an Tashas Tisch, und sie sprachen kurz miteinander. Sie nahm eine Speisekarte von ihm entgegen. Ich konnte sehen, wie sie ihn darauf hinwies, daß sie noch auf jemanden wartete. Er zog sich zurück, und sie begann die Auswahl an Gerichten zu studieren. Ich hatte Tasha bisher nie zu Gesicht bekommen, aber im vorletzten Sommer war ich ihrer Schwester Liza begegnet. Ich war verblüfft gewesen, weil Liza und ich uns so ähnlich sahen. Tasha war drei Jahre älter und präsentierte sich solider. Sie trug ein graues Wollkostüm mit einer weißen, kragenlosen Seidenbluse, die aus dem tiefen V-Ausschnitt der Jacke hervorsah. Ihr dunkles Haar war von blonden Strähnen durchzogen und wurde von einer eleganten schwarzen Chiffonschleife an ihrem Nackenansatz hinten zusammengehalten. Der einzige Schmuck, den sie trug, war ein Paar überdimensionale Goldohrringe, die glitzerten, wenn sie sich bewegte. Da sie sich mit der Verwaltung von Nachlässen beschäftigte, hatte sie vermutlich nicht viel Gelegenheit zu flammenden Plädoyers im Gerichtssaal, aber trotzdem würde sie bei einem verbalen Geplänkel ziemlich einschüchternd wirken. Auf der Stelle beschloß ich, meine Angelegenheiten zu ordnen.

Sie erblickte mich, und ich sah, wie sich ihre Miene belebte, als sie die erstaunliche Ähnlichkeit auch zwischen uns beiden registrierte. Womöglich besaßen alle Kinsey-Cousinen die gleichen Gesichtszüge. Ich hob eine Hand zum Gruß und bahnte mir durch die zahlreichen Mittagsgäste den Weg zu ihrem Tisch. Ich setzte mich auf den Platz ihr gegenüber und schob meine Tasche unter den Stuhl. »Hallo, Tasha.«

Einen Moment lang musterten wir uns gegenseitig. Auf der High School hatte ich mich in Biologie mit Mendels roten und weißen Erbsenblüten beschäftigt; mit dem Kreuzen von Farben und dem sich daraus ergebenden Muster der »Nachkommenschaft«. Genau dieses Prinzip war auch hier am Werk. Von nahem konnte ich sehen, daß sie dunkle Augen hatte, während meine haselnußbraun waren, und daß ihre Nase so aussah wie meine, bevor sie mir zweimal gebrochen wurde. Sie zu sehen war, als sähe ich mich selbst unvermittelt in einem Spiegel, ein zugleich fremder und vertrauter Anblick. Ich und nicht ich.

Tasha brach das Schweigen. »Das ist ja unheimlich. Liza hat mir zwar gesagt, daß wir uns ähnlich sehen, aber damit habe ich wirklich nicht gerechnet.«

»Es steht offenbar außer Zweifel, daß wir verwandt sind. Was ist mit den anderen Cousinen? Sehen sie auch aus wie wir?«

»Variationen zu einem Thema. Als Pam und ich Teenager waren, wurden wir oft miteinander verwechselt.« Pam war die Schwester zwischen Tasha und Liza.

»Hat Pam ihr Baby inzwischen bekommen?«

»Schon vor Monaten. Ein Mädchen. Große Überraschung«, sagte sie trocken. Ihr Tonfall war ironisch, aber ich begriff den Witz nicht. Sie spürte die unausgesprochene Frage und lächelte daraufhin flüchtig. »Alle Kinsey-Frauen bekommen Mädchen. Ich dachte, du wüßtest das.«

Ich schüttelte den Kopf.

»Pam hat sie Cornelia getauft, um sich bei Grand einzuschmeicheln. Leider versuchen wohl die meisten von uns hin und wieder, bei ihr Punkte zu sammeln.«

Cornelia LaGrand war der Mädchenname meiner Großmutter, Burton Kinsey. »Grand« war seit dem Säuglingsalter ihr Spitzname gewesen. Soweit ich gehört hatte, regierte sie die Familie mit eiserner Hand. Sie war großzügig mit Geld, aber nur, wenn man nach ihrer Pfeife tanzte – genau der Grund, aus dem die Familie mich und meine Tante Gin neunundzwanzig Jahre lang so gezielt ignoriert hatte. Ich war in einfachen Verhältnissen groß geworden, eindeutig untere Mittelschicht. Tante Gin, die mich aufgezogen hat, hatte als Bürokraft für California Fidelity Insurance gearbeitet, die Firma, die mich schließlich auch eingestellt (und wieder gefeuert) hatte. Sie war mit einem bescheidenen Gehalt ausgekommen, und wir hatten nie viel besessen. Wir hatten stets in mobilen Behausungen gelebt – Wohnwagen mit wenig Platz –, die ich immer noch bevorzuge.

Zugleich war mir aber selbst damals klar, daß andere Leute Wohnwagen für schäbig hielten. Warum, weiß ich nicht.

Tante Gin hatte mir beigebracht, mich niemals bei jemandem einzuschmeicheln. Was sie mir allerdings verschwiegen hatte, war, daß es einige Verwandte gab, bei denen sich das Einschmeicheln durchaus lohnte.

Tasha war sich des Dickichts, in das ihre Bemerkungen führten, vermutlich bewußt, und ging zum Nächstliegenden über. »Laß uns erst einmal zu Mittag essen, dann kann ich dich über den Fall informieren.«

Wir erledigten den angenehmen Teil, unser Essen zu bestellen und zu verspeisen, und plauderten dabei nur über äußerst belanglose Themen. Sowie unsere Teller abgetragen waren, wurde sie allerdings mit einem wirkungsvollen Wechsel ihres Tonfalls ganz geschäftsmäßig. »Klienten von uns hier in Santa Teresa sind in einer verzwickten Lage, die dich vielleicht interessieren könnte. Kennst du die Maleks? Ihnen gehört Malek Construction.«

»Ich kenne sie nicht persönlich, aber der Name ist mir geläufig.« Ich hatte das Firmenlogo schon auf Baustellen in der Stadt gesehen, ein weißes Achteck wie ein Stopschild, auf dem in der Mitte die Umrisse eines roten Zementmischers prangten. Alle Firmenlastwagen und Baustellentoiletten waren rot wie die Feuerwehr, und die Wirkung war bestechend.

Tasha fuhr fort: »Es ist eine Sand- und Kiesfirma. Mr. Malek ist vor kurzem verstorben, und unsere Kanzlei verwaltet den Nachlaß.« Der Kellner kam und füllte unsere Kaffeetassen nach. Tasha nahm ein Zuckerpäckchen und faltete erst auf allen Seiten die Kanten des papierenen Randes um, bevor sie die Ecke abriß. »Bader Malek hat 1943 eine Kiesgrube gekauft. Ich weiß nicht, was er damals dafür bezahlt hat, aber heute ist sie ein Vermögen wert. Kennst du dich mit Kies aus?«

»Nicht die Bohne«, antwortete ich.

»Ich auch nicht, bis diese Sache aktuell wurde. Eine Kiesgrube wirft auf die Schnelle nicht sonderlich viel Gewinn ab, aber interessanterweise wurde es im Lauf der letzten dreißig Jahre durch Umweltgesetze und Landnutzungsregelungen immer schwieriger, eine neue Kiesgrube aufzumachen. In diesem Teil Kaliforniens gibt es einfach nicht besonders viele. Wenn man nun die Kiesgrube für seine Region besitzt und die Baubranche boomt – was sie zur Zeit tut –, dann wird die Grube von einem Flop in den Vierzigern zu einem richtigen Schatz in den Achtzigern, natürlich immer abhängig davon, wie tief und von welcher Qualität die Kiesreserven sind. Inzwischen steht fest, daß diese hier in einer idealen Kieszone liegt und sich vermutlich weitere hundert oder hundertfünfzig Jahre ausbeuten läßt. Da heutzutage niemand mehr eine Genehmigung bekommt... tja, du hast sicher begriffen, was ich damit sagen will.«

»Wer hätt's gedacht?«

»Eben«, sagte sie und fuhr fort. »Bei Kies empfiehlt es sich, in der Nähe von Ortschaften zu sein, wo gebaut wird, da der größte Kostenfaktor der Transport ist. Auf jeden Fall war Bader Malek ein kleines Kraftwerk, und er hat es geschafft, seine Profite zu maximieren, indem er in andere Bereiche expandierte, die aber allesamt mit der Baubranche zu tun hatten. Malek Construction ist heute die drittgrößte Baufirma im Bundesstaat. Und sie ist nach wie vor in Familienbesitz; eine von wenigen, könnte ich hinzufügen.«

»Und wo liegt das Problem?«

»Dazu komme ich gleich, aber ich muß erst noch ein bißchen weiter ausholen. Bader und seine Frau Rona hatten vier Söhne – wie Orgelpfeifen, alle genau zwei Jahre auseinander. Donovan, Guy, Bennet und Jack. Donovan ist inzwischen Mitte Vierzig, und Jack vermutlich neununddreißig. Donovan ist der beste von ihnen: ein typischer Erstgeborener, zuverlässig, verantwortungsvoll und der große Leistungsträger unter den Geschwistern. Seine Frau Christie und ich waren im College zusammen auf einem Zimmer, und dadurch bin ich überhaupt erst in diese Sache verwickelt worden. Der zweite Sohn, Guy, hat sich als Nichtsnutz entpuppt. Die anderen beiden sind in Ordnung. Allerdings nichts Großartiges, zumindest danach zu urteilen, was Christie gesagt hat.«

»Arbeiten sie für die Firma?«

»Nein, aber Donovan bezahlt trotzdem alle ihre Rechnungen. Bennet bildet sich ein, ›Unternehmer‹ zu sein, was heißt, daß er Jahr für Jahr bei schlechten Geschäften Riesensummen in den Sand setzt. Momentan versucht er sich in der Restaurantbranche. Er will mit zwei Teilhabern ein Lokal unten auf dem Granita eröffnen. Hinausgeworfenes Geld ist gar kein Ausdruck. Der Mann muß verrückt sein. Jack vertreibt sich die Zeit mit Golfspielen. Soweit ich weiß, ist er begabt genug, um bei den Profis mitzumischen, aber wahrscheinlich nicht so gut, daß er davon leben kann.

Auf jeden Fall war damals in den Sechzigern Guy derjenige, der Marihuana geraucht und sich wüst aufgeführt hat. Sein Vater war für ihn ein materialistischer, kapitalistischer Drecksack, und das hat er ihm auch bei jeder Gelegenheit gesagt. Guy geriet offenbar mehrmals ziemlich böse in die Klemme – wurde mit anderen Worten straffällig –, und Bader hat ihn schließlich enterbt. Donovan zufolge hat sein Vater Guy eine Pauschalsumme gegeben, und zwar zehntausend in bar, sein Anteil am damals noch bescheidenen Familienvermögen. Bader sagte dem Jungen, er solle die Fliege machen und nicht wiederkommen. Guy Malek verschwand und ward seitdem nicht mehr gesehen. Das war im März 1968. Damals war er sechsundzwanzig, also muß er heute dreiundvierzig sein. Ich glaube, es hat niemandem wirklich etwas ausgemacht, als er ging. Vermutlich war es eine Erleichterung, nach allem, was er der Familie zugemutet hatte. Rona war zwei Monate zuvor gestorben, im Januar desselben Jahres, und Bader hat mit dem Vorhaben, sein Testament zu ändern, seinen Anwalt aufgesucht. Du weißt ja, wie das vor sich geht: ›Daß ich in diesem Testament keine Verfügung zugunsten meines Sohnes Guy getroffen habe, geht nicht auf einen Mangel an Liebe oder Zuneigung meinerseits zurück, sondern liegt darin begründet, daß ich zu meinen Lebzeiten für ihn gesorgt habe und der Ansicht bin, daß diese Zuwendungen mehr als ausreichend waren‹ – bla bla bla. In Wirklichkeit hatte Guy ihn einen Haufen Geld gekostet, und er hatte die Nase voll.

So. Ausblende, Einblende. 1981 ist Baders Anwalt an einem Herzinfarkt gestorben, und Bader bekam seine gesamten juristischen Unterlagen zurück.«

Ich unterbrach sie. »Entschuldige. Ist das so üblich? Ich hätte angenommen, daß sämtliche Dokumente im Nachlaß des Anwalts aufbewahrt würden.«

»Kommt auf den Anwalt an. Vielleicht hat Bader darauf bestanden. Ich weiß es nicht genau. Ich vermute, er hatte einen ziemlichen Dickschädel. Damals hatte ihn der Krebs bereits in den Klauen, an dem er schließlich gestorben ist. Außerdem hatte er durch die massive Chemotherapie einen Schlaganfall erlitten, der ihn zusätzlich schwächte. So krank, wie er war, wollte er wahrscheinlich die Strapazen bei der Suche nach einem neuen Anwalt nicht auf sich nehmen. Seiner Ansicht nach waren seine Angelegenheiten ja auch geordnet, und was er mit seinem Geld anstellte, ging niemanden etwas an.«

Ich sagte: »O weh.« Ich wußte zwar nicht, was kommen würde, aber es klang nicht gut.

»›O weh‹ trifft es ganz genau. Als Bader vor zwei Wochen starb, ist Donovan seine Papiere durchgegangen. Das einzige Testament, das er gefunden hat, war jenes, das Bader und Rona 1965 unterzeichnet hatten.«

»Was ist mit dem späteren Testament geschehen?«

»Das weiß niemand. Vielleicht hat es der Anwalt aufgesetzt, und Bader hat es zur Durchsicht mit nach Hause genommen. Womöglich hat er es sich wieder anders überlegt. Oder vielleicht hat er das Testament so unterschrieben, wie es war, und erst später beschlossen, es zu vernichten. Tatsache ist jedenfalls, daß es weg ist.«

»Also ist er ohne letzten Willen verstorben?«

»Nein, nein. Wir haben ja noch das frühere Testament – das

1965 aufgesetzt wurde, bevor Guy ins schwarze Nichts geschleudert wurde. Es ist korrekt unterzeichnet und vollständig besiegelt, was bedeutet, daß Guy Malek, falls kein Einspruch erfolgt, zu den Erben gehört und ein Viertel des Nachlasses seines Vaters verlangen kann.«

»Wird Donovan dagegen Einspruch erheben?«

»Es ist nicht Donovan, der mir Sorgen macht. Das Testament von 1965 überträgt ihm die Verfügungsgewalt über den Familienbesitz, also sitzt er sowieso am längeren Hebel. Bennet ist derjenige, der davon redet, daß er Einspruch erheben will, aber er hat im Grunde keinerlei Beweise dafür, daß das spätere Testament existiert. Allerdings könnte das ohnehin alles für die Katz sein. Wenn Guy Malek vor Jahren von einem Lastwagen überfahren wurde oder an einer Überdosis gestorben ist, gibt es keine Probleme – solange er selbst keine Kinder hat.«

»Wird langsam kompliziert«, sagte ich. »Um wieviel Geld geht es eigentlich?«

»Daran arbeiten wir noch. Der Nachlaß wird momentan auf etwa vierzig Millionen Dollar geschätzt. Natürlich hat die Regierung Anspruch auf einen hübschen Batzen. Die Erbschaftssteuer liegt zwischen fünfzig und fünfundfünfzig Prozent. Dank Bader hat die Firma glücklicherweise kaum Schulden, also ist Donovan bis zu einem gewissen Betrag in der Lage, Kredite aufzunehmen. Außerdem können die Erben die Entrichtung der Erbschaftssteuer nach Steuergesetzbuch Abschnitt 6166 aufschieben, da Malek Construction als privat geführte Firma mehr als fünfunddreißig Prozent des geschätzten Gesamtnachlasses ausmacht. Wir werden vermutlich Gutachter suchen, die auf einen niedrigen Wert kommen, und dann hoffen, daß das Finanzamt bei der Wirtschaftsprüfung nicht allzu nachdrücklich auf einem höheren Wert besteht. Um deine Frage zu beantworten, die Jungs werden vermutlich jeder mit fünf Millionen Dollar nach Hause gehen. Guy kann sich glücklich schätzen.«

»Nur daß kein Mensch weiß, wo er ist«, sagte ich.

Tasha zeigte mit dem Finger auf mich. »Stimmt.«

Ich überlegte kurz. »Es muß ein Schock für die Brüder gewesen sein, als sie erfuhren, daß Guy einen genauso großen Anteil des Nachlasses erben würde.«

Tasha zuckte die Achseln. »Ich hatte bisher nur einmal Gelegenheit, mit Donovan zu sprechen, und er macht in diesem Punkt einen zuversichtlichen Eindruck. Er agiert als Nachlaßverwalter. Am Freitag reiche ich das Testament beim Nachlaßgericht ein. Im Grunde ist das einzige, was sie dort machen, das Testament zu Protokoll zu nehmen. Donovan hat mich gebeten, Bennet zuliebe den Antrag erst in einer Woche einzureichen, weil Bennet davon überzeugt ist, daß das spätere Testament noch auftaucht. In der Zwischenzeit erschiene es mir sinnvoll, wenn wir herausfinden könnten, wo sich Guy Malek aufhält. Ich dachte, wir könnten dich für die Suche engagieren, falls du interessiert bist.«

»Klar«, sagte ich sofort. Da zierte ich mich nicht lange! Ehrlich gesagt liebe ich Fälle mit Vermißten, und die Umstände machten mich neugierig. Wenn ich hinter einem Verschollenen her bin, winke ich oft mit der Aussicht auf plötzlichen Reichtum von einem jüngst verstorbenen Verwandten. In Anbetracht der Gier des Menschen ist das häufig von Erfolg gekrönt. In diesem Fall würde mir die Realität von fünf Millionen Dollar die Arbeit erleichtern. »Was hast du denn für Informationen über Guy?« fragte ich.

»Da müßtest du mit den Maleks sprechen. Die klären dich auf.« Sie kritzelte etwas auf die Rückseite einer Visitenkarte, die sie mir dann hinhielt. »Das ist Donovans Nummer im Geschäft. Hinten habe ich seine Privatadresse und -telefonnummer notiert. Abgesehen natürlich von Guy leben die Jungs noch alle zusammen auf dem Anwesen der Maleks.«

Ich studierte die Rückseite der Visitenkarte. Die Adresse sagte mir nichts. »Ist das im Ort oder irgendwo außerhalb? Das habe ich noch nie gehört.«

»Es gehört zum Stadtgebiet. In den Hügeln über der Stadt.«

»Ich rufe heute nachmittag dort an.«

2

Ich ging auf dem Cabana Boulevard nach Hause. Der Himmel hatte aufgeklart, und die Lufttemperatur lag bei etwa dreizehn Grad. Eigentlich befanden wir uns im tiefsten Winter, und die messingfarbene kalifornische Sonne war nicht so warm, wie sie aussah. Sonnenhungrige lagen verstreut im Sand wie Strandgut, das die Flut zurückgelassen hatte. Ihre gestreiften Schirme erzählten vom Sommer, und doch war das neue Jahr erst eine Woche alt. Das Sonnenlicht brach sich in den Wellen, die gegen die Pfähle unter dem Kai schlugen. Die Brandung mußte eiskalt sein und das Salzwasser in den Augen brennen, aber dennoch plätscherten Kinder in den Wellen umher und tauchten mit Begeisterung in die wirbelnden Tiefen hinab. Ich konnte ihre dünnen Schreie über dem Donnern der Brandung hören wie die von Sensationshungrigen auf einer Achterbahn, während sie sich in den eisigen Schrecken stürzten. Am Strand bellte ihnen ein nasser Hund entgegen und schüttelte sich das Wasser aus dem Fell. Selbst aus der Entfernung konnte ich erkennen, wo sich seine borstigen Haare in Schichten aufgeteilt hatten.

Ich bog nach links in die Bay Street ein. Vor dem Hintergrund aus Immergrün konkurrierten üppig wuchernde hellrosa und orangefarbene Geranien mit magentaroten Bougainvilleen, die über die Zäune in meinem Viertel wallten. Beiläufig fragte ich mich, wo ich mit der Suche nach Guy Malek anfangen sollte. Er war seit siebzehn Jahren verschwunden, und die Aussichten, ihn aufzuspüren, waren nicht gerade rosig. Ein solcher Auftrag erfordert Einfallsreichtum, Geduld und systematisches Vorgehen, aber der Erfolg hängt manchmal von reinem Glück und einer Spur Zauberei ab. Versuchen Sie mal, einem Kunden auf *dieser* Grundlage eine Rechnung zu stellen.

Sobald ich wieder zu Hause war, wusch ich mir das Make-up vom Gesicht, schlüpfte in meine Reeboks und tauschte meinen Blazer gegen ein rotes Sweatshirt ein. Unten in der Kochnische schaltete ich das Radio an und stellte den Sender mit dem Elvis-Marathon ein, der immer noch im Gange war. Mit lautlosen Lippenbewegungen sang ich den Text von »Jailhouse Rock« mit und tanzte hüftschwenkend im Wohnzimmer umher. Dann holte ich einen Stadtplan heraus und breitete ihn auf meinem Küchentresen aus. Ich stützte mich mit immer noch tanzendem Hinterteil auf die Ellbogen und suchte die Straße, in der die Maleks wohnten. Die Verdugo war ein schmales Sträßchen zwischen zwei parallel verlaufenden Straßen, die aus den Bergen herabführten. In dieser Gegend kannte ich mich nicht gut aus. Ich legte Donovans Visitenkarte auf den Tresen neben den Stadtplan, griff nach dem Wandtelefon und wählte die vorne abgedruckte Nummer.

Von der Empfangsdame der Firma wurde ich zu einer Sekretärin durchgestellt, die mir mitteilte, daß Malek draußen im Gelände sei, aber jeden Moment im Büro zurückerwartet werde. Ich nannte ihr meinen Namen und meine Telefonnummer und erklärte, was ich von ihm wollte. Sie sagte, sie werde ihn bitten, mich zurückzurufen. Ich hatte gerade aufgelegt, als ich ein Klopfen an der Tür hörte. Ich öffnete das Bullauge und sah mich Robert Dietz gegenüber.

Ich machte die Haustür auf. »Ja, wen haben wir denn da?« sagte ich. »Wo es doch erst zwei Jahre, vier Monate und zehn Tage her ist.«

»Wirklich schon so lang?« fragte er milde. »Ich bin gerade aus Los Angeles hochgefahren. Darf ich reinkommen?«

Ich trat einen Schritt zurück, und er ging an mir vorbei. Elvis hatte soeben zu »Always On My Mind« angesetzt, das ich offen gestanden in diesem Moment nicht vertragen konnte. Ich griff hinüber und machte das Radio aus. Dietz trug immer noch die gleichen Blue jeans, die gleichen Cowboy-Stiefel und das gleiche Sportsakko aus Tweed. Als ich ihn das erste Mal gesehen hatte, hatte er dieselbe Kluft getragen, während er an der Wand eines Krankenhauszimmers lehnte, wo ich bewacht wurde, nachdem mich ein bezahlter Killer von der Straße abgedrängt hatte. Jetzt war er zwei Jahre älter, womit er ungefähr fünfzig sein mußte, kein schlechtes Alter für einen Mann. Er hatte im November Geburtstag, ein dreifacher Skorpion, für diejenigen, die darauf etwas geben. Die letzten drei Monate unserer Beziehung hatten wir zusammen im Bett verbracht, wenn wir nicht draußen am Schießstand waren und Schießübungen mit mosambikanischen Pistolen machten. Eine Liebesaffäre unter Privatdetektiven ist eine merkwürdige und wundersame Angelegenheit. Er wirkte ein bißchen massiger, aber das lag daran, daß er mit dem Rauchen aufgehört hatte – vorausgesetzt, er hatte nicht doch wieder angefangen...

»Möchtest du einen Kaffee?« fragte ich.

»Gern. Wie geht's dir? Du siehst gut aus. Der Haarschnitt gefällt mir.«

»Vierzig Dollar. So eine Verschwendung! Ich hätte es selbst machen sollen.« Ich suchte alles Nötige für eine Kanne Kaffee zusammen und nutzte die häusliche Beschäftigung, um meine Gefühlslage zu ergründen. Eigentlich empfand ich nicht viel. Ich freute mich, ihn zu sehen, genauso wie ich mich über die Begegnung mit jedem alten Freund gefreut hätte, doch über eine gewisse Neugier hinaus blieb mir ein Aufwallen der sexuellen Chemie erspart. Ich verspürte weder heftige Freude angesichts seines Auftauchens noch Ärger darüber, daß er unangemeldet gekommen war. Er war ein impulsiver Mann: ungeduldig, ruhelos, sprunghaft. Er sah müde aus, und sein Haar wirkte wesentlich grauer, fast aschgrau um die Ohren. Er setzte sich auf einen meiner Küchenhocker und lehnte die Unterarme auf den Tresen.

Ich schaltete die Kaffeemaschine ein und stellte die Tüte mit dem gemahlenen Kaffee wieder in den Kühlschrank. »Wie war's in Deutschland?«

Dietz war ein Privatdetektiv aus Carson City, Nevada, der sich auf Personenschutz spezialisiert hatte. Er hatte das Land verlassen, um nach Deutschland zu gehen, wo er antiterroristische Trainingsprogramme für Militärstützpunkte in Übersee leitete. Er antwortete: »Gut, solange es lief. Irgendwann blieben die Gelder aus. Heutzutage will Uncle Sam keine Mäuse mehr für so was rauswerfen. Aber es hat mich sowieso angeödet: als Mann mittleren Alters durchs Unterholz zu kriechen. Ich mußte zwar nicht unbedingt mit ihnen rausgehen, aber ich konnte es nicht lassen.«

»Und was bringt dich wieder her? Arbeitest du an einem Fall?«

»Ich will die Küste hochfahren, um die Jungs in Santa Cruz zu besuchen.« Dietz hatte zwei Söhne mit seiner ehemaligen Lebensgefährtin, einer Frau namens Naomi, die sich standhaft geweigert hatte, ihn zu heiraten. Sein älterer Sohn Nick war inzwischen vermutlich zwanzig. Ich wußte nicht genau, wie alt der jüngere Sohn war.

»Ah. Und wie geht es ihnen?«

»Phantastisch. Sie müssen diese Woche irgendwelche Hausarbeiten abgeben, also habe ich gesagt, ich würde noch bis Samstag warten und dann erst hochkommen. Wenn sie ein paar Tage frei kriegen, würde ich gern ein bißchen mit ihnen wegfahren.«

»Mir ist aufgefallen, daß du hinkst. Woher kommt das?«

Er tätschelte seinen linken Oberschenkel. »Ein kaputtes Knie«, antwortete er. »Hab mir bei Nachtmanövern den Meniskus gerissen, als ich über ein Schlagloch gestolpert bin. Das ist jetzt schon die zweite Meniskusverletzung, und die Docs sagen, ich müßte mir eine Knieplastik machen lassen. An einer Operation bin ich nicht interessiert, aber ich habe mich bereit erklärt, dem Knie etwas Ruhe zu gönnen. Außerdem bin ich ausgelaugt. Ich brauchte einen Tapetenwechsel.«

»Du warst auch ausgelaugt, bevor du weggegangen bist.«

»Nicht ausgelaugt. Ich habe mich gelangweilt. Aber ich glaube, weder das eine noch das andere läßt sich dadurch heilen, daß man immer weiter das gleiche macht.« Dietz' graue Augen waren sehr klar. Er war auf seine ungewöhnliche Weise ein gutaussehender Mann. »Ich dachte, ich könnte vielleicht ein paar

Tage auf deiner Couch kampieren, wenn du nichts dagegen hast. Ich soll möglichst wenig auf den Beinen sein und mir Eis aufs Knie legen.«

»Also wirklich! Das ist ja reizend. Du verschwindest für zwei Jahre aus meinem Leben, und dann tauchst du wieder auf, weil du eine Krankenschwester brauchst? Vergiß es.«

»Ich verlange nicht von dir, daß du dir Umstände machst«, sagte er. »Ich nehme an, du hast zu tun, also bist du doch ohnehin den ganzen Tag unterwegs. Ich sitze einfach hier und lese oder sehe fern und kümmere mich um meinen eigenen Kram. Ich habe sogar meine eigenen Eisbeutel dabei, die man ins Kühlfach legt. Ich will nicht, daß irgendwer um mich herumschwirrt. Du wirst keinen Finger krumm machen müssen.«

»Findest du es nicht ein klein wenig *aufdringlich*, mich auf diese Art damit zu überfallen?«

»Es ist nicht aufdringlich, solange du die Möglichkeit hast, nein zu sagen.«

»Oh, klar. Und Schuldgefühle entwickle? Das sehe ich anders«, sagte ich.

»Warum solltest du Schuldgefühle entwickeln? Schmeiß mich raus, wenn es dir nicht paßt. Was ist denn los mit dir? Wenn wir einander nicht die Wahrheit sagen können, wozu soll dann eine Beziehung gut sein? Tu, was du willst. Ich kann mir ein Motel suchen oder heute abend noch die Küste hinauffahren. Ich dachte nur, es wäre nett, ein bißchen zusammenzusein.«

Ich beäugte ihn mißtrauisch. »Ich werd's mir überlegen.« Es hatte keinen Sinn, ihm zu sagen – nachdem ich schon kaum bereit war, es mir selbst gegenüber zuzugeben –, wie stumpf mir das Licht in den Tagen nach seiner Abreise vorgekommen war, wie sich jedesmal Beklemmung in mir geregt hatte, wenn ich nach Hause in die leere Wohnung kam, wie Musik mir ständig geheime Botschaften zuzuflüstern schien. Friß oder stirb. Es schien keinen Unterschied zu machen. Hundertmal hatte ich mir seine Rückkehr ausgemalt, aber nie auf diese Art. Nun war die Stumpfheit eine innerliche geworden, und all meine früheren Gefühle für ihn hatten sich von leidenschaftlichem Engagement zu gelindem Interesse – bestenfalls – gewandelt.

Dietz hatte mich beobachtet, und sein Blinzeln zeigte mir, daß er verblüfft war. »Bist du wegen irgend etwas *sauer*?«

»Überhaupt nicht«, sagte ich.

»Doch, bist du.«

»Nein, bin ich nicht.«

»Weswegen bist du denn so sauer?«

»Würdest du das bitte *lassen*. Ich bin nicht sauer.«

Er musterte mich einen Augenblick lang, dann hellte sich seine Miene auf. Er sagte: »Ohhh, jetzt hab ich's kapiert. Du bist sauer, weil ich gegangen bin.«

Ich spürte, wie meine Wangen Farbe bekamen, und brach den Blickkontakt ab. Ich stellte den Salz- und den Pfefferstreuer so nebeneinander, daß sich ihre Standflächen gerade berührten. »Ich bin nicht sauer, weil du *gegangen* bist. Ich bin sauer, weil du zurückgekommen bist. Endlich habe ich mich ans Alleinsein gewöhnt, und jetzt bist du wieder da. Wo bleibe ich dabei?«

»Du hast gesagt, du seist *gern* allein.«

»Stimmt. Ich kann es aber nicht leiden, zuerst aufgenommen und dann wieder fallengelassen zu werden. Ich bin kein Haustier, das du nach Belieben ins Tierheim stecken und wieder abholen kannst.«

Sein Lächeln erstarb. »›Fallengelassen‹? Du bist nicht *fallengelassen* worden. Was soll denn das heißen?«

In diesem Moment klingelte das Telefon und ersparte uns weitere Diskussionen. Donovan Maleks Sekretärin sagte: »Miss Millhone? Ich habe Mr. Malek für Sie am Apparat. Können Sie einen Moment dranbleiben?«

»Ja, ich warte.«

Dietz sagte mit lautlosen Lippenbewegungen: *Bist du nicht.*

Ich streckte ihm die Zunge heraus. Manchmal wirke ich sehr reif.

Donovan Malek kam ans Telefon und meldete sich. »Guten Tag, Miss Millhone…«

»Nennen Sie mich doch Kinsey.«

»Danke. Hier ist Donovan Malek. Ich habe gerade mit Tasha Howard gesprochen, und sie hat mir erzählt, daß sie heute mittag mit Ihnen geredet hat. Ich nehme an, sie hat Sie über die Lage unterrichtet.«

»Weitgehend«, sagte ich. »Können wir uns irgendwie treffen? Tasha möchte alles so schnell wie möglich vom Tisch haben.«

»Ganz meine Meinung. Hören Sie, ich habe ungefähr eine Stunde Zeit, bevor ich woandershin muß. Ich kann Ihnen ein paar grundlegende Informationen geben – Guys Geburtsdatum, seine Sozialversicherungsnummer und ein Foto, wenn Ihnen das etwas nützt«, sagte er. »Möchten Sie kurz hier rauskommen?«

»Klar, das kann ich machen«, sagte ich. »Was ist mit Ihren Brüdern? Besteht die Möglichkeit, daß ich auch mit ihnen sprechen kann?«

»Natürlich. Bennet hat gesagt, er käme heute nachmittag gegen vier nach Hause. Ich rufe Myrna an – das ist die Haushälterin – und lasse ausrichten, daß Sie ihn sprechen möchten. Bei Jack bin ich mir nicht so sicher. Er ist ein bißchen schwerer zu erwischen, aber das kriegen wir schon hin. Was Sie von mir nicht erfahren, können Sie sich von den beiden sagen lassen. Wissen Sie, wo ich bin? Auf der Dolores draußen in Colgate. Sie fahren an der Ausfahrt nach Peterson ab, dann über den Freeway und ein Stück zurück. Von da aus ist es die zweite Straße rechts.«

»Klingt gut. Bis gleich.«

Als ich den Hörer auflegte, sah Dietz auf seine Uhr. »Du bist also unterwegs. Ich muß mich bei einem alten Freund melden und werde ein Weilchen weg sein. Hast du später Zeit?«

»Erst ab sechs oder so. Kommt auf meinen Termin an. Ich versuche, einen Mann aufzuspüren, der seit siebzehn Jahren verschwunden ist, und ich möchte mir gern ein paar Hintergrundinformationen von seiner Familie besorgen.«

»Ich lade dich zum Essen ein, wenn du noch nichts gegessen hast, oder wir können ausgehen und etwas trinken. Ich möchte dir wirklich nicht zur Last fallen.«

»Das können wir später besprechen. In der Zwischenzeit brauchst du aber einen Schlüssel.«

»Das wäre gut. Dann kann ich noch duschen, bevor ich mich auf die Socken mache, und abschließen, wenn ich gehe.«

Ich zog die Krimskrams-Schublade in der Küche auf, nahm den Ersatzschlüssel, der an seinem eigenen Ring hin, heraus und schob ihn über den Tresen.

»Ist dir das auch recht? Ich weiß, daß du nicht gern belagert wirst. Ich kann mir auch ein kleines Zimmer auf dem Cabana nehmen, wenn du lieber Ruhe und Frieden möchtest.«

»Momentan ist es mir recht. Wenn es mir zuviel wird, sage ich es. Laß uns einfach improvisieren«, sagte ich. »Ich hoffe, du magst den Kaffee schwarz. Es gibt weder Milch noch Zucker. Tassen sind da oben.«

Er steckte den Schlüssel in die Tasche. »Ich weiß, wo die Tassen sind. Bis später.«

Malek Construction bestand aus einer Reihe miteinander verbundener Wohnwagen, die wie Dominosteine angeordnet waren und in einer Sackgasse in einem Industriepark standen. Hinter den Büros befand sich eine asphaltierte Fläche voller roter Fahrzeuge: Lieferwagen, Zementmischer, Kipper und Straßenbaumaschinen, alle mit dem weiß-roten Firmenlogo. Eine zweistöckige Werkstatt aus Wellblech erstreckte sich entlang der Rückseite des Grundstücks, offenbar angefüllt mit Wartungs- und Reparaturwerkzeug für den immensen Fuhrpark der Firma. Auch Zapfsäulen standen bereit. Auf der einen Seite sah ich vor einem Gewirr von Büschen sechs leuchtendgelbe Kettenschlepper und zwei John-Deere-Planierraupen stehen. Männer mit Helmen und roten Overalls gingen ihrer Arbeit nach. Die Ruhe wurde vom Rumpeln näher kommender Schwerfahrzeuge, einem gelegentlichen schrillen Pfeifton und dem ständigen *Piep-piep-piep*, wenn ein Fahrzeug rückwärts fuhr, durchbrochen.

Ich parkte auf der anderen Seite auf einem Besucher-Parkplatz neben Jeeps, Cherokee Rangers und zerbeulten Pick-ups. Auf dem kurzen Weg zum Eingang konnte ich den Verkehr vom nahen Freeway sowie das Brummen eines Kleinflugzeugs hören, das auf den im Westen gelegenen Flughafen zuflog. Die Inneneinrichtung des Büros zeugte von einer vernünftigen Mischung aus gutem Geschmack und Sinn fürs Praktische: glänzende Walnußpaneele, stahlblauer Teppichboden, dunkelblaue Aktenschränke und dazu passende dunkelrote Tweed-Polstermöbel. Bei den männlichen Angestellten bestand die Standardkluft offenbar aus Krawatte, Hemd und Hose ohne Anzugjacke. Die Schuhe sahen aus, als könnte man mit ihnen gut über Sand und Kies gehen. Die Kleiderordnung für Frauen schien weniger strikt zu sein. Es herrschte eine angeregte Atmosphäre. Polizeireviere haben die gleiche Ausstrahlung; jeder ist in die Arbeit vertieft.

Im Vorraum, wo ich wartete, lagen nur branchentypische Zeitschriften, Exemplare von *Pit & Quarry, Rock Products, Concrete Journal* und *Asphalt Contractor*. Ein kurzer Blick genügte, um mich davon zu überzeugen, daß es hier um Themen ging, die mir nicht mal im Traum eingefallen wären. Ich las kurz über Ovalloch-Hohlformen und Mehrzweck-Beimischungen, motorgetriebene ausziehbare Betonrutschen und fahrbare Betonrecyclinganlagen. Mannomannomann! Manchmal mußte ich über die Abgründe meiner Unwissenheit staunen.

»Kinsey? Ich bin Donovan Malek«, sagte jemand.

Ich sah auf, legte die Zeitschrift beiseite und stand auf, um ihm die ausgestreckte Hand zu schütteln. »Nennt man Sie Don oder Donovan?«

»Donovan ist mir lieber, wenn es Ihnen recht ist. Meine Frau kürzt es zwar manchmal zu Don ab, aber ich lasse es nur ihr ab und zu durchgehen. Danke, daß Sie so pünktlich sind. Kommen Sie mit nach hinten in mein Büro, dann können wir uns unterhalten.« Malek hatte helles Haar und war frisch rasiert. Sein Gesicht war breit und von Falten durchzogen, er trug eine Hornbrille und hatte dunkelbraune Augen. Ich schätzte ihn auf einsachtzig und vielleicht hundert Kilo. Er trug Chinos und ein kurzärmliges, milchkaffeefarbenes Hemd. Er hatte seine Krawatte gelockert und den obersten Hemdknopf geöffnet wie ein Mann, der keine Einschränkungen mag und an chronischer Überhitzung leidet. Ich folgte ihm durch eine Hintertür und über eine Veranda aus Holzbohlen, die mehrere Wohnwagen von doppelter Breite verband. Die Klimaanlage in seinem Büro summte gleichmäßig, als wir hereinkamen.

Der Wohnwagen, in dem er residierte, war in drei gleich große Büros unterteilt, die sich eines hinter dem anderen vom Vorderteil des Wagens bis zu seiner Rückseite erstreckten. Lange Leuchtstoffröhren warfen ein kaltes Licht über die weißen Resopalplatten der Schreib- und Zeichentische. Breite Ablageflächen waren übersät mit technischen Handbüchern, Projektberichten, Baubeschreibungen und Entwürfen. Stabile Bücherregale aus Metall, die mit Aktendeckeln vollgestopft waren, säumten fast überall die Wände. Donovan schien in seiner Umgebung keine Privatsekretärin zu haben, und ich mußte vermuten, daß eine der Frauen in den vorderen Räumen seine Anrufe beantwortete und ihm die Schreibarbeit abnahm.

Er bot mir einen Stuhl an und setzte sich selbst auf einen hochlehnigen Ledersessel hinter seinen Schreibtisch. Dann beugte er sich zur Seite und zog aus einem Bücherregal ein Jahrbuch von einer High School in Santa Teresa, das er auf einer mit einer Büroklammer markierten Seite aufschlug. Er streckte den Arm aus und reichte es mir herüber. »Guy mit sechzehn. Wer weiß, wie er heute aussieht.« Er lehnte sich zurück und wartete meine Reaktion ab.

Der Junge, der mir aus dem Foto entgegenblickte, hätte einer meiner Klassenkameraden sein können, obwohl er einige Jahre älter war als ich. Das Schwarzweißfoto im Format fünf mal fünf Zentimeter zeigte ihn mit relativ langem, hellem und lockigem Haar. Auf seinen Zähnen saß eine Zahnspange, die durch die leicht geöffneten Lippen glitzerte. Er hatte einen unreinen Teint, störrische Augenbrauen und lange blonde Koteletten. Sein Hemd war aus einem Stoff mit wildem Blumenmuster. Ich hätte auf ausgestellte Hosen und einen breiten Ledergürtel gewettet, obwohl nichts davon auf dem Bild zu sehen war. Meiner Meinung nach sollten sämtliche High-School-Jahrbücher eingesammelt und verbrannt werden. Kein Wunder, daß wir alle unter mangelndem Selbstwertgefühl litten. Was waren wir doch für ein Haufen von Spinnern! Ich sagte: »Er sieht genauso aus wie ich in seinem Alter. In welchem Jahr hat er seinen Abschluß gemacht?«

»Er hat keinen gemacht. Er wurde sechsmal vom Unterricht ausgeschlossen und ist schließlich abgegangen. Soweit ich weiß, hat er nicht einmal sein letztes Zeugnis abgeholt. Er hat mehr Zeit in der Besserungsanstalt als zu Hause verbracht.«

»Tasha hat von strafbaren Handlungen gesprochen. Können Sie mir davon erzählen?«

»Sicher, wenn mir einfällt, wo ich anfangen soll. Erinnern Sie sich noch an das Gerücht, man könne von Aspirin und Coca-Cola high werden? Er ist sofort losgezogen und hat es ausprobiert. Der Junge war schwer enttäuscht, als es keinerlei Wirkung zeigte. Damals war er in der achten Klasse. Wenn ich all die sogenannten ›harmlosen Streiche‹, die er sich damals geleistet hat, außer acht lasse, würde ich sagen, daß seine ersten gravierenden Gesetzesverstöße noch in seiner Schulzeit lagen, als er zweimal wegen Marihuanabesitz festgenommen wurde. Er hing dick in der Drogenszene drin: Gras, Speed, Uppers, Downers. Wie hieß das Zeug damals noch? Reds und Yellow Jackets und irgend etwas namens Soapers. LSD und Halluzinogene kamen ungefähr zur selben Zeit auf. Damals nahmen Teenager weder Heroin noch Kokain, und von Crack hatte noch kein Mensch was gehört. Das ist wohl eine neuere Entwicklung. Eine Zeitlang hat er Klebstoff geschnüffelt, aber er sagte, daß ihm die Wirkung nicht behagte. Der Junge war ein Connaisseur, wenn es darum ging, high zu sein«, sagte er verächtlich. »Um für den Stoff zu bezahlen, hat er praktisch alles geklaut, was nicht niet- und nagelfest war. Autos hat er gestohlen und schwere Maschinen von Daddys Baustellen. Sie können sich bestimmt ein Bild davon machen.«

»Die Frage mag Ihnen seltsam erscheinen, aber war er beliebt?«

»Das war er in der Tat. Das Foto macht nicht viel her, aber er war ein gutaussehender Junge. Er war zwar unverbesserlich, aber er besaß eine Art von trotteliger Freundlichkeit, die andere Leute offenbar anziehend fanden, vor allem die Mädchen.«

»Warum? Weil er gefährlich war?«

»Ich kann es wirklich nicht erklären. Er gab sich als schüchterne, tragische Figur, so als könnte er gar nicht anders. Er hatte nur einen Freund, einen Jungen namens Paul Trasatti.«

»Wohnt der noch hier in der Gegend?«

»Klar. Er und Jack spielen zusammen Golf. Bennet ist auch mit ihm befreundet. Sie können ihn fragen, wenn Sie mit ihm sprechen. An andere Freunde kann ich mich jetzt aus dem Stegreif nicht erinnern.«

»Sie selbst sind damals nicht mit Guy herumgezogen?«

»Nicht, wenn es sich vermeiden ließ«, sagte er. »Ich bemühte mich, soviel Distanz wie möglich zwischen uns zu schaffen. Es wurde so schlimm, daß ich die Tür zu meinem Zimmer abschließen mußte, damit er nicht alles davontrug. Er hat geklaut, was ihm zwischen die Finger kam. Stereoanlagen und Schmuck. Manches des Geldes wegen und manches nur, um Ärger zu machen. Nachdem er achtzehn geworden war, ließ er sich ein bißchen mehr einfallen, da das Risiko höher war. Dad sagte ihm schließlich klipp und klar, daß er ihn gnadenlos zur Sau machen werde, wenn er noch einmal Scheiße baute. Entschuldigen Sie meine krasse Ausdrucksweise, aber ich rege mich immer noch auf, wenn ich an diese Geschichte denke.«

»Hat er daraufhin das Haus verlassen?«

»Daraufhin hat er sich eine andere Taktik zugelegt. Oberflächlich betrachtet machte er reinen Tisch und fing an, hier draußen zu arbeiten, in der Wartungswerkstatt. Er war schlau, das muß ich ihm lassen. Wußte mit seinen Händen umzugehen und hatte was auf dem Kasten. Er muß diese Firma als Erfüllung seiner Wünsche gesehen haben. Er hat Schecks auf Dads Konten gefälscht. Er hat die Firmenkreditkarte benutzt, um Waren zu bezahlen, und das Zeug dann verkauft. Dad, Gott segne ihn, hat ihn immer noch gedeckt. Ich habe ihn gebeten, Guy fallenzulassen, aber er konnte sich einfach nicht dazu durchringen. Guy hielt ihn hin, indem er eine Lüge nach der anderen erzählte.

Was soll ich Ihnen sagen? Dad wollte ihm glauben. Er stellte ihn zur Rede. Ich meine, es hatte den Anschein, als würde er diesmal wirklich hart durchgreifen, aber wenn es wirklich zur Sache ging, gab er regelmäßig nach und bot ihm noch ›eine letzte Chance‹ an. Herrgott, ich hatte die Schnauze voll davon, ihn das sagen zu hören. Ich tat, was ich konnte, um die Hintertürchen zuzumachen, aber damit kam ich auch nicht besonders weit.« Donovan tippte sich gegen die Schläfe. »Bei dem Jungen war eine Schraube locker. Ihm hat wirklich ein wichtiges Zahnrädchen in der Moralabteilung gefehlt. Jedenfalls war das letzte Ding, das er gedreht hat – das kam allerdings erst raus, als er schon ein paar Monate weg war –, eine Gaunerei, bei der er eine arme alte Witwe um ihren Notgroschen gebracht hat. Das brachte das Faß zum Überlaufen. Dad hatte ihn zwar bereits vor die Tür gesetzt, aber wir saßen nun trotzdem mit dem Scherbenhaufen da.«

»Wo waren Sie damals? Sie haben ja vermutlich schon für Ihren Vater gearbeitet.«

»O ja. Ich hatte damals bereits meinen College-Abschluß gemacht, war in Vietnam gewesen und wieder zurückgekommen und arbeitete hier als Bergbauingenieur. Ich habe an der Colorado School of Mines studiert. Mein Dad war Bauingenieur. Er hat Malek Construction 1940 gegründet, im selben Jahr, in dem ich zur Welt kam, und 1943 hat er sich seine erste Kiesgrube zugelegt. Zuerst waren wir eine Baufirma, und schließlich gehörten uns all unsere Rohstoffe selbst. Ja, wir haben die Firma auf dieser Grundlage aufgebaut, weil uns das einen Wettbewerbsvorteil verschafft hat. Es gibt eine Menge Baufirmen hier in der Gegend, die nicht über eigene Rohstoffe verfügen, und die kaufen dann bei uns. Ich bin der einzige der Söhne, der in den Familienbetrieb eingestiegen ist. Ich habe erst mit fünfunddreißig geheiratet.«

»Ich habe gehört, daß Ihre Mutter in dem Jahr gestorben ist, als Guy das Haus verlassen hat«, sagte ich.

»Das stimmt. Etwa zehn Jahre zuvor war bei ihr Lungenkrebs diagnostiziert worden. Hat gekämpft wie eine Straßenkatze und trotzdem verloren. Das ganze Theater hat ihr bestimmt auch nicht gutgetan. Dad hat nie wieder geheiratet. Er schien es einfach nicht übers Herz zu bringen. Das einzige, woran ihm noch etwas lag, war die Firma, und deshalb war ich auch so erstaunt über das Testament. Meiner Meinung nach kann er nicht einmal 1965 gewollt haben, daß Guy auch nur einen Nickel aus seinem Nachlaß bekommt.«

»Vielleicht findet ja noch jemand das zweite Testament.«

»Das würde mich freuen, aber ich habe schon das ganze Haus auf den Kopf gestellt. Im Safe war nichts dergleichen. Mir graut schon davor, was passieren wird, wenn Guy wieder auftaucht.«

»Soll heißen?«

»Er wird in irgendeiner Form Ärger machen. Das garantiere ich Ihnen.«

Ich zuckte die Achseln. »Vielleicht hat er sich geändert. Manchmal kommen die Leute zur Vernunft.«

Donovan machte eine ungeduldige Geste. »Klar, und manchmal gewinnt man im Lotto, aber die Wahrscheinlichkeit spricht dagegen. So ist es eben, und ich schätze, wir werden damit leben müssen.«

»Haben Sie irgendeine Ahnung, wo er sein könnte?«

»Nein. Und ich liege auch nachts nicht wach und grüble darüber nach. Offen gestanden macht es mich ganz irre, wenn ich mir vorstelle, daß er zurückkommt, um sich hier niederzulassen. Mir ist klar, daß er von Gesetzes wegen Anspruch auf seinen Anteil am Nachlaß hat, aber ich finde, er sollte Anstand beweisen und die Finger davon lassen.« Er nahm einen Zettel und schob ihn mir herüber. »Geburtsdatum und Sozialversicherungsnummer. Sein zweiter Vorname ist David. Was kann ich Ihnen sonst noch sagen?«

»Wie lautet der Mädchenname Ihrer Mutter?«

»Patton. Brauchen Sie das zur Feststellung der Identität?«

»Genau. Wenn ich ihn finde, hätte ich gern etwas in der Hand, das mir bestätigt, daß es sich tatsächlich um Guy handelt.«

»Sie denken an einen Schwindler? Das kann ich mir nur schwer vorstellen«, sagte er. »Wer möchte denn schon der Ersatzmann für einen solchen Versager sein?«

Ich lächelte. »So weit hergeholt ist das nicht. Die Wahrscheinlichkeit ist zwar gering, aber es ist alles schon dagewesen. Sie wollen doch nicht am Ende einem Wildfremden Geld geben.«

»Da haben Sie recht. Ich bin ganz und gar nicht davon angetan, *ihm* das Geld zu geben. Leider liegt die Entscheidung nicht bei mir. Gesetz ist Gesetz«, sagte er. »Jedenfalls überlasse ich das Ihnen. Er hat schon wüst gelebt und wüst gesoffen, bevor er einundzwanzig wurde. Über seinen momentanen Aufenthaltsort weiß ich auch nicht mehr als Sie. Brauchen Sie sonst noch etwas?«

»Das wäre für den Moment alles. Ich spreche noch mit Ihren Brüdern, und dann sehen wir ja, wie weit wir kommen.« Ich erhob mich, und wir schüttelten uns über dem Tisch die Hände. »Danke, daß Sie Zeit für mich hatten.«

Donovan kam hinter seinem Schreibtisch hervor und brachte mich zur Tür.

Ich sagte: »Tasha hat ja sicher die entsprechenden Anzeigen in die Lokalzeitung setzen lassen. Womöglich bekommt Guy Wind davon, falls er nicht bereits im Bilde ist.«

»Wie das?«

»Vielleicht hat er noch Kontakt zu irgend jemandem, der hier lebt.«

»Hm. Das ist wohl möglich. Ich weiß nicht, zu wieviel Aufwand wir noch verpflichtet sind. Wenn er nicht auftaucht, vermute ich, daß sein Anteil am Nachlaß eine gewisse Zeit lang auf einem Treuhandkonto bereitgehalten werden muß. Aber danach, wer weiß? Jedenfalls besteht Tasha darauf, daß wir die Geschichte klären, und mit *ihr* will sich schließlich niemand anlegen.«

»Wohl nicht«, sagte ich. »Außerdem ist ein Abschluß immer etwas Schönes.«

»Kommt darauf an, worum es geht.«

3

Ich fuhr im Büro vorbei und legte eine Akte zu dem Fall an, in die ich die Daten eintrug, die Donovan mir gegeben hatte. Es sah nach nicht viel aus, nur ein Fitzelchen Information, aber das Geburtsdatum und die Sozialversicherungsnummer wären eine ungemein wertvolle Hilfe zum Nachweis der Identität. Im Notfall konnte ich immer noch bei Guy Maleks früheren Klassenkameraden nachfragen, ob er sich bei irgend jemandem gemeldet hatte, seit er verschwunden war. Nachdem er sich jahrelang so schlimm aufgeführt hatte, war nicht anzunehmen, daß andere ihn gut gekannt oder Wert darauf gelegt hatten, ihn überhaupt zu kennen, aber vielleicht hatte er ja Gesinnungsgenossen gehabt. Ich notierte mir den Namen, den Donovan genannt hatte. Paul Trasatti könnte eine Spur sein. Womöglich war Guy ja im Laufe der letzten fünfzehn Jahre solider geworden und hin und wieder zu Klassentreffen gekommen. Oft sind es gerade die größten »Versager« aus der Schulzeit, die am begierigsten darauf sind, mit ihren späteren Erfolgen zu prahlen.

Wenn ich um einen Tip gebeten würde, wohin er wohl seine

Schritte auf dem Weg ins Exil zuerst gelenkt hatte, würde ich San Francisco sagen, das nur sechs Stunden Autofahrt oder eine Flugstunde im Norden lag. Guy hatte Santa Teresa verlassen, als Haight-Ashbury auf dem Gipfel seiner Beliebtheit stand. Jedes Blumenkind, das nicht bereits hirntot von Drogen war, zog es damals nach Haight. Dort tobte die Party aller Partys, und mit zehntausend Dollar in der Tasche war Guy seine Einladung dazu sicher.

Um halb vier schloß ich mein Büro ab und ging in den ersten Stock hinunter, um mir Instruktionen für die beiden Vorladungen zu eidlichen Zeugenaussagen geben zu lassen. Dann holte ich mein Auto und fuhr zu den Maleks hinaus. Das Haus stand am Ende eines schmalen Sträßchens, und das sechs Hektar große Grundstück war von einer zweieinhalb Meter hohen Mauer umgeben, die hin und wieder von einem hölzernen Tor durchbrochen wurde. Ich war in dieser Stadt aufgewachsen und hatte gedacht, ich würde jede Ecke von ihr kennen, aber das hier war mir neu, eine erstklassige Santa-Teresa-Immobilie, die auf die dreißiger Jahre zurückging. Die Maleks besaßen offenbar das letzte Stück flachen Landes im Umkreis von Meilen. Das hintere Ende des Anwesens mußte steil bergauf gehen, da über mir die Umrisse der Santa Ynez Mountains aufragten und so nahe wirkten, als könnte man sie berühren. Von der Straße aus konnte ich vereinzelte Büschel violettblühenden Salbeis und Eismyrtensträucher erkennen.

Die eisernen Torflügel am Eingang zum Anwesen standen offen. Ich folgte der langen, gebogenen Auffahrt an einem rissigen, vernachlässigten Tennisplatz vorbei auf eine gepflasterte Wendefläche, die innerhalb der L-Form des Haupthauses lag. Sowohl das Haus als auch die Mauer, die das Grundstück umgab, waren mit dunklem Terrakotta in einem merkwürdigen Farbton irgendwo zwischen Ziegelrot und Staubrosa verputzt. Wuchtige Nadelbäume überragten das Anwesen, und ein Wald aus immergrünen Eichen erstreckte sich zur Rechten des Hauses, so weit das Auge reichte. Durch das Dach aus Zweigen drang kaum Sonnenlicht. Neben der Vorderfront des Hauses hatten die Kiefern eine Nadeldecke hinterlassen, die den Boden völlig übersäuert haben mußte. Es wuchs kaum oder gar kein Gras, und der feuchte Geruch der nackten Erde war durchdringend. Hier und da konnte sich eine zerzauste Palme behaupten. Auf der rechten Seite standen mehrere Nebengebäude – ein Bungalow, ein Gärtnerschuppen, ein Gewächshaus –, und links befand sich eine lange Reihe von Garagen. Die Zufahrt ging offenbar hinter dem Haus weiter. Auf einer gekiesten Fläche war eine Harley-Davidson geparkt. Es gab Blumenbeete, doch selbst der gelegentlichen Andeutung von Farbe gelang es nicht, die bedrückende Düsternis des herrschaftlichen Hauses und die tiefen Schatten, die es umgaben, aufzulockern.

Das Haus war im mediterranen Stil gebaut. Sämtliche Fenster waren von Läden flankiert. Mehrere Balustraden durchbrachen die nüchternen Linien der Fassade, und eine zierliche Treppe wand sich linker Hand zu einer Veranda im ersten Stock empor. Alle Verzierungen waren in Dunkelgrün ausgeführt, wobei die Farbe mit den Jahren verblaßt war. Das Dach bestand aus alten roten Ziegeln, auf denen grüne Algen weiche Polster bildeten. Die Urnen aus gegossenem Beton zu beiden Seiten der Haustür waren mit winterharten Pflanzen bestückt, die zu kahlen Stöcken abgestorben waren. Die Tür selbst sah aus, als hätte man sie aus einer der ersten kalifornischen Missionsstationen ausgebaut. Als ich auf die Klingel drückte, hörte ich drinnen einen tiefen Ton erklingen, der den Bewohnern mein Kommen kundtat.

Kurz darauf wurde die Tür von einer Weißen unbestimmbaren Alters in einer grauen Baumwolltracht geöffnet. Sie war mittelgroß, ziemlich dick, und ihre Brüste hingen auf eine Taille herab, die sich ausgedehnt hatte, um die allmähliche Gewichtszunahme aufzufangen. Ich schätzte sie auf Anfang Vierzig, aber sicher war ich mir nicht.

»Ja?« Ihre Augenbrauen hätten gezupft werden müssen, und ihr blondes Haar wies einen dunklen, von Grau durchzogenen

Ansatz auf. Ich stand einer Frau gegenüber, die anscheinend mit irgendeinem stumpfen Gerät auf ihr eigenes Haar einzuhacken pflegte, was mir nicht völlig fremd war. Ihre Ponyfransen waren ein bißchen zu kurz geraten und ringelten sich unvorteilhaft über der Stirn. Vielleicht waren vierzig Dollar für einen Haarschnitt doch nicht zuviel.

Ich reichte ihr meine Visitenkarte. »Sind Sie Myrna?«

»Richtig.«

»Ich bin Kinsey Millhone«, sagte ich. »Ich glaube, Donovan hat angerufen, um Ihnen mitzuteilen, daß ich heute nachmittag vorbeikommen würde. Ist Bennet zu Hause?«

Ihr Gesichtsausdruck veränderte sich nicht, aber sie schien zu wissen, wovon ich sprach. Sie war unattraktiv und ihre Nase vielleicht eine halbe Nummer zu groß für ihr Gesicht. Auf ihren Lippen hafteten die Überreste von dunklem Lippenstift, der vermutlich beim Mittagessen abgegangen war oder nun am Rand ihrer Kaffeetasse prangte. Jetzt war ich gerade erst ein Fan von Billig-Kosmetika geworden und führte mich schon auf wie eine Expertin. Zum Totlachen, dachte ich.

»Er ist gerade gekommen. Er hat gesagt, ich soll Sie in der Bibliothek unterbringen, wenn Sie eintreffen, bevor er wieder unten ist. Würden Sie bitte mitkommen?«

»Klar«, sagte ich. Ich fand die Vorstellung herrlich, in der Bibliothek »untergebracht« zu werden wie eine Topfpflanze.

Ich folgte ihr durch die Eingangshalle zu einem Raum auf der rechten Seite. Heimlich musterte ich meine Umgebung und bemühte mich, dabei nicht wie ein gaffender Idiot auszusehen. In den Häusern der Reichen ziemt es sich nicht, mit offenem Mund zu starren. Der Fußboden bestand aus dunklem Parkett, das in einem komplizierten Fischgrätmuster verlegt worden war und dessen polierte Holzwinkel sich nahtlos ineinanderfügten. Die Eingangshalle war zwei Stockwerke hoch, doch von oben kam kaum oder eher gar kein Licht herein. An den Wänden hingen in regelmäßigen Abständen Wandteppiche und verblichene Darstellungen von Frauen mit hochgeschnürten Taillen und Gesichtern von der Form hartgekochter Eier. Herren in Umhängen ritten auf Pferden, gefolgt von Jagdhunden an Ketten. Hinter ihnen schleppte ein fröhliches Häuflein Holzfäller einen toten Hirsch, dem die Speere aus dem Leib staken wie dem heiligen Sebastian. Ich wußte sofort, daß in ihrer Welt keine Tierschützer vorkämen.

Die Bibliothek sah aus wie ein privater Herrenclub oder vielmehr so, wie ich mir einen solchen Ort vorstellen würde, wenn dort auch Frauen zugelassen wären. Mehrere große, rote orientalische Teppiche waren direkt nebeneinander ausgelegt und bedeckten den Boden vollständig. Eine Wand war komplett mit dunklem Walnußholz vertäfelt, während an den anderen drei Wänden bis zur Decke reichende Bücherregale standen. Die Fenster waren hoch und schmal, Karos aus Bleiglas, die mehr kalte Luft hereinließen als Nachmittagslicht. Es gab drei Gruppen abgenutzter rotlederner Clubsessel und einen riesenhaften Kamin aus grauem Stein mit einem Gaszünder, dessen Feuerstelle von zahllosen Feuern geschwärzt war. Der Raum roch nach verkohltem Eichenholz und modrigen Büchern und strahlte jene Feuchtigkeit aus, die mit schlecht gearbeiteten Fundamenten einhergeht. Für eine Familie, die in der Baubranche ein Vermögen gescheffelt hatte, müßten sie wirklich mal daran denken, ein bißchen Geld in das Haus zu stecken. Im Sinne umfassender Verschönerungen der Inneneinrichtung hätte ein kurzer Abstecher zu Pier I Wunder gewirkt.

Obwohl ich mir selbst überlassen war, machte ich mir ausnahmsweise nicht die Mühe herumzuschnüffeln. Guy Malek war seit siebzehn Jahren weg. Ich würde keine Abschrift vom Fahrplan des Busses finden, mit dem er davongefahren war, oder eine Schublade voller Tagebücher, die er als Junge geführt hatte. Ich hörte jemanden im ersten Stock gehen, hörte die Decke knarren, als sich die Schritte im Zimmer über mir von einer Seite zur anderen bewegten. Ich drehte eine Runde in der Bibliothek und blickte dabei aus jedem Fenster, an dem ich vorbeikam. Der Raum war gut zehn Meter lang. Am anderen Ende ging ein Wintergarten auf den Rasen hinter dem Haus hinaus, eine weite Fläche abgestorbenen Grases mit einem trüb aussehenden Zierkarpfenteich in der Mitte. Die Oberfläche des Wassers war von Seerosenblättern überwuchert.

Ich ging wieder zur Tür zurück und hörte, wie jemand die Treppe herunterkam und den Flur entlangschritt. Die Tür ging auf, und Bennet Malek kam herein. Er war vier Jahre jünger als Donovan und hatte das gleiche helle Haar. Wo Donovans Haar glänzte, war das Bennets matt, und er trug es kurz geschnitten, um einen offensichtlichen Hang zur Lockenbildung zu unterbinden. Das Ringen darum, stets frisch rasiert zu sein, hatte er offenbar aufgegeben, und so umgaben jetzt ein blonder Bart und Schnurrbart die untere Partie seines Gesichts. Er war untersetzt, wirkte um die Schultern herum bullig und hatte einen breiten Brustkorb. Er trug Jeans und ein marineblaues Sweatshirt, dessen hochgeschobene Ärmel den Blick auf dichtbehaarte Unterarme freigaben. Tasha hatte ihn als einen Mann beschrieben, der Gelder in verschiedene zum Scheitern verurteilte kommerzielle Unternehmungen steckte und verlor. Ich fragte mich, wie ich auf ihn reagiert hätte, wenn ich nicht vorher von seinem schlechten Geschäftssinn gewußt hätte. So mußte ich allerdings feststellen, daß die solide Selbstsicherheit, die er sich auszustrahlen bemühte, an mir abprallte. Erst mit Verspätung fiel mir auf, daß er die letzten zwei Zentimeter eines Drinks in der rechten Hand hielt, Gin oder Wodka auf Eis mit einem Streifen Zitronenschale. Er stellte das Glas auf den Beistelltisch, der ihm am nächsten stand.

Er streckte die Hand aus und schüttelte meine mit unnötiger Kraft. Wir wollten ja kein Armdrücken veranstalten, was sollte das also? Seine Fingerspitzen waren eisig und fühlten sich leicht feucht an. »Bennet Malek, Miss Millhone. Erfreut, Sie kennenzulernen. Don hat mir gesagt, daß Sie kommen würden. Kann ich Ihnen etwas zu trinken anbieten?« Er hatte eine laute, dröhnende Stimme und hielt ständig Blickkontakt. Sehr männlich, dachte ich.

»Danke, nein. Ich möchte nicht mehr von Ihrer Zeit in Anspruch nehmen als unbedingt nötig. Ich weiß, daß Sie zu tun haben.«

»In Ordnung. Möchten Sie nicht Platz nehmen?« sagte er. Seine zuvorkommende Art wirkte aufgesetzt, die Masche eines Verkäufers, um den Kunden einzulullen. Ich befand mich erst dreißig Sekunden oder noch weniger in der Gesellschaft dieses Mannes und hatte bereits eine Abneigung gegen ihn entwickelt.

Ich hockte mich auf die Kante eines Clubsessels mit einer breiten, eingesunkenen Sitzfläche. Die lederne Oberfläche war glatt, und ich mußte dagegen ankämpfen, nach hinten in die Tiefen abzurutschen. Als Kind habe ich immer die Rutschbahn im Wohnwagenpark zu blitzartiger Schnelligkeit aufpoliert, indem ich sie heftig mit Cut-Rite-Wachspapier abgerieben hatte. Das glänzende Lederpolster fühlte sich genauso spiegelblank an. Um nicht die Haftung zu verlieren, mußte ich mein Gewicht nach vorn verlagern, die Füße eng beieinanderhalten und flach auf den Boden stellen.

Bennet setzte sich mit einer Reihe knarrender Geräusche auf den Sessel zu meiner Linken. »Sie sind also Privatdetektivin«, sagte er.

»Genau. Ich habe seit zehn Jahren eine Lizenz. Davor war ich bei der Polizei. Und Sie? Was machen Sie beruflich?«

»Ich mache in Risikokapital. Ich suche vielversprechende kleine Firmen mit Solvenzproblemen.«

Und dann läßt er sie ausbluten, kein Zweifel. »Klingt interessant«, bemerkte ich.

»Es ist befriedigend. Sagen wir es so.« Er hatte seine Stimme zu einem vertraulichen Tonfall abgesenkt. »Sie haben also mit Don gesprochen?«

»Stimmt. Erst vor ein paar Stunden.«

Er schüttelte kaum merklich den Kopf. »Hat er das verschwundene Testament erwähnt?«

»Davon hat mich Tasha bereits beim Mittagessen unterrichtet«, antwortete ich. Ich fragte mich, warum er dieses Thema anschnitt. Die Existenz eines zweiten Testaments war wirklich nicht mein Problem. »Da hat Ihr Bruder wohl Glück gehabt«, sagte ich.

Er schnaubte. »Ich sage Ihnen, was mich nervt. Ich weiß noch, wie Dad das zweite Testament unterschrieben hat. Ich sehe den Tag so deutlich vor mir, wie ich hier sitze. Dads Anwalt und zwei Zeugen kamen ins Haus.«

»Das ist ja interessant. Wissen Sie noch, wer das war?«

»Die Zeugen? Zwei Frauen. Daran kann ich mich erinnern. Ich dachte, sie arbeiteten für den Anwalt, aber das habe ich mir womöglich nur ausgedacht. Soweit ich weiß, waren sie jedenfalls nicht mit Dad befreundet. Sie kamen alle vier hier herein und gingen etwa eine halbe Stunde später wieder.«

»Haben Sie das Tasha erzählt?«

»Ich habe erwähnt, daß ich an dem Tag, als das zweite Testament unterzeichnet wurde, hier war. Ich weiß jetzt nicht mehr, ob ich Zeugen erwähnt habe.«

»An Ihrer Stelle würde ich ihr das sagen. Vielleicht fällt ihr ein, wie man herausfinden kann, wer sie waren. Soweit ich gehört habe, bestreitet niemand die Tatsache, daß ein zweites Testament aufgesetzt wurde, aber wurde es in Ihrer Gegenwart unterzeichnet? Wurden Sie von den Verfügungen unterrichtet?«

»Tja, ich war nicht mit ihm im Zimmer, falls Sie darauf hinauswollen. Dad hat später davon gesprochen, aber sich nie detailliert dazu geäußert. Die Frage ist, was ist damit passiert?«

Ich zuckte die Achseln. »Ihr Vater könnte es sich anders überlegt haben. Er könnte es zerrissen und weggeworfen haben.«

Bennet rutschte unruhig hin und her. »Das sagen alle, aber ich bin nicht davon überzeugt. Es ist eine interessante Frage, wenn man sich's genauer überlegt. Ich meine, sehen Sie sich nur die Fakten an. Plötzlich ist das Testament verschwunden, und das schwarze Schaf der Familie sahnt ab wie ein Bandit. Dad hat es im März unterschrieben, und wenige Tage später ist Guy verschwunden.«

»Wollen Sie damit sagen, daß Ihr Bruder es gestohlen hat?«

»Ich sage nur, warum nicht? Zutrauen würde ich es ihm. Sonst hat er ja auch alles gestohlen.«

»Aber was würde das nützen? Selbst wenn er eine Kopie verschwinden ließe, hat der Anwalt vermutlich das Original behalten. Nachdem Guy verschwunden war, konnte er nicht wissen, ob Ihr Vater nicht auf der Stelle noch ein Testament gleichen Inhaltes verfassen würde. Oder ein vollkommen anderes drittes. Danach zu urteilen, was mir Donovan erzählt hat, konnte Ihr Vater mit Worten recht massiv werden, aber wenn es darum ging, den Worten Taten folgen zu lassen, war er weniger gut.«

Er schüttelte den Kopf und sah gönnerhaft drein. »Wie wahr! Deshalb gehe ich ja Dads Papiere alle noch mal durch. Nicht daß wir Guy irgendwelche Gelder vorenthalten wollten, auf die er womöglich Anspruch hat, aber das ist meiner Meinung nach Schwachsinn. Er hat seinen Anteil bereits kassiert. Dad hatte das zweite Testament in der ausdrücklichen Absicht aufgesetzt, Guys Ansprüche auszuschalten. Deshalb hat er ihm das Geld ja überhaupt gegeben – um ihn ein für allemal auszubezahlen. Ich habe ihn im Laufe der Jahre oft darauf anspielen hören. In seinen Augen waren die zehn Riesen, die er meinem Bruder gegeben hat, der Schlußstrich.«

»Tja, ich wünschte, ich könnte Ihnen helfen, aber das ist wirklich nicht mein Gebiet. Tasha ist die Expertin. Am besten setzen Sie sich mit ihr zusammen und besprechen das.«

»Was ist mit der Abmachung, die mein Vater mit Guy getroffen hat?« fuhr er vorwurfsvoll fort. »Es war zwar eine mündliche Vereinbarung, aber zählt das denn gar nicht?«

»He, da sind Sie an der falschen Adresse. Ich habe keine Ahnung. Kein Mensch weiß, wo Guy ist, geschweige denn, was er ausgehandelt hat, als er wegging.«

Sein Lächeln schwand, und ich sah ihm an, daß er gegen den Wunsch ankämpfte, weiterhin über diesen Punkt zu streiten. »Da haben Sie natürlich recht«, sagte er. »Also, was soll ich Ihnen über Guy sagen?«

»Fangen wir mal mit dem Nächstliegenden an. Hat er Ihnen irgend etwas über seine Pläne erzählt, bevor er wegging?«

»Es gehörte leider nicht zu Guys Gewohnheiten, irgend etwas mit mir zu besprechen.«

Ich veränderte meine Fragestellung ein wenig. »Könnte er nach San Francisco gewollt haben? Donovan sagt, daß er damals Drogen genommen hat, und Haight könne eine gewisse Anziehungskraft für ihn gehabt haben.«

»Gut möglich. Aber wenn er dorthin gefahren ist, hat er zu mir nie ein Wort davon gesagt. Ich sollte vermutlich vorausschicken, daß wir zwei uns nicht besonders nahestanden. Ich möchte nicht unkooperativ erscheinen, aber ich habe nicht viele Informationen zu bieten.«

»Haben Sie ihn je von einem möglichen Berufswunsch reden hören? Hatte er irgendwelche persönlichen Vorlieben?«

Bennets Lächeln war dünn. »Sein Berufswunsch bestand darin, so wenig wie möglich zu tun. Und seine Vorliebe war es, in Schwierigkeiten zu geraten und allen anderen das Leben zur Hölle zu machen.«

»Was war mit seiner Arbeit? Was für Jobs hatte er?«

»Nichts von Belang. Als er noch keine Zwanzig war, hat er in einer Pizzeria gearbeitet, bis man ihn dabei erwischt hat, wie er Geld eingesteckt hat. Er hatte auch einmal einen Job als Telefonverkäufer. Ganze zwei Tage lang. Ich kann mich nicht erinnern, daß er jemals besonders viel getan hätte, bevor er anfing, für Dad zu arbeiten. Eine Zeitlang hat er Benzin gezapft, also hat er vielleicht als Tankwart Karriere gemacht.«

»Was für einen Wagen fuhr er?«

»Er fuhr den Familien-Chevy, bis er einen Unfall mit Fahrerflucht gebaut hat und sein Führerschein eingezogen wurde. Danach hat ihn Dad keines der Familienfahrzeuge mehr benutzen lassen.«

»Wissen Sie, ob er seinen Führerschein je wiederbekommen hat?«

»Wenn nicht, ist er vermutlich ohne gefahren. Er hat sich nie groß um die kleinen Regeln und Vorschriften im Leben geschert.«

»Hatte er irgendwelche Hobbys?«

»Nein, es sei denn, Sie zählen Doperauchen und Bumsen dazu.«

»Was war mit seinen persönlichen Interessen? Ging er Jagen oder Fischen? Fallschirmspringen?« Ich stocherte und wühlte herum, einfach um ein Gefühl für die richtige Richtung zu bekommen.

Bennet schüttelte den Kopf. »Er war Vegetarier. Er sagte, nichts solle je sterben müssen, damit er essen kann. Er hatte panische Höhenangst, von daher bezweifle ich, daß er je aus einem Flugzeug gesprungen ist, einen Berg bestiegen oder sich in Bungee-Jumping versucht hat.«

»Tja, dann können wir das zumindest ausschließen«, sagte ich. »Hatte er irgendwelche gesundheitlichen Probleme?«

»Gesundheitliche Probleme? Was denn zum Beispiel?«

»Ich weiß nicht. Ich versuche nur, irgendwie einen Anhaltspunkt zu finden, der mich zu ihm führt. War er Diabetiker? Hatte er Allergien oder chronische Krankheiten?«

»Oh! Jetzt verstehe ich, worauf Sie hinauswollen. Nein. Soweit ich weiß, war er bei guter Gesundheit – für jemanden, der so viel getrunken und Drogen genommen hat.«

»Donovan sagt, er hatte einen guten Freund. Jemand namens Paul?«

»Sie meinen Paul Trasatti. Ich kann Ihnen seine Telefonnummer geben. Er lebt immer noch hier.«

»Das wäre gut.«

Er nannte mir die Nummer aus dem Gedächtnis, und ich schrieb sie rasch in das kleine spiralgebundene Notizbuch, das ich immer bei mir habe.

Ich versuchte, an Gebiete zu denken, die ich noch nicht abgedeckt hatte. »War er Kriegsdienstverweigerer? Hat er gegen den Vietnamkrieg protestiert?«

»Das brauchte er nicht. Die Army wollte ihn gar nicht. Er

hatte schlechte Füße. Dieser Glückspilz! Politik war ihm immer scheißegal. Soweit ich weiß, ist er nicht mal wählen gegangen.«

»Was ist mit Religion? Hat er Yoga gemacht? Meditiert? Ist er über glühende Kohlen gelaufen?« Es war wie Zähneziehen.

Er schüttelte erneut den Kopf. »Nichts davon.«

»Wie steht's mit Bankkonten?«

»Nee. Zumindest hatte er damals keine.«

»Hat er irgendwelche Aktien oder Wertpapiere besessen?«

Bennet schüttelte erneut den Kopf. Langsam machte es den Eindruck, als ob er sich über meine Hartnäckigkeit amüsierte, was ich ärgerlich fand.

»Irgend etwas muß ihm wichtig gewesen sein«, beharrte ich.

»Er war eine Niete, ganz einfach. Er hat nie für jemanden einen Finger krumm gemacht, außer für sich selbst. Ein typischer Narziß. Die Mädchen konnten nie genug von ihm kriegen. Machen Sie sich einen Reim drauf.«

»Hören Sie, Bennet. Ich verstehe Ihre Feindseligkeit, aber auf diese Kommentare kann ich verzichten. Sie müssen ihn doch einmal gern gehabt haben.«

»Natürlich«, sagte er und wandte den Blick ab. »Aber das war, bevor er für uns alle zu einer solchen Plage wurde. Außerdem ist er seit Jahren verschwunden. Auf irgendeiner Ebene habe ich wohl schon eine Art brüderlicher Gefühle, aber angesichts seiner langen Abwesenheit sind sie schwer aufrechtzuerhalten.«

»Und nachdem er gegangen ist, hat niemand von Ihnen jemals wieder von ihm gehört?«

Er nahm wieder Blickkontakt auf. »Ich kann nur für mich selbst sprechen. Er hat mich weder angerufen noch mir geschrieben. Wenn er mit irgend jemand anders in Verbindung stand, so hat man mir nichts davon erzählt. Vielleicht weiß Paul etwas.«

»Was macht Paul beruflich?«

»Er handelt mit seltenen Büchern. Er kauft und verkauft Autographen, Briefe und Manuskripte. Solches Zeug.« Er machte den Mund zu und lächelte schwach. Er gab nichts von sich aus preis, außer ich fragte ganz direkt danach.

So kam ich nicht weiter, und es war vermutlich Zeit zu gehen. »Was ist mit Jack? Könnte Guy sich ihm anvertraut haben?«

»Das können Sie ihn selbst fragen. Er ist da draußen«, sagte Bennet. Er gestikulierte zum Fenster hin, und ich folgte seinem Blick. Einen Moment lang sah ich Jack, wie er den Rasen hinterm Haus überquerte und auf einen Abhang zu seiner Linken zuging. Die Rückseite des Anwesens bekam gerade genug Sonne ab, um eine Mischung von struppigen, unregelmäßig wachsenden Gräsern hervorzubringen. Unter einen Arm hatte er nachlässig zwei Golfschläger geklemmt, und in der Hand hielt er einen Eimer und ein Netz in einem blauen Plastikrahmen.

Als wir ihn eingeholt hatten und Bennet uns miteinander bekannt machte, war Jack gerade dabei, mit einem Sand-Wedge Golfbälle in das Netz zu schießen, das er achtzehn Meter weiter weg aufgestellt hatte. Bennet entfernte sich und ließ mich zurück, damit ich Jack beim Üben seiner kurzen Schläge zusehen konnte. Wenn er ausholte, konnte ich das leise Pfeifen des Schlägers hören, der durch die Luft sauste. Dann kam ein Plop, und der Ball flog mit unfehlbarer Genauigkeit in hohem Bogen auf das Netz zu. Hin und wieder landete ein Schlag daneben im Gras und kam mit kurzem Hüpfen auf, doch meistens traf er sein anvisiertes Ziel.

Jack trug eine Schirmmütze, auf deren Rand in Blockbuchstaben PEBBLE BEACH stand. Sein Haar war hellbraun, und ein Büschel davon stand über dem Klettverschluß am Hinterkopf hoch. Er trug Khakihosen und ein Golfhemd, auf dem vorne das Emblem von St. Andrew's aufgenäht war wie ein Rangabzeichen. Er war schlanker als seine beiden Brüder, und Arme und Gesicht waren gebräunt. Ich sah ihm an, wie er die Flugbahn des Balls berechnete, während dieser durch die Luft flog. Er sagte: »Hoffentlich halten Sie mich nicht für ungehobelt, aber ich habe bald ein Turnier.«

Ich murmelte höflich etwas, da ich seine Konzentration nicht stören wollte.

Pfeifen. Plop. »Sie sind engagiert worden, um Guy zu finden«, sagte er, als der Ball landete. Er runzelte über sich selbst die Stirn und korrigierte seine Haltung. »Wie läuft's?«

Ich lächelte kurz. »Bis jetzt habe ich nur sein Geburtsdatum und seine Sozialversicherungsnummer.«

»Warum hat Donovan gesagt, daß Sie mit mir sprechen sollen?«

»Warum soll ich nicht mit Ihnen sprechen?«

Er ignorierte mich für einen Moment. Ich sah zu, wie er zum Netz ging, sich hinabbeugte, die unzähligen Bälle aufsammelte und sie in seinen Plastikeimer warf. Dann kam er an die Stelle zurück, an der ich stand, und fing wieder von vorne an. Sein Schlag sah immer genau gleich aus – jedesmal, ohne Änderung. Schlag, Plop, ins Netz. Dann legte er den nächsten Ball hin. Schlag, Plop, ins Netz. Bei einem Schlag schüttelte er den Kopf und antwortete verspätet auf meine Bemerkung.

»Donovan kann nicht viel mit mir anfangen. Im Grunde seines Herzens ist er Puritaner. Bei ihm gibt's nur Arbeit, Arbeit und noch mal Arbeit. Man muß produktiv sein – erledigen, was ansteht. Dieses ganze Pflicht-Geschrei. In seinen Augen ist Golf es nicht wert, ernst genommen zu werden, es sei denn, es bringt einem ein jährliches Einkommen von einer halben Million Dollar ein.« Er hielt inne, um mich anzusehen, und lehnte sich dabei leicht auf seinen Golfschläger, als wäre er ein Stock. »Ich habe keine Ahnung, wohin Guy verschwunden ist, falls Sie mich das fragen wollten. Ich war gerade in meinem letzten Jahr in Wake Forest, daher habe ich nur am Telefon davon gehört. Dad hat angerufen und mir erzählt, daß er Guy vor die Tür gesetzt hat. Sie hatten sich wegen irgendwas gestritten, und er ist abgezogen.«

»Wann haben Sie ihn das letzte Mal gesehen?«

»Als ich zu Mutters Beerdigung im Januar nach Hause fuhr. Als ich in den Semesterferien im Frühling wiederkam, war Guy vielleicht seit drei Tagen weg. Ich dachte mir, daß sich das Ganze irgendwann geben würde, aber dazu kam es nie. Als ich im Juni meinen Abschluß machte und nach Hause kam, wurde über das Thema nicht mehr gesprochen. Nicht, daß es uns verboten worden wäre, ihn zu erwähnen. Wir haben es einfach von uns aus nicht getan, ich schätze, aus Rücksicht auf Dad.«

»Und Sie haben nie von Guy gehört? Kein Anruf, keine Postkarte in all den Jahren?«

Jack schüttelte den Kopf.

»Hat Ihnen das nichts ausgemacht?«

»Aber sicher. Ich habe ihn angehimmelt. Für mich war er ein Rebell, ein wahrer Individualist. Ich habe die Uni gehaßt und war unglücklich. Ich war in fast allen Fächern schlecht. Das einzige, was ich wollte, war Golf spielen, und ich konnte nicht einsehen, warum ich unbedingt einen akademischen Abschluß brauchte. Ich wäre in Null Komma nichts mit Guy gegangen, wenn er mir erzählt hätte, was los war. Was soll ich Ihnen sagen? Er hat mich nie angerufen. Er hat nie geschrieben. Er hat nie durchblicken lassen, daß ich ihm nicht scheißegal bin. *C'est la vie.*«

»Und es hat auch nie jemand außerhalb der Familie berichtet, daß er ihm begegnet wäre?«

»Zum Beispiel auf einer Versammlung oder so? Sie greifen aber wirklich nach jedem Strohhalm.«

»Man sollte meinen, daß Sie *irgend* etwas gehört haben müßten.«

»Warum denn? Ich meine, was ist schon groß passiert? Wahrscheinlich ziehen ständig irgendwelche Leute so was durch. Sie verschwinden, und kein Mensch hört jemals wieder von ihnen. Es gibt kein Gesetz, das besagt, daß man mit Leuten in Kontakt bleiben muß, nur weil man mit ihnen verwandt ist.«

»Tja, stimmt«, sagte ich und dachte daran, wie ich selbst meinen Verwandten aus dem Weg ging. »Fällt Ihnen sonst jemand ein, der mir weiterhelfen könnte? Hatte er eine Freundin?«

Jack lächelte spöttisch. »Guy war die Sorte Mann, vor denen Mütter ihre kleinen Mädchen warnen.«

»Donovan hat mir erzählt, daß Frauen ihn attraktiv fanden, aber ich begreife das nicht. Worin lag denn seine Anziehungskraft?«

»Es waren keine Frauen. Es waren Mädchen. Melodrama ist verführerisch, wenn man siebzehn ist.«

Ich dachte kurz darüber nach, aber es schien mir eine weitere Sackgasse zu sein. »Gut. Wenn Ihnen irgend etwas einfällt, würden Sie sich dann bei mir melden?« Ich holte eine Visitenkarte aus meiner Handtasche und reichte sie ihm hinüber.

Jack sah auf meinen Namen. »Wie wird der Nachname betont?«

»*Mill*-hone«, erklärte ich. »Betonung auf der ersten Silbe. Die zweite reimt sich auf ›*bone*‹.«

Er nickte. »In Ordnung. Sie werden natürlich nichts von mir hören, aber zumindest können Sie sagen, daß Sie es versucht haben.« Er lächelte. »Ich bin mir sicher, daß Don zu cool war, das auszusprechen«, sagte er freundlich, »aber wir hoffen alle, daß Sie ihn nicht finden werden. Dann können wir nämlich bei Gericht beantragen, daß er für tot erklärt wird, und seinen Anteil zwischen uns dreien aufteilen.«

»Das ist doch der Zweck einer ›gewissenhaften Suche‹, oder nicht? Sagen Sie Donovan, ich rufe ihn in ein oder zwei Tagen an«, sagte ich.

Ich ging über die Wiese zum Haus zurück. Was für ein Haufen, dachte ich. Hinter mir konnte ich das Pfeifen von Jacks Schwung und das Geräusch hören, wie der Schlägerkopf den Ball traf. Ich hätte noch einmal an der Vordertür klopfen und die Haushälterin fragen können, ob Donovans Frau Christie zu Hause war. Als alte College-Kameradin von Tasha könnte zumindest sie entgegenkommend sein. Andererseits war sie noch gar nicht mit Donovan verheiratet gewesen, als Guy wegging, und ich konnte mir nicht vorstellen, daß sie irgend etwas von Belang beizutragen wüßte. Wo stand ich also nun?

Ich stieg in mein Auto, ließ den Motor an und legte den ersten Gang ein. Gemächlich fuhr ich die lange Zufahrt zur tiefer gelegenen Straße hinunter. Am Tor hielt ich an, kuppelte aus und ließ das Auto im Leerlauf vor sich hin tuckern, während ich die Möglichkeiten erwog. Soweit ich es beurteilen konnte, hatte Guy Malek keine Immobilien in Santa Teresa County besessen, also hatte es keinen Sinn, Steuerlisten oder Grundbücher einzusehen. Den Aussagen seiner Brüder zufolge hatte er nicht einmal je eine eigene Wohnung gemietet, was bedeutete, daß ich weder einen früheren Vermieter fragen noch mich bei Wasserwerk, Gaswerk oder der Telefongesellschaft nach einer Nachsendeadresse erkundigen konnte. Die meisten solcher Unterlagen werden sowieso keine siebzehn Jahre lang aufgehoben. Und sonst? Als er Santa Teresa verließ, hatte er keinen Job und auch keinen nennenswerten beruflichen Werdegang hinter sich, also war es zwecklos, bei den hiesigen Gewerkschaften oder bei der Sozialversicherung nachzufragen. Er ging nicht wählen, besaß weder Auto noch Waffe, jagte und fischte nicht, was wohl hieß, daß er keinerlei offizielle Genehmigungen oder Zulassungen besaß. Aber vermutlich hatte er sich mittlerweile einen Führerschein und ein Auto besorgt. Und wenn ich außerdem sein früheres Verhalten als Indiz nahm, dann hatte er bestimmt irgendwo ein Vorstrafenregister, mit Sicherheit jedoch beim National Crime Information Center. Dummerweise hatte ich zu diesen Daten keinen Zugang, und mir fiel auch auf die Schnelle niemand ein, der bereit wäre, eine Suche über den Computer zu veranlassen. Einem Polizeibeamten mit der entsprechenden Befugnis stehen alle möglichen Quellen zur Verfügung, die ich als lizenzierte Privatdetektivin nicht anzapfen konnte.

Ich schaltete meinen VW in den ersten Gang, bog nach links ab und fuhr zur Kfz-Zulassungsstelle hinüber. Es war kurz vor Büroschluß, und das Gebäude leerte sich allmählich. Ich füllte ein Formular aus, mit dem ich um eine Auskunft aus den Unterlagen bat. Die Daten der Zulassungsstelle sind häufig veraltet. Leute ziehen um, aber die neue Adresse erscheint erst dann in den Computern der Zulassungsstelle, wenn ein Führerschein oder eine Fahrzeuganmeldung erneuert wird. Falls Guy Malek also den Bundesstaat verlassen hatte, könnten sämtliche Daten seit Jahren überholt sein, wenn er überhaupt noch geführt wurde. Im Moment erschien es mir aber als die schnellste Methode, eine vorläufige Klärung der Situation herbeizuführen. Da ich seine Führerscheinnummer nicht wußte, nahm ich mir ein ANI-Formular für verschiedene Anfragen und trug seinen vollständigen Namen und sein Geburtsdatum ein. Der automatische Namensindex würde entweder keine Eintragung unter den vorliegenden Daten aufweisen oder für Nachname, Vorname, Mittelinitial und Geburtsdatum eine Entsprechung finden. Sobald ich wieder im Büro war, würde ich das Formular nach Sacramento schicken. Mit etwas Glück bekam ich wenigstens seine postalische Adresse.

Da das Büro fast leer war, bat ich kurzerhand eine der Angestellten, den Namen über ihren Computer zu suchen.

Sie drehte sich um und schenkte mir ihre ungeteilte Aufmerksamkeit. »Sind Sie verrückt? Dafür könnte ich gefeuert werden«, fauchte sie. Sie drehte den Monitor auf seinem Gelenkfuß herum, damit ich nicht auf den Bildschirm spähen konnte.

»Ich bin Privatdetektivin«, sagte ich.

»Von mir aus können Sie der Papst sein. Sie müssen schon auf Nachricht aus Sacramento warten. Von mir erfahren Sie nichts.«

»Den Versuch war es wert«, sagte ich. Ich rang mir ein gewinnendes Lächeln ab, aber damit kam ich nicht weit.

»Sie haben vielleicht Nerven«, sagte sie. Sie drehte sich mit vorwurfsvollem Kopfschütteln zur Seite und begann ihren Schreibtisch aufzuräumen.

Soviel zu meinen Überredungskünsten.

4

Ich fuhr wieder ins Büro, tippte den Umschlag, stellte dem Staat einen Scheck aus und befestigte ihn an dem Formular, klebte außen eine Briefmarke auf und warf das Ganze in die Ablage für den Postausgang. Dann nahm ich den Telefonhörer ab und rief Darcy Pascoe an, die Sekretärin und Empfangsdame von der California Fidelity Insurance. Wir plauderten ein Weilchen über die alten Zeiten, und ich ließ mich über die neuesten Banalitäten informieren, bevor ich sie um das gleiche bat wie die Angestellte bei der Kfz-Zulassungsstelle. Versicherungen machen ständig Überprüfungen durch die Zulassungsstelle. Darcy war zwar eigentlich nicht zu Anfragen berechtigt, aber sie wußte so gut wie jeder andere, wie man die Vorschriften umging. Ich sagte: »Ich brauche lediglich eine Auskunft.«

»Bis wann?«

»Ich weiß nicht. Wie wär's morgen in aller Frühe?«

»Wahrscheinlich schaffe ich das, aber es wird dich einiges kosten. Wie heißt dieser Knabe noch mal?«

Als ich nach Hause kam, brannte Licht in meiner Wohnung, aber Dietz war immer noch irgendwo unterwegs. Er hatte einen Koffer mitgebracht, den er neben das Sofa gestellt hatte. Ein rascher Blick in den Schrank brachte seinen aufgehängten Kleidersack zum Vorschein. Im unteren Badezimmer stand sein Waschbeutel auf dem Deckel der Toilettenspülung. Der Raum roch nach Seife, und ein feuchtes Handtuch hing über der Duschkabine. Ich ging wieder in die Küche und stellte das Radio an. Elvis sang gerade den Schlußrefrain von »Can't Help Falling In Love«.

»Verschone mich«, sagte ich mißmutig und schaltete das Ding aus. Ich stieg die Wendeltreppe zum Dachgeschoß hinauf, wo ich meine Reeboks abstreifte und mich auf dem Bett ausstreckte. Ich starrte zum Oberlicht hinauf. Es war schon nach fünf Uhr, und die Dunkelheit war über uns gefallen wie eine Wolldecke, ein bleiernes, undurchdringliches Grau. Durch die Plexiglaskuppel konnte ich wegen der Bewölkung nicht einmal den Nachthimmel sehen. Ich war müde und hungrig und irgendwie nicht ganz auf der Höhe. Allein zu leben kann verwirrend sein. Einerseits sehnt man sich manchmal nach dem simplen Trost eines Gefährten: jemand, mit dem man seinen Tag besprechen kann, jemand, mit dem man eine Gehaltserhöhung oder eine Steuerrückzahlung feiern kann, jemand, der einen bemitleidet, wenn man erkältet im Bett liegt. Hat man sich allerdings erst mal ans Alleinsein gewöhnt (also daran, daß man machen kann, was man will), muß man sich andererseits fragen, warum man die Beschwernis einer Beziehung auf sich nehmen soll. Andere Menschen haben so viele hitzig verfochtene Ansichten, Eigenschaften und Macken, häufig einen schlechten Kunst- und Musikgeschmack, ganz zu schweigen von Stimmungsschwankungen, Eßgewohnheiten, Vorlieben, Hobbys, Allergien, emotionalen Fixierungen und Einstellungen, die in keiner Weise mit den korrekten, nämlich den eigenen, übereinstimmen. Natürlich dachte ich nicht ernsthaft in diesem Sinne an Robert Dietz, aber sowie er meine Wohnung betreten hatte, hatte ich ein störendes »Anderssein« an ihm festgestellt. Nicht daß er aufdringlich, unverschämt oder schlampig gewesen wäre. Er war nur einfach *da*, und seine Anwesenheit wirkte wie ein Reizstoff auf mich. Ich meine, wohin sollte das führen? Meiner Erfahrung nach nirgendwohin. Ich hätte mich gerade an ihn gewöhnt, wenn er sich wieder auf die Socken machen würde. Also warum sollte ich mir erst die Mühe machen, mich anzupassen, wenn seine Anwesenheit ohnehin nicht von Dauer war? Ich persönlich halte Flexibilität für keinen besonders wünschenswerten Charakterzug.

Ich hörte, wie sich ein Schlüssel im Schloß drehte, und stellte erschrocken fest, daß ich eingedöst war. Ich setzte mich auf und blinzelte verwirrt. Eine Etage unter mir machte Dietz die Lichter an. Ich hörte das Knistern von Papier. Ich stand auf, ging ans

Treppengeländer hinüber und sah zu ihm hinab. Er stellte das Radio an. Ich stopfte mir die Finger in die Ohren, damit ich Elvis nicht dabei zuhören mußte, wie er herzzerreißend von der Liebe sang. Wer braucht diesen Scheiß schon? Dietz war ein großer Fan von Country-Musik, und ich hoffte, er würde den Sender wechseln und nach etwas Fetzigerem und weniger Anzüglichem suchen. Er spürte meine Gegenwart und drehte sein Gesicht in meine Richtung. »Gut. Du bist zu Hause. Ich habe dein Auto draußen gar nicht gesehen«, sagte er. »Ich habe ein paar Lebensmittel eingekauft. Hilfst du mir auspacken?«

»Ich komme in einer Minute.« Ich machte einen kurzen Abstecher ins Badezimmer, wo ich mir mit dem Kamm durch die Haare fuhr und die Zähne putzte. Ich hatte ganz vergessen, wie häuslich Dietz sein konnte. Wenn ich an diesen Mann dachte, fiel mir immer als erstes ein, daß er Experte für Personenschutz war. Ich tappte auf Socken die Treppe hinunter. »Woher hast du denn gewußt, was wir brauchen?«

»Ich habe nachgesehen. Große Überraschung. Die Schränke waren leer.« Er hatte die Kühlschranktür geöffnet und legte Eier, Speck, Butter, Fleisch und verschiedene andere Waren mit viel Fett und hohem Cholesteringehalt in die Fächer. Auf dem Tresen standen ein Sechserpack Bier, zwei Flaschen Chardonnay, Erdnußbutter mit extra viel Nußstückchen, mehrere Konservendosen und verschiedene Gewürze sowie ein Laib Brot. Er hatte sogar an Papierservietten, Küchenkrepp, Toilettenpapier und Spülmittel gedacht. Ich legte die Konserven in den Vorratsschrank und stellte das Radio aus. Falls es Dietz auffiel, sagte er nichts.

Über die Schulter fragte er: »Wie ist das Gespräch gelaufen?«

»Gut«, antwortete ich. »Ich habe nicht die geringsten Fortschritte gemacht, aber irgendwo muß man ja anfangen.«

»Was ist dein nächster Schritt?«

»Ich lasse Darcy über die Versicherung, für die ich früher gearbeitet habe, eine Anfrage bei der Zulassungsstelle machen. Sie hofft, daß sie morgen früh etwas für mich hat. Dann sehen wir weiter. Ich habe zwar noch andere Ansatzpunkte, aber sie ist bis jetzt meine beste Chance.«

»Du arbeitest nicht mehr für California Fidelity?«

»Offen gestanden nein. Sie haben meinen Arsch vor die Tür gesetzt, weil ich niemandem in seinen kriechen wollte. Ich habe ein Büro in einer Anwaltskanzlei gemietet. Es läuft besser so.«

Ich sah ihm an, daß er noch andere Fragen auf Lager hatte, aber er kam wohl zu dem Schluß, daß es besser war, wenn er so wenig wie möglich sagte.

Er wechselte das Thema. »Kann ich dich dazu überreden, essen zu gehen?«

»An was hast du denn gedacht?«

»An etwas, wo man zu Fuß hingehen kann und wo wir uns nicht in Schale werfen müssen.«

Ich sah ihn einen Augenblick lang an und empfand einen seltsamen Widerwillen dagegen, zuzustimmen. »Wie geht's dem alten Freund?«

Dietz unterdrückte ein Lächeln. »Gut. Ist es das, was dich bedrückt?«

»Nein. Ich weiß nicht. Ich glaube, ich bin schon seit Wochen deprimiert und habe es jetzt erst eingesehen. Außerdem bin ich nervös wegen des Auftrags. Ich arbeite für meine Cousine Tasha, was ich vermutlich lieber lassen sollte.«

»Eine Cousine? Das ist mir neu. Wo kommt die denn her?«

»Mann, du bist ja wirklich nicht auf dem laufenden.«

»Schnapp dir eine Jacke und laß uns gehen. Du kannst mir beim Essen davon erzählen und mich auf den neuesten Stand bringen.«

Wir gingen zu Fuß von meiner Wohnung zu einem Restaurant am Wellenbrecher, drei lange Häuserblöcke weit, und sprachen dabei wenig. Der Abend war sehr kalt, und die Lichter über dem Hafen sahen aus wie übriggebliebene Weihnachtsdekorationen. Über das leise Rauschen der Brandung hinweg konnte ich das Bimmeln einer Boje hören, deren blechernes Geräusch sich mit dem sachten Klatschen des Wassers gegen die im Jachthafen liegenden Boote vermischte. Viele Schiffe waren erleuchtet, und ihre Bewohner, die gelegentlich in mein Blickfeld gerieten, ließen mich an einen Wohnwagenpark denken, eine Gemeinschaft behaglicher Räume, die von außen Geborgenheit vermittelten. Dietz ging sehr schnell. Er hielt den Kopf gebeugt, hatte die Hände in die Taschen gesteckt, und seine Absätze klickten auf dem Bürgersteig. Ich hielt mit ihm Schritt, und in Gedanken ging ich durch, was ich über ihn wußte.

Er war unter seltsamen Umständen groß geworden. Wie er mir erzählt hatte, war er auf einer Straße bei Detroit in einem Wohnmobil zur Welt gekommen. Seine Mutter lag in den Wehen, und sein Vater war zu ungeduldig gewesen, um eine Klinik aufzusuchen. Sein Vater war ein Raufbold und Schläger, der auf den Ölfeldern arbeitete und seine Familie von einer Stadt in die nächste verschleppte, wenn ihm gerade der Sinn danach stand. Dietz' Großmutter, die Mutter seiner Mutter, reiste im jeweils vorhandenen Fahrzeug mit ihnen – einem Lastwagen, einem Wohnmobil oder einem Kleinbus, allesamt aus zweiter Hand und stets in Gefahr, liegenzubleiben oder eilig verkauft zu werden, wenn das Geld ausging. Dietz war mit Hilfe einer Sammlung alter Schulbücher unterrichtet worden, während seine Mutter und seine Großmutter Biere kippten und die Dosen aus dem Fenster auf den Highway warfen. Seine Abneigung gegen förmlichen Schulunterricht war etwas, das wir gemeinsam hatten. Da er so wenig Erfahrung mit Institutionen hatte, war er extrem aufsässig. Er ignorierte Vorschriften, weil er davon ausging, daß sie ihn nicht betrafen. Mir gefiel sein rebellisches Wesen. Aber gleichzeitig war ich auf der Hut. Ich war für Vorsicht und Kontrolle. Er war für Anarchie.

Wir erreichten das Restaurant, den Tramp Steamer, ein enges und überheiztes Lokal, das eine schmale Treppe hoch in einem grauen Holzhaus lag. Man hatte sich ansatzweise darum bemüht, dem Lokal einen seemännischen Anstrich zu geben, aber die wirkliche Attraktion war das Essen: frische Austern, fritierte Garnelen, pfeffrige Muschelsuppe und selbstgebackenes

Brot. Gleich neben dem Eingang gab es eine komplett ausgestattete Bar, doch der Großteil der Kundschaft bevorzugte Bier. Die Luft war erfüllt vom Geruch des Hopfens und von Zigarettenrauch. Bei der dröhnenden Musikbox, dem heiseren Gelächter und den Gesprächen konnte man den Lärm fast mit Händen greifen. Dietz sah sich nach Sitzplätzen um, drückte dann eine Seitentür auf und fand einen Tisch für uns auf der Veranda, die auf den Jachthafen hinausging. Draußen war es ruhiger, und die kalte Luft wurde vom roten Glühen der an den Wänden befestigten Propangasstrahler abgewehrt. Der salzige Geruch des Ozeans kam mir hier oben intensiver vor als unten. Ich holte tief Luft und sog sie in meine Lungen wie Äther. Sie besaß die gleiche beruhigende Wirkung, und ich merkte, wie ich mich entspannte.

»Möchtest du einen Chardonnay?« fragte er.

»Gerne.«

Ich blieb am Tisch sitzen, als er wieder hinein an die Bar ging. Ich sah ihm durchs Fenster dabei zu, wie er mit dem Barkeeper sprach. Während er auf die Getränke wartete, wanderte sein Blick ruhelos über die Gäste hinweg. Er ging zur Musikbox hinüber und studierte die Auswahl. Dietz war der Typ Mann, der auf und ab geht und mit den Fingern klopft, weil in ihm ständig eine unterschwellige Energie brodelt und an die Oberfläche drängt. Ich sah ihn selten ein Buch lesen, weil er nicht so lange stillsitzen konnte. Wenn er jedoch las, war er nicht ansprechbar und blieb völlig in seine Lektüre versunken, bis er fertig war. Er mochte Wettkämpfe. Er mochte Schußwaffen. Er mochte Maschinen. Er mochte Werkzeuge. Er mochte Bergsteigen. Seine Grundeinstellung war: »Wofür sparst du dich auf?« Meine Grundeinstellung war: »Nur nichts überstürzen.«

Dietz spazierte wieder an die Bar zurück, stellte sich hin und klimperte mit dem Kleingeld in seiner Hosentasche. Der Barkeeper stellte einen Krug Bier und ein Glas Wein auf den Tresen. Dietz blätterte ein paar Scheine hin und kam wieder auf die Veranda heraus. Der Geruch von Zigarettenrauch wehte hinter ihm drein wie ein seltsames Rasierwasser. Er sagte: »Die Bedienung ist lahm. Hoffentlich ist das Essen gut.« Wir stießen miteinander an, bevor wir tranken, obwohl ich nicht wußte, worauf.

Ich klappte die Speisekarte auf und überflog die Auswahl. Eigentlich hatte ich keinen richtigen Hunger. Vielleicht einen Salat oder eine Suppe. Abends esse ich meist nicht viel.

»Ich hab die Jungs angerufen«, bemerkte er.

»Und wie geht's ihnen?« fragte ich. Ich hatte seine beiden Söhne nie kennengelernt, aber er sprach mit Zuneigung von ihnen.

»Prima. Es sind tolle Jungs«, sagte er. »Nick wird am vierzehnten einundzwanzig. Er ist in seinem letzten Jahr in Santa Cruz, aber er hat gerade sein Hauptfach gewechselt, also wird er vermutlich noch ein Jahr dort bleiben. Graham ist neunzehn und hat sein erstes Jahr hinter sich. Sie teilen sich derzeit eine Wohnung mit ein paar anderen Typen. Das College gefällt ihnen, und sie scheinen motiviert zu sein. Mehr als ich je war. Naomi hat gute Arbeit geleistet, ohne viel Beistand meinerseits. Ich habe sie finanziell unterstützt, aber ich kann nicht behaupten, daß ich mich häufig bei ihnen gezeigt hätte. Deswegen habe ich zwar ein schlechtes Gewissen, aber du kennst mich ja. Ich bin immer auf Achse. Ich kann es nicht ändern. Ich könnte mich nie irgendwo niederlassen, ein Haus kaufen und von neun bis fünf arbeiten. Damit käme ich nicht klar.«

»Wo ist Naomi?«

»In San Francisco. Sie hat Jura studiert. Ich habe ihr das Studium bezahlt – in der Hinsicht bin ich anständig –, aber die harte Arbeit hat sie allein bewältigt. Die Jungs sagen, sie heiratet demnächst dort oben einen Anwalt.«

»Gut für sie.«

»Und du? Was hast du gemacht?«

»Nicht viel. Vor allem gearbeitet. Ich fahre nicht in Urlaub, also bin ich nirgendwo gewesen, außer wenn ich jemanden beobachtet oder Erkundigungen eingezogen habe. Ich habe einen tollen Unterhaltungswert.«

»Du solltest mal lernen, dich zu amüsieren.«

»Ich sollte eine ganze Menge lernen.«

Die Kellnerin kam von einem anderen Tisch auf der Veranda zu uns herüber. »Haben Sie gewählt?« Sie war schätzungsweise Ende Zwanzig, honigblond mit einem Jungenhaarschnitt und einer Zahnspange. Sie trug schwarze Shorts und ein dazu passendes schwarzes Top, als hätten wir August und nicht den achten Januar.

»Einen Moment noch«, sagte Dietz.

Schließlich teilten wir uns eine große Schüssel gedämpfter Muscheln, die in einer gut gewürzten Tomatensoße lagen. Als Hauptgang hatte Dietz ein Steak und ich einen üppigen Salat. Wir aßen beide wie um die Wette. Früher hatten wir es beim Sex genauso gemacht, als wäre es ein Wettbewerb, bei dem es darum ging, wer zuerst ans Ziel kam.

»Erzähl mir von deiner Depression«, sagte er, nachdem er seinen Teller beiseite geschoben hatte.

Ich machte eine abwehrende Handbewegung. »Vergiß es. Ich habe keine Lust, herumzusitzen und mir selbst leid zu tun.«

»Komm schon. Du darfst.«

»Ich weiß, daß ich darf, aber was soll das?« sagte ich. »Ich kann dir nicht mal sagen, woran es liegt. Vielleicht stimmt mein Serotoningehalt nicht.«

»Das sowieso, aber was noch?«

»Das Übliche vermutlich. Ich meine, an manchen Tagen kapiere ich einfach nicht, was wir auf diesem Planeten treiben. Ich lese die Zeitung, und es ist hoffnungslos. Armut und Seuchen, der ganze Schwachsinn von den Politikern, die dir alles erzählen würden, nur um gewählt zu werden. Dazu noch das Ozonloch und die Zerstörung der Regenwälder. Wie soll man das denn alles verarbeiten? Ich weiß, daß es nicht meine Aufgabe ist, die Probleme der Welt zu lösen, aber ich würde gern daran glauben, daß es irgendwo eine verborgene Ordnung gibt.«

»Viel Glück.«

»Allerdings, viel Glück. Auf jeden Fall bin ich auf der Suche nach Antworten. Die meiste Zeit nehme ich das Leben einfach als selbstverständlich hin. Ich tue, was ich tue, und es scheint einen Sinn zu haben. Hin und wieder verliere ich aus den Augen, wo mein Platz ist. Ich weiß, das klingt lahm, aber es ist die Wahrheit.«

»Wie kommst du darauf, daß es überhaupt Antworten gibt?« sagte er. »Man tut eben sein Bestes.«

»Woraus auch immer das besteht«, bemerkte ich.

»Da liegt ja der Hase im Pfeffer.« Er lächelte. »Und was ist mit der Arbeit? Was macht dir daran angst?«

»Vor einer großen Sache stehe ich immer unter Strom. Irgendwann versage ich einmal, und dieser Gedanke behagt mir nicht. Es ist wie Lampenfieber.«

»Wo kommt eigentlich diese Cousine her? Ich dachte, du hättest keine Verwandten?«

»Schön wär's«, sagte ich. »Es hat sich rausgestellt, daß ich in Lompoc mehrere Cousinen habe. Mir wäre es lieber, wenn ich nichts mit ihnen zu tun hätte, aber sie tauchen immer wieder auf. Ich bin zu alt, um mit Zusammengehörigkeit klarzukommen.«

»Du Lügnerin«, sagte er liebevoll, beließ es aber dabei.

Die Kellnerin kam wieder. Wir verzichteten auf Nachtisch und Kaffee. Dietz bat um die Rechnung, die sie aus einem Bündel hervorholte, das sie sich in den Rücken gesteckt hatte. Sie brauchte nur wenige Sekunden, um alles zusammenzuzählen. Ihre gelben Socken und die schwarzen Turnschuhe mit dem hohen Schaft gaben ihrer Kluft wirklich Klasse. Sie legte die Rechnung umgedreht auf den Tisch, ein wenig näher zu Dietz' Seite als zu meiner. Das war vermutlich ihre Taktik, um keinen Fehler zu machen, für den Fall, daß wir ein Paar waren, das die Rollen vertauscht hatte.

»Lassen Sie sich nur Zeit«, sagte sie und ging davon, um Ketchup an einen anderen Tisch zu bringen. Sie mußte den Stoffwechsel eines Vogels haben. Die Kälte rief bei ihr nicht mal eine Gänsehaut hervor.

Dietz warf einen kurzen Blick auf die Rechnung und kontrollierte alles in Windeseile noch einmal nach. Er lehnte sich zur Seite, um seine Geldbörse herauszuholen, entnahm ihr ein paar Scheine und schob sie unter seinen Teller. »Können wir?«

»Jederzeit.«

Wir gingen auf Umwegen nach Hause. Es schien leichter zu sein, im Dunkeln zu reden, ohne einander anzusehen. Das Gespräch war oberflächlich. Ich bin Expertin dafür, Worte zu benutzen, die andere Menschen auf Distanz halten. Als wir nach Hause kamen, sorgte ich dafür, daß Dietz alles hatte, was er brauchte: Bettwäsche, zwei Kopfkissen, eine Extradecke, einen kleinen Wecker und ein frisches Handtuch – all die kleinen Dinge, die das Leben angenehm machen. Abgesehen von mir.

Ich ließ ihn unten zurück und stieg die Wendeltreppe hinauf. Oben angekommen, beugte ich mich übers Geländer. »Bei deinem kaputten Knie wirst du morgen wohl nicht mit mir joggen gehen.«

»Leider nein. Tut mir leid. Das fehlt mir wirklich.«

»Ich werde versuchen, dich nicht aufzuwecken. Danke für das Abendessen.«

»Gern geschehen. Schlaf gut.«

»Nimm deinen Eisbeutel.«

»Ja, Ma'am.«

Ich schlief wesentlich früher ein als er. Dietz war eine Nachteule. Ich weiß nicht, womit er sich die Zeit vertrieb. Vielleicht hat er seine Stiefel poliert oder seine Pistole gereinigt. Womöglich hat er sich das Nachtprogramm im Fernsehen mit gedämpfter Lautstärke angesehen. Auf jeden Fall habe ich nichts von ihm gehört. Ab und zu fiel mir beim Umdrehen auf, daß das Licht im Wohnzimmer immer noch brannte. Es hatte etwas so Väterliches an sich, daß er in meiner Wohnung war. Ein Aspekt des Singledaseins ist, daß man sich selten beschützt fühlt. Man neigt dazu, beim Schlafen im Geist die Schuhe anzubehalten, bereit, beim geringsten Geräusch aufzuspringen und zur Waffe zu greifen. Solange Dietz Wache hielt, schaffte ich es sogar, ein paar Runden REM-Schlaf hinter mich zu bringen und träumte bis zu dem Sekundenbruchteil, bevor mein Wecker losging. Ich schlug die Augen auf, streckte den Arm aus und erwischte ihn gerade noch, bevor er zu plärren anfing.

Ich erledigte meine morgendlichen Waschungen hinter verschlossenen Türen, damit das Geräusch des laufenden Wassers nicht hinausdrang. Mit den Schuhen in der Hand schlich ich mich auf Strümpfen die Treppe hinunter und auf Zehenspitzen zur Tür hinaus, ohne ihn aufzuwecken. Ich band meine Schuhe zu, machte ein paar Stretching-Übungen und marschierte mit schnellem Schritt los, um warm zu werden. Die Nacht war von Pechschwarz zu Anthrazitgrau übergegangen, und als ich den Cabana erreichte, begann sich die Dunkelheit zu lichten. Der Sonnenaufgang malte blasse Aquarelltöne in den frühmorgendlichen Himmel. Das Meer war silberblau, und der Himmel ging von einem rauchigen Mauve zu einem sanften Pfirsichton über. Die Ölbohrtürme tupften den Horizont wie irisierende Pailletten. Ich liebte das Geräusch der Brandung zu dieser Stunde, das Kreischen der Möwen, das leise Gurren der Tauben, die bereits auf dem Weg entlangstolzierten. Eine Platinblonde und ein schwarzer Pudel kamen auf mich zu, ein Paar, das ich an den meisten Morgen sah, wenn ich hier draußen war.

Das Laufen tat mir gut. Oft sind die drei Meilen eine einzige Plage, etwas, das ich tue, weil ich weiß, daß ich es tun muß. Diesmal war ich dankbar dafür, körperlich in Form zu sein. Ich käme nicht gut mit einer Verletzung zurecht, wie Dietz sie hatte, die einen vom Training abhielt. Ich werde nie in irgend etwas Höchstleistungen vollbringen, aber zum Bekämpfen von Depressionen gibt es wirklich nichts Besseres. Ich machte am East Beach kehrt und lief zurück, jetzt ein bißchen schneller. Hinter mir ging die Sonne auf und goß Bäche gelben Lichts über den Himmel. Als ich verschwitzt und außer Atem wieder nach Hause ging, war ich guter Laune und fühlte mich wohl.

Dietz stand unter der Dusche, als ich hereinkam. Er hatte die Zeitung geholt und auf den Küchentresen gelegt. Er hatte das

Bettzeug weggeräumt, das Sofa wieder hochgeklappt und die Kissen irgendwo verstaut. Ich setzte Kaffee auf, ging nach oben und wartete, bis er die Dusche wieder abgestellt hatte, bevor ich meine andrehte. Um fünf nach halb neun war ich angezogen, hatte gefrühstückt und sammelte meine Jacke und meine Autoschlüssel zusammen. Dietz saß immer noch mit seiner zweiten Tasse Kaffee am Küchentresen, die Morgenzeitung ausgebreitet.

»Bis später«, sagte ich.

»Mach's gut«, erwiderte er.

Auf dem Weg in die Stadt machte ich an einer Wohnanlage in der Nähe halt, die beiden Vorladungen in der Hand. Ich übergab beide ohne Zwischenfall, obwohl der Typ und seine Freundin sich wohl kaum über meinen Besuch gefreut haben dürften. Gelegentlich habe ich es mit Leuten zu tun, die zu absurden Manövern greifen, um der Zustellung zu entgehen, aber meistens ergeben sie sich ihrem Schicksal. Wenn jemand protestiert oder ekelhaft wird, reagiere ich meistens mit der gleichen Entgegnung: »Tut mir leid, Freundchen, aber ich bin wie eine Kellnerin. Ich braue den Ärger nicht zusammen, ich serviere ihn nur. Schönen Tag noch.«

Zur Abwechslung parkte ich auf dem öffentlichen Parkplatz gegenüber dem Gericht und ging die zwei Häuserblocks zur Arbeit zu Fuß. Mein derzeitiges Büro ist der frühere Besprechungsraum der Kanzlei Kingman und Ives, mitten in Santa Teresa. Von meiner Wohnung aus braucht man bei den üblichen Verkehrsverhältnissen mit dem Auto etwa zehn Minuten dorthin. Das Kingman-Haus wirkt wie ein ganz normales dreistöckiges Gebäude, aber das Erdgeschoß ist eine Illusion. Hinter einer Fassade aus Naturstein mit vergitterten Fenstern und Fensterläden befindet sich in Wirklichkeit ein kleiner Parkplatz mit zwölf namentlich zugeordneten Parkplätzen. Die meisten Büroangestellten und weniger bedeutenden Mieter im Haus sind gezwungen, ihre Autos woanders unterzubringen. In der Umgebung stehen zwar keine Parkuhren, aber es ist verboten, länger als maximal neunzig Minuten zu parken, und die meisten von uns bekommen mindestens einen Strafzettel im Monat. An manchen Vormittagen hat es schon etwas Komisches, uns hin und her fahren zu sehen, während wir versuchen, uns gegenseitig die vorhandenen Parkplätze wegzuschnappen.

Ich stieg die zwei Stockwerke hinauf und verzichtete auf die Freuden des Aufzugs, der klein ist und ewig braucht und häufig den Eindruck macht, als werde er gleich steckenbleiben. Im Büro angekommen, tauschte ich Freundlichkeiten mit Alison, der Empfangsdame, und Lonnie Kingmans Sekretärin Ida Ruth aus. Ich sehe Lonnie selten, da er entweder bei Gericht ist oder eisern hinter geschlossenen Türen arbeitet. Ich betrat mein Büro und notierte kurz Datum, Uhrzeit und eine kurze Beschreibung des Pärchens, dem ich die Vorladungen zugestellt hatte. Ich tippte rasch eine Rechnung und griff mir dann das Telefon, während ich mich auf meinem Drehstuhl zurücklehnte und den Papierkram in meinen Ausgangskorb warf. California Fidelity machte erst gegen neun Uhr auf, aber Darcy kam meist früher.

»He, Darcy. Ich bin's«, sagte ich, als sie am anderen Ende abnahm.

»Oh, hallo, Kinsey. Bleib mal kurz dran. Ich bin nicht an meinem Platz.« Sie warf mich aus der Leitung, und ich lauschte nicht mehr ganz taufrischen Weihnachtsliedern, während ich einigermaßen optimistisch gestimmt wartete. Ich nahm an, wenn sie nichts gefunden hätte, hätte sie das gleich gesagt.

Eine halbe Minute verging, bis sie sich wieder meldete. »Okay. Guy David Malek besitzt im Bundesstaat Kalifornien keinen gültigen Führerschein. Seiner wurde 1968 eingezogen und offenbar nie neu ausgestellt.«

»Tja, Scheiße«, sagte ich.

Darcy lachte. »Würdest du bitte *warten*? Ständig ziehst du vorschnelle Schlüsse. Ich habe doch nur gesagt, daß er nicht Auto fährt. Er hat aber einen kalifornischen Personalausweis, und daher habe ich meine Informationen. Seine Anschrift lautet Route 1, Box 600, Marcella, Kalifornien 93456. Das ist vermutlich identisch mit seiner Wohnadresse. Klingt wie eine Ranch oder eine Farm. Möchtest du das Bild sehen?«

»Du hast ein aktuelles *Bild* von ihm? Das ist ja toll. Nicht zu fassen! Du kannst wohl zaubern.«

»He, du hast es mit einem Profi zu tun«, sagte sie. »Was hast du für eine Faxnummer?«

Ich nannte ihr Lonnies Faxnummer, während ich nach dem Telefonbuch griff. »Bist du sicher, daß er in Marcella wohnt? Das ist ja nicht mal hundert Meilen weit weg.«

»Den Unterlagen der Zulassungsstelle nach schon. Das dürfte dir die Arbeit ziemlich erleichtern.«

»Allerdings. Was schulde ich dir?«

»Zerbrich dir darüber nicht den Kopf. Ich mußte ein paar Formulare fälschen, damit die Anfrage legitim aussah, aber das wird niemand nachprüfen. Hat kaum eine Minute gedauert.«

»Du bist ein Schatz. Herzlichen Dank. Ich melde mich wieder, und dann gehen wir Mittag essen. Auf meine Rechnung.«

Darcy lachte. »Ich nehme dich beim Wort.«

Ich legte den Hörer auf und durchblätterte das Telefonbuch auf der Suche nach der Vorwahl für Marcella, Kalifornien. Es lag sogar innerhalb des Gebiets mit 805, genau wie Santa Teresa. Ich versuchte es bei der Auskunft, indem ich Guy Maleks Namen angab. Unter der Adresse, die Darcy mir genannt hatte, war kein Telefonanschluß eingetragen. »Haben Sie einen anderen Eintrag für Guy Malek in der Gegend? G. Malek? Irgendeinen Malek?«

»Nein, Ma'am.«

»In Ordnung. Danke.«

Ich trottete gerade rechtzeitig den Flur hinunter zum Faxgerät, um eine Kopie von Guy Maleks Ausweisfoto herauskommen zu sehen. Die Schwarzweiß-Wiedergabe war fleckig, doch sie bestätigte seine persönlichen Daten: GESCHLECHT: M; HAARFARBE: BLOND; AUGENFARBE: GRÜN; GRÖSSE: 1,73: GEWICHT: 70 KG; GEBURTSDATUM: 02.03.42. Er sah bedeutend besser aus als in seinem High-School-Jahrbuch.

Ein dreifaches Hurra auf ihn. Ich gestehe, daß ich mir gut vorkam, als ich mich wieder an meinen Schreibtisch setzte, während sich die kleine Angeberin in mir selbst auf die Schultern klopfte.

Ich rief in Tashas Büro an und nannte ihrer Sekretärin meinen Namen, als sie den Hörer abnahm. »Tasha ist in einer Besprechung, aber ich werde ihr sagen, daß Sie es sind«, erklärte sie. »Sie kann bestimmt kurz ans Telefon gehen, wenn es wichtig ist.«

»Glauben Sie mir, das ist es.«

»Können Sie warten?«

»Klar.« Während ich wartete, legte ich eine Patience aus. Eine Karte aufgedeckt und sechs mit dem Gesicht nach unten. Irgendwie tat es mir leid, daß sich alles so schnell geklärt hatte. Ich wollte nicht, daß Donovan dächte, er müsse für etwas bezahlen, das er ohne weiteres selbst hätte machen können – obwohl es in Wirklichkeit so war. In öffentlichen Unterlagen sind sehr viele Daten zu finden. Die meisten Leute haben nur nicht die Zeit oder das Interesse, die Kleinarbeit zu machen. Sie sind nur allzu froh, wenn ihnen ein Privatdetektiv das abnimmt, und so haben im Endeffekt alle etwas davon. Trotzdem war diese Aufgabe fast zu leicht, vor allem weil ich mir nicht sicher war, ob die Familie zu dem Schluß kommen würde, daß ihren wahren Interessen durch meine Entdeckung gedient war. Ich drehte die nächste Karte auf dem zweiten Stapel um und legte weitere fünf Karten darunter.

Als sich Tasha meldete, klang sie angespannt und nicht bei der Sache. »Hi, Kinsey. Was gibt's? Ich hoffe, es ist wichtig, ich stecke nämlich bis über beide Ohren in Arbeit.«

»Ich habe die Adresse von Guy Malek. Ich dachte, ich sage es am besten zuerst dir.«

Sie schwieg kurz, während sie diese Information verarbeitete. »Das ging ja schnell. Wie hast du das geschafft?«

Ich schmunzelte über ihren Tonfall, der eine perfekte Mischung aus Erstaunen und Respekt war. »Ich habe so meine

Methoden«, sagte ich. Ach, wie verführerisch ist doch die Befriedigung, wenn wir denken, wir hätten andere mit unserer Klugheit beeindruckt. Es ist eine der Perversionen der menschlichen Natur, daß wir mehr an der Bewunderung unserer Feinde interessiert sind als an der Anerkennung unserer Freunde. »Hast du einen Stift?«

»Natürlich. Wo wohnt er?«

»Nicht weit.« Ich nannte ihr die Adresse. »Es ist kein Telefon eingetragen. Entweder hat er keins, oder es läuft auf den Namen von jemand anderem.«

»Erstaunlich«, sagte sie. »Laß mich Donovan davon berichten und hören, was er als nächstes tun möchte. Er wird sicher hocherfreut sein.«

»Das bezweifle ich. Ich hatte den Eindruck, daß sie alle glücklicher wären, wenn Guy sich als tot entpuppte.«

»Unsinn. Sie sind doch eine Familie. Ich bin sicher, es wird sich alles klären. Ich sage ihm, daß er dich anrufen soll.«

Innerhalb von fünfzehn Minuten klingelte es. Donovan war am Apparat. »Gute Arbeit«, sagte er. »Ich bin überrascht, wie schnell es ging. Ich dachte, die Suche würde Wochen dauern.«

»Es ist nicht immer so leicht. Wir hatten Glück«, sagte ich. »Brauchen Sie sonst noch etwas?«

»Darüber haben Tasha und ich gerade geplaudert. Ich habe vorgeschlagen, Sie persönlich dorthin zu schicken. Tasha könnte zwar brieflich Kontakt zu ihm aufnehmen, aber manchmal reagieren Leute merkwürdig auf Post von Anwälten. Sie fühlen sich bedroht, bevor sie den Umschlag aufmachen. Wir möchten nicht den falschen Ton anschlagen.«

»Sicher, ich kann mit ihm sprechen«, sagte ich, wobei ich mich verwirrt fragte, was wohl der richtige Ton wäre.

»Ich hätte gerne einen Bericht aus erster Hand über Guys momentane Lebensumstände. Haben Sie irgendwann in den nächsten zwei Tagen Zeit?«

Ich sah in meinen Kalender. »Ich kann heute nachmittag hinfahren, wenn Sie möchten.«

»Je früher, desto besser. Ich möchte, daß diese Sache mit Glacéhandschuhen angefaßt wird. Ich habe keine Ahnung, ob er von Dads Tod erfahren hat, aber er könnte trotz der Entfremdung bestürzt sein. Außerdem ist das Geld eine heikle Angelegenheit. Wer weiß, wie er reagiert.«

»Möchten Sie, daß ich ihm von dem Testament erzähle?«

»Ich wüßte nicht, was dagegen spräche. Er erfährt es sowieso irgendwann.«

5

Ich sah auf meine Uhr. Da ich keine Termine hatte, konnte ich mich genausogut gleich auf den Weg machen. Es war gerade erst halb zehn. Eine Fahrt nach Marcella und zurück würde jeweils eine gute Stunde dauern. Wenn ich mir eine Stunde dafür zugestand, Guy Malek aufzuspüren, hätte ich immer noch Zeit, einen Happen zu Mittag zu essen und nachmittags wieder zurück zu sein. Ich zog die unterste Schreibtischschublade auf und holte meine Landkarte von Kalifornien heraus. Marcella lag ungefähr achtzig Meilen weiter nördlich und hatte wohl eine Bevölkerung von etwa fünfzehnhundert Seelen. Ich nahm an, daß es nicht mal eine Stunde dauern würde, ihn zu finden, wenn ich erst vor Ort war – vorausgesetzt, er lebte noch dort. Das Gespräch selbst würde vermutlich nicht länger als eine halbe Stunde dauern, was hieß, daß ich diesen ganzen Auftrag bis heute abend abschließen konnte.

Ich rief Dietz an und berichtete ihm von den Ereignissen. Im Hintergrund konnte ich den Fernseher laufen hören, eine dieser endlosen Nachrichtensendungen, die von Werbespots durchsetzt sind. Nach Ablauf einer Stunde weiß man mehr über Hundefutter als über das Weltgeschehen. Dietz ließ durchblicken, daß er nichts Besonderes vorhätte. Ich fragte mich, ob er womöglich auf eine Einladung, mich zu begleiten, aus war, aber da er die Frage nicht stellte, beantwortete ich sie auch nicht. Ich wollte mich ohnehin nicht für seine Unterhaltung verantwortlich fühlen. Ich erklärte ihm, daß ich gegen drei zurück wäre und nicht mehr ins Büro gehen, sondern gleich nach Hause kommen würde. Pläne fürs Abendessen konnten wir schmieden, wenn ich dann eingetroffen war.

Ich tankte meinen VW voll und fuhr auf der 101 in Richtung Norden. Wo die Landstraße sich an der Küste entlangschlängelte, war Nebel aufgekommen, und der Himmel erschien nun milchigweiß von bauschigen Wolken. Am Straßenrand hoben sich die immergrünen Gewächse in den verschiedensten dunklen Silhouetten bis zum Horizont ab. Der Verkehr floß zügig voran, überwiegend Autos mit nur einem Insassen und gelegentlich ein Pferdeanhänger, der vermutlich ins Santa Ynez Valley unterwegs war, das gleich nördlich von uns lag. Wir hatten nicht viel Regen gehabt, und die Hügel sahen aus wie stumpfe heufarbene Wälle, zwischen denen hin und wieder ein Ölbohrturm seine regelmäßigen, unterwürfigen Verbeugungen zur Erde hin vollführte.

Die Straße wand sich ins Landesinnere, und binnen einer Stunde hatten sich die Wolken wieder aufgelöst und waren einem blaßblauen Himmel gewichen, den noch vereinzelte Schwaden durchzogen, so zart wie Gänsedaunen. Kurz vor Santa Maria nahm ich die 166 in Richtung Osten und fuhr zehn Meilen auf der zweispurigen Straße, die parallel zum Cuyama River verlief. Die Wärme der Januarsonne war hier oben kaum zu spüren. Die Erde in den Tälern und Cañons roch trocken, und vor mir erhob sich eine Kette kahler brauner Hügel. Man hatte Regen vorhergesagt, aber das Wetter schien zu flirten und uns mit hohen Wolken und der Andeutung einer Brise zu necken.

Die Ortschaft Marcella lag im Schatten des Los Coches Mountain. Beim Fahren war ich mir der unsichtbaren Gegenwart des großen San-Andreas-Grabens bewußt, der 750 Meilen langen Verwerfung, die sich an der kalifornischen Küste hinaufschlängelt, von der mexikanischen Grenze bis zu dem dreifachen Berührungspunkt bei Mendocino, wo die pazifische und die nordamerikanische Platte sich seit Anbeginn der Zeit gegeneinanderreiben. Unter den dünnen Schichten aus Granit und Meeresablagerungen ist die Erdkruste so brüchig wie ein Totenschädel. In dieser Gegend wird der San-Andreas-Graben vom Santa-Ynez-Graben gekreuzt, und White Wolf und Garlock liegen nicht weit entfernt. Es wird spekuliert, daß die Berge in diesem Teil des Bundesstaates früher einmal in Nord-Süd-Richtung verliefen, genau wie andere Bergketten entlang der Küste. Der Theorie zufolge wurde die Südspitze dieser Kette vor vielen Millionen Jahren von der pazifischen Platte gekappt und beim Vorüberziehen zur Seite gezerrt, womit die Berge in ihre heutige Ost-West-Ausrichtung gebracht wurden. Ich war einmal während eines kleineren Bebens mit dem Auto unterwegs gewesen, und es war ein Gefühl, als wäre der VW soeben von einem rasenden, achtzehnrädrigen Lastwagen überholt worden. Es gab einen Ruck nach rechts, als wäre das Auto plötzlich in ein Vakuum gesogen worden. In Kalifornien, wo sich das Wetter so wenig wandelt, suchen wir die Dramatik, die woanders Wirbelstürme und Orkane mit sich bringen, in Erdbeben.

An einer Straßenkreuzung entdeckte ich einen unauffälligen Wegweiser und bog in südlicher Richtung nach Marcella ab. Die Straßen waren sechsspurig und kaum befahren. Hin und wieder hatte man eine Palme oder einen Wacholderbusch am Straßenrand gepflanzt. Hier gab es keine Gebäude, die über zwei Stockwerke hoch waren, und wenn ich mich umblickte, sah ich einen Gemischtwarenladen mit eisernen Gitterstäben an den Fenstern, ein Hotel, drei Motels, eine Immobilienfirma und ein großes viktorianisches Haus, das von einem Gerüst umgeben war. Die einzige Bar befand sich in einem Gebäude, das wirkte, als wäre es einmal ein Postamt gewesen, dem aber jetzt jede amtliche Funktion genommen war. Im Fenster hing eine Budweiser-Werbung. Wovon lebten die Einwohner Marcellas, und warum hatten sie sich hier niedergelassen? Es gab meilenweit keinen anderen Ort, und die Geschäfte hier schienen in erster Linie auf Biertrinken und anschließendes Zubettgehen eingerichtet zu sein. Wenn man Fast Food oder Ersatzteile fürs Auto wollte, wenn man ein rezeptpflichtiges Medikament, ein Kino, ein Fitneßcenter oder ein Brautkleid brauchte, mußte man nach Santa Maria fahren oder auf der 101 weiter Richtung Norden nach Atascadero und Paso Robles. Das Land um den Ort herum wirkte unfruchtbar. Ich hatte nichts gesehen, das auch nur halbwegs einer Zitrusplantage oder einem gepflügten Feld geähnelt hätte. Vielleicht war die Landschaft ja für Weideflächen, Bergbau oder Autorennen reserviert. Vielleicht lebten die Menschen hier, um der Hektik von San Luis Obispo zu entkommen.

In einer Seitenstraße sah ich eine Tankstelle und hielt dort an, um nach dem Weg zu fragen. Der Junge, der herauskam, war vielleicht siebzehn. Er war mager, hatte blasse Augen, bis fast an die Ohren geschorene Haare und ein Gewirr schiefer Zähne. Er erinnerte mich an eine Figur aus einer der ersten Folgen von *Unheimliche Geschichten*. Ich sagte: »Hi. Ich suche einen Freund von mir. Er heißt Guy Malek. Ich glaube, er wohnt hier irgendwo auf der Route 1, aber er hat mir nicht genau gesagt, wo.« Nun gut. Ich schwatzte dummes Zeug, aber es war nicht direkt gelogen. Ich *wäre* ja mit Guy befreundet, wenn er erst die Neuigkeiten über die fünf Millionen Dollar hörte.

Der Junge sagte nichts, aber er wies die Richtung mit einem zitternden Finger wie ein Schloßgespenst.

Ich blickte über meine Schulter. »Zurück da runter?«

»Das ist das Haus.«

Ich drehte mich um und starrte erstaunt. Das Grundstück war von einem Maschendrahtzaun umgeben. Hinter einem Rolltor aus Hühnerdraht konnte ich ein kleines Haus erkennen, einen Schuppen, eine große Scheune mit Seitenwänden aus Wellblech, einen alten gelben Schulbus, eine alleinstehende Zapfsäule und ein Schild, das zu verblichen war, als daß ich es aus der Entfernung hätte lesen können. Das Tor stand offen. »Oh. Gut, danke. Wissen Sie, ob er zu Hause ist?«

»Nein.«

»Er ist nicht da?«

»Nein. Ich weiß es nicht. Ich hab ihn heute zumindest noch nicht gesehen.«

»Ah. Na, dann klopfe ich wohl mal bei ihm.«

»Das könnten Sie machen«, sagte er.

Ich fuhr aus der Tankstelle heraus und über die Straße. Ich manövrierte den VW durch das offene Tor und parkte auf einem Streifen nackter Erde, den ich für eine Einfahrt hielt. Dann stieg ich aus. Der Vorplatz bestand aus weißem Sand mit einem Saum aus braunem Gras. Das Holzhaus war früher einmal weiß gestrichen gewesen und besaß nur ein einziges Stockwerk, dem eine hölzerne Veranda vorgebaut war. Ein Spalier, das die Fenster zur Linken schützte, wies nur eine einzige kahle Ranke auf, die sich durch das Gitterwerk wand wie eine Boa Constrictor. Ein ebensolches Spalier auf der rechten Seite war unter seiner Bürde ausgetrockneter brauner Vegetation zusammengebrochen. Mehrere Kabel kamen vom Dach herunter und versorgten die Bewohner mit Telefon, Fernsehen und Elektrizität.

Ich erklomm die hölzernen Stufen und klopfte an die verwitterte Fliegentür. Die Tür war geschlossen, und es war kein Hinweis auf Leben zu sehen. Überall lag eine feine Rußschicht, als stünde das Haus im Windschatten eines Hochofens. Der Boden der Veranda begann auf eine Art zu zittern, die darauf schließen ließ, daß jemand den Holzboden im Inneren des Hauses durchschritt. Die Tür ging auf, und ich stand dem Mann gegenüber, in dem ich Guy Malek vermutete. Abgesehen von einem Dreitagebart sah er für sein Alter äußerst jung aus. Sein Haar wirkte dunkler und glatter als in seinem High-School-Jahrbuch, aber seine Gesichtszüge waren nach wie vor jungenhaft: khakigrüne Augen, umringt von dunklen Wimpern, eine kleine, gerade Nase und ein großzügiger Mund. Sein Teint war rein, und er hatte eine gute Farbe. Die Jahre hatten feine Linien um seine Augen gegraben, und seine Kinnpartie begann ein wenig schlaff zu werden, aber ich hätte ihn trotzdem auf Mitte Dreißig geschätzt. Mit fünfzig und sechzig würde er zweifellos immer noch genauso aussehen, da die Jahre sein gutes Aussehen nur geringfügig verändern konnten. Er trug eine Jeans-Latzhose und war gerade dabei gewesen, eine Jeansjacke anzuziehen, als er an die Tür kam, und so blieb er stehen, um den Kragen hinten zurechtzurücken, bevor er »Hallo« sagte.

Als Jugendlicher hatte Guy Malek genauso bescheuert ausgesehen wie wir alle. Er war der böse Junge gewesen, gesetzlos und selbstzerstörerisch, eine der verlorenen Seelen des Lebens. Er mußte anziehend gewirkt haben, weil er so sehr der Rettung bedurfte. Frauen können Männern nicht widerstehen, die gerettet werden müssen. Nun hatte sich sein Schutzengel offenbar auf Dauer bei ihm eingerichtet und verlieh seinem Gesicht ein heiteres Aussehen. Es war seltsam, daß seine Brüder so anders gealtert waren. Bereits jetzt mochte ich diesen Mann lieber als seine Geschwister. Von der Schmuddeligkeit abgesehen erweckte nichts den Eindruck, als würde er irgendwelche Substanzen schnupfen, schnüffeln oder spritzen.

»Sind Sie Guy Malek?«

Sein Lächeln kam zögernd, als könnte ich jemand sein, den er schon einmal getroffen hatte und an dessen Namen er sich gern erinnern würde. »Ja.«

»Ich heiße Kinsey Millhone. Ich bin Privatdetektivin aus Santa Teresa.« Ich reichte ihm eine Visitenkarte. Er studierte die Karte, bot mir aber keinen Händedruck an. Seine Hände waren so verschmutzt wie bei einem Automechaniker. Ich konnte sehen, wie ein Muskel in seinem Kiefer arbeitete.

Er richtete seinen Blick auf mich, und sein gesamter Körper erstarrte. Das Lächeln schwand. »Hat meine Familie Sie engagiert?«

»Nun, ja«, sagte ich. Ich wollte gerade zu einem diplomatischen Bericht über den Tod seines Vaters ansetzen, als ich Tränen in seinen Augen aufsteigen sah, die das klare Grün seines Blicks trübten. Blinzelnd sah er nach oben und holte tief Luft, bevor er seine Aufmerksamkeit wieder mir zuwandte. Er wischte sich hastig über die Wangen und lachte verlegen auf.

Er sagte »Wow« und preßte sich die Finger der einen Hand gegen die Augen. Dann schüttelte er den Kopf und versuchte sich zu fassen. »Tut mir leid. Sie haben mich völlig überrascht. Ich hätte nie gedacht, daß es mir etwas ausmacht, aber das tut es wohl doch. Ich habe mir immer gewünscht, sie würden jemanden schicken, aber ich hatte die Hoffnung schon fast aufgegeben. Wie haben Sie mich gefunden?«

»So schwer war das nicht. Ich habe bei der Kfz-Zulassungsstelle nachgeforscht und bin auf Ihren kalifornischen Personalausweis gestoßen. Dann habe ich es bei der Telefonauskunft versucht, aber Sie waren nicht eingetragen. Sie haben wohl kein Telefon?«

»Kann mir keins leisten«, antwortete er. »Möchten Sie reinkommen?« Seine Art war linkisch, und er wirkte unsicher. Er wandte den Blick von mir ab und sah mich dann erneut an.

»Gern«, sagte ich.

Er trat einen Schritt zurück, um mich hereinzulassen, und ich betrat einen Raum, der genauso aussah, wie ich es erwartet hatte. Der Innenausbau war dürftig, breite, unbehandelte Holzdielen und Fenster, die nicht richtig schlossen. Mehrere alte Möbelstücke, vermutlich beim Sperrmüll – falls es so etwas hier gab – ergattert, waren ins Zimmer gestellt worden. Wo immer auch Platz war, stapelten sich Bücher, Zeitschriften und schmutzige Wäsche, Töpfe, Pfannen, Konservendosen und Werkzeuge. Außerdem lagen eine Menge Dinge herum, die wie landwirtschaftliche Geräte aussahen, deren Funktion mir aber unklar war. In einer Zimmerecke standen ein Turm aus gebrauchten Autoreifen und ein Klosett, das an nichts angeschlossen zu sein schien. Guy fing meinen verwunderten Blick auf. »Ich bewahre das für einen Bekannten auf. Da hinten habe ich ein richtiges Badezimmer«, sagte er mit einem schüchternen Lächeln.

»Das freut mich zu hören«, sagte ich und lächelte ihn an.

»Möchten Sie eine Tasse Kaffee? Es ist Pulverkaffee, aber er ist nicht schlecht.«

»Nein, danke. Wollten Sie gerade weg?«

»Was? Ach ja, aber machen Sie sich deshalb keine Gedanken. Setzen Sie sich doch.« Er zog ein Taschentuch hervor und schneuzte sich. Ich merkte, wie sich in meinem Brustkorb ein beklommenes Gefühl breitmachte. Seine Offenheit hatte etwas Rührendes. Er wies auf ein zerschlissenes, klobiges Sofa, durch dessen Polster eine Sprungfeder stach. Ich hockte mich auf die Kante und hoffte, meine zartesten Körperteile nicht zu beschädigen. Mein Unbehagen hing damit zusammen, daß Guy Malek offenbar dachte, seine Familie hätte mich aus emotionalen Gründen mit der Suche nach ihm beauftragt. Ich wußte es besser. Ich überlegte, wie ich mich verhalten sollte, und beschloß, aufrichtig zu ihm zu sein. Was auch immer das Ergebnis unseres Gesprächs war, es wäre allzu demütigend für ihn, wenn ich ihn im falschen Glauben ließe.

Er zog einen hölzernen Stuhl heran und setzte sich mir direkt gegenüber, wobei er sich hin und wieder die Augen wischte. Er entschuldigte sich nicht für die Tränen, die ihm immer noch über die Wangen liefen. »Sie wissen nicht, wie sehr ich darum gebetet habe«, sagte er mit zitternden Lippen. Er sah auf seine Hände herab und begann das Taschentuch zusammenzufalten. »Der Pastor meiner Kirche... er hat Stein und Bein geschworen, daß es passieren würde, wenn es so bestimmt sei. Beten ist zwecklos, wenn es nicht Gottes Wille ist, hat er gesagt. Und ich habe immer wieder gesagt: ›Mann, eigentlich hätten sie mich doch inzwischen finden können, wenn ihnen genug daran läge, oder?‹«

Mir fiel auf, daß seine Situation der meinen seltsam ähnelte, da wir beide versuchten, zerbrochene Familienbande zu verarbeiten. Zumindest hieß er seine Verwandten willkommen, obwohl er den Zweck meines Besuches mißverstand. Ich fühlte mich alles andere als wohl, weil ich ihn korrigieren mußte. »Guy, offen gestanden ist die Sache komplizierter. Ich habe schlechte Nachrichten«, begann ich.

»Mein Vater ist gestorben?«

»Vor zwei Wochen. Ich weiß das genaue Datum nicht. Soweit ich weiß, hatte er einen Schlaganfall und litt außerdem an Krebs. Er hat eine Menge durchgemacht, und ich glaube, sein Körper ließ ihn einfach im Stich.«

Er schwieg einen Augenblick und starrte ins Weite. »Tja. Eigentlich überrascht mich das nicht«, sagte er. »Hat er ... wissen Sie, ob er es war, der nach mir gefragt hat?«

»Ich habe keine Ahnung. Ich bin erst gestern engagiert worden. Die Testamentseröffnung wird gerade eingeleitet. Von Gesetzes wegen müssen Sie benachrichtigt werden, da Sie einer der Begünstigten sind.«

Er wandte sich mir zu und begriff es endlich. »Ach. Sie sind in offiziellem Auftrag hier, und das ist alles, stimmt's?«

»Mehr oder weniger.«

Ich beobachtete, wie ihm langsam die Farbe in die Wangen stieg. »Ich Blödmann«, sagte er. »Da habe ich mir doch allen Ernstes eingebildet, Sie wären von jemandem geschickt worden, der tatsächlich einen Funken Interesse hat.«

»Es tut mir leid.«

»Ist nicht Ihre Schuld«, sagte er. »Was noch?«

»Was noch?«

»Ich wollte wissen, ob Sie mir noch etwas anderes mitzuteilen haben.«

»Eigentlich nicht.« Falls er mitbekommen hatte, daß er Geld erben würde, so ließ er es sich nicht anmerken.

»Es ist vermutlich völlig abwegig, daß mein Vater nach mir gefragt haben könnte.«

»Ich wünschte, ich könnte Ihnen weiterhelfen, aber man hat mir keine Einzelheiten genannt. Möglich ist es schon, aber vielleicht erfahren Sie es nie. Sie können die Anwältin fragen, wenn Sie mit ihr sprechen. Sie weiß wesentlich mehr als ich über die Umstände seines Todes.«

Er lächelte schwach. »Dad hat eine Frau engagiert? Das klingt nicht nach ihm.«

»Donovan hat sie engagiert. Sie hat mit seiner Frau studiert.«

»Was ist mit Bennet und Jack? Sind sie verheiratet?« Er sprach die Namen aus, als hätte er sie seit Jahren nicht mehr im Mund gehabt.

»Nein. Nur Donovan. Soweit ich weiß, haben Christie und er noch keine Kinder. Er leitet die Firma, die meines Wissens mittlerweile die drittgrößte Baufirma in Kalifornien ist.«

»Gut für ihn. Donnie war schon immer vom Geschäft besessen«, sagte er. »Haben Sie auch mit den anderen beiden gesprochen?«

»Kurz.«

Sein Gesichtsausdruck hatte sich komplett gewandelt, während wir sprachen. Was mit so großer Beglücktheit begonnen hatte, war nun zu schmerzhafter Erkenntnis geworden. »Korrigieren Sie mich, wenn ich mich irre, aber ich habe den Eindruck, daß sie nicht ernsthaft an mir interessiert sind. Die Anwältin hat gesagt, daß sie das tun müssen, also tun sie es. Ist es so? Ich meine, die drei sind nicht eben von warmen, sentimentalen Gefühlen beseelt, was mich betrifft, oder?«

»Das stimmt, aber das rührt wahrscheinlich von der Situation her, in der Sie weggegangen sind. Ich habe gehört, Sie hatten eine Menge Ärger, also sind ihre Erinnerungen an Sie nicht gerade schmeichelhaft.«

»Wohl nicht. Ebensowenig wie meine an sie, wenn ich es mir recht überlege.«

»Außerdem hat niemand ernsthaft geglaubt, daß ich Sie finden würde. Wie lange ist es jetzt her – siebzehn Jahre?«

»Ungefähr. Offenbar nicht lange genug aus ihrer Sicht.«

»Wohin sind Sie denn gegangen, als Sie das Haus verlassen haben? Stört es Sie, wenn ich frage?«

»Warum sollte mich das stören? Es war nichts Großartiges. Ich bin zur Landstraße gegangen, um zu trampen. Ich wollte nach San Francisco, war voll auf Acid und total high. Der Typ, der mich aufgelesen hat, war ein Pfarrer, der bei einer Kirche etwa eine Meile von hier angestellt worden war. Er hat mich aufgenommen. Ich war dermaßen vollgedröhnt, daß ich nicht einmal wußte, wo ich war.«

»Und Sie sind die ganze Zeit hier gewesen?«

»Nicht ganz«, antwortete er. »Ich bin ja nicht im Handumdrehen von selbst auf Entzug gegangen und clean geworden. Ich habe mehr als einmal Mist gebaut. Ich hatte Rückfälle... Sie wissen schon, ich hab mich betrunken und bin losgezogen... aber Pete und seine Frau haben mich jedesmal gefunden und wieder zurückgebracht. Schließlich habe ich kapiert, daß ich sie nicht abschütteln konnte. Ganz egal, was ich machte. Sie klebten an mir wie Leim. Dann habe ich mich besonnen und Jesus in meinem Herzen gefunden. Das hat wirklich mein ganzes Leben umgekrempelt.«

»Und Sie haben sich nie bei Ihrer Familie gemeldet?« sagte ich.

Mit einem bitteren Lächeln schüttelte er den Kopf. »Sie haben ja auch nicht gerade nach mir geschrien.«

»Vielleicht ändert sich das, wenn ich mit ihnen spreche. Was kann ich ihnen sonst noch sagen? Arbeiten Sie?«

»Sicher arbeite ich. Ich erledige Instandhaltungsarbeiten an der Kirche und verrichtete alle möglichen Jobs im Ort. Anstreichen, Reparaturen, Installationen, Elektrik. Was man eben so braucht. Meistens zum Mindestlohn, aber ich bin der einzige hier, der so was macht, also habe ich immer zu tun.«

»Klingt, als hätten Sie sich ganz gut eingerichtet.«

Er sah sich um. »Tja, ich besitze nur wenig, aber ich brauche auch nicht viel. Das Haus gehört mir nicht«, sagte er. »Die Kirche bezahlt meine Unterkunft, aber ich verdiene genug fürs Nötigste. Essen, Wasser, Strom und dergleichen. Ich fahre nicht Auto, aber ich habe ein Fahrrad, und in einem Ort von dieser Größe kommt man damit überallhin.«

»Sie haben sich ziemlich verändert.«

»Sonst wäre ich schon tot.« Er sah kurz auf die Uhr. »Hören Sie, ich möchte Sie nicht drängen, aber ich sollte mich wohl langsam auf den Weg hinüber in die Kirche machen.«

»Dann will ich Sie nicht aufhalten. Danke, daß Sie sich die Zeit genommen haben. Kann ich Sie mitnehmen?«

»Klar. Wir können unterwegs reden.«

Als wir im Auto saßen, dirigierte er mich zurück zur Landstraße. Wir bogen nach rechts auf die 166 ein, wieder in Richtung Osten. Eine Weile fuhren wir in freundschaftlichem Schweigen dahin. Dann warf er mir einen Blick zu. »Worin besteht eigentlich Ihr Auftrag? Mich finden und Bericht erstatten?«

»So in etwa«, antwortete ich. »Jetzt, wo wir eine gültige Adresse haben, wird Ihnen Tasha Howard, die Anwältin, eine Benachrichtigung über die Testamentseröffnung zuschicken.«

»Oh, genau. Das habe ich ganz vergessen. Ich bin ja ein Begünstigter, haben Sie gesagt.« Sein Tonfall war heiter und nahezu spöttisch geworden.

»Das interessiert Sie nicht?«

»Nicht besonders. Ich dachte, ich bräuchte etwas von diesen Leuten, aber es hat sich herausgestellt, daß dem doch nicht so ist.« Er wies auf eine herannahende Kreuzung, und ich bog nach rechts auf eine kleine Nebenstraße ab. Der Straßenbelag hatte sich von Asphalt zu losem Kies verwandelt, und ich konnte beim Weiterfahren die weißen Staubwolken in meiner Heckscheibe aufwirbeln sehen. Die Kirche lag am Rand einer Weide etwa eine halbe Meile weit entfernt. Auf einem Schild stand: JUBILEE EVANGELICAL CHURCH.

»Sie können hier rechts ranfahren«, sagte er. »Möchten Sie mit reinkommen und die Kirche sehen? Wenn Sie nach Stunden bezahlt werden, können Sie sich doch ruhig alles anschauen. Ich bin sicher, Donnie kann es sich leisten.«

Ich zögerte ein wenig. »Na gut.«

Er legte den Kopf schief. »Sie brauchen sich keine Sorgen zu machen. Ich werde nicht versuchen, Sie zu bekehren.«

Ich parkte, und wir stiegen aus. Er gab zwar keine feierliche Erklärung ab, aber ich merkte ihm an, daß er stolz auf diesen Ort war. Er zog einen Schlüsselbund heraus und schloß auf.

Die Kirche war klein und aus Holz gebaut. Ihr unscheinbares Äußeres vermittelte den Eindruck von Redlichkeit. Die Buntglasfenster waren schlicht. Jedes war in sechs blaßgoldene Scheiben unterteilt, an deren unterem Rand jeweils eine Inschrift eingraviert war. Vorne, links von einer erhöhten, mit Teppichen ausgelegten Plattform, stand eine schmucklose hölzerne Kanzel. Zur Rechten erhob sich eine Orgel, vor der drei Stuhlreihen für den Chor aufgestellt waren. Der Blumenschmuck vom vergangenen Sonntag beschränkte sich auf einen Zweig weißer Gladiolen. »Vor zehn Jahren ist das hier alles von einem Feuer zerstört worden. Die Gemeinde hat alles von Grund auf wieder aufgebaut.«

Ich sagte: »Wie haben Sie zu sich gefunden? Das muß schwer gewesen sein.«

Er setzte sich auf eine der vorderen Kirchenbänke, und ich bemerkte, daß er sich umblickte und diesen Ort vielleicht so sah wie ich. »Ich schreibe es unserem Herrn zu, obwohl Pete immer sagt, daß ich die Arbeit selbst gemacht hätte«, antwortete er. »Ich bin ohne viel Betreuung aufgewachsen, ohne irgendwelche Werte. Ich mache niemandem einen Vorwurf. Es war eben so. Meine Eltern waren anständige Leute. Sie haben nicht getrunken oder mich geschlagen oder irgend so was, aber sie haben nie von Gott und ihren religiösen Überzeugungen gesprochen, vorausgesetzt, sie hatten welche, was vermutlich nicht der Fall war. Meine Brüder und ich … sogar als wir noch ganz klein waren … sind nie zur Sonntagsschule oder in die Kirche gegangen.

Meine Eltern hatten etwas gegen ›organisierte Religion‹. Ich weiß nicht, was dieser Begriff für sie bedeutete oder was ihre Auffassung war, aber sie waren stolz darauf, daß keiner von uns je damit in Berührung kam. Als wäre es eine Art Krankheit. Ich weiß noch, daß sie ein Buch von diesem Typen namens Philip Wylie hatten. *Generation of Vipers*. Er setzte die Lehre der Kirche mit intellektueller Korruption gleich, mit der Verkrüppelung junger Geister.«

»Manche Leute sind dieser Ansicht«, sagte ich.

»Ja, ich weiß. Ich kapiere es zwar nicht, aber ich stoße draußen in der Welt immer wieder darauf. Die Leute meinen anscheinend, daß man nicht sehr helle sein kann, wenn man zur Kirche geht. Ich meine, nur weil ich ein Wiedergeborener bin, heißt das nicht, daß ich IQ-Punkte eingebüßt habe.«

»Bestimmt nicht.«

»Es ist eben so, daß ich ohne moralischen Kompaß aufgewachsen bin. Ich habe kein Gefühl dafür gekriegt, welche Regeln galten, also habe ich es einfach darauf angelegt. Ich habe immer wieder die Grenze überschritten und darauf gewartet, daß jemand käme und mir sagte, wo Schluß ist.«

»Aber soweit ich gehört habe, sind Sie mit dem Gesetz in Konflikt gekommen. Sie müssen die Regeln gekannt haben, denn jedesmal, wenn Sie eine gebrochen haben, sind Sie vor Gericht gelandet. Donovan sagt, Sie hätten mehr Zeit in Besserungsanstalten verbracht als zu Hause.«

Er lächelte verlegen. »Das stimmt, aber wissen Sie, was seltsam ist? Ich fand die Anstalt gar nicht so schlimm. Da konnte ich wenigstens mit Kids zusammensein, die genauso verkorkst waren wie ich. Mann, war ich abgedreht! Ich bin einfach ausgerastet. Ich war ein Irrer, in jeder Hinsicht ausgeflippt. Es ist nicht leicht, heute darüber nachzudenken. Mir fällt es schwer, mich in mich selbst einzufühlen und in den, der ich damals war. Ich weiß, was passiert ist. Ich meine, ich weiß, was ich gemacht habe, aber ich kann mir nicht mehr vorstellen, daß ich es gemacht habe. Ich wollte mich gut fühlen. Ich habe viel über das alles nachgedacht, und das ist die einzige Erklärung, die mir bisher eingefallen ist. Ich habe mich schlecht gefühlt und wollte, daß es mir besserginge. Kam mir eben so vor, als wäre Dope der schnellste Weg dorthin. Ich habe seit über fünfzehn Jahren keine Drogen oder harten Getränke mehr angerührt. Ich trinke zwar ab und zu ein Bier, aber ich rauche nicht, spiele nicht Karten und gehe nicht tanzen. Ich führe den Namen des Herrn nicht unnütz im Munde und fluche nicht ... besonders oft. Wenn ich mir den Zeh anstoße, kann ich fürchterlich toben, aber ich vermeide Schimpfwörter.«

»Tja, das ist gut.«

»Für mich schon. Damals wankte ich ständig am Abgrund entlang. Ich glaube, ich habe darauf gehofft, daß meine Eltern endlich einen Schlußstrich ziehen und dabei bleiben würden. Daß sie sagen würden: ›He, jetzt reicht's. Diesmal hast du's wirklich zu weit getrieben.‹ Aber wissen Sie was? Mein Dad war zu nachgiebig. Er hat immer nur gelabert. Sogar wenn er mir einen Riesenarschtritt versetzt hat, sogar als er mich vor die Tür gesetzt hat, hat er noch gesagt: ›Denk drüber nach, mein Sohn. Du kannst wiederkommen, wenn du es begriffen hast.‹ Aber wie denn? Wenn ich was begriffen habe? Ich hatte keine Ahnung. Ich war völlig orientierungslos. Ich war wie ein Boot, das mit Volldampf fährt, aber ohne sinnvolle Richtung, das nur lärmend große Kreise zieht. Wissen Sie, was ich meine?«

»Sicher. Auf der High School war ich selbst eine Chaotin. Schließlich bin ich Polizistin geworden, bevor ich das hier angefangen habe.«

Er lächelte. »Ohne Witz? Sie haben getrunken und Dope geraucht?«

»Unter anderem«, sagte ich bescheiden.

»Kommen Sie. Was zum Beispiel?«

»Ich weiß nicht. Die anderen in meiner Klasse waren alle anständig, aber ich nicht. Ich war wild. Ich hab die Schule geschwänzt. Ich habe mich mit abgestürzten Typen herumgetrieben, und es hat mir gefallen. *Die* haben mir gefallen«, sagte ich. »Ich war eine Außenseiterin, genau wie Sie, schätze ich.«

»Auf welche High School sind Sie denn gegangen?«

»Santa Teresa High.«

Er lachte. »Sie waren eine Mauerratte?«

»Allerdings«, sagte ich. Mauerratten waren die Kids, die immer auf einer niedrigen Mauer hockten, die hinten um das Schulgelände verlief. Es wurde viel geraucht, alle trugen ausgefallene Klamotten und hatten wasserstoffblonde Haare.

Guy lachte. »He, das ist ja toll!«

»Ich weiß nicht, wie toll es war, aber ich hab's eben gemacht.«

»Wie haben *Sie* zu sich gefunden?«

»Wer sagt, daß ich es geschafft habe?«

Er erhob sich, als hätte er eine Entscheidung getroffen. »Kommen Sie mit rüber ins Pfarrhaus, dann können Sie Peter und Winnie kennenlernen«, sagte er. »Zu dieser Zeit sind sie immer in der Küche und kochen das Essen für die Bibelstunde am Donnerstag abend.«

Ich folgte ihm den Mittelgang entlang und durch eine Tür an der Hinterseite. Ich merkte, wie sich in mir leiser Widerstand zu regen begann. Ich wollte nicht, daß jemand mich zu bekehren versuchte. In meinen Augen ist zuviel Tugend ein ebensolches Laster wie Verdorbenheit.

6

Das weitläufige Pfarrhaus aus weißgestrichenem Holz lag auf dem Grundstück direkt neben der Kirche. Es umfaßte zwei Stockwerke, hatte grüne Fensterläden und ein schäbiges Dach aus grünen Schindeln, das von Dachgauben durchbrochen war. Über die eine Seite des Hauses zog sich eine breite Veranda, die von Fliegengittern umgeben und unübersehbar verzogen war, als hätte ein Erdbeben das Betonfundament gelockert. Hinter dem Haus konnte ich eine große rote Scheune mit einer baufälligen Garage erkennen. Sowohl das Haus als auch die Scheune hätten dringend eines neuen Anstrichs bedurft, und ich bemerkte, wie die Sonne schräg durch das Scheunendach schien, wo es von großen Löchern durchzogen war. Metallene Gartenstühle waren halbkreisförmig unter einer wuchtigen immergrünen Eiche im Garten arrangiert worden. Ein verwitterter Picknicktisch mit zwei langen Bänken stand gleich daneben, und ich stellte mir vor, daß er in den Sommermonaten für Sonntagsschulkassen und Kirchenessen genutzt wurde.

Ich folgte Guy durch den Garten. Wir stiegen die Hintertreppe hinauf und betraten die Küche. In der Luft stand der Geruch von angebratenen Zwiebeln und Sellerie. Peter war ein Mittsechziger, der langsam kahl wurde. Ein Kranz weißen Haares umgab seinen Kopf, ging in Koteletten über und wand sich als kurz gestutzter Bart um seine Kinnpartie. Das blasse Sonnenlicht, das durchs Fenster drang, beleuchtete den fedrig weißen Flaum auf seinem Schädel. Er trug einen roten Rolli unter einem derben grünen Pullover und war gerade dabei, Plätzchenteig auszurollen. Die Backbleche zu seiner Rechten waren angefüllt mit Reihen perfekter Teigscheiben, fertig für den Ofen. Er sah erfreut auf, als wir beide hereinkamen. »Oh, Guy. Gut, daß du da bist. Ich habe mich gerade gefragt, ob du schon gekommen bist. Der Ofen drüben in der Kirche hat schon wieder Mucken. Erst schaltet er sich ein, dann schaltet er sich wieder aus. Ein und aus.«

»Vermutlich der elektronische Zündmechanismus. Ich schau's mir mal an.« Guys Körperhaltung war befangen. Er rieb sich die Nase und steckte dann die Hände in die Taschen seiner Latzhose, als wollte er sie wärmen. »Das ist Kinsey Millhone. Sie ist Privatdetektivin und kommt aus Santa Teresa.« Er drehte sich um, sah mich an und nickte mit dem Kopf zu dem Pfarrer und seiner Frau, während er uns miteinander bekannt machte. »Das ist Peter Antle, und das ist seine Frau Winnie.«

Peter hatte eine gesunde Gesichtsfarbe. Seine blauen Augen lächelten mir unter struppigen weißen Brauen entgegen. »Schön, Sie kennenzulernen. Ich würde Ihnen ja gern die Hand schütteln, aber ich glaube nicht, daß Ihnen das gefallen würde. Wie begabt sind Sie denn im Plätzchenbacken? Kann ich Sie einspannen?«

»Lieber nicht«, sagte ich. »Meine häuslichen Fertigkeiten lassen einiges zu wünschen übrig.«

Er wollte gerade näher auf diesen Punkt eingehen, als seine Frau sagte: »Also Pete ...« und ihm einen bezeichnenden Blick zuwarf. Winnie Antle war etwa Ende Vierzig und hatte kurzes braunes Haar, das sie aus dem Gesicht gekämmt trug. Sie war ein bißchen füllig und hatte ein strahlendes Lächeln und ungemein weiße Zähne. Sie trug ein Männerhemd über Jeans und dazu eine lange Strickweste, die ihre breiten Hüften und ihren ausladenden Po bedeckte. Sie zerkleinerte gerade Gemüse für eine Suppe, und auf der Arbeitsfläche neben ihr türmte sich bereits ein Haufen Karottenscheibchen. Außerdem sah ich zwei Bund Stangensellerie und mehrere Paprikaschoten, die auf ihr blitzendes Messer warteten. Zugleich kümmerte sie sich um einen Suppentopf, in dem die erste Portion Gemüse lustig vor sich hin köchelte. »Hallo, Kinsey. Nehmen Sie's ihm nicht übel. Er versucht andauernd, die Arbeit an Nichtsahnende abzuschieben«, sagte sie lächelnd. »Was führt Sie hier herauf?«

Peter sah Guy an. »Du hast doch hoffentlich keinen Ärger. Diesen Mann muß man im Auge behalten.« Sein Lächeln war humorvoll, und es war offensichtlich, daß er in bezug auf Guy keinen Ärger erwartete.

Guy gab die Erklärung murmelnd. Anscheinend war es ihm peinlich, der Empfänger so schlechter Nachrichten zu sein. »Mein Vater ist gestorben. Die Nachlaßanwältin hat sie beauftragt, mich ausfindig zu machen.«

Peter und Winnie wandten beide ihre volle Aufmerksamkeit Guy zu, der seine vorherigen Gefühle jetzt unter Kontrolle hatte. Peter sagte: »Ist es die Möglichkeit! Tja, tut mir leid, das zu hören.« Er warf mir einen Blick zu. »Wir haben oft darüber gesprochen, ob er sich um eine Versöhnung bemühen soll. Es ist Jahre her, daß er Kontakt zu seinem Vater hatte.«

Guy verlagerte sein Gewicht und lehnte sich mit vor der Brust verschränkten Armen auf die Arbeitsfläche. Er schien seinen Kommentar an mich zu richten. Seine Stimme klang sehnsuchtsvoll. »Ich weiß nicht, wie viele Briefe ich geschrieben habe, aber es wurde kein einziger davon abgeschickt. Jedesmal, wenn ich etwas zu erklären versucht habe, klang es am Schluß... Sie wissen schon, entweder falsch oder dämlich. Schließlich gab ich es auf, bis ich herausgefunden hätte, was ich eigentlich sagen wollte. Ich dachte immer, ich hätte noch Zeit. Ich meine, er war doch noch nicht alt, wirklich nicht.«

»Seine Zeit muß gekommen sein. Dagegen kannst du nichts einwenden«, sagte Peter.

Dann meldete sich Winnie zu Wort. »Wenn dir heute nicht nach Arbeiten zumute ist, nimm dir doch frei. Wir kommen prima allein zurecht.«

»Mir geht's gut«, entgegnete Guy, wiederum voller Unbehagen darüber, im Mittelpunkt der Aufmerksamkeit zu stehen.

Wir verbrachten ein paar Minuten damit, Informationen auszutauschen: wie ich es geschafft hatte, Guy zu finden, und was ich über seine Familie wußte, nämlich nicht viel.

Peter schüttelte den Kopf, offenkundig betroffen von den Neuigkeiten, die ich mitbrachte. »Für uns gehört Guy zur Familie. Als ich den Jungen das erste Mal gesehen habe, war er ein trauriger Anblick. Seine Augäpfel waren leuchtendrot und kullerten in seinem Kopf herum wie glühende Murmeln. Winnie und ich waren zu dieser Kirche hier gerufen worden, und wir waren den ganzen Weg hier heraus nach Kalifornien gefahren, von Fort Scott in Kansas. Wir hatten alles mögliche über Hippies und Kiffer und Acid Freaks gehört – so nannte man sie, glaube ich. Kids mit ausgebrannten Augen, weil sie total vollgedröhnt in die Sonne gestarrt haben. Und dann stand da Guy an der Straße, mit einem Schild, auf dem ›San Francisco‹ stand. Er bemühte sich, ›cool‹ zu wirken, aber auf mich machte er nur einen mitleiderregenden Eindruck. Winnie wollte nicht, daß ich anhielt. Wir hatten die zwei Kinder auf dem Rücksitz, und sie befürchtete, wir würden demnächst in der Mordstatistik auftauchen.«

»Es ist schon viele Jahre her«, sagte Winnie.

Peter sah zu Guy hinüber. »Was hast du denn jetzt vor, Guy? Willst du nach Santa Teresa zurückgehen? Vielleicht ist das die passende Gelegenheit, dich mit deinen Brüdern zusammenzusetzen und über die Vergangenheit zu sprechen und eventuell ein paar alte Geschichten aus der Welt zu schaffen.«

»Ich weiß es nicht. Vermutlich schon. Wenn sie dazu bereit sind, sich mit mir zusammenzusetzen«, sagte Guy. »Ich glaube, ich bin noch nicht ganz so weit, um eine Entscheidung darüber zu fällen.« Er sah wieder mich an. »Ich weiß, daß sie Sie nicht hierhergeschickt haben, damit Sie mich bitten, zurückzukommen, aber ein *bißchen* habe ich in der Angelegenheit doch auch mitzureden. Wäre es Ihnen recht, wenn ich Sie in ein oder zwei Tagen anriefe?«

»Kein Problem. Aber in der Zwischenzeit muß ich wieder nach Hause«, sagte ich. »Meine Karte haben Sie ja. Wenn ich nicht im Büro bin, versuchen Sie es unter der zweiten Nummer, dann wird der Anruf automatisch weitergeleitet.« Ich zog eine zweite Visitenkarte heraus und kritzelte Tasha Howards Namen darauf. »Das ist die Anwältin. Ich weiß ihre Telefonnummer nicht auswendig. Sie hat ein Büro in Lompoc. Sie können ja bei der Auskunft anrufen und sich die Nummer dort geben lassen. Es ist nicht besonders weit von hier. Sie könnten zumindest einen Termin mit ihr vereinbaren und mit ihr reden. Außerdem werden Sie einen eigenen Anwalt brauchen, der Sie berät. Ich hoffe, es geht alles gut.«

»Ich auch. Es freut mich, daß Sie die Fahrt hierher auf sich genommen haben«, sagte Guy. »Es ist wesentlich persönlicher.«

Ich schüttelte ihm die Hand, murmelte Peter und Winnie Antle höfliche Floskeln zu und machte mich auf den Weg. Ich fuhr noch einmal gemächlich die Hauptstraße von Marcella entlang, um ein Gefühl für den Ort zu bekommen. Klein und ruhig. Bescheiden. Ich drehte eine Runde um den Block und fuhr durch die wenigen Wohnstraßen. Die Häuser waren klein und nach identischen Plänen gebaut, einstöckige Gebäude mit flachen Dächern. Ihre Fassaden waren in Pastellfarben gestrichen, blasse Ostereifarben in einem Nest aus winterlichem Gras, das so trocken war wie Papierwolle. Die meisten Häuser wirkten schäbig und trist. Nur gelegentlich sah ich einen Bewohner.

Als ich am Gemischtwarenladen vorüberfuhr, auf dem Weg

zur Landstraße, sah ich ein Schild im Fenster, das frische Sandwiches anpries. Spontan parkte ich den Wagen, betrat den Laden und bestellte mir bei der Frau an der Imbißtheke hinten im Laden Thunfisch auf Roggenbrot. Wir plauderten beiläufig, während sie sich mit der Sandwichzubereitung beschäftigte und meine Dillgurke in ein Stück Wachspapier wickelte, damit sie nicht das ganze Brot matschig mache, wie sie sagte. Hinter mir waren zwei oder drei andere Kunden und fuhren mit kleinen Einkaufswägelchen die Gänge auf und ab. Kein Mensch drehte sich nach mir um oder widmete mir auch nur die geringste Aufmerksamkeit.

Ich erzählte ihr, daß ich soeben in der Kirche drüben gewesen sei. Sie zeigte sich wenig neugierig darauf, wer ich war oder warum ich den Pfarrer und seine Frau besuchte. Die Erwähnung Guy Maleks rief weder beklommenes Schweigen noch spontane Auskünfte über seine Vergangenheit oder seinen Charakter hervor.

»Der Ort hier macht einen netten Eindruck«, sagte ich, als sie mir mein Mittagessen über die Theke reichte. Ich gab ihr einen Zehner, und sie tippte den Betrag in die Kasse ein.

»Wenn Sie solche Orte mögen«, sagte sie. »Für meinen Geschmack ist es zu ruhig, aber mein Mann ist hier geboren und hat darauf bestanden, daß wir wieder herziehen. Ich haue ja gern ein bißchen auf den Putz, aber das Aufregendste, was wir hier zustande kriegen, ist ab und zu ein Wohltätigkeitsbasar. Puuuh.« Sie fächelte sich selbst scherzhaft Luft zu, als wäre die Faszination, die von gebrauchten Kleidern ausging, fast zuviel für sie. »Brauchen Sie einen Bon?« fragte sie, während sie sieben Eindollarnoten und das Kleingeld abzählte.

»Ja, bitte.«

Sie riß den Kassenzettel ab und reichte ihn mir. »Machen Sie es gut.«

»Danke. Sie auch«, sagte ich.

Ich aß beim Fahren und steuerte mit einer Hand, während ich abwechselnd von der Dillgurke und dem Thunfischsandwich abbiß. Im Preis eingeschlossen war eine Tüte Kartoffelchips, die ich ebenfalls futterte und mir dabei überlegte, daß ich damit wohl sämtliche notwendigen Nahrungsmittelgruppen abdeckte. Ich hatte vergessen, Guy nach dem Mädchennamen seiner Mutter zu fragen, aber in Wahrheit hegte ich keinerlei Zweifel daran, daß er der war, als der er sich ausgab. Er erinnerte mich an Jack, dessen Farben und Gesichtszüge ganz ähnlich waren. Donovan und Bennet mußten nach dem einen Elternteil geschlagen sein, während Guy und Jack mehr dem anderen ähnelten. Trotz meines Zynismus ertappte ich mich dabei, daß ich Guy Maleks Besserung und seine Zugehörigkeit zur Jubilee Evangelical Church für bare Münze nahm. Natürlich war es möglich, daß er und der Pfarrer zwei gleichermaßen findige Betrüger waren, die sich eine Lügengeschichte für jeden Fremden ausgedacht hatten, der vorbeikam, aber ich konnte beim besten Willen nichts dergleichen erkennen, und ich glaubte auch nicht, daß irgendwelche finsteren Machenschaften im Gange waren. Falls das beschauliche Marcella das Hauptquartier irgendeiner Sekte von Neonazis, Satanisten oder Motorradrowdys war, so war mir das jedenfalls entgangen.

Erst als ich an Santa Maria vorbei war und auf der 101 in Richtung Süden fuhr, fiel mir auf, daß Guy Malek mit keinem Wort danach gefragt hatte, wie hoch sein Anteil am Nachlaß wäre. Vermutlich hätte ich es ihm von mir aus sagen sollen. Zumindest hätte ich ihm eine ungefähre Zahl nennen können, doch die Frage war nie aufgeworfen worden, und ich war viel zu beschäftigt damit, für meinen Bericht an Donovan Guys Lebensumstände zu ergründen. Er hatte sich emotional auf den Tod seines Vaters und die verlorene Gelegenheit, alles wiedergutzumachen, konzentriert. In seinen Augen war offensichtlich jeder Profit nebensächlich. Auch gut. Ich nahm an, daß sich Tasha mit ihm in Verbindung setzen würde, dann konnte sie ihm die Einzelheiten erläutern.

Ich traf ohne Zwischenfall um zwei Uhr nachmittags in Santa Teresa ein. Da ich früher zurückgekommen war als vermutet, ging ich ins Büro, tippte meine Notizen ab und legte sie in die Akte ein. Ich hinterließ zwei telefonische Mitteilungen, eine in Tashas Büro und eine auf dem Anrufbeantworter der Maleks. Ich berechnete meine Stunden, die Entfernung und verschiedene Ausgaben und schrieb eine Rechnung für meine Dienste, an die ich den Kassenzettel für das Thunfischsandwich heftete. Morgen würde ich den getippten Bericht über meine Erkenntnisse hinzufügen und ein Exemplar an Tasha und eines an Donovan schicken. Ende der Geschichte, dachte ich.

Ich holte mein Auto – ohne Strafzettel – von einem illegalen Parkplatz und fühlte mich rundum mit dem Leben zufrieden. An diesem Abend kochte Dietz das Essen, eine Pfanne voller gerösteter Zwiebeln, Bratkartoffeln und Würstchen mit großzügigen Mengen Knoblauch und rotem Paprikapulver, das Ganze serviert mit einem graubraunen, grobkörnigen Senf, der einem die Zunge in Brand steckte. Nur zwei überzeugte Singles konnten eine solche Mahlzeit verspeisen und sich einbilden, daß sie irgendeinen Nährwert hatte. Ich übernahm den Abwasch, spülte Teller, Besteck und Gläser und schrubbte die Bratpfanne, während Dietz die Abendzeitung las. Ist es das, was Paare jeden Abend in der Woche machen? Ich mit meiner Erfahrung aus zwei Ehen erinnerte mich in erster Linie an die Dramen und den Kummer, nicht an das alltägliche Geschehen. Das hier war entschieden zu heimelig... nicht unangenehm, aber auf jeden Fall beunruhigend für jemanden, der Gesellschaft nicht gewöhnt ist.

Um acht gingen wir zu Rosie's hinüber und setzten uns in eine der hinteren Nischen. Rosie's Restaurant ist ein schlecht beleuchtetes, schäbiges Etablissement, das seit fünfundzwanzig Jahren existiert und sich zwischen einen Waschsalon und einen Laden für Elektroreparaturen quetscht. Die Chrom-Resopal-Tische stammen aus dem Gebrauchtmöbellager, und die Nischen entlang den Wänden bestehen aus dunkel gebeiztem Billig-Sperrholz, grobe, von Hand eingeritzte Sprüche und Splitter inbegriffen. Es ist ein Akt sträflichen Leichtsinns, über die Bänke zu rutschen, wenn man nicht erst vor kurzem gegen Wundstarrkrampf geimpft worden ist. Im Lauf der Jahre hat die Zahl kalifornischer Raucher stetig abgenommen, und so hat sich die Qualität der Luft verbessert, die der Gäste aber nicht. Rosie's war früher einmal ein Zufluchtsort für Trinker, die gern früh am Tag anfangen und bleiben, bis geschlossen wird. Mittlerweile ist der Schuppen bei verschiedensten Amateursportvereinen beliebt geworden, die nach jedem großen Spiel in Massen hereinbrechen, den Raum mit lautem Palaver, heiserem Lachen und heftigem Herumgestampfe erfüllen. Die Stammgäste, alle vier triefäugige Säufer, wurden in andere Kneipen vertrieben. Ich vermißte ihr undeutliches Genuschel, das nie aufdringlich war.

Rosie war offenbar schon nach Hause gegangen, und als Barkeeper fungierte jemand, den ich noch nie gesehen hatte. Dietz trank zwei Bier, während ich mir zwei Gläser von Rosies bestem Chardonnay aus der Schraubdeckelflasche gönnte, ein säuerlicher Abklatsch eines sortenreinen kalifornischen Weins, den sie vermutlich in Kanistern kaufte.

Ich gebe unumwunden zu, daß es der Alkohol war, der mich an diesem Abend in Schwierigkeiten brachte. Ich fühlte mich locker und entspannt, irgendwie weniger gehemmt als sonst, also bereit, drauflloszuquasseln. Robert Dietz gefiel mir immer besser, aber ich wußte nicht genau, was ich davon halten sollte. Sein Gesicht sah in der Düsternis wie gemeißelt aus, und sein Blick wanderte ständig ruhelos beobachtend im Raum umher, während wir über nichts Bestimmtes plauderten. Beiläufig erzählte ich ihm von Williams und Rosies Hochzeit und meinen Abenteuern unterwegs, und er steuerte Einzelheiten über seinen Aufenthalt in Deutschland bei. Neben der Anziehungskraft spürte ich eine unterschwellige Traurigkeit aufkommen, die einem Fieber so ähnlich war, daß ich mich fragte, ob ich eine Erkältung bekam. Einmal erschauerte ich, und er sah zu mir herüber. »Alles okay?« fragte er.

Ich streckte die Hand auf dem Tisch aus, und er bedeckte sie mit seiner und flocht seine Finger durch meine. »Was machen wir denn?« fragte ich.

»Gute Frage. Warum reden wir nicht darüber? Du fängst an.«

Ich lachte, aber das Thema war im Grunde nicht lustig, und das wußten wir beide. »Warum mußtest du zurückkommen und alles wieder aufwühlen? Mir ging es gut.«

»Was habe ich aufgewühlt? Wir haben doch gar nichts gemacht. Wir gehen essen. Wir trinken etwas. Ich schlafe unten. Du schläfst oben. Mein Knie ist dermaßen ruiniert, daß du keine unerwünschten Avancen zu befürchten brauchst. Ich würde es nicht einmal diese Treppe hinaufschaffen, wenn mein Leben davon abhinge.«

»Ist das eine gute oder eine schlechte Nachricht?«

»Ich weiß nicht. Sag du's mir«, sagte er.

»Ich will mich nicht an dich gewöhnen.«

»Viele Frauen können sich nicht an mich gewöhnen. Du bist eine der wenigen, die sich wenigstens ansatzweise interessiert zeigen«, sagte er mit einem angedeuteten Lächeln.

Ein guter Tip am Rande: Mitten in einem delikaten Gespräch mit einer Frau sollte man keine andere Frau erwähnen – erst recht nicht in der Mehrzahl. Das ist schlechter Stil. Sowie er das gesagt hatte, entstand vor meinem geistigen Auge plötzlich das Bild einer langen Schlange von Frauen, in der ich nicht einmal an der Spitze stand. Ich merkte, wie mein Lächeln erstarb, und zog mich ins Schweigen zurück wie eine Schildkröte, die auf einen Hund stößt.

Sein Blick wurde verhalten. »Was ist los?«

»Gar nichts. Mir geht's gut. Wie kommst du darauf, daß irgend etwas los sei?«

»Laß uns nicht aneinander vorbeireden«, sagte er. »Du hast doch offensichtlich etwas zu sagen, also warum sagst du's nicht?«

»Ich will nicht. Es spielt keine Rolle.«

»Kinsey.«

»Was?«

»Komm schon. Es steht keine Strafe auf Offenheit.«

»Ich weiß nicht, wie ich es sagen soll. Du bist ein paar Tage lang hier, und was soll ich nun damit anfangen? Ich verkrafte es nicht gut, verlassen zu werden. Es ist die Geschichte meines Lebens. Warum soll ich mich erst auf etwas einlassen, wenn das lediglich bedeutet, daß mir das Herz herausgerissen wird?«

Er zog die Augenbrauen hoch, ein mimisches Achselzucken. »Ich weiß nicht, was ich dir sagen soll. Ich kann dir nicht versprechen, daß ich bleibe. Ich bin noch nie länger als maximal sechs Monate am selben Fleck geblieben. Warum können wir nicht in der Gegenwart leben? Warum muß bei allem eine Garantie dabeisein?«

»Ich rede nicht von Garantien.«

»Ich glaube schon«, widersprach er. »Du möchtest ein Pfandrecht auf die Zukunft, wo du doch in Wirklichkeit auch nicht besser als ich weißt, was als nächstes kommt.«

»Gut, das stimmt, und dagegen will ich gar nichts einwenden. Ich sage lediglich, daß ich mich nicht in eine Beziehung verstricken will, die an- und wieder ausgeknipst wird – genau das ist es nämlich.«

Dietz' Gesichtsausdruck war gequält. »Ich will nicht lügen. Ich kann nicht so tun, als ob ich bliebe, wenn ich genau weiß, daß ich's nicht tue. Was würde das bringen?«

Ich merkte, wie meine Frustration wuchs. »Ich will nicht, daß du so tust, als ob, und ich verlange nicht, daß du mir etwas versprichst. Ich versuche nur, ehrlich zu sein.«

»In welcher Hinsicht?«

»In jeder. Ich bin mein Leben lang von anderen Menschen weggestoßen worden. Manchmal durch Tod oder Verlassenwerden. Untreue oder Verrat. Was du willst. Ich habe jede Form emotionaler Treulosigkeit erlebt, die es gibt. Na ja, sei's drum. Jeder hat im Lauf seines Lebens leiden müssen, also was soll's? Ich sitze nicht herum und tue mir selbst leid, aber ich müßte ein Idiot sein, wenn ich mich dieser Scheiße noch einmal aussetze.«

»Das verstehe ich. Ich kann es nachfühlen, und glaub mir, ich will nicht derjenige sein, der dir Schmerzen zufügt. Es hat nichts mit dir zu tun, sondern mit mir. Ich bin von Natur aus ruhelos. Ich hasse es festzusitzen. So bin ich eben. Sperr mich ein, und ich schlage alles zu Kleinholz, nur um herauszukommen«, sagte er. »Meine Leute waren Nomaden. Wir waren immer auf Achse. Immer unterwegs. Wir lebten aus Koffern. Für mich ist es bedrückend, ständig am selben Fleck zu sein. Wenn du schon vom Tod redest. Es ist das Schlimmste. Wenn wir in meiner Jugend zu lang in einer Stadt geblieben sind, hat mein alter Herr regelmäßig Ärger gekriegt. Dann saß er im Knast, lag im Krankenhaus oder saß in der Ausnüchterungszelle. In jeder Schule, die ich besucht habe, war ich immer der Neue und mußte mir den Weg über den Schulhof freikämpfen, nur um zu überleben. Der glücklichste Tag meines Lebens war der Tag, an dem wir uns wieder aus dem Staub gemacht haben.«

»Endlich frei«, warf ich ein.

»Genau. Nicht, daß ich nicht bleiben möchte. Ich bin einfach unfähig dazu.«

»Oh, sicher. ›Unfähig‹. Tja, das erklärt es natürlich. Du bist entschuldigt«, sagte ich.

»Sei doch nicht so empfindlich. Du weißt schon, was ich meine. Herrgott noch mal, ich bin nicht stolz auf mich. Ich schwelge nicht in der Tatsache, daß ich keine Wurzeln schlagen kann. Ich will mich nur einfach nicht selbst verarschen, und dich auch nicht.«

»Vielen Dank. Das ist ja toll. In der Zwischenzeit hast du ja sicherlich Möglichkeiten, dich zu amüsieren.«

Er kniff die Augen zusammen. »Was soll denn das heißen?«

»Es ist hoffnungslos«, sagte ich. »Ich weiß nicht, warum wir uns überhaupt damit herumplagen. Du bist süchtig nach Ortsveränderungen, und ich bin hier verwurzelt. Du kannst nicht bleiben, und ich kann nicht weggehen, weil ich unheimlich gern hier bin. Für dich ist es alle zwei Jahre ein Intermezzo, und ich habe mich auf Dauer hier niedergelassen, womit ich vermutlich dazu verdammt bin, mich lebenslänglich mit Männern wie dir herumzuschlagen.«

»›Männern wie *mir*‹? Das ist ja reizend. Was meinst du denn damit?«

»Genau das, was es bedeutet. Emotionale Klaustrophobiker. Du bist ein hoffnungsloser Fall. Solange ich mich zu Männern wie dir hingezogen fühle, kann ich meine eigenen –« Ich hielt inne, weil ich mich fühlte wie einer dieser Hunde aus dem Comic, der auf einem Fußboden ausrutscht.

»Deine eigenen was?«

»Geht dich nichts an«, sagte ich. »Laß uns das Gespräch beenden. Ich hätte den Mund halten sollen. Am Ende klinge ich noch wie ein Jammerlappen, was ich nicht vorhatte.«

»Du bist immer so besorgt, womöglich wie ein Jammerlappen zu klingen«, sagte er. »Wen stört es schon, wenn du jammerst? Nur zu.«

»Ach, *jetzt* mußt du das sagen.«

»Was sagen?« fragte er entnervt.

Ich legte eine Geduld an den Tag, die ich eigentlich nicht empfand. »Eines der ersten Dinge, die du je zu mir gesagt hast, war, daß du – wie hast du es formuliert? – ›Gehorsam ohne Gejammer‹ wolltest. Du hast gesagt, daß das nur sehr wenige Frauen jemals fertigbrächten.«

»*Ich* soll das gesagt haben?«

»Ja, hast du. Seitdem habe ich mich sehr darum bemüht, nicht in deiner Gegenwart zu jammern.«

»Sei doch nicht albern. So habe ich das nicht gemeint«, sagte er. »Ich weiß nicht einmal mehr, daß ich das gesagt habe, aber vermutlich habe ich über etwas anderes gesprochen. Aber wechsle bitte nicht das Thema. Ich möchte es nicht in dieser Stimmung beenden. Wo die Sache schon einmal zur Debatte steht, laß sie uns auch klären.«

»Was gibt's denn da zu klären? Wir können überhaupt nichts klären. Es gibt keine Lösung, also lassen wir die Geschichte doch einfach fallen. Es tut mir leid, daß ich es überhaupt angesprochen habe. Ich habe schon diesen laufenden Familienquatsch am Hals. Vielleicht ist es auch das, was mich aufregt.«

»Was für ein Quatsch? Du bist mit diesen Menschen verwandt, also wo liegt das Problem?«

»Ich möchte nicht darüber sprechen. Abgesehen vom Gejammer ist es mir zuwider, wenn ich das Gefühl habe, mich zu wiederholen.«

»Wie kannst du dich wiederholen, wenn du mir von vornherein nichts erzählt hast?«

Ich fuhr mit der Hand durchs Haar und starrte auf die Tischplatte. Ich hatte gehofft, dieses Thema umgehen zu können, aber es schien immer noch unverfänglicher zu sein, als über unsere Beziehung zu diskutieren, woraus diese auch bestehen mochte. Mir wollte einfach kein rationales Argument für meine Abneigung dagegen einfallen, mich mit meiner neu entdeckten Familie anzufreunden. Ich wollte einfach nicht. Schließlich sagte ich: »Ich mag es wohl nicht, wenn ich bedrängt werde. Sie sind so bemüht darum, die verlorene Zeit wieder wettzumachen. Warum können sie sich nicht um ihren eigenen Kram kümmern? Ich fühle mich bei diesem ganzen kumpelhaften Getue nicht wohl. Du weißt ja, wie stur ich werde, wenn man mich bedrängt.«

»Warum hast du dann überhaupt eingewilligt, für diese Anwältin zu arbeiten? Ist sie nicht deine Cousine?«

»Ja, schon, aber ich *wollte* eigentlich gar nicht einwilligen. Ich hatte vor abzulehnen, aber dann haben Habsucht und Neugier die Oberhand gewonnen. Ich muß mir mein Geld verdienen, und ich wollte nicht aus Halsstarrigkeit ablehnen. Ich weiß, daß ich es bereuen werde, aber jetzt habe ich mich darauf eingelassen, also ist es zwecklos, mich selbst zu geißeln.«

»Klingt oberflächlich betrachtet recht harmlos.«

»Es ist nicht harmlos. Es ist ärgerlich. Und außerdem geht es darum gar nicht. Der Punkt ist, daß ich von ihnen erwarte, daß sie meine Grenzen respektieren.«

»Welche Grenzen? Sie hat dir einen Auftrag gegeben. Solange du bezahlt wirst, ist es doch damit erledigt.«

»Hoffen wir's. Außerdem ist es weniger sie als die anderen beiden. Liza und Pam. Wenn ich ihnen nur ein paar Zentimeter nachgebe, überrennen sie mich total.«

»Ach, Schwachsinn. Das ist doch kalifornisches Psychogeschwätz. Du kannst dein Leben nicht wie eine Radio-Talkshow führen.«

»Was weißt du schon? Mir ist noch nicht aufgefallen, daß du so toll mit deiner Familie stündest.«

Ich sah, wie er zusammenzuckte. Seine Miene wechselte abrupt und nahm einen verletzten und zornigen Ausdruck an. »Tiefschlag. Was ich über meine Kinder erzähle, möchte ich nicht hinterher von dir aufs Butterbrot geschmiert kriegen.«

»Du hast recht. Es tut mir leid. Ich ziehe die Bemerkung zurück.«

»Du ziehst das Messer raus, aber die Wunde ist noch da«, fauchte er. »Was ist denn los mit dir? Du bist so kratzbürstig zur Zeit. Du tust, was du kannst, um mich auf Armeslänge von dir fernzuhalten.«

»Das tue ich nicht«, sagte ich und sah ihn dann mit zusammengekniffenen Augen an. »Stimmt das?«

»Tja, schau dir doch mal dein Verhalten an. Ich bin noch keine zwei Tage da, und schon streiten wir. Wozu denn? Ich bin nicht den ganzen Weg hierhergefahren, um einen Streit mit dir anzufangen. Ich wollte dich sehen. Ich habe mich darauf gefreut, ein paar Tage mit dir zu verbringen. Herrgott. Wenn ich streiten wollte, hätte ich bei Naomi bleiben können.«

»Warum hast du's nicht getan? Ich meine die Frage jetzt nicht böse, ich bin nur neugierig. Was ist denn passiert?«

»Ach, wer weiß. Ich habe meine Version und sie ihre. Manchmal glaube ich, Beziehungen haben eine natürliche Lebensdauer. Unsere war abgelaufen. Das war alles. Die Erklärungen kommen hinterher, wenn man versucht, es zu begreifen. Aber zurück zu dir. Was spielt sich denn in deinem Kopf ab?«

»Ich streite lieber, als nichts zu fühlen.«

»Sind das deine einzigen zwei Möglichkeiten?«

»Zumindest kommt es mir so vor, aber sicher bin ich mir da nicht.«

Er streckte die Hand aus und zog mich kurz an den Haaren. »Was fange ich bloß mit dir an?«

»Und was fange ich mit *dir* an?« erwiderte ich.

7

Als wir um Viertel nach zehn zu mir zurückkamen, brannte bei Henry noch Licht in der Küche. Dietz sagte, sein Knie brächte ihn um, und so ging er in die Wohnung, wo er zwei Schmerztabletten nehmen, die Füße hochlegen und seinen Eisbeutel wirken lassen wollte. Ich sagte, ich käme gleich wieder. Unser Gespräch bei Rosie hatte im Grunde zu nichts geführt. Ich konnte weder ertragen, es fortzusetzen, noch so zu tun, als wäre das Thema nie zur Sprache gekommen. Ich wußte nicht, was ich von ihm wollte, und erst recht nicht, wie ich es ihm sagen sollte, und so hörte ich mich am Schluß nur noch armselig an. Meine Grundeinstellung ist: Wenn dein Geist nicht offen ist, dann laß auch den Mund zu.

Ich klopfte an Henrys Hintertür und winkte ihm durchs Fenster zu, als er überrascht zu mir hinaussah. Er saß mit der Abendzeitung und seinem Glas Jack Daniel's im Schaukelstuhl. Er lächelte, winkte zurück und legte die Zeitung beiseite, damit er mich hereinlassen konnte. Er hatte die Heizung aufgedreht, und die Luft im Raum war warm und duftete köstlich nach den Zimtschnecken vom Vortag.

»Herrlich hier. Draußen ist es richtig kalt«, sagte ich. Der Küchentisch war mit zu Stapeln sortierten Schwarzweißfotos bedeckt. Ich warf einen kurzen Blick darauf, zog mir einen Stuhl heran und wandte meine Aufmerksamkeit Henry zu. In meinen Augen ist Henry Pitts einfach perfekt: Er ist klug, gutmütig und verantwortungsbewußt und hat die hübschesten Beine, die ich je gesehen habe. Seit fünf Jahren ist er mein Vermieter, seit dem Tag, als ich sein Wohnungsangebot im Waschsalon hängen sah. Henry suchte einen Dauermieter, der sauber und ruhig war; keine Kinder, laute Partys oder kläffende Hunde. Nachdem ich mein ganzes Leben in Wohnwagen verbracht hatte, war ich zwar kleinen, kompakten Räumlichkeiten verfallen, aber bereit, den Kontakt zu einer Menge lauter, ungebärdiger Nachbarn zu begrenzen. Das Leben in einem Wohnwagenpark bringt trotz all seiner Vorzüge eine intime Vertrautheit mit den Privatangelegenheiten anderer Leute mit sich. Da ich mir mein Geld als Schnüfflerin verdiene, behalte ich meine Privatangelegenheiten lieber für mich. Die umgebaute Einzelgarage, die Henry zu bieten hatte, übertraf meine Wunschträume um einiges und war außerdem bezahlbar. Seit damals war die Wohnung einmal durch eine Bombe verwüstet und wieder instand gesetzt worden, wobei das Innere mit Teakholz ausgestattet und so geschickt eingerichtet wurde wie ein Schiff.

Von Anfang an hatten Henry und ich gerade soviel an Beziehung zueinander aufgebaut, wie es uns beiden paßte. Im Lauf der Jahre ist es ihm gelungen, mich in gewissem Maße zu kultivieren, und ich bin heute bestimmt genießbarer als damals. Nach und nach wurde das Band zwischen uns enger, und mittlerweile ist er für mich die beispielhafte Mischung aus Freund und Verwandtem.

»Möchtest du eine Tasse Tee?« fragte er.

»Nein, danke. Ich wollte nur kurz reinschauen und hallo sagen, bevor ich mich aufs Ohr lege. Sind das Familienfotos?« fragte ich und nahm aufs Geratewohl eines in die Hand.

»Angeblich«, sagte er. »Nell hat sie mir geschickt. Sie hat zwei Schachteln mit alten Fotos gefunden, aber keines davon ist beschriftet. Keine Namen, keine Daten. Sie hat keine Ahnung, wer diese Leute sind, und unsere anderen Geschwister auch nicht. So ein Chaos. Ich sag dir nur eins: Beschrifte alle deine Fotos, auch wenn es nur eine kurze Notiz auf der Rückseite ist. Du weißt, wer wer ist, aber sonst niemand.«

»Kommen sie dir vertraut vor?«

»Ein paar.« Er nahm den Abzug, den ich gerade betrachtete, und kniff die Augen zusammen, während er ihn gegen das Licht hielt. Ich spähte über seine Schulter. Die Frau auf dem Bild vor mir mußte Mitte Zwanzig gewesen sein, hatte ein breites, sanftmütiges Gesicht, und ihr Haar war hinten zu einem Knoten zusammengefaßt. Sie trug eine weiße Matrosenbluse, dazu einen wadenlangen Rock, dunkle Strümpfe und flache, dunkle Schuhe mit einer Schleife auf dem Spann. Neben ihr stand ein mißmutig dreinblickendes Mädchen von acht Jahren in einem Matrosenkleid mit tiefem Taillenansatz und knöchelhohen Schnürstiefelchen. »Ich glaube, das ist ein Bild von Augusta, der jüngeren Schwester meiner Mutter, aufgenommen in Topeka, Kansas, im Jahr 1915. Das Kind hieß Rebecca Rose, wenn ich mich recht erinnere. Sie und ihre Mutter kamen beide während der großen Grippeepidemie 1918 ums Leben.« Er nahm ein anderes Bild zur Hand. »Das ist meine Mutter mit meinem Großvater Tilmann. Es wundert mich, daß Nell die beiden nicht erkannt hat, aber womöglich hat ihre Sehkraft nachgelassen. Jetzt, wo ich darüber nachdenke, weiß ich eigentlich gar nicht, wozu das eine Rolle spielt. Keiner von uns hat Kinder, also ist es doch nach unserem Tod gleichgültig, wer diese Leute sind.«

»Das klingt aber traurig. Warum klebst du sie nicht in ein Album und gibst sie an mich weiter? Ich werde so tun, als wären sie meine. Wie hieß er mit Vornamen?«

»Klaus. Meine Mutter hieß Gudrun.« Der Mann, der angestrengt in die Kamera starrte, muß Ende Siebzig gewesen sein, und die Tochter neben ihm dem Anschein nach in den Fünfzigern. Ich fragte: »Was ist Tilmann für ein Name? Ist er deutsch? Irgendwie habe ich immer gedacht, Ihr wärt alle Schweden oder Finnen.«

»O nein, wir sind keine Skandinavier. Das sind in meinen Augen trübsinnige Gesellen. Die Tilmanns sind von gutem deutschem Schlag. Eigensinnig, herrisch, streng und robust. Manche sagen, unmöglich, aber das ist Auffassungssache. Langlebigkeit ist genetisch, und laß dir bloß von niemandem etwas anderes erzählen. Ständig lese ich diese Artikel über Leute, die hundert Jahre alt werden. Sie halten es sich alle selbst zugute, behaupten, es läge daran, daß sie rauchen oder nicht rauchen, Joghurt essen, Vitamine schlucken oder einen Eßlöffel Essig pro Tag zu sich nehmen. So ein Unsinn. Abgesehen von Krieg und Unfällen lebt man deshalb lang, weil man von Leuten abstammt, die lang leben. Allerdings muß man Verantwortung für sich übernehmen und darf sich nicht irgendwelchen Exzessen aussetzen. Meine Mutter ist hundertunddrei geworden, und ich gehe davon aus, daß die restlichen fünf von uns ebensolang leben werden.«

»Du bist auf jeden Fall gut in Form. Wie alt ist Nell – sechsundneunzig? Und du wirst am Valentinstag sechsundachtzig.«

Henry nickte und machte eine Geste, als wolle er auf Holz klopfen. »Im großen und ganzen sind wir gesund, obwohl wir alle ein bißchen einschrumpfen. Wir haben schon darüber gesprochen und sind zu dem Schluß gekommen, daß die Natur uns deshalb schrumpfen läßt, damit wir im Sarg nicht soviel Platz brauchen. Man wird auch leichter. Fühlt sich an, als würden die Knochen Luft aufnehmen. Das macht es den Sargträgern leichter. Und natürlich lassen die Kräfte nach. Man wird blind wie ein Maulwurf, und das Hörvermögen schwindet. Charlie sagt, es klingt inzwischen, als hätte er andauernd ein Kissen über dem Kopf. Wenn du alt wirst, machst du dir am besten keine Gedanken mehr um deine Würde. Soweit ich es beurteilen kann, ist jeder, der von Würde für alte Leute redet, noch nie mit einem alten Menschen zusammengewesen. Auch wenn du deinen Mumm behältst, mußt du schon früh deine Eitelkeit aufgeben. Wir tragen alle Windeln. Gut, ich nicht, aber ich bin ja auch das Nesthäkchen der Familie. Die anderen machen sich jedesmal naß, wenn sie husten oder zu heftig lachen.

Nell sagt, William fehlt ihr unter anderem deshalb so sehr, seit er hierhergezogen ist, weil sie jetzt nicht mehr so wie früher Bridge spielen können. Jetzt müssen sie zu dritt spielen, und das macht nicht soviel Spaß. Lewis hat schon überlegt, eine Cousine zu fragen, ob sie bei ihnen einziehen will, aber Nell duldet keine andere Frau im Haus. Sie sagt, sie hat ihre Brüder jetzt achtzig Jahre lang für sich gehabt, und sie will daran nichts ändern. Nell sagt, wenn sie ›von uns gegangen‹ ist, können sie machen, was sie wollen, je nachdem, wer noch übrig ist.«

»Unfaßbar, daß sie immer noch bereit sind, die Winter in Michigan über sich ergehen zu lassen. Warum ziehen sie denn nicht alle hierher? Da könntet ihr soviel Bridge spielen, wie ihr wollt.«

»Es ist im Gespräch. Wir müssen mal sehen. Nell hat ihre Mittagessen mit der Damengruppe, und die möchte sie nur äußerst ungern aufgeben.« Henry legte das Foto hin und setzte sich wieder. »Und wie geht's dir? Ich habe mich nett mit deinem Freund Dietz unterhalten. Er hat gesagt, du hättest einen neuen Auftrag.«

»Eigentlich bin ich schon wieder fertig. Eine dieser schnellen Sachen, an die man gern zurückdenkt, wenn die harten Nüsse kommen«, sagte ich. Ich erzählte ihm ein paar Minuten lang von meiner Suche nach Guy Malek.

Henry schüttelte den Kopf. »Und was passiert jetzt? Glaubst du, daß er seinen Anteil am Nachlaß bekommt?«

»Wer weiß? Ich erfahre nicht immer, wie es ausgeht. Aber Tasha glaubt, sie werden sich einigen können.«

»Wie lange bleibt Dietz hier? Ich dachte, ich könnte euch beide mal zum Abendessen zu mir einladen.«

»Wahrscheinlich nicht lang. Er ist auf dem Weg nach Santa Cruz, um seine Söhne zu besuchen«, sagte ich.

»Laß mich wissen, ob er am Samstag noch da ist, dann koche ich etwas Feines. Wir laden William und Rosie und Moza Lowenstein ein, wenn sie Zeit hat.«

Als ich in meine Wohnung kam, war Dietz bereits in der Unterwäsche eingeschlafen, auf dem Stuhl zusammengesunken und leise schnarchend. Im Fernsehen lief mit gedämpfter Lautstärke ein Naturfilm über Unterwasserattacken von Haien.

Dietz hatte sein Bein auf die Kante des Bettsofas hochgelegt und sich eine Decke bis über Brust und Schultern gezogen. Der teilweise geschmolzene Eisbeutel war zu Boden gefallen. Ich legte ihn ins Kühlfach und holte einen anderen heraus, den ich behutsam auf sein Knie legte, ohne ihn zu wecken. Seine Kniescheibe war geschwollen, und die nackte Haut sah bleich und verletzlich aus. Ich ließ ihn, wie er war, da ich wußte, daß er lange vor dem Morgen aufwachen würde. Er schläft stets phasenweise und schreckt immer wieder auf wie ein wildes Tier, und ich wußte aus der Vergangenheit, daß er es selten schafft, eine Nacht durchzuhalten, ohne mindestens zweimal aufzustehen.

Ich streifte meine Schuhe ab und ging die Wendeltreppe hinauf. Von oben blickte ich auf ihn herab. Sein zerfurchtes Gesicht sah im Schlaf fremd aus, als wäre es aus Ton modelliert. Ich sah ihn selten entspannt. Er war von Natur aus ruhelos, ständig in Bewegung, seine Gesichtszüge beseelt von der puren Kraft seiner nervösen Energie. Noch während ich ihn musterte, regte er sich und wachte auf, wobei er mit einem verwirrten Blick hochfuhr. Ich sah, wie er zusammenzuckte, nach dem Eisbeutel griff und ihn wieder auf seinem aufgedunsenen Gelenk plazierte. Ich trat vom Treppengeländer weg und ging ins Badezimmer, wo ich mir das Gesicht wusch und die Zähne putzte. Es war zweifellos die Nähe zu dem vielen Testosteron, daß ich ein Prickeln verspürte. Von einem Haken an der Badezimmertür schnappte ich mir ein überdimensionales T-Shirt. Normalerweise schlafe ich nackt, aber das schien mir keine gute Idee zu sein.

Als ich bettfertig war, drehte ich das Licht aus und schlüpfte unter die Steppdecke. Ich streckte den Arm aus und stellte meinen Wecker, während ich zusah, wie seine digitale Anzeige von 23.04 auf 23.05 Uhr sprang. Ich hörte Dietz aufstehen und in die Küche gehen. Die Kühlschranktür ging auf und wieder zu. Er holte sich ein Glas und schenkte sich etwas ein – Wein, Orangensaft oder Milch, auf jeden Fall etwas Flüssiges. Ich hörte, wie er einen Küchenhocker hervorzog und dann das Rascheln einer Zeitung. Ich fragte mich, was er wohl dachte, fragte mich, was passieren würde, wenn ich ihn die Treppe heraufkommen hören würde. Vielleicht hätte ich einen Bademantel anziehen und mich unten zu ihm setzen, alle Vorsicht in den Wind schlagen sollen – zur Hölle mit den Konsequenzen, aber das widersprach meiner Natur. Das lange Alleinsein hatte mich, was Männer anging, vorsichtig gemacht. Ich starrte zu dem Oberlicht aus Plexiglas über meinem Bett hinauf und dachte über die Risiken nach, die es mit sich brachte, wenn ich mich ihm näherte. Leidenschaft ist nie von Dauer, aber was ist das schon? Wenn man alles haben könnte, aber nur kurz, wäre dann der Liebesrausch den Preis an Schmerzen wert? Ich merkte, wie ich in den Schlaf versank, als wäre ich mit Steinen beschwert. Erst um 5.59 Uhr erhob ich mich wieder.

Ich zog meine Joggingsachen an und bereitete mich wie gewohnt auf meinen Dauerlauf vor. Dietz stand unter der Dusche, als ich das Haus verließ, doch es versetzte mir einen Stich, als ich entdeckte, daß er sich ans Packen gemacht hatte. Neben der Bettcouch, die er wieder hochgeklappt hatte, lag sein Koffer offen auf dem Fußboden. Die Decken hatte er zusammengefaltet und am einen Ende des Sofas aufgestapelt. Die benutzte Bettwäsche hatte er neben die Waschmaschine geworfen. Vielleicht glaubte er, sein Auszug würde meine Querelen mit ihm beenden und die Gefahr verringern, daß ich mich an ihn klammerte. Perverserweise mußte ich feststellen, daß ich zwar bei seiner Ankunft nichts empfunden hatte, aber nun, bei seiner Abreise, von einem quälenden Gefühl des Verlustes überfallen wurde. Zwei Tage lang war er bei mir gewesen, und schon litt ich, also war es vielleicht klug von mir gewesen, nicht weiter zu gehen. Ich lebte schon so lange keusch, was bedeutete da ein weiteres Jahr ohne Sex? Unbeabsichtigt entfuhr mir ein Laut, der ein Wimmern hätte sein können, wenn ich mir so etwas zugestehen würde.

Leise machte ich die Tür hinter mir zu und atmete tief durch, als könnte die feuchte Morgenluft das Feuer in meiner Brust lindern. Ich ließ das Gartentor hinter mir, blieb stehen und machte meine Stretching-Übungen, während ich meinen Geist auf Leerlauf schaltete. In den letzten Jahren als Privatdetektivin habe ich mir einen guten Trick zum Ausblenden meiner Gefühle angeeignet. Genau wie andere in den »helfenden« Berufen – Ärzte, Krankenschwestern, Polizisten, Sozialarbeiter, Sanitäter – ist emotionales Abschalten manchmal die einzige Methode, um angesichts des Todes in all seinen schäbigen Varianten zu funktionieren. Anfangs beanspruchte meine Distanzierung mehrere Minuten konzentrierten Bemühens, aber heute kann ich im Handumdrehen umschalten. Verfechter geistiger Gesundheit schärfen uns gern ein, daß unserem seelischen Wohlbefinden am besten damit gedient ist, wenn wir in Verbindung mit unseren Gefühlen bleiben, aber damit meinen sie doch *bestimmt* nicht die, die uns zu schaffen machen.

Der Dauerlauf war unbefriedigend. Es war ein bewölkter Morgen, und der Himmel zeigte sich in schwermütigem Grau, ohne sichtbaren Sonnenaufgang. Langsam verdrängte das Tageslicht den Dämmer, aber dennoch sah alles aus wie auf einem verblichenen alten Schwarzweißfoto. Mein Schritt kam mir ungleichmäßig vor, und ich kam nicht richtig in Trab. Die Luft war dermaßen kalt, daß ich nicht einmal ordentlich Schweiß produzierte. Pflichtbewußt zählte ich die Meilen ab und freute mich, daß ich es trotz allem durchhielt. An manchen Tagen ist Disziplin an sich schon ein Ziel, eine Methode, angesichts der kleinen Rückschläge des Lebens seinen Willen zu behaupten. Ich ging den halben Häuserblock nach Hause und fegte sorgfältig jegliches sehnsüchtige Gefühl beiseite.

Dietz saß am Küchentresen, als ich hereinkam. Er hatte eine Kanne Kaffee gekocht und mir meine Corn-Flakes-Schüssel bereitgestellt. Seine war bereits abgewaschen und gespült und trocknete auf dem Geschirrständer. Sein Koffer stand verschlossen neben der Tür, mitsamt seinem Kleidersack. Durch die offene Badezimmertür konnte ich sehen, daß er das Waschbecken von all seinen persönlichen Utensilien befreit hatte. Der Duft von Seife vermischte sich mit dem seines Rasierwassers, ein schweres männliches Parfum, das alles durchdrang.

»Ich dachte, es wäre vielleicht einfacher, wenn ich abreise«, sagte er.

»Klar, kein Problem. Ich hoffe, du machst es nicht meinetwegen.«

»Nein, nein. Du kennst mich doch. Ich bin nicht so gut im Bleiben«, sagte er. »Außerdem hast du vermutlich eine Menge zu tun.«

»Oh, massenhaft«, erwiderte ich. »Fährst du nach Santa Cruz hinauf?«

»Letztendlich schon. Ich fahre die Küste hoch und bleibe vielleicht noch einen Tag in Cambria. Mit meinem Knie muß ich die Fahrt sowieso unterbrechen. Du weißt schon, jede Stunde oder so aussteigen und strecken. Es warm halten und nicht verkrampfen. Sonst wird es steif.«

»Wann fährst du los?«

»Wenn du zur Arbeit gehst.«

»Tja, wunderbar. Ich dusche nur kurz, und dann kannst du dich auf den Weg machen.«

»Laß dir Zeit. Ich hab's nicht eilig«, sagte er.

»Das sehe ich«, bemerkte ich und ging wieder nach oben. Diesmal fragte er mich nicht, ob ich sauer sei. Das war gut, denn in Wirklichkeit kochte ich vor Wut. Unter der Wut lag der altvertraute Schmerz. Warum muß mich immer jeder verlassen? Was habe ich ihnen getan? Ich erledigte meine morgendlichen Verrichtungen so rasch wie möglich, warf mich in die Klamotten und aß meine Corn-flakes, ohne mir die Zeit zum Zeitunglesen zu nehmen. Um meine Gleichgültigkeit angesichts seiner überstürzten Abreise zu demonstrieren, holte ich frische Bettwäsche heraus und bat ihn, mir beim Beziehen des Bettzeugs für das Schlafsofa zu helfen. Ich hoffte, dies würde darauf hinweisen, daß ein anderer Anwärter auf einen Schlafplatz schon vor der Tür stand. Keiner von uns redete viel, und was wir sagten, war auf unsere Tätigkeit bezogen. »Wo ist der andere Kissenbezug?« So ungefähr.

Nachdem das Sofa frisch bezogen war, brachte er seinen Koffer zum Wagen und kam zurück, um den Kleidersack zu holen. Ich brachte ihn zur Straße hinaus, und wir tauschten einen dieser unaufrichtigen Küsse mit dazugehörigen Geräuscheffekten aus. *Mmtsch*! Er ließ seinen Porsche an, und ich winkte brav, als er die Straße entlangröhrte. Du kleiner Scheißer, dachte ich.

Ich ging ins Büro und ignorierte die leise Neigung, grundlos aus der Haut zu fahren. Der Tag klaffte vor mir wie ein Kanalloch in der Straße. Es war genau dasselbe Gefühl wie letztes Mal, als er gegangen war. Wie kann ausgerechnet mir so etwas passieren, wo ich doch so couragiert und unabhängig bin? Ich legte ein paar Patiencen, bezahlte einige Rechnungen und kontrollierte mein Scheckheft. Mein Magen machte sich unangenehm bemerkbar. Als schließlich kurz vor dem Mittagessen das Telefon klingelte, riß ich den Hörer von der Gabel, unangemessen dankbar für die Ablenkung.

»Kinsey, hier ist Donovan. Wie geht's?«

»Ach, bestens. Und Ihnen?«

»Geht so. Äh, hören Sie, wir haben Ihre Nachricht erhalten und würden uns gern für die gute Arbeit bedanken. Tasha mußte heute morgen nach San Francisco fliegen, aber sie sagte, Sie hätten bestimmt nichts dagegen, uns aus erster Hand zu informieren. Könnten Sie heute am späten Nachmittag auf einen Drink zu uns rauskommen?«

»Ja, sicher. Kann ich machen. Ich wollte gerade einen Bericht tippen und Ihnen mit der Post zuschicken, aber ich kann Ihnen auch persönlich Auskunft geben, wenn Ihnen das lieber ist.«

»Das würde mich freuen. Ich nehme an, Jack und Bennet werden auch dabeisein wollen. Falls die beiden irgendwelche Fragen haben, können Sie uns alle zugleich aufklären und sich Wiederholungen ersparen. Paßt Ihnen halb sechs?«

»Ist mir recht«, sagte ich.

»Gut. Wir freuen uns auf Ihren Besuch.«

Nachdem ich aufgelegt hatte, merkte ich, wie ich die Achseln zuckte. Ich hatte nichts gegen einen formlosen Bericht einzuwenden, solange ich nicht irgendwie in das Familiendrama hineingezogen wurde. Guy ausgenommen, war ich nicht direkt begeistert von den Malek-Brüdern. Ich glaubte wirklich, daß Guy seine üblen Verhaltensweisen abgelegt hatte, und so konnte ich ihm vielleicht einen Gefallen tun, indem ich die anderen auch davon überzeugte. Nicht daß es mich etwas anging, wie das Geld verteilt wurde, aber falls es irgendwelche bohrenden Fragen über seine »Würdigkeit« geben würde, hätte ich auf jeden Fall eine Meinung. Und außerdem hatte ich, nachdem Dietz jetzt weg war, ohnehin nichts Besseres zu tun.

Ich ließ das Mittagessen ausfallen und verbrachte den Nachmittag damit, mein Büro zu putzen. Lonnie Kingman hatte zwar eine Putzkolonne, die die Räumlichkeiten allwöchentlich am Freitag nachmittag säuberte, aber ich empfand es als heilsam, mich ans Werk zu machen und zu schrubben. Ich verbrachte sogar zwanzig Minuten damit, den künstlichen Ficus abzustauben, den schon mal jemand für echt gehalten hatte. Das Zimmer, das ich gemietet hatte, war ursprünglich ein Besprechungszimmer gewesen, und so gehörte ein komplettes »Chef«-Badezimmer dazu. Ich holte mir einen Plastikeimer, Schwämme, Putzmittel, eine Klobürste und einen Schrubber und amüsierte mich königlich dabei, imaginäre Bazillen abzutöten. Meine Methode, mit Depressionen fertig zu werden, besteht darin, mir Beschäftigungen aufzuhalsen, die so lästig und widerlich sind, daß die Wirklichkeit vergleichsweise freundlich ist. Gegen drei Uhr roch ich nach Schweiß und Haushaltsbleiche und hatte vergessen, weshalb ich so unglücklich war. Na ja, ehrlich gesagt, wußte ich es schon noch, aber es war mir scheißegal.

Nachdem ich mein Büro keimfrei gemacht hatte, schloß ich die Tür ab, zog die Klamotten aus, hüpfte in die Chefdusche und schrubbte mich ab. Ich schlüpfte wieder in diesselbe Jeans, zog aber einen frischen Rollkragenpullover an, den ich aus dem

Fundus für plötzlich erforderliche Reisen holte. Was wäre das Leben ohne Zahnbürste und eine frische Unterhose? Ich tippte die offizielle Version von meiner Begegnung mit Guy Malek, legte ein Exemplar in meine Akten und steckte das andere in meine Handtasche. Das dritte schob ich in einen Umschlag, der an Tasha Howards Büro in San Francisco adressiert war. Ende. Finito. Erledigt, erledigt, erledigt. Das war der letzte Auftrag, den ich je von ihr annehmen würde.

Um fünf vor halb sechs passierte ich, gehüllt in meinen besten (und einzigen) Tweed-Blazer, das Tor zum Anwesen der Maleks. Mittlerweile war es fast dunkel geworden; die Tage zeichneten sich nach wie vor durch eine frühe Dämmerung aus. Meine Scheinwerfer glitten in einem verirrten Bogen über die verputzte Mauer, die das sechs Hektar große Grundstück umgab. Über den oberen Rand der Mauer hatte man vor Jahren drei Reihen Stacheldraht gespannt, der inzwischen verrostet und an manchen Stellen gerissen war und ausgesprochen nutzlos wirkte. Wer weiß, mit was für Eindringlingen man damals gerechnet hatte? Ein kühler Wind war aufgekommen, und die verdunkelten Baumkronen schwankten und bebten und flüsterten miteinander über Unsichtbares. Im Haus brannten Lichter, zwei Fenster im Obergeschoß schimmerten in blassem Gelb, während der größte Teil des Erdgeschosses dunkel war.

Die Haushälterin hatte es versäumt, die Außenbeleuchtung einzuschalten. Ich parkte auf der Wendefläche und bahnte mir den Weg über den Vorplatz mit seinem Kopfsteinpflaster hin zu dem düsteren Portikus, der den Vordereingang überdachte. Ich klingelte und wartete, während ich gegen die Kälte die Arme verschränkte. Endlich ging das Außenlicht an, und Myrna öffnete die Tür einen Spalt weit.

»Hallo, Myrna. Kinsey Millhone. Ich war neulich schon mal hier. Donovan hat mich auf einen Drink eingeladen.«

Myrna brach angesichts dieser Mitteilung nicht gerade in einen Freudentaumel aus. Offenbar wurde den Teilnehmerinnen der Fortgeschrittenenkurse an der Haushälterinnenschule beigebracht, plötzlichen Begeisterungsstürmen keinesfalls Ausdruck zu verleihen. In den zwei Tagen, seit ich Myrna zuletzt gesehen hatte, hatte sie ihr Haar nachgefärbt, so daß es nun in einem eisigen Weißblond erstrahlte. Ihre Tracht bestand aus einem grauen Oberteil und dazu passenden grauen Hosen. Ich hätte darauf gewettet, daß der Bund unter dem Kittel aufgeknöpft war. »Hier entlang«, sagte sie. Ihre Kreppsohlen quietschten leise auf dem gebohnerten Parkettfußboden.

Von irgendwo über uns rief eine Frau herab: »Myrna? War das die Haustür? Wir erwarten Besuch.« Ich sah nach oben, dem Klang ihrer Stimme folgend. Eine Brünette Ende Dreißig lehnte am Treppengeländer über unseren Köpfen. Als sie mich entdeckte, hellte sich ihre Miene auf: »Oh, hallo. Sie müssen Kinsey sein. Möchten Sie heraufkommen?«

Myrna drehte ab, ohne noch ein Wort zu verlieren, und verschwand im hinteren Teil des Hauses, während ich die Treppe hinaufstieg.

Christie streckte mir die Hand entgegen, als ich am oberen Treppenabsatz angekommen war. »Ich bin Christie Malek. Schön, Sie zu sehen«, sagte sie, als wir uns die Hände schüttelten. »Myrna haben Sie ja schon kennengelernt.«

»Mehr oder weniger«, antwortete ich. Ich musterte sie auf einen Blick, wie bei einem Polaroidfoto. Sie hatte ein feingeschnittenes Gesicht und glänzendes, dunkelbraunes Haar, das sie schulterlang trug. Sie war sehr schlank und steckte in Jeans und einem wuchtigen schwarzen Wollpullover, der ihr fast bis an die Knie reichte. Die Ärmel waren hochgeschoben, und so sah ich ihre schmalen Handgelenke und die langen, kühlen Finger. Ihre Augen waren klein und von dunklem, durchdringendem Blau und lagen unter buschigen Augenbrauen. Ihre Zähne waren so perfekt wie in einer Zahnpasta-Reklame. Das Fehlen von jeglichem Make-up verlieh ihr eine zurückhaltende, fast etwas schüchterne Ausstrahlung, aber ihre Art war freundlich und ihr Lächeln warm. »Donovan hat angerufen und gesagt, daß er ein paar Minuten später kommt. Jack ist gerade auf dem

Nachhauseweg, und Bennet muß irgendwo hier sein. Ich sehe gerade Baders Papiere durch und kann ein bißchen Gesellschaft gebrauchen.«

Während sie noch mit mir sprach, drehte sie sich um und ging auf das ehemalige Elternschlafzimmer zu, das ich durch eine offenstehende Tür erkennen konnte. »Wir suchen – unter anderem – immer noch nach dem fehlenden Testament. Man soll die Hoffnung nie aufgeben«, fügte sie sarkastisch hinzu.

»Ich dachte, Bennet wollte das erledigen.«

»Das ist Bennets Art, etwas zu erledigen. Er liebt es, zu delegieren.«

Ich hoffte, in ihrem Tonfall läge ein Hauch Ironie. Sicher konnte ich mir da nicht sein, also hielt ich den Mund.

Die Suite, die wir betraten, war riesig: zwei großzügige Räume, getrennt durch eine Schiebetür, deren zwei Teile in ihre jeweilige Wandhälfte geschoben waren. Wir durchquerten den vorderen Raum, der als Schlafzimmer eingerichtet war. Die Wände waren mit einer edel schimmernden rosafarbenen Seidentapete versehen. Der Teppich war creme-weiß und hatte einen dichten, kurzen Flor. Schwere, blasse Vorhänge hingen aufgezogen vor bleiverglasten Fenstern, die auf den gepflasterten Vorplatz hinausgingen. An der linken Wand befand sich ein Marmorkamin. Zwei identische Sofas flankierten ihn, massige Polstermöbel, bezogen mit dezent geblümtem Chintz. Das Himmelbett war tadellos gemacht, und die schneeweiße, seidene Tagesdecke wies keine Falte auf. Die Oberfläche des Nachttischs wirkte unnatürlich nackt, als wären einst persönliche Gegenstände nun unsichtbar verräumt worden. Vielleicht war das nur meine Einbildung, aber der Raum schien den lastenden Geruch von Krankheit zu bergen. Ich sah, daß man gerade dabei war, die Schränke zu leeren, deren Inhalt – Anzüge und Hemden – in große Pappkartons der hiesigen Altkleiderverwertung gepackt wurde.

»Das ist ja herrlich«, sagte ich.

»Nicht wahr?«

Hinter der Schiebetür befand sich ein Privatbüro mit einem großen Walnuß-Schreibtisch und antiken, hölzernen Ablageschränken. Die Decke war in beiden Räumen vier Meter hoch, aber dieser hier war der gemütlichere. In dem zweiten Marmorkamin hatte man Feuer gemacht, und Christie blieb kurz stehen, um ein Holzscheit in die bereits lodernden Flammen zu legen. Hier waren die Wände mit Walnußholz getäfelt, das so dunkel und glänzend war wie Karamel. Ich sah einen Kopierer, ein Fax und einen Computer mit Drucker auf den Einbauregalen rechts und links des Kamins stehen. Ein Aktenvernichter, dessen grüner On-Knopf leuchtete, stand neben dem Schreibtisch. Daneben lagen gedruckte Danksagungen, die darauf warteten, an diejenigen adressiert zu werden, die zur Beerdigung Blumen geschickt hatten.

Christie ging wieder an den Tisch zurück, wo sie den Inhalt zweier Schubladen in stabile Schachteln gefüllt und diese mit schwarzem Filzstift beschriftet hatte. Zwei große Plastiksäcke quollen über von weggeworfenem Papier. Dicke Aktenordner stapelten sich auf der Schreibtischplatte, und eine Reihe leerer Aktendeckel lagen verstreut auf dem Teppich. Diese Beschäftigung kannte ich gut: den Krimskrams zu sortieren, den die Toten hinterlassen haben. Unten im Hof hörten wir ein Motorrad heranfahren, dessen Motor noch einmal aufheulte, bevor es still wurde.

Christie legte den Kopf schief. »Ich höre die Harley. Klingt, als wäre Jack gekommen.«

»Wie läuft's denn so bis jetzt?«

Ihre Miene zeigte eine gequälte Mischung aus Skepsis und Verzweiflung. »Bader hat seine Sachen im großen und ganzen in Ordnung gehalten, aber irgendwann ist ihm wohl die Begeisterung dafür ausgegangen. Sehen Sie sich mal dieses ganze Zeug an. Ich schwöre, wenn bei mir je eine unheilbare Krankheit diagnostiziert werden sollte, sortiere ich meine Papiere aus, bevor ich zu krank bin, um mich darum zu kümmern. Was ist, wenn man Pornofotos oder so etwas aufbewahrt hat? Die Vorstellung wäre mir ein Greuel, daß jemand meine privaten Unterlagen durchstöbert.«

»In meinem Leben gibt es nichts, was so interessant wäre«, sagte ich. »Soll ich Ihnen helfen?«

»Eigentlich nicht, aber ich könnte moralische Unterstützung gebrauchen«, sagte sie. »Seit vier Stunden bin ich jetzt hier drinnen. Ich muß mir jedes einzelne Blatt Papier ansehen und feststellen, ob es wert ist, aufbewahrt zu werden, auch wenn die meisten das nicht sind, soweit ich es beurteilen kann. Ich meine, was weiß ich schon? Alles, bei dem ich mir nicht sicher bin, lege ich auf einen Stapel. Was wirklich Abfall ist, stopfe ich gleich in einen Müllsack. Ich wage es nicht, irgend etwas zu zerreißen, und ich habe Angst, zuviel wegzuwerfen. Ich kenne Bennet. Sobald ich etwas wegschmeiße, kommt er hier hereingestürmt und will wissen, wo es ist. Zweimal hat er das jetzt schon mit mir gemacht, und es war nichts als Glück, daß der Müll noch nicht abgeholt worden war. Ich stand da draußen in der Finsternis wie eine Pennerin und habe zerknüllte Zettel aus der Mülltonne gezerrt. Auf diesem dritten Stapel liegt alles, was wichtig aussieht. Hier ist zum Beispiel etwas, das Ihnen gefallen könnte.« Sie nahm einen Aktendeckel von dem Stapel auf dem Schreibtisch und reichte ihn mir. »Das muß Bader damals in den frühen sechziger Jahren zusammengestellt haben.«

Ein rascher Blick ins Innere enthüllte eine Sammlung von Zeitungsausschnitten, die im Zusammenhang mit Guys früheren Missetaten standen. Ich las den erstbesten davon durch, einen Artikel von 1956, in dem die Festnahme zweier Jugendlicher geschildert wurde, Jungen im Alter von vierzehn und dreizehn, die man für die Urheber einer Serie von wilden Graffiti-Sprühereien hielt. Einer der beiden wurde in die Besserungsanstalt geschickt, der andere durfte zu seinen Eltern nach Hause. Es mußten ungefähr fünfundzwanzig solcher Zeitungsausschnitte sein. In manchen wurden die Namen der Täter verschwiegen, weil der oder die verhafteten Jungen noch minderjährig waren. In anderen Artikeln wurde Guy Malek namentlich genannt.

»Ich frage mich, warum Bader Zeitungsausschnitte aufgehoben hat. Das kommt mir seltsam vor«, sagte ich.

»Vielleicht um sich ins Gedächtnis zu rufen, warum er den Jungen enterbt hat. Ich nehme an, Bennet wird sie als Munition benutzen wollen, wenn es zur Sache geht. Es ist zermürbend, all diese Entscheidungen treffen zu müssen.«

»Ziemlich viel Arbeit«, sagte ich und verlagerte das Thema ein wenig. »Wissen Sie, was mir eingefallen ist? Da die beiden Testamente nur im Abstand von drei Jahren aufgesetzt worden sind, könnte es doch sein, daß die beiden Zeugen für das erste auch Zeugen für das zweite Testament waren. Vor allem, wenn es Rechtspfleger oder Angestellte des Anwalts waren.«

Sie sah mich interessiert an. »Guter Gedanke. Das müssen Sie Donovan erzählen. Keiner von uns ist scharf darauf, fünf Millionen Dollar zum Fenster hinausfliegen zu sehen.«

Es klopfte an der Tür, und wir drehten uns beide um. Es war Myrna. »Donovan ist gekommen. Er hat mich gebeten, die Hors d'œuvres im Wohnzimmer zu servieren.«

»Sagen Sie ihm, daß wir gleich herunterkommen, sobald ich mir die Hände gewaschen habe. Oh, und versuchen Sie doch, auch die anderen beiden zu finden.«

Myrna nahm die Bitte zur Kenntnis, murmelte etwas Unhörbares und ging aus dem Zimmer.

Christie schüttelte den Kopf und senkte die Stimme. »Sie mag ja ein bißchen griesgrämig sein, aber sie ist die einzige im ganzen Haus, die nicht jedem widerspricht.«

8

Es brannte Licht, und Donovan war im Wohnzimmer, als Christie und ich nach unten kamen. Er hatte seine Arbeitskleidung abgelegt und trug nun einen schweren, cremefarbenen Strickpullover und eine Freizeithose. Seine Halbschuhe hatte er gegen ein Paar Hausschuhe aus Schaffell eingetauscht, die seine Füße riesig aussehen ließen. Jemand hatte Feuer gemacht, und er stocherte in den Holzscheiten herum, wobei er einen wuchtigen Eichenholzkeil umdrehte, damit dessen Oberseite Feuer fing. Donovan nahm ein weiteres Stück Holz in die Hand und warf es obendrauf. Ein Funkenregen stob den Kamin hinauf. Er rückte den Kaminschirm wieder zurecht und wischte sich die Hände an seinem Taschentuch ab, während er zu mir herübersah. »Christie haben Sie also schon kennengelernt. Wir sind froh, daß Sie kommen konnten. Das vereinfacht die Sache. Kann ich Ihnen einen Drink machen? Wir haben so ungefähr alles da, was Sie sich wünschen könnten.«

»Ein Glas Chardonnay wäre mir recht.«

»Ich hole es«, sagte Christie rasch. Sie ging zu einem mit Schnapsflaschen übersäten Sideboard hinüber. Eine Flasche Chardonnay stand in einem Weinkühler neben einem durchsichtigen Lucite-Eiskübel und verschiedenen Gläsern. Mit einem Blick auf Donovan begann sie die Folie vom Hals der Weinflasche zu lösen. »Trinkst du auch Wein?«

»Zum Essen vermutlich. Aber zuerst nehme ich, glaube ich, einen Martini. Gin ist Bennets Winterdrink«, fügte er als Nebenbemerkung zu mir hinzu.

Ah, wohl ein Trinker, der sich an die Jahreszeiten hielt. Was für eine nette Idee. Gin im Winter, vielleicht Wodka im Frühling. Für den Sommer böte sich Tequila an, und den Herbst konnte er mit ein bißchen Bourbon oder Scotch abrunden. Während Christie den Wein aufmachte, verschaffte ich mir einen vorläufigen Überblick.

Ebenso wie das Schlafzimmer oben war auch dieser Raum riesengroß. Die vier Meter hohe Decke war mit etwa zwanzig Zentimeter breiten Stuckkronen umrandet, und die Wände waren mit einer schmalgestreiften blau-cremefarbenen Tapete bedeckt, die im Lauf der Jahre verblichen war. Der blasse, orientalische Teppich mußte fünf Meter breit und schätzungsweise siebeneinhalb Meter lang sein. Die Möbel waren in zwei Gruppen aufgeteilt. Auf der gegenüberliegenden Seite des Raumes standen sich vor den Vorderfenstern vier Ohrensessel gegenüber. Näher zur Mitte des Zimmers hin bildeten drei große Sofas vor dem Kamin ein U. Sämtliche an der Wand stehenden Möbelstücke – ein Schrank, ein Sekretär und zwei mit Schnitzereien und Intarsien verzierte Tischchen – waren von der Art, wie man sie in Antiquitätenläden zu sehen bekam, schwer und ein bißchen überladen, mit Preisschildern, bei denen man zweimal hinsehen mußte, weil man glaubte, sie falsch gelesen zu haben.

Christie kehrte mit zwei Gläsern Wein zurück und reichte mir eines. Sie setzte sich auf eins der Sofas, und ich nahm mit einem gemurmelten »Danke« ihr gegenüber Platz. Das blaue Blumenmuster war zu einem gebrochenen Weiß verblichen, der Stoff entlang der Lehnen und der Vorderseiten der Polster abgeschabt. Auf dem quadratischen Couchtisch in der Krümmung der U-Form stand eine große Messingschale voller frischer Blumen, und daneben lagen mehrere Ausgaben des *Architectural Digest*. Mein Blick fiel auf einen unordentlichen Stapel von Karten, vermutlich Beileidsschreiben. Ich holte meinen getippten Bericht heraus und legte ihn vor mich auf den Tisch. Ich würde ihn Donovan dalassen, damit er ein Exemplar für seine Unterlagen hatte.

Ich hörte Schritte und Stimmen im Flur. Jack und Bennet betraten das Wohnzimmer gemeinsam. Was sie auch immer diskutiert hatten, jetzt waren ihre Mienen neutral und strahlten bei meinem Anblick nichts als wohlwollendes Interesse aus. Bennet steckte in einem Jogginganzug aus einem seidigen Material, das raschelte, wenn er ging. Jack sah aus, als käme er gerade vom Golfplatz, und sein Haar ließ noch den Abdruck seiner Kappe erkennen. Er trug eine leuchtendorangefarbene Weste über einem pinkfarbenen, kurzärmligen Golfhemd, und sein Gang war federnd, als hätte er immer noch Schuhe mit Nägeln darunter an. Jack schenkte sich einen Scotch mit Wasser ein, der so dunkel war wie Eistee, während Bennet einen großen Krug Martinis mischte, die er mit einem langen Glasstab umrührte.

Kein Zweifel, die Aperitifkultur wurde in diesem Haus sehr gepflegt. Er schenkte sich und Donovan je einen Martini ein und gab in jedes Glas eine Olive. Dann brachte er den Martinikrug zum Couchtisch herüber und stellte ihn in Reichweite ab.

Während die Getränke ausgeschenkt wurden, tauschte man belanglose Nettigkeiten aus, die nicht von Herzen kamen. Wie beim Tabak schienen die Rituale des Alkohols eine Art Verzögerungstaktik zu sein, bis die Versammelten sich seelisch auf die Situation eingestellt haben. Ich hatte ein merkwürdiges Gefühl im Brustkorb, den gleichen Anflug von Angst, den ich in der dritten Klasse vor einer Tanzaufführung empfunden hatte, in der ich ein Häschen spielte – nicht gerade eine Spezialität von mir. Meine Tante Gin war krank und konnte nicht zusehen, und so war ich gezwungen, mein Gehoppel vor zahllosen fremden Erwachsenen vorzuführen, die mich nicht allzu einnehmend zu finden schienen. Meine Beine waren zu mager, und die Hasenohren wollten nicht aufrecht stehenbleiben. Die Malek-Brüder betrachteten mich mit ungefähr der gleichen Begeisterung. Donovan nahm neben Christie auf der Couch gegenüber von mir Platz, während sich Jack in Blickrichtung auf den Kamin setzte, Bennet zu seiner Linken.

Es war aufschlußreich, die drei Brüder zusammen in einem Zimmer zu sehen. Trotz der Ähnlichkeit in ihren Farben waren ihre Gesichter sehr unterschiedlich, wobei das von Bennet aufgrund seines Vollbarts besonders abstach. Donovan und Jack waren etwas zierlicher gebaut, aber keiner von beiden war so anziehend wie ihr abtrünniger Bruder Guy. Jack beugte sich vor und begann gelangweilt die Beileidskarten durchzusehen.

Ich rechnete damit, daß mich Donovan gleich nach meinem Bericht fragen würde, als Myrna mit verschiedenen Speisen auf einem Tablett ins Zimmer kam. Das Tablett selbst besaß die Größe eines Gullydeckels; es war sehr schlicht, vermutlich Sterlingsilber, und um den Rand herum stark angelaufen. Neben etwas, das aussah wie Käsecreme auf Crackern, bestanden die Hors d'œuvres aus einer Schüssel Erdnüsse und einer Schüssel nicht entkernter grüner Oliven in Salzlake. Niemand sagte ein Wort, bis Myrna wieder hinausgegangen war und die Tür hinter sich geschlossen hatte.

Jack beugte sich vor. »Was ist denn das für ein Scheiß?«

Bennet lachte genau in dem Moment, in dem er einen Mundvoll Martini hinunterschluckte. Er stieß ein schnaubendes Geräusch aus und würgte dabei, und ich sah Gin aus seiner Nase tropfen. Er hustete in sein Taschentuch, während Jack kurz in seine Richtung lächelte. Ich wette, als Kinder haben sie mitten beim Essen gegenüber dem anderen den Mund aufgesperrt und zerkaute Speisen zur Schau gestellt.

Christie warf ihnen einen mißbilligenden Blick zu. »Enid hat heute abend frei. Könntet ihr euch bitte die Kritik sparen? Myrna ist Krankenschwester. Sie ist eingestellt worden, um Dad zu pflegen, nicht um euch beide zu bedienen. Wir können von Glück sagen, daß sie dageblieben ist, und das wißt ihr ganz genau. Hier macht ja doch niemand einen Finger krumm außer mir.«

»Danke, daß du das klargestellt hast, Christie. Was bist du doch für ein verdammtes Prachtstück«, sagte Jack.

»Hör auf damit«, sagte Donovan. »Könnten wir das bitte lassen, bis wir gehört haben, was sie zu sagen hat?« Er schnappte sich eine Handvoll Erdnüsse und verspeiste eine nach der anderen, während sich seine Aufmerksamkeit wieder mir zuwandte. »Möchten Sie uns jetzt aufklären?«

Ich nahm mir ein paar Minuten Zeit, um die Methoden zu erläutern, mit deren Hilfe ich es geschafft hatte, Guy Malek ausfindig zu machen. Ohne Darcy Pascoe oder die California-Fidelity-Versicherungsgesellschaft zu erwähnen, berichtete ich von den Schritten, die mir zu der Information über Guys Personalausweis geholfen hatten. Ich gebe zu, daß ich es ausschmückte und es problematischer klingen ließ, als es tatsächlich gewesen war. »Soweit ich es beurteilen kann, hat Ihr Bruder seine Vergangenheit hinter sich gelassen. Er arbeitet als eine Art Hausmeister für die Jubilee Evangelical Church. Meines Wissens verdingt er sich außerdem als Mädchen für alles bei verschiedenen Leuten in Marcella. Er sagt, er sei der einzige im Ort, der häusliche Reparaturen erledigt, und so verdient er seinen Maßstäben nach genug. Sein Lebensstil ist einfach, aber er kommt zurecht.«

Donovan fragte: »Ist er verheiratet?«

»Ich habe ihn nicht gefragt, ob er verheiratet ist, aber es sah nicht danach aus. Er hat keine Ehefrau erwähnt. Die Unterkunft stellt ihm die Kirche als Gegenleistung für seine Dienste zur Verfügung. Das Haus ist ziemlich baufällig, aber er scheint ganz zufrieden zu sein. Das sind natürlich nur oberflächliche Urteile, aber ich habe nicht genauer nachgeforscht.«

Bennet nagte eine Olive ab und legte den Kern auf eine Papierserviette. »Warum Marcella? Das ist doch ein Dreckskaff.«

»Der Pfarrer von dieser Kirche hat ihn an dem Tag, als er von zu Hause weggegangen ist, auf der 101 aufgelesen. Seither hat er sein Leben im großen und ganzen in Marcella verbracht. Die Kirche, der er beigetreten ist, scheint ziemlich streng zu sein. Weder Tanz noch Kartenspielen oder dergleichen. Er hat gesagt, er tränke ab und zu ein Bier, aber er nimmt keine Drogen mehr. Und das seit mittlerweile fast fünfzehn Jahren.«

»Wenn man ihm das abnehmen kann«, sagte Bennet. »Ich weiß nicht, wieviel Sie bei Ihrem kurzen Aufenthalt mitgekriegt haben. Wie lange waren Sie dort – eine Stunde?«

»In etwa«, antwortete ich. »Aber ich bin ja keine Anfängerin. Ich hatte früher schon mit Süchtigen zu tun, und glauben Sie mir, er sah nicht wie einer aus. Und Lügnern komme ich auch auf die Schliche.«

»Keine Kritik«, sagte er. »Ich bin von Natur aus skeptisch, wenn es um Guy geht. Er konnte schon immer eine tolle Schau abziehen.« Er trank seinen Martini aus und behielt das Glas in der Hand. Die letzten Spuren des Gin bildeten eine deutliche Wellenlinie am Glasrand. Er griff nach dem Krug und schenkte sich den nächsten Drink ein.

»Mit wem haben Sie sonst noch gesprochen?« wollte Donovan wissen und schob sich wieder in den Vordergrund. Er führte eindeutig die Regie bei dieser Veranstaltung und wollte dafür sorgen, daß Bennet dies bewußt blieb. Bennet für sein Teil schien sich mehr für seinen Martini zu interessieren als für das Gespräch. Ich konnte sehen, wie sich die Anspannung in seinem Gesicht glättete. Seine Fragen hatten seine Selbstdisziplin demonstrieren sollen.

Ich zuckte die Achseln. »Ich habe im Ort kurz haltgemacht und Guy beiläufig gegenüber der Besitzerin des Gemischtwarenladens erwähnt. Es sind kaum mehr als fünf- oder sechshundert Einwohner, und ich nehme an, daß jeder über jeden Bescheid weiß. Sie hat nicht mit der Wimper gezuckt und keinerlei Kommentar über ihn abgegeben. Der Pfarrer und seine Frau schienen ihn aufrichtig gern zu haben und sprachen voller Stolz davon, wie gut er sich gemacht hat. Sie hätten natürlich lügen, mir Theater vorspielen können, aber das bezweifle ich. Die meisten Leute sind nicht so gut im Improvisieren.«

Jack nahm sich einen Cracker und ließ den Klecks Käsecreme von dessen Oberfläche in seinem Mund verschwinden, als leckte er die Füllung aus einem Schokoladenkeks. »Also, was ist nun Sache? Ist er ein Wiedergeborener? Hat er sich taufen lassen? Glauben Sie, daß er unseren Herrn Jesus in sein Herz eingelassen hat?« Sein Sarkasmus war widerlich.

Ich wandte mich ihm zu und starrte ihn an. »Haben Sie damit ein Problem?«

»Warum soll ich ein Problem haben? Es ist sein Leben«, erwiderte Jack.

Donovan rutschte auf seinem Sitz herum. »Hat sonst noch jemand eine Frage?«

Jack warf sich den Cracker in den Mund und wischte sich die Finger an einer Serviette ab, während er kaute. »Ich finde es toll. Ich meine, vielleicht will er dann das Geld gar nicht. Wenn er ein so guter Christ ist, stellt er vielleicht das Spirituelle über das Materielle.«

Bennet schnaubte vor Wut. »Daß er ein Christ ist, hat überhaupt nichts damit zu tun. Er ist abgebrannt. Du hast doch gehört, was sie gesagt hat. Er hat keinen Penny. Er ist absolut pleite.«

»Ich weiß nicht, ob er pleite ist. Das habe ich nicht gesagt«, warf ich ein.

Nun starrte Bennet mich an. »Glauben Sie im Ernst, daß er einen Riesenbatzen Kohle ablehnen wird?«

Donovan schaltete sich ein. »Gute Frage«, sagte er. »Was ist denn Ihre Meinung zu diesem Thema?«

»Nach dem Geld hat er überhaupt nicht gefragt. Ich glaube, im ersten Moment war die Vorstellung, daß Sie jemanden engagiert haben, um ihn zu finden, interessanter für ihn. Er wirkte zuerst gerührt und dann verlegen, als ihm klarwurde, daß er da etwas mißverstanden hatte.«

»Was mißverstanden?« fragte Christie.

»Er hat gedacht, ich sei aus Interesse oder Besorgnis von seiten der Familie für die Suche nach ihm engagiert worden. Allerdings wurde ihm ziemlich schnell klar, daß der Zweck meines Besuchs der war, ihn vom Tod seines Vaters zu unterrichten und ihm mitzuteilen, daß er im Sinne von Baders Testament ein möglicher Begünstigter ist.«

»Wenn er denkt, von uns aus ist alles Bussi-Bussi, verzichtet er vielleicht auf das Geld und wählt statt dessen die Liebe«, sagte Jack.

Donovan ignorierte ihn. »Hat er irgendwie erwähnt, daß er mit einem Anwalt sprechen will?«

»Eigentlich nicht. Ich habe ihm gesagt, er solle sich mit Tasha in Verbindung setzen, aber sie verwaltet den Nachlaß und kann ihn in dieser Angelegenheit nicht beraten. Wenn er sie anruft, wird sie ihn an einen anderen Anwalt verweisen, es sei denn, er hat bereits einen.«

Donovan sagte: »Anders formuliert teilen Sie uns also mit, daß wir keine Ahnung haben, wie er sich verhalten wird.«

Bennet meldete sich zu Wort: »O doch. Das ist ja wohl sonnenklar. Er will das *Geld*. Er ist doch nicht blöd.«

»Woher willst du wissen, was Guy will?« erwiderte Christie mit plötzlich aufflammendem Zorn.

Bennet fuhr unbeirrt fort. »Kinsey hätte ihn einen Anspruchsverzicht unterschreiben lassen sollen. Ihn einfach ausmanövrieren. Eine Vereinbarung treffen, bevor er dazu kommt, zuviel nachzudenken.«

Donovan sagte: »Danach habe ich Tasha schon gefragt. Ich habe vorgeschlagen, eine Verzichtserklärung aufzusetzen, weil ich dachte, die könnte Kinsey gleich mitnehmen. Tasha war dagegen. Sie sagte, eine Verzichtserklärung wäre bedeutungslos, weil er später jederzeit behaupten könne, daß er nicht angemessen unterrichtet worden sei oder unter außerordentlicher Anspannung stand, übermannt von plötzlichen Gefühlswallungen, irgend so einen Scheiß, womit das Ganze hinfällig wäre. Ich fand ihren Einwand stichhaltig. Dem Mann erzählen, daß sein Vater tot ist und ihm dann eine Verzichtserklärung unter die Nase halten? Das ist ja, als schwenkte man eine rote Fahne vor einem Stier.«

Erneut meldete sich Christie zu Wort: »Kinsey hatte eine gute Idee. Sie hat darauf hingewiesen, daß die beiden Testamente ja nur mit drei Jahren Abstand voneinander unterzeichnet wurden und daher vielleicht die Zeugen für das zweite Testament dieselben waren wie die für das erste. Wenn wir die Zeugen ausfindig machen, wäre es doch möglich, daß einer von ihnen über die Bestimmungen Bescheid weiß.«

»Zum Beispiel eine Sekretärin oder eine Anwaltsgehilfin?« fragte Donovan.

»Warum nicht? Oder vielleicht ist eine Büro- oder Schreibkraft als Zeugin eingesprungen. *Irgend* jemand muß an der Erstellung dieses Dokuments beteiligt gewesen sein«, sagte ich.

»Falls es je existiert hat«, warf Jack ein.

Donovans Mundwinkel verzogen sich nach unten, als er das in Betracht zog. »Einen Versuch wäre es wert.«

»Zu welchem Zweck?« wollte Jack wissen. »Ich sage ja nicht, daß wir es nicht versuchen sollen, aber es wird vermutlich nichts nützen. Man kann ein Testament bezeugen, ohne zu wissen, was darin steht. Und außerdem: Was, wenn im zweiten Testament Guy Alleinerbe ist? Dann wären wir wirklich ruiniert.«

Bennet verlor die Geduld. »Ach, komm schon, Jack. Auf wessen Seite stehst du eigentlich? Die Zeugen könnten zumindest bestätigen, daß das zweite Testament unterzeichnet wurde. Ich habe Dad ein halbes Dutzend Mal sagen hören, daß Guy keinen Penny bekommt – wir alle haben das gehört –, also wäre das doch von Gewicht.«

»Weshalb denn? Dad hatte das Testament. Er bewahrte es oben in einem Ordner auf. Woher willst du wissen, daß er es nicht am Schluß widerrufen hat? Mal angenommen, er hat es vor seinem Tod zerrissen? Er war lange genug darauf gefaßt. Er wußte, daß seine Tage gezählt waren.«

»Das hätte er uns gesagt«, wandte Bennet ein.

»Nicht unbedingt.«

»Herrgott, Jack! Ich sage dir, er hat erklärt, daß Guy nichts bekommen würde. Wir haben das hundertmal besprochen, und sein Entschluß stand felsenfest.«

»Es spielt keine Rolle, was er gesagt hat. Du weißt doch, wie er war, wenn es um Guy ging. Da ist er nie hart geblieben. *Wir* mußten vielleicht spuren, aber doch nicht Guy.«

Donovan räusperte sich und stellte sein Glas betont laut ab. »Okay. Hört auf, ihr beiden. Wir haben das schon oft genug durchexerziert. Warten wir einfach ab, was Guy macht. Vielleicht ergibt sich gar kein Problem. Das wissen wir ja jetzt noch nicht. Tasha hat gesagt, sie würde sich mit ihm in Verbindung setzen, wenn er sich nicht bei ihr meldet. Ich könnte ihm ja einen kurzen Brief schreiben und dann sehen wir, wie weit wir kommen.«

Bennet setzte sich aufrecht hin. »Moment mal. Wer hat gesagt, daß du das bestimmst? Warum können wir nicht darüber diskutieren? Es betrifft uns doch alle.«

»Du möchtest darüber diskutieren? Schön. Fang an«, sagte

Donovan. »Wir kennen alle deine Meinung. Für dich ist Guy ein Drecksack. Du bist hundertprozentig gegen ihn, und mit dieser Einstellung treibst du ihn mit dem Rücken gegen die Wand.«

»Du weißt auch nicht mehr über ihn als ich«, sagte Bennet.

»Ich spreche nicht von ihm. Ich spreche von dir. Was macht dich so sicher, daß er das Geld will?«

»Weil er uns gehaßt hat. Deshalb ist er ja überhaupt erst von hier verschwunden, oder nicht? Er würde alles tun, um es uns heimzuzahlen, und was gäbe es für einen besseren Weg als diesen?«

»Das weißt du nicht«, sagte Donovan. »Du weißt nicht, was damals vor sich ging. Womöglich ist er gar nicht mehr schlecht auf uns zu sprechen. Wenn du gleich auf ihn eindrischst, geht er in die Offensive.«

»Ich habe Guy nie etwas getan. Warum sollte er mich hassen?« sagte Jack unbekümmert. Er schien sich über das Wortgefecht seiner beiden Brüder zu amüsieren, und ich fragte mich, ob er sie vielleicht regelmäßig dazu aufstachelte.

Bennet schnaubte noch einmal, und er und Jack starrten einander an. Irgend etwas blitzte zwischen ihnen auf, aber ich konnte nicht sagen, was.

Donovan griff erneut mit einem warnenden Blick an beide ein. »Könnten wir bitte beim Thema bleiben? Hat irgend jemand etwas Neues beizutragen?«

»Donovan regiert die Familie. Er ist unser König«, sagte Bennet. Er sah mich mit den leicht wäßrigen Augen von jemandem an, der zuviel getrunken hat. Ich hatte ihn in nicht einmal einer Viertelstunde zwei Martinis hinunterstürzen sehen, und wer wußte schon, was er konsumiert hatte, bevor er den Raum betrat? »Er hält mich für eine Niete. Andauernd tut er so, als würde er mich unterstützen, aber er meint kein Wort davon ernst. Er und mein Vater haben mir nie genug Geld gegeben, um mit irgend etwas Erfolg zu haben. Und dann, als ich gescheitert bin, als eine Firma baden ging, waren sie ganz schnell damit bei der Hand, darauf hinzuweisen, wie schlecht ich sie geführt hätte. Dad hat mich immer zu kurz gehalten, und wenn ich mir vorstelle, daß Guy jetzt daherkommen und seinen Anteil verlangen kann, dann geht das in meinen Augen genau in die gleiche Richtung. Wer kümmert sich denn um unsere Interessen? Er garantiert nicht«, sagte er und wies mit dem Daumen auf Donovan.

»Einen Moment. Jetzt mach mal halblang! Wie kommst du denn darauf?«

»Ich bin nie aufgestanden und habe das verlangt, was mir zusteht«, sagte Bennet. »Ich hätte schon lange darauf bestehen sollen, aber ich habe euch alles abgekauft, das ganze Märchen, das du und Dad mir aufgetischt habt. ›Hier, Bennet, du kannst diese paar Kröten haben. Mach das Beste aus dieser erbärmlichen Summe. Mach etwas aus dir, und dann gibt es noch mehr von dort, wo das hier herkommt. Du kannst nicht von uns erwarten, daß wir das ganze Unternehmen finanzieren.‹ Bla bla bla. Das ist alles, was ich ständig zu hören bekommen habe.«

Donovan sah ihn mit zusammengekniffenen Augen an und schüttelte den Kopf. »Es ist nicht zu fassen. Dad hat dir Hunderttausende von Dollars gegeben, und du hast alles in den Sand gesetzt. Was glaubst du, wie viele Chancen du noch bekommst? Keine Bank in dieser Stadt hätte dir auch nur die ersten *zehn Cents* gegeben –«

»Schwachsinn! Nichts als Schwachsinn. Ich habe gearbeitet wie ein Pferd, und das weißt du genau. Herrgott, Dad hat jede Menge geschäftliche Pleiten erlebt, und du auch. Und jetzt plötzlich muß ich hier sitzen und jeden beschissenen Schritt, den ich mache, rechtfertigen – nur um ein bißchen Grundkapital zu bekommen.«

Donovan starrte ihn ungläubig an. »Wo ist denn das ganze Geld, das deine Geschäftspartner investiert haben? Das hast du doch auch verpulvert. Du bist dermaßen damit beschäftigt, den dicken Maxe zu spielen, daß du dich nicht um die Geschäfte kümmerst. Die Hälfte von dem, was du tust, ist der reine Betrug, und das weißt du auch. Und falls nicht, ist es um so bedauerlicher, weil du dann noch im Gefängnis landen wirst.«

Bennet deutete mit einem Finger auf ihn und stieß mehrmals damit in die Luft, als drückte er auf einen Aufzugknopf. »He, ich bin derjenige, der Risiken eingeht. Ich bin es, dessen Arsch in Gefahr ist. Du stellst dich ja nie in die Schußlinie. Du gehst auf Nummer Sicher. Du warst Daddys Liebling, das kleine Schweinchen, das zu Hause geblieben ist und genau das getan hat, was Daddy verlangt hat. Und jetzt möchtest du auch noch dafür gelobt werden, daß du so supererfolgreich bist. Darauf ist doch geschissen. Fahr zur Hölle.«

»Paß auf, was du sagst. Es sind Damen anwesend«, sagte Jack in einem Singsang.

»Halt's Maul, du Wichser. Kein Mensch redet mit dir!«

Christie warf einen Blick in meine Richtung und hob dann eine Hand. »He, Jungs«, sagte sie. »Könnten wir das nicht auf später verschieben? Kinsey hat keine Lust, hier zu sitzen und sich das anzuhören. Wir haben sie auf einen Drink zu uns gebeten, nicht um einem Boxkampf beizuwohnen.«

Ich nahm das als Stichwort und nutzte die Gelegenheit, mich zu erheben. »Ich lasse Sie jetzt lieber allein über die Sache diskutieren, aber ich glaube wirklich nicht, daß Sie sich wegen Guy Sorgen machen müssen. Er macht einen netten Eindruck. Das ist das Fazit, das ich aus meiner Perspektive ziehen kann. Ich hoffe, es wird sich alles klären.«

Ein Schwall verlegener Floskeln ergoß sich über mich: Entschuldigungen wegen des unbeherrschten Ausbruchs, hastige Erklärungen, unter welcher Anspannung sie alle durch Baders Tod stünden. In meinen Augen waren sie ein Haufen von Rüpeln mit schlechten Manieren, und wenn meine Rechnung bereits bezahlt gewesen wäre, hätte ich ihnen das auch gesagt. So jedoch versicherten sie mir, daß es nicht böse gemeint gewesen sei, und ich versicherte ihnen, daß ich es nicht übelgenommen hätte. Ich kann so gut wie jeder andere schwindeln, wenn Geld auf dem Spiel steht. Ich schüttelte allen die Hände. Dann dankten sie mir dafür, daß ich mir die Zeit genommen hatte. Ich dankte ihnen für den Wein und verabschiedete mich.

»Ich bringe Sie hinaus«, sagte Christie.

Einen Augenblick lang herrschte Stille, während wir das Wohnzimmer verließen. Mir war nicht bewußt gewesen, daß ich den Atem angehalten hatte, bis sich die Tür hinter uns geschlossen hatte und ich tief durchschnaufen konnte.

»Lassen Sie mich kurz eine Jacke holen«, sagte Christie, als wir die Halle durchquerten. Sie machte einen Umweg zum Kleiderschrank und schlüpfte in einen kurzen, dunklen Wollmantel, während wir in die Nachtluft hinausschritten.

Die Temperatur war gefallen, und aus den Pflastersteinen schien Feuchtigkeit aufzusteigen. Mittlerweile brannte die Außenbeleuchtung zwar, aber sie spendete nur wenig Helligkeit. Ich konnte die vagen Umrisse meines Autos auf der anderen Seite des Hofes erkennen, während wir darauf zugingen. Die erleuchteten Fenster der Vorderfront warfen stumpfe Rechtecke aus gelbem Licht auf die Einfahrt vor uns. Im Wohnzimmer waren die Malek-Brüder inzwischen höchstwahrscheinlich zu Handgreiflichkeiten übergegangen.

»Danke, daß Sie mich da losgeeist haben.«

»Tut mir leid, daß Sie das mit ansehen mußten. So ein Affenzirkus«, sagte sie. Sie schob die Hände in die Manteltaschen. »Andauernd geht das so, und es macht mich noch wahnsinnig. Es ist, als sei man umgeben von raufenden Vorschulkindern. Sie sind allesamt drei Jahre alt und prügeln immer noch wegen eines Spielzeugautos aufeinander ein. Die Spannung in diesem Haus ist unerträglich.«

»Bennets Alkoholkonsum macht es auch nicht besser.«

»Das ist es nicht allein. Zu Beginn meiner Ehe dachte ich, ich hätte in eine liebevolle Familie eingeheiratet. Ich hatte selbst keine Brüder, und anfangs fand ich die Vorstellung faszinierend. Zuerst schienen sie sich sehr nahe zu stehen. Also, auf jeden Fall haben sie mir das weisgemacht. Vermutlich hätte ich von selbst darauf kommen können, daß es nicht gerade von psychischer

Gesundheit spricht, wenn drei erwachsene Männer immer noch gemeinsam unter Daddys Dach zusammenleben, aber was wußte ich schon? Meine Familie ist dermaßen durchgedreht, daß ich eine gesunde Familie nicht einmal dann erkenne, wenn sie mich anspringt und beißt. Ich wollte Kinder. So wie's aussieht, hab ich sie schon«, bemerkte sie sarkastisch. »Es ist mir zuwider, herumzusitzen und zuzusehen, wie die ›Jungs‹ sich zanken und sich dann wieder miteinander verschwören. Sie müßten die drei mal erleben. Sie streiten sich wegen absolut allem. Egal, worum es geht, sie nehmen auf der Stelle die gegensätzlichsten Standpunkte ein. Dann ergreifen sie plötzlich Partei und bilden vorübergehende Koalitionen. Am einen Tag sind es Donovan und Jack gegen Bennet. Am nächsten Tag verbünden sich Bennet und Jack gegen Donovan. Die Bündnisse unterscheiden sich je nach Thema, aber es gibt nie Einigkeit. Es herrscht keinerlei Gefühl im Sinne von ›alle für einen, einer für alle‹. Jeder will recht haben – moralisch überlegen sein – und zugleich fühlt sich jeder komplett mißverstanden.«

»Ich bin nur froh, daß ich Waise bin.«

»*Da* kann ich Ihnen zustimmen.« Sie hielt lächelnd inne. »Oder vielleicht bin ich nur verärgert, weil keiner von ihnen je auf meiner Seite steht. Ich lebe mit permanenten Bauchschmerzen.«

»Und Sie haben keine Kinder?«

»Noch nicht. Ich versuche es immer wieder, aber irgendwie werde ich in dieser Atmosphäre nicht schwanger. Ich gehe langsam auf die Vierzig zu, und wenn nicht bald etwas passiert, ist es zu spät.«

»Aber heutzutage bekommen Frauen doch häufig ihre Babys erst später.«

»Ich nicht. Vergessen Sie's. Das Leben ist ohnehin hart genug. Ich meine, welches Kind würde schon freiwillig in ein *solches* Haus kommen? Es ist ja widerlich.«

»Und warum bleiben Sie?«

»Wer sagt denn, daß ich bleibe? Letzten Herbst habe ich zu

Donovan gesagt: ›Noch eine Runde, Freundchen, und ich haue hier ab.‹ Und was passiert als nächstes? Auf einmal stirbt Bader. Ich finde, ich kann nicht einfach verschwinden, wenn alles in solchem Aufruhr ist. Außerdem hege ich vermutlich immer noch die vage Hoffnung, daß sich die Probleme irgendwie in Wohlgefallen auflösen.«

»Daß ich Guy gefunden habe, ist sicher keine Hilfe«, sagte ich.

»Das weiß ich nicht. Zumindest werden sich jetzt vielleicht die drei gegen *ihn* verbünden. Das könnte letztlich das einzige Thema sein, bei dem sie sich einig sind.«

Ich betrachtete die erleuchteten Wohnzimmerfenster. »*Das* nennen Sie ›Einigkeit‹?«

»Oh, sie kommen schon noch auf einen Nenner. Es geht doch nichts über einen gemeinsamen Feind, um die Kampfhähne zur Eintracht zu bewegen. In Wirklichkeit ist Guy derjenige, der mir leid tut. Sie werden ihn um den letzten Penny bringen, wenn sie nur halbwegs Gelegenheit dazu bekommen, und Ihren Angaben zufolge ist er noch der Beste von dem Haufen.«

»Donovan scheint doch in Ordnung zu sein«, sagte ich.

»Ha! Das dachte ich auch. Er weiß sich gut zu präsentieren, aber das ist schon alles. Er hat gelernt, wie man in der Geschäftswelt auftritt, und deshalb hat er ein bißchen mehr Schliff. Ich wette, es hat keiner gesagt, aber ich weiß, daß sie von Ihrer Leistung beeindruckt waren.«

»Tja, das freut mich, aber im Moment brauchen die drei keine Privatdetektivin –«

»Sie brauchen einen Ringrichter«, lachte sie. »Tasha hat Ihnen keinen Gefallen getan, als sie Sie in diese Geschichte verwickelt hat. Es tut mir leid, daß Sie die drei von ihrer schlechtesten Seite erlebt haben. Aber jetzt können Sie wenigstens beurteilen, womit ich fertig werden muß.«

»Keine Sorge. Mein Auftrag ist abgeschlossen«, sagte ich.

Wir sagten einander gute Nacht, und ich setzte mich hinters Lenkrad und ließ mir ein paar Minuten Zeit, bis der Wagen warm war. Durch die nachwirkende Spannung war mir eisig kalt, und auf dem Nachhauseweg ließ ich die Heizung des VW auf höchster Stufe laufen. Dies bedeutete eine schmale Zunge Warmluft, die an meinen Schuhsohlen leckte. Der Rest meines Körpers fror erbärmlich, da ein Rollkragenpullover aus Baumwolle und ein wollener Blazer nur wenig isolierende Wirkung besitzen. Als ich in meine Straße einbog, überlegte ich kurz, ob ich bei Rosie's zu Abend essen sollte. Während der Cocktailstunde bei den Maleks war ich nicht dazu gekommen, auch nur eine einzige Olive zu verspeisen. Ich hatte mir üppig belegte Canapés vorgestellt, die ich mir anstelle eines Abendessens einverleiben könnte, doch das ganze Theater hatte selbst die Käsecreme alles andere als appetitanregend aussehen lassen. Im Hinterkopf war mir klar, daß ich dem Gedanken auswich, nach Hause in eine leere Wohnung zu gehen. Besser gleich als später. Es würde nur noch schlimmer werden.

Ich parkte den Wagen dicht an der Ecke und ging zu Fuß zu Henrys Einfahrt. Vom Strand her begann dichter Nebel aufzuziehen, aber mir wurde leichter ums Herz, als ich sah, daß ich im Wohnzimmer eine Lampe hatte brennen lassen. Wenigstens würde ich beim Betreten der Wohnung nicht das Gefühl bekommen, ich bräche ein. Mit dem Hausschlüssel in der Hand ging ich durch das quietschende Tor, sperrte die Tür auf und warf meine Handtasche auf den Küchentresen. Ich hörte, wie die untere Toilette gespült wurde, und ein Schwall von Angst stieg in mir auf. Dann ging die Badezimmertür auf, Robert Dietz kam heraus und sah genauso verblüfft drein wie ich. »Ich habe dich gar nicht kommen hören«, sagte er. »Ich habe vergessen, dir deinen Schlüssel zurückzugeben.«

»Was machst du denn hier? Ich dachte, du seist abgereist.«

»Ich bin nur bis Santa Maria gekommen, dann mußte ich umkehren. Ich war halb die Straße hinunter, und schon hast du mir gefehlt wie verrückt. Ich will nicht, daß wir in schlechter Stimmung auseinandergehen.«

In meiner Brust regte sich ein Schmerz, etwas Zerbrechliches und Spitzes, das mich tief Luft holen ließ. »Ich sehe keine Möglichkeit, unsere grundlegenden Differenzen zu klären.«

»Wir können doch auch ohne Klärung Freunde sein. Können wir doch, oder?«

»Woher soll ich das wissen?« Ich versuchte, mich abzuschotten, aber ich schaffte es nicht ganz. Ich empfand den unerklärlichen Drang, aus irgendeinem Grund zu weinen. Meist lösen Abschiede das aus, zärtliche Trennungen in Filmen, begleitet von Musik und dazu angetan, einem das Herz aus der Brust zu reißen. Das Schweigen zwischen uns war für mich genauso schmerzhaft.

»Hast du schon zu Abend gegessen?«

»Ich konnte mich noch nicht entschließen. Ich habe gerade bei den Maleks etwas getrunken«, sagte ich matt. Die Worte klangen seltsam, und ich hätte mir am liebsten selbst auf die Brust geklopft, um mich zu trösten. Ich wäre mit der Situation fertig geworden, wenn er nur nicht zurückgekommen wäre. Der Tag war hart gewesen, aber ich hatte ihn überstanden.

»Möchtest du etwas erzählen?«

Ich schüttelte den Kopf, da ich meiner Stimme nicht traute.

»Was dann? Du bestimmst. Ich mache alles, was du willst.«

Ich sah von ihm weg und dachte an die beängstigenden Risiken der Intimität, das Verlustpotential, den leisen Schmerz in jeder Verbindung zwischen zwei Wesen – Mensch oder Tier, was machte das schon für einen Unterschied? In mir bekriegten sich der Überlebensinstinkt und das Bedürfnis nach Liebe schon seit Jahren. Meine Vorsicht war wie eine Wand, die ich zu meinem eigenen Schutz aufgebaut hatte. Aber Sicherheit ist eine Illusion, und die Gefahr, zuviel zu empfinden, ist nicht schlimmer als die Gefahr, emotionslos zu sein. Ich schaute wieder zu ihm hin und sah meinen Schmerz in seinen Augen gespiegelt.

Er sagte: »Komm her.« Mit einer liebevollen Geste bedeutete er mir, näher zu kommen.

Ich durchquerte den Raum. Dietz lehnte sich an mich wie eine Leiter, die ein Dieb zurückgelassen hat.

9

Dietz' Knie war so geschwollen und tat so weh, daß er nicht die Treppe hinaufsteigen konnte, also klappten wir die Bettcouch auf. Ich holte die Steppdecke aus dem Dachgeschoß. Wir machten die Lampe aus und krochen nackt unter das Federbett wie Eisbären in eine Höhle. Wir liebten uns in dem bauschigen Iglu der Daunendecke, während um uns herum die Straßenlampen durch das Bullaugenfenster hereinschienen wie Mondlicht auf Schnee. Lange trank ich nur seinen moschusartigen Geruch, Haar und Haut, und erfühlte mir blind den Weg über seine verschiedenen Körperpartien. Die Wärme seines Körpers taute meine kalten Gliedmaßen auf. Ich fühlte mich wie eine Schlange, die sich auf einem Fleckchen Sonnenlicht zusammenringelt, nach einem langen, erbarmungslosen Winter nun bis ins Innerste durchgewärmt. Ich kannte seine Art noch von unseren drei gemeinsamen Monaten her – seinen Blick und die verlorenen Laute, die er ausstieß. Was ich vergessen hatte, war die glühende Reaktion, die er in mir hervorrief.

In meiner Jugend hatte es eine kurze Phase gegeben, die von Leichtsinn und Promiskuität gekennzeichnet war. Damals schien Sex keinerlei Konsequenzen zu haben. Heutzutage müßte man ein Idiot – oder selbstmörderisch veranlagt – sein, um ohne aufrichtige Gespräche und den Austausch ärztlicher Atteste zufällige Begegnungen zu riskieren. Ich für meinen Teil lebe meist enthaltsam. Ich glaube, es ist so ähnlich, wie wenn man eine Hungersnot durchmacht. Ohne die Hoffnung, gestillt zu werden, nimmt der Hunger ab, und der Appetit schwindet. Bei Dietz konnte ich all meine Sinne aufleben spüren, meine natürliche Zurückhaltung wurde von der Sehnsucht nach Berührung erstickt. Dietz' Verletzung erforderte Geduld und Einfallsreichtum, aber irgendwie schafften wir es. Die Prozedur brachte einiges Gelächter über unsere Verrenkungen sowie stille Konzentration in den Momenten dazwischen mit sich.

Um zehn schlug ich schließlich die Decke beiseite und entblößte unsere schwitzenden Leiber den arktischen Temperaturen um uns herum. »Ich weiß nicht, wie es dir geht, aber ich bin am Verhungern«, sagte ich. »Wenn wir nicht bald aufhören und etwas essen, bin ich morgen früh tot.«

Eine halbe Stunde später saßen wir geduscht und angezogen in meiner Lieblingsnische bei Rosie's. Sie und William arbeiteten beide, er hinter der Bar, und sie bediente an den Tischen. Normalerweise schließt die Küche um zehn, und ich sah ihr an, daß sie kurz davor war, uns genau dies mitzuteilen, doch dann bemerkte sie meine vom Kontakt mit Dietz' Bartstoppeln geröteten Wangen. Ich stützte das Kinn auf die Handfläche, aber sie hatte meinen sexuell bedingten Ausschlag schon bemerkt. Die Frau mag zwar an die Siebzig sein, aber ihr entgeht nichts. Auf einen Blick schien sie den Ursprung unserer Zufriedenheit ebenso zu erkennen wie unser gieriges Bedürfnis nach Nahrung. Ich dachte, die Verwendung von Make-up hätte meine wunde Haut wohl erfolgreich kaschiert, aber sie grinste uns unverhohlen an, als sie uns die Speisen nannte, die sie für uns zubereiten wollte. Bei Rosie ist es zwecklos, auch nur den Versuch zu machen, etwas zu bestellen. Man ißt das, was sie für die jeweilige Gelegenheit für ideal erachtet. Mir fiel auf, daß zu Ehren von Dietz' Rückkehr ihr Englisch geringfügig besser geworden war.

Sie postierte sich seitlich des Tisches, wiegte sich leicht in den Hüften und vermied es tunlichst, nach ihrem ersten wissenden Blick einen von uns direkt anzusehen. »Also. Ich sage, was ihr kriegt, und du, zieh bloß kein so'n Gesicht, wenn ich's sage.« Sie zog mit rollenden Augen die Mundwinkel herab, um Dietz meine gewohnte Begeisterung für ihre Auswahl zu demonstrieren. »Ich mache Korhelyleves, heißt auch Sauersuppe. Braucht man zwei Pfund Sauerkraut, Paprika, Räucherwurst und Sauerrahm. Belebt garantiert eure müden Geister, nach denen ihr ausschaut. Dann ich brate euch kleines Hühnchen, dazu gibt Pilzpudding – ist sehr gut – und für hinterher Haselnußtorte, aber kein Kaffee. Ihr braucht Schlaf. Ich bringe gleich Wein. Nicht weggehen.«

Wir gingen erst nach Mitternacht. Zum Schlafen kamen wir schließlich gegen eins, auf der schmalen Fläche der Bettcouch ineinander verschlungen. Ich bin es nicht gewohnt, mit jemand anders im Bett zu liegen, und ich kann nicht behaupten, daß es mir eine geruhsame Nacht bescherte. Wegen seines Knies war Dietz gezwungen, mit einem Kissen unter seinem linken Bein auf dem Rücken zu liegen. Damit blieben mir zwei Alternativen: Ich konnte mich an ihn schmiegen und meinen Kopf auf seine Brust legen oder flach auf dem Rücken Seite an Seite neben ihm liegen.

Ich probierte erst das eine und dann das andere aus und wälzte mich unruhig hin und her, während die Stunden dahinzogen. Die Hälfte der Zeit spürte ich, wie mir die Metallteile des Sofas in den Rücken schnitten, aber wenn ich mich in die andere Stellung drehte, mit dem Kopf auf seiner Brust, bekam ich einen Hitzschlag, einen eingeschlafenen Arm und ein zerdrücktes linkes Ohr. Manchmal fühlte ich seinen Atem auf meiner Wange, was mich fast zum Wahnsinn trieb. Ich ertappte mich dabei, wie ich mitzählte, wenn er atmete, ein und aus, ein und aus. Immer wieder wechselte der Rhythmus, und es entstand eine lange Pause, während deren ich mich fragte, ob er wohl soeben seinen letzten Atemzug getan habe. Dietz schlief wie ein Soldat unter Gefechtsbedingungen. Seine Schnarchlaute waren sanfte Schnüffelgeräusche, gerade laut genug, um mich auf Wachdienst zu halten, aber nicht laut genug, um feindliches Gewehrfeuer auf sich zu lenken.

Endlich schlief ich wundersamerweise ein und wachte um sieben Uhr voller Energie wieder auf. Dietz hatte Kaffee gemacht und las die Zeitung, angezogen, mit feuchtem Haar und einer Lesebrille, die ihm weit unten auf der Nase saß. Ich betrachtete ihn ein paar Minuten lang, bevor er mir seinen Blick zuwandte.

»Ich wußte gar nicht, daß du eine Brille trägst.«

»Bis jetzt war ich auch zu eitel dafür. Sowie du zur Tür draußen warst, hab ich sie aufgesetzt«, sagte er mit seinem schiefen Lächeln.

Ich drehte mich auf die andere Seite und legte mir den abgeknickten linken Arm unter die Wange. »Um welche Uhrzeit erwarten dich denn die Jungs?«

»Am frühen Nachmittag. Ich habe in einem Motel ganz in der Nähe Zimmer reserviert. Falls sie über Nacht bleiben wollen, können sie das tun.«

»Du freust dich bestimmt darauf, sie zu sehen.«

»Ja, aber es macht mich auch nervös. Ich habe sie seit zwei Jahren nicht mehr gesehen – seit ich nach Deutschland gegangen bin. Ich weiß nie so recht, was ich mit ihnen reden soll.«

»Was redest du denn mit anderen Leuten? Vor allem Blödsinn.«

»Sogar Blödsinn braucht einen Kontext. Es wird sonst auch für sie peinlich. Manchmal gehen wir schließlich ins Kino, einfach um hinterher über etwas reden zu können. Ich sprudele nicht gerade über vor elterlichen Ratschlägen. Wenn ich sie über ihre Freundinnen und ihre Kurse ausgefragt habe, geht mir der Gesprächsstoff aus.«

»Du kommst schon klar.«

»Ich hoffe es. Und du? Wie sieht dein Tag aus?«

»Ich weiß nicht, heute ist Samstag, also muß ich nicht arbeiten. Ich werde ein Nickerchen machen. Und bald damit anfangen.«

»Möchtest du dabei Gesellschaft haben?«

»Dietz«, sagte ich empört, »wenn du noch einmal in dieses Bett steigst, kann ich nicht mehr laufen.«

»Du bist eben Anfängerin.«

»Allerdings. Ich bin so was nicht gewöhnt.«

»Wie wär's mit Kaffee?«

»Laß mich erst die Zähne putzen.«

Nach dem Frühstück gingen wir an den Strand. Es war ein wolkiger Tag, aber der Sand bewahrte die Wärme wie eine

Schaumstoffisolierung. Die Temperatur lag bei gut zwanzig Grad, und die Luft war weich und würzig und barg einen tropischen Duft. Die Winter in Santa Teresa sind wechselhaft, eiskalt an einem Tag und mild am nächsten. Das Meer besaß einen glänzenden Schimmer und reflektierte das gleichförmige Weiß des Himmels. Wir zogen die Schuhe aus und trugen sie in der Hand, während wir am Ufer entlangschlenderten und uns das schaumige Spiel der Wellen über die bloßen Füße schwappte. Möwen schwebten kreischend über uns, während zwei Hunde im Gleichtakt nebeneinander her tollten und nach den Vögeln schnappten, als wären sie tieffliegende Frisbee-Scheiben.

Dietz fuhr um neun Uhr ab und hielt mich dicht an sich gepreßt, bevor er ins Auto stieg. Ich lehnte mich gegen die Motorhaube, und wir küßten uns eine Weile. Schließlich machte er sich los und musterte mein Gesicht. »Wenn ich in zwei Wochen wiederkomme, bist du dann noch da?«

»Wo sollte ich schon hingehen?«

»Dann bis dann«, sagte er.

»Zerbrich dir meinetwegen nicht den Kopf. Mir ist jeder Tag recht«, sagte ich und winkte, während sein Wagen allmählich kleiner wurde. Dietz haßte es, feste Termine auszumachen, weil er dann das Gefühl hatte, in der Falle zu sitzen. Freilich wirkte sich sein Lavieren auf mich so aus, daß ich an der Angel hing. Ich schüttelte über mich selbst den Kopf und ging zu meiner Wohnung zurück. Wie war ich bloß bei so einem Mann gelandet?

Den Rest des Vormittags verbrachte ich damit, meine Wohnung aufzuräumen. Eigentlich war nicht viel zu tun, aber es war trotzdem befriedigend. Diesmal war ich nicht einmal ernsthaft deprimiert. Ich wußte, daß Dietz zurückkommen würde, und so hatte meine tugendhafte Mühe mehr damit zu tun, meine Grenzen wieder zu errichten, als die Trübsal abzuwehren. Da er Lebensmittel eingekauft hatte, war mein Vorratsschrank voll und mein Kühlschrank gut bestückt, ein Zustand, der bei mir stets ein Gefühl von Sicherheit hervorruft. Wie schief kann es im Leben schon gehen, solange man genug Klopapier hat?

Um die Mittagszeit sah ich Henry im Garten an einem kleinen, runden Picknicktisch sitzen, den er vorigen Herbst auf einem Privat-Flohmarkt ergattert hatte. Er hatte mehrere Bogen Millimeterpapier, seine Nachschlagewerke und ein Kreuzworträtsellexikon vor sich ausgebreitet. Zum Zeitvertreib konstruiert und verkauft Henry Kreuzworträtsel für diese kleinen gelben Heftchen, die vor Supermarktkassen feilgeboten werden. Ich machte mir ein Erdnußbutter-Gewürzgurken-Sandwich und gesellte mich zu ihm in die warme Sonne.

»Möchtest du ein Stück?« fragte ich und hielt ihm meinen Teller hin.

»Danke, aber ich habe gerade zu Abend gegessen«, sagte er. »Wohin ist denn Dietz verschwunden? Ich dachte, er wollte noch bleiben.«

Ich brachte ihn auf den neuesten Stand der »Liebesgeschichte«, und wir plauderten ein Weilchen, während ich mein Sandwich verspeiste. Die Konsistenz der Erdnußbutter bildete einen dramatischen Gegensatz zur Knackigkeit der Gewürzgurken. Der diagonale Schnitt brachte mehr Füllung zum Vorschein als ein vertikaler, und ich genoß das Verhältnis zwischen salzig und sauer. Diese Köstlichkeit rangierte gemeinsam mit Sex ganz oben, ohne daß man sich dabei ausziehen mußte. Ich stieß eine Art tiefes Stöhnen aus und geriet vor Genuß fast in Verzückung, woraufhin mir Henry einen auffordernden Blick zuwarf. »Laß mich mal beißen.«

Ich hielt ihm das üppige Mittelstück hin, plazierte aber meine Finger so, daß er nicht zuviel abbeißen konnte.

Er kaute einen Augenblick lang und ließ sich die intensive Geschmacksmischung eindeutig schmecken. »Sehr seltsam, aber nicht schlecht.« Das sagt er immer, wenn er dieses kulinarische Wunder probiert.

Ich biß selbst noch einmal ab und deutete auf das Rätsel, an dem er gerade arbeitete. »Wie geht's voran? Du hast mir nie richtig erklärt, wie du es anstellst.« Henry war ein Kreuzworträtselfanatiker, der die *New York Times* abonniert hatte, damit er jeden Tag das Rätsel lösen konnte. Manchmal ließ er zum Spaß jedes zweite Kästchen frei oder füllte zuerst die Ränder aus, um dann spiralförmig nach innen vorzudringen. Die Kreuzworträtsel, die er selbst verfaßte, kamen mir sehr schwierig vor, obwohl er behauptete, daß sie leicht seien. Ich hatte ihm zugesehen, wie er Dutzende davon konstruierte, ohne jemals die Methode zu begreifen.

»Ich habe meine Technik inzwischen sogar verbessert. Früher ging ich es aufs Geratewohl an. Heute plane ich besser voraus. Das hier ist ein kleines, nur fünfzehn mal fünfzehn. Und das ist das Muster, das ich verwende«, erklärte er und deutete auf eine Schablone, in die das Gitter aus schwarzen Kästchen bereits eingetragen war.

»Du entwirfst nicht auch das Format?«

»Meistens nicht. Das hier habe ich schon mehrmals verwendet, und es paßt mir recht gut. Sie sind alle symmetrisch, und wie du siehst, ist kein Bereich abgegrenzt. Den Regeln zufolge dürfen die schwarzen Kästchen nicht mehr als ein Sechstel aller Kästchen umfassen. Dann gibt es noch ein paar andere Regeln. Zum Beispiel darf man keine Wörter mit weniger als drei Buchstaben benutzen und so weiter. Die guten haben ein Thema, um das sich die Lösungen drehen.«

Ich nahm eines seiner Nachschlagewerke in die Hand und drehte es um. »Was ist das?«

»In diesem Buch sind Wörter zwischen drei und fünfzehn Buchstaben in alphabetischer Reihenfolge aufgelistet. Und das hier ist auch zur speziellen Bearbeitung von Kreuzworträtseln. Es umfaßt Wörter von bis zu sieben Buchstaben in einer komplizierten alphabetischen Anordnung.«

Ich lächelte über die Begeisterung, die in seiner Stimme mitschwang. »Wie bist du eigentlich dazu gekommen?«

Er winkte ab. »Wenn man erst einmal genug davon gelöst hat, ergibt es sich zwangsläufig. Du mußt es selbst mal ausprobieren, dann merkst du, wie es ist. Es gibt sogar Kreuzworträtselmeisterschaften, seit 1980. Du müßtest mal sehen, wie diese jungen Spunde loslegen. Die Rätsel werden auf eine Großleinwand projiziert. Ein echter Profi kann vierundsechzig Fragen in weniger als acht Minuten beantworten.«

»Hat es dich nie gereizt mitzumachen?«

Er schüttelte den Kopf und trug mit Bleistift eine Frage ein. »Ich bin zu langsam und lasse mich zu leicht aus der Ruhe bringen. Außerdem ist das eine ernsthafte Angelegenheit, wie Bridge-Turniere.« Er hob den Kopf. »Dein Telefon klingelt.«

»Wirklich? Dann hörst du besser als ich.« Ich hüpfte vom Tisch und ging auf schnellstem Weg in meine Wohnung, wo ich das Gespräch im selben Moment annahm wie mein Anrufbeantworter. Ich drückte auf den Ausschaltknopf, als meine Stimme gerade ihre Bitte um eine Nachricht beendet hatte. »Hallo, hallo. Ich bin's selbst. Ich bin tatsächlich zu Hause«, zwitscherte ich.

»Hey«, sagte eine Männerstimme sanft. »Hier ist Guy. Ich hoffe, es stört Sie nicht, daß ich am Wochenende anrufe.«

»Überhaupt nicht. Was gibt's denn?«

»Nichts Großartiges«, antwortete er. »Donovan hat mich hier angerufen. Offenbar haben die drei – er, Bennet und Jack – gestern abend eine Besprechung abgehalten. Er sagt, sie möchten, daß ich für ein paar Tage runterkomme, damit wir über das Testament reden können.«

Ich merkte, wie mein Körper ganz steif wurde. »Na, so was! Das ist ja interessant. Fahren Sie hin?«

»Ich glaube schon. Vielleicht, aber ganz sicher bin ich mir noch nicht. Ich habe lange mit Peter und Winnie gesprochen. Peter meint, es sei an der Zeit, einen Dialog anzufangen. Er hat morgen eine Gebetsversammlung in Santa Teresa, also paßt es recht gut. Sie können mich nach dem Gottesdienst hinfahren, aber er hielt es für klug, wenn ich erst mit Ihnen spräche.«

Ich schwieg einen Augenblick. »Möchten Sie die Wahrheit hören?«

»Tja, schon. Deshalb habe ich ja angerufen.«

»An Ihrer Stelle würde ich es lassen. Ich war gestern abend

dort zu Besuch, und es wirkt alles sehr angespannt. Das sollten Sie sich lieber nicht antun.«

»Inwiefern?«

»Die Gefühle kochen hoch, und wenn Sie in dieser Phase auftauchen, machen Sie alles nur noch schlimmer.«

»Das war auch meine erste Reaktion, aber dann bin ich ins Nachdenken gekommen. Ich meine, immerhin hat mich Donovan angerufen. Nicht ich ihn«, sagte er. »Ich finde, wenn mir die drei schon einen Waffenstillstand anbieten, sollte ich wenigstens bereit sein, ihnen auf halbem Weg entgegenzukommen. Es kann ja nicht schaden.«

Ich unterdrückte das Bedürfnis, ihn anzuschreien. Schreien ist, wie ich festgestellt habe, keine geeignete Methode, andere vom eigenen Standpunkt zu überzeugen. Ich hatte seine Brüder erlebt, und Guy wäre ihnen nicht gewachsen. Ich hätte diesen dreien unter keinen Umständen vertraut. In Anbetracht von Guys seelischer Verfassung konnte ich verstehen, warum es ihn reizte, aber er wäre ein Narr, wenn er ohne Rechtsbeistand dieses Haus beträte. »Vielleicht ist es ein Waffenstillstand, vielleicht aber auch nicht. Baders Tod hat alles mögliche aufs Tapet gebracht«, sagte ich. »Wenn Sie unvorbereitet dorthin spazieren, können Sie sich auf eine ganze Ladung Scheiße gefaßt machen. Sie marschieren direkt in einen Alptraum hinein.«

»Verstehe.«

»Ich glaube nicht«, sagte ich. »Nicht daß ich Ihre Brüder kritisieren wollte, aber sie sind alles andere als nette Kerle, zumindest nicht, was Sie betrifft. Zwischen den dreien gibt es enorme Reibungen, und wenn Sie auch noch auftauchen, gießen sie damit nur noch mehr Öl ins Feuer. Also ganz ehrlich. Sie können sich gar nicht vorstellen, was da abläuft.« Ich merkte, wie Tonhöhe und Lautstärke meiner Stimme anstiegen.

»Ich muß es eben versuchen«, sagte er.

»Vielleicht, aber nicht auf *diese* Art.«

»Soll heißen?«

»Sie werden sich in genau derselben Position wiederfinden, in der Sie auch waren, als Sie weggegangen sind. Sie werden der Sündenbock sein, der Blitzableiter für ihre ganze Feindseligkeit.«

Ich hörte geradezu, wie er die Achseln zuckte. Er sagte: »Vielleicht müssen wir dann eben darüber reden. Es offen aussprechen und damit klarkommen.«

»Es wurde offen ausgesprochen. Die drei haben keinerlei Hemmungen. Die Konflikte liegen offen zutage, und glauben Sie mir, Sie sollten sich lieber nicht ihrem Gift aussetzen.«

»Donovan scheint mir nichts nachzutragen, und nach dem zu urteilen, was er sagt, gilt das auch für Bennet und Jack. Die Wahrheit ist doch, daß ich mich geändert habe, und das müssen sie einsehen. Wie sonst kann ich sie überzeugen, wenn nicht von Angesicht zu Angesicht?«

Ich merkte, wie ich zu schielen begann, während ich versuchte, meine Ungeduld im Zaum zu halten. Ich wußte, daß ich besser beraten wäre, wenn ich den Mund hielte, aber es war noch nie meine Stärke gewesen, meine Ansichten für mich zu behalten. »Hören Sie, Guy, ich will mir nicht anmaßen, Ihnen vorzuschreiben, wie Sie Ihre Angelegenheiten erledigen sollen, aber hier geht es nicht um Sie. Es geht um die Beziehung Ihrer Brüder zueinander. Es geht um Ihren Vater und darum, was sich in all den Jahren abgespielt hat, seit Sie das Haus verlassen haben. Sie laufen Gefahr, die Zielscheibe für sämtlichen Ärger zu werden, der sich bei den dreien aufgestaut hat. Warum wollen Sie sich das antun?«

»Weil ich wieder mit ihnen zu tun haben möchte. Ich habe Mist gebaut. Das gebe ich zu, und ich möchte mich wieder mit ihnen vertragen. Peter sagt, es kann keine Heilung geben, wenn wir uns nicht zusammensetzen.«

»Das ist ja alles gut und schön, aber es steht wesentlich mehr auf dem Spiel. Was, wenn das Thema Geld zur Sprache kommt?«

»Das Geld ist mir egal.«

»Schwachsinn! Das ist Schwachsinn. Haben Sie überhaupt eine Ahnung, um wieviel Geld es hier geht?«

»Das spielt keine Rolle. Das Geld interessiert mich nicht. Ich brauche kein Geld. Ich bin auch so zufrieden.«

»Das sagen Sie jetzt, aber woher wollen Sie wissen, daß sich das nicht ändert? Warum wollen Sie sich später Probleme schaffen? Haben Sie schon mit Tasha gesprochen? Was sagt sie dazu?«

»Ich habe nicht mit ihr gesprochen. Ich habe in ihrem Büro in Lompoc angerufen, aber sie war bereits unterwegs nach San Francisco, und die Sekretärin hat gesagt, daß sie danach zehn Tage nach Utah in Skiurlaub fährt.«

»Dann rufen Sie sie in Utah an. Dort gibt es auch Telefone.«

»Das habe ich schon versucht. Sie wollten mir ihre Nummer nicht geben. Sie meinten, wenn sie im Büro anriefe, würden sie ihr meinen Namen und meine Nummer sagen, und dann riefe sie mich an, wenn sie dazu käme.«

»Dann versuchen Sie es bei jemand anders. Rufen Sie einen anderen Anwalt an. Ich will nicht, daß Sie ohne Rechtsberatung mit Ihren Brüdern sprechen.«

»Es geht nicht um Rechtsfragen. Es geht darum, den Bruch zu kitten.«

»Und genau das macht Sie zur leichten Beute. Ihr Anliegen hat nichts mit dem Anliegen Ihrer Brüder zu tun. Die scheißen auf Versöhnung, wenn Sie meine Unverblümtheit entschuldigen wollen.«

»Das sehe ich nicht so.«

»Ich weiß. Deshalb führen wir ja diese Auseinandersetzung«, schrie ich. »Und wenn sie versuchen, Sie zu einer Entscheidung zu zwingen?«

»Worüber?«

»Über irgendwas! Sie wissen ja nicht mal, womit Ihren Interessen am besten gedient ist. Wenn Ihr einziges Anliegen ist, Frieden zu schließen, werden Sie nur aufs Kreuz gelegt.«

»Wie kann ich aufs Kreuz gelegt werden, wenn ich gar nichts will? Sie können das Geld behalten, wenn das das einzige ist, was zwischen uns steht.«

»Tja, wenn *Sie* das Geld nicht wollen, warum geben Sie es dann nicht der Kirche?« Sowie ich es ausgesprochen hatte, hätte ich mir am liebsten auf die Zunge gebissen. Seine Motive waren rein. Warum Komplikationen auslösen?

Er schwieg einen Augenblick. »Daran hatte ich noch nicht gedacht. Das ist ein gutes Argument.«

»Vergessen Sie's. Streichen Sie es. Ich sage ja nur, daß Sie nicht allein dorthin gehen sollen. Nehmen Sie sich einen Beistand mit, damit Sie nichts tun, was Sie später bereuen.«

»Warum kommen Sie nicht mit?«

Ich stöhnte auf, und er mußte lachen. Mit ihm dorthin zu gehen war das letzte, was ich wollte. Er brauchte Schutz, aber ich hielt es nicht für angebracht, wenn ich jetzt eingriffe. Was hatte ich schon an Beistand zu bieten? »Weil das nicht mein Gebiet ist«, erwiderte ich. »Ich bin nicht objektiv. Ich kenne mich mit den Gesetzen nicht aus, und ich habe keine Ahnung von der Rechtslage. Es wäre dumm von Ihnen, hierherzukommen und mit den dreien zu sprechen. Warten Sie einfach die zehn Tage ab, bis Tasha zurückkommt. Tun Sie noch nichts. Es besteht keinerlei Veranlassung für Sie zu springen, sobald Donovan pfeift. Sie sollten die Sache unter Ihren Bedingungen angehen, nicht unter seinen.«

Ich hörte ihm an, wie ungern er akzeptieren wollte, was ich sagte. Wie die meisten Menschen hatte er seinen Entschluß bereits gefaßt, bevor er um Rat fragte. »Wissen Sie was? Es ist wirklich wahr«, begann er. »Ich habe darum gebetet. Ich habe Gott um Beistand gebeten, und das war die Antwort, die ich bekommen habe.«

»Tja, dann versuchen Sie es noch mal bei ihm. Vielleicht haben Sie die Botschaft mißverstanden.«

Er lachte. »Gewissermaßen habe ich das. Ich habe die Bibel aufgeschlagen und meinen Finger auf eine Stelle gelegt. Wissen Sie, welche Passage das war?«

»Da komm ich nie drauf«, sagte ich trocken.

»›So wisset also, Menschen *und* Brüder, daß euch durch diesen Mann die Vergebung der Sünden gepredigt wird: Und durch ihn werden alle Gläubigen von allem freigesprochen werden, von dem sie durch das Gesetz Mose nicht freigesprochen werden konnten.‹« Wie viele Gläubige konnte er Bibelverse zitieren wie Songtexte.

Nun war es an mir zu schweigen. »Dagegen kann ich nichts einwenden. Ich weiß nicht mal, was es bedeutet. Hören Sie, wenn Sie fest entschlossen sind, das zu tun, dann tun Sie es, das ist ja klar. Ich rate Ihnen nur dringend, jemanden mitzunehmen.«

»Das will ich ja. Ich habe Sie gerade gefragt.«

»Ich spreche nicht von mir! Wir wär's mit Peter und Winnie? Sie wären doch sicher bereit, Ihnen zu helfen, wenn Sie sie darum bitten, und sie wären viel besser geeignet. Ich habe nicht die geringste Ahnung von Familientherapie oder diplomatischer Vermittlung oder sonstwas. Außerdem bekomme ich von diesem ganzen Familienkram Zustände.«

Ich hörte Guy an, daß er lächelte, und seine Stimme war voller Zuneigung. »Komisch, daß Sie das sagen, weil es für mich irgendwie so aussieht, als gehörten Sie dazu. Ich weiß nicht, warum, aber irgendwie kommt es mir so vor. Haben Sie nicht selbst auch irgendein familiäres Problem?«

Ich hielt den Telefonhörer von mir weg und sah ihn argwöhnisch an. »Wer, ich? Ganz und gar nicht. Wie kommen Sie denn darauf?«

Guy lachte. »Ich weiß nicht. Es kam mir nur gerade so in den Sinn. Vielleicht irre ich mich ja, aber ich habe das Gefühl, als hingen Sie damit zusammen.«

»Der Zusammenhang ist rein beruflich. Ich bin engagiert worden, um einen Auftrag zu erledigen. Das ist die einzige Verbindung, die ich erkennen kann.« Ich sprach in beiläufigem Tonfall, um meine Gelassenheit zu demonstrieren, mußte mir aber eine Hand ins Kreuz pressen, wo mir ein unerklärlicher Schweißtropfen in die Unterhose lief. »Sprechen Sie doch noch einmal mit Peter. Ich weiß, daß Sie unbedingt alles wiedergutmachen wollen, aber ich möchte nicht, daß Sie sich allein in die Höhle des Löwen begeben. Wir wissen doch alle, wie es zwischen den Löwen und den Christen ausgegangen ist.«

Er schwieg einen Augenblick und schien dann das Thema wechseln zu wollen. »Wo liegt denn Ihre Wohnung?«

»Wieso wollen Sie das wissen?« Ich war nicht bereit, Auskunft zu geben, bevor ich wußte, worauf er hinauswollte.

»Ich mache Ihnen einen Vorschlag. Vielleicht können wir die Sache ja anders angehen. Donovan sagt, daß morgen bis fünf Uhr alle weg sind. Peter nimmt mich mit in die Stadt, aber er hat keine Zeit, noch mehr für mich zu tun. Wenn er mich bei Ihnen absetzt, könnten Sie mich dann zum Haus hinausfahren? Sie brauchen ja nicht dazubleiben. Ich kann verstehen, daß Sie sich nicht hineinziehen lassen wollen, und das ist mir auch recht.«

»Ich begreife nicht, inwiefern das das Problem löst.«

»Tut es nicht. Ich bitte nur darum, daß Sie mich fahren. Alles andere schaffe ich allein, wenn Sie mich nur hinbringen.«

»Sie wollen mir nicht zuhören, stimmt's?« sagte ich.

»Ich habe Ihnen zugehört. Das Problem ist nur, daß ich anderer Meinung bin.«

Ich zögerte, sah aber keinen Grund abzulehnen. Schon jetzt kam ich mir grob vor, weil ich ihm solchen Widerstand entgegengesetzt hatte. »Klingt annehmbar. Klar. Kann ich machen«, sagte ich. »Um wieviel Uhr würden Sie herkommen?«

»Drei Uhr? Irgendwann um den Dreh. Ich will Ihnen nicht zur Last fallen. Peters Versammlung ist in der Innenstadt, in dieser Kirche an der Ecke State und Michaelson. Ist das bei Ihnen in der Nähe? Dann könnte ich nämlich zu Fuß zu Ihnen kommen, und wir fahren von dort aus los.«

»Es ist relativ nah«, sagte ich mißmutig und resigniert. »Hören Sie, rufen Sie mich doch einfach an, wenn Sie angekommen sind. Dann fahre ich bei der Kirche vorbei und hole Sie ab.«

»Das wäre gut. Wunderbar. Sind Sie sicher, daß es Ihnen recht ist?«

»Nein, nur treiben Sie's nicht zu weit. Ich bin bereit, bis dahin mitzumachen, aber verlangen Sie nicht auch noch, daß ich Sie in Ihrem Entschluß bestärke.«

Er lachte. »Tut mir leid. Sie haben recht. Bis dann«, sagte er und brach die Verbindung ab.

Als ich den Hörer auflegte, begann ich schon zu zweifeln. Erstaunlich, wie schnell die Probleme eines anderen zu eigenen werden. Sie sind wie ein Strudel, in dessen Sog man gerät.

Unruhig ging ich im Wohnzimmer auf und ab, während ich innerlich seine alberne Behauptung widerlegte, daß seine Situation mich etwas anginge. Sein familiärer Konflikt hatte *nichts* mit mir zu tun. Ich setzte mich an meinen Schreibtisch und machte mir ein paar Notizen. Falls Tasha fragte, war es vermutlich klug, ein Protokoll des soeben erfolgten Gesprächs zu besitzen. Ich hoffte, er würde sich jetzt nicht darauf versteifen, sein ganzes Geld der Kirche zu schenken. Dann würde es wirklich Probleme geben, wenn er zugunsten der Jubilee Evangelical Church gierig wurde. Ich ließ jeden Bezug auf eine wohltätige Stiftung weg und dachte, wenn ich es nicht aufschriebe, gäbe es das Problem auch nicht.

Ich griff erneut zum Telefon und rief bei den Maleks an. Myrna meldete sich, und ich bat sie, Christie an den Apparat zu holen. Ich wartete und hörte, wie Myrna die Halle durchquerte und die Treppe hinauf nach Christie rief. Als Christie schließlich den Hörer in die Hand nahm, informierte ich sie kurz über mein Gespräch mit Guy. »Würden Sie mich darüber auf dem laufenden halten, was sich abspielt?« fragte ich. »Ich setze ihn ab, aber danach ist er auf sich allein gestellt. Ich glaube, er braucht Schutz, aber ich habe keine Lust, zur Rettung bereitzustehen. Er ist erwachsen, und das ist wirklich nicht meine Angelegenheit. Aber mir wäre wohler, wenn ich wüßte, daß jemand in Ihrem Lager ihn im Auge behält.«

»Oh, sicher. Und überlassen Sie das mit der Rettung mir«, sagte sie in sarkastischem Ton.

Ich lachte. »Ich will ja nicht banal werden, aber er ist wirklich süß«, sagte ich.

»Ehrlich? Na, das ist doch prima. Ich stehe auf süß. Offen gestanden wähle ich auf diese Art den Präsidenten«, sagte sie. »Ich persönlich glaube nicht, daß Sie sich wegen irgend etwas Sorgen machen müssen. Nachdem Sie gestern abend gegangen waren, haben die drei sich lang und schonungslos auseinandergesetzt. Als sie damit fertig waren, sich gegenseitig in der Luft zu zerreißen, haben sie sogar ein sinnvolles Gespräch zustande gebracht.«

»Das freut mich zu hören. Ehrlich gesagt, war mir etwas unklar, weshalb Donovan ihn angerufen hat. Wie sind die drei denn gestimmt? Wenn ich Sie das fragen darf.«

»Ich schätze, das hängt davon ab, was Guy zu ihnen sagt. Letztendlich müssen es ja wahrscheinlich doch die Anwälte regeln. Ich glaube, sie wollen anständig sein. Andererseits können fünf Millionen Dollar bei jedem das Gefühl für Fairneß erschüttern.«

»Wie wahr.«

10

Am nächsten Nachmittag um drei hielt ich vor der Faith Evangelical Church. Guy hatte mich um Viertel vor drei angerufen, und ich hatte kurz darauf die Wohnung verlassen und nur noch kurz zum Tanken haltgemacht. Die Sonne war wieder herausgekommen, und der Tag wirkte sommerlich. Ich trug wie üblich Jeans und T-Shirt, hatte aber meine Reeboks und die Frotteesocken zu Ehren der plötzlichen Wärme gegen ein paar offene Sandalen eingetauscht. Das Gras vor der Kirche war erst vor kurzem gemäht worden, und der Bürgersteig war am Rand mit feinem Grün gesprenkelt. Der Rasen selbst war von einem blassen, graubraunen Schleier überzogen, da die gestutzten Halme in der Sonne braun geworden waren. Mehrere gutgläubige Narzissen hatten diese milden Temperaturen zum Anlaß genommen, ihre grünen Stengel zu präsentieren.

Peter war nirgends zu sehen, doch Guy stand mit einem Rucksack zu seinen Füßen an der Ecke. Als er mein Auto sah, tat er so, als wolle er trampen und streckte mit einem Lächeln den Daumen aus. Ich muß gestehen, daß mir das Herz brach, als ich ihn sah. Er hatte sich die Haare schneiden lassen, und sein Gesicht war so frisch rasiert, daß an einer Stelle, wo er sich geschnitten hatte, immer noch ein kleiner Fetzen Toilettenpapier klebte. Er trug einen marineblauen Anzug, der ihm nicht recht paßte. Die Hose war um den Po herum ausgebeult und ein wenig zu lang, so daß die Aufschläge hinten über den Bürgersteig schleiften. Die Jacke war über der Brustpartie zu weit, wodurch die Schulterpolster so übertrieben wirkten wie bei einem modischen Anzug aus den vierziger Jahren. Vermutlich war das gute Stück für einen Kirchenflohmarkt gespendet worden, oder vielleicht hatte er es auch jemandem abgekauft, der zwanzig Kilo mehr wog. Was auch immer die Erklärung war, er trug seinen Staat mit unsicherer Haltung, eindeutig nicht an Hemd und Krawatte gewöhnt. Ich fragte mich, ob meine eigene Verletzlichkeit bei meinem Essen mit Tasha ebenso offensichtlich gewesen war. Ich war meine persönliche Verschönerung mit ebensolcher Unsicherheit angegangen und hatte womöglich die gleichen jämmerlichen Ergebnisse erzielt.

Guy griff nach seinem Segeltuch-Rucksack. Er war sichtlich froh, mich zu sehen, und wirkte so unschuldig wie ein junger Hund. Er hatte etwas Weiches an sich, etwas Treuherziges und Unfertiges, als hätte ihn seine Verbindung zur Jubilee Evangelical Church im Lauf der Jahre von sämtlichen weltlichen Einflüssen isoliert. Das rücksichtslose Element in seinem Wesen war nun zu einer Sanftmut gezähmt worden, wie ich sie kaum je bei einem Mann gesehen hatte.

Er ließ sich auf den Beifahrersitz gleiten. »Hallo, Kinsey. Wie geht's?« Er hielt den Rucksack auf seinem Schoß fest wie ein Kind bei der Abfahrt zum Wandertag.

Ich warf ihm ein Lächeln zu. »Sie haben sich ja richtig fein gemacht.«

»Ich wollte nicht, daß meine Brüder denken, ich hätte vergessen, wie man sich anzieht. Wie finden Sie den Anzug?«

»Die Farbe steht Ihnen gut.«

»Danke«, sagte er und strahlte vor Freude. »Ach, übrigens, schöne Grüße von Winnie.«

»Grüßen Sie sie wieder«, sagte ich. »Was haben Sie denn für Ihre Rückfahrt vereinbart? Wann wollen Sie wieder nach Marcella fahren?«

Guy sah von mir weg aus dem Seitenfenster, und die Gelassenheit seines Tonfalls strafte den Inhalt seiner Worte Lügen. »Kommt darauf an, was im Haus passiert. Donovan hat mich eingeladen, ein paar Tage zu bleiben, und ich hätte nichts dagegen einzuwenden, wenn alles gut läuft. Ich schätze, wenn nicht, ist es sowieso egal. Ich habe Geld dabei. Wenn ich mich auf den Weg machen will, kann mich ja jemand zur Bushaltestelle bringen.«

Ich wollte gerade meine Dienste anbieten, besann mich dann aber eines Besseren. Ich sah zu ihm hinüber und studierte heimlich sein Gesicht im Profil. Nur bei manchen Beleuchtungen sah man ihm jedes einzelne seiner dreiundvierzig Jahre an. Doch seine Jungenhaftigkeit schien ein fester Bestandteil seines Charakters zu sein. Es war, als wäre seine Entwicklung im Alter von sechzehn, äußerlich vielleicht zwanzig Jahren angehalten worden. Er musterte die Straßen und nahm begierig auf, was es zu sehen gab, als befände er sich in einem fremden Land.

»Sie kommen wohl nicht oft hierher«, sagte ich.

Er schüttelte den Kopf. »Ich habe nicht viel Gelegenheit dazu. Wenn man in Marcella lebt, erscheint einem Santa Teresa zu groß und zu weit weg. Wir fahren nach Santa Maria oder San Luis, wenn wir etwas brauchen.« Er sah zu mir herüber. »Könnten wir eine kleine Rundfahrt machen? Ich würde gern sehen, was sich hier tut.«

»Aber gern. Warum nicht? Wir haben ja Zeit.«

Ich fuhr um den Block, bis ich wieder auf der State Street herauskam. Dann bog ich nach links ab, in Richtung Stadtzentrum, welches nur drei Häuserblocks entfernt lag. Die Einkaufsstraßen umfaßten nicht mehr als zwanzig Blocks in der Länge und drei oder vier in der Breite und endeten mit dem Cabana Boulevard, der parallel zum Strand verläuft. Viele Jahre lang zog es die meisten Kauflustigen in die Läden im oberen Teil der State Street. Der untere Teil galt als weniger attraktive Gegend, da sich dort Gebrauchtwarenläden, drittklassige Imbißlokale, ein nach Urin stinkendes Kino und ein halbes Dutzend lauter Bars und heruntergekommener Hotels für Durchreisende befanden. In letzter Zeit hatte die Gegend eine Wiederbelebung erfahren, und die schicken Geschäfte hatten begonnen, sich entlang der Durchgangsstraße in Richtung Süden zu verlagern. Nun war es die obere State Street, in der sich mehr und mehr verlassene Ladenlokale zeigten, während der untere Teil das ganze Touristengeschäft einfing. Bei schönem Wetter kamen die Leute zu Fuß vom Strand herauf, ein bunt zusammengewürfelter Aufmarsch von Schaulustigen in Shorts, die an Eistüten schleckten.

»Es ist größer geworden«, bemerkte er.

Mit einer Einwohnerzahl von fünfundachtzigtausend war Santa Teresa zwar nicht groß, aber die Stadt hatte sich gut entwickelt. Ich versuchte sie mit seinen Augen zu sehen und listete in Gedanken sämtliche Veränderungen auf, die in den letzten zwanzig Jahren eingetreten waren. Aufnahmen im Zeitraffer hätten gezeigt, wie Baumstämme höher wurden und Äste sich ausdehnten, als seien sie aus Gummi, wie Häuser gebaut wurden und andere in einer Staubwolke zusammensanken. Ladenfronten durchliefen heute hundert Variationen: Markisen, Schilder und Schaufensterauslagen, dazwischen blitzte die Werbung für den Räumungsverkauf eines Geschäfts kurz über die Glasscheibe, bevor der nächste Besitzer den Laden übernähme. Neue Gebäude tauchten auf wie aus dem Nichts und füllten die freien Flächen, bis es keine Baulücke mehr gäbe. Ich konnte mich noch daran erinnern, wie man die Bürgersteige verbreitert hatte und die State Street schmaler wurde, um Platz für frisch gepflanzte

Bäume zu schaffen, die aus Bolivien importiert worden waren. Bänke und Telefonzellen im spanischen Stil folgten später. Plötzlich standen Zierbrunnen da und sahen aus, als befänden sie sich schon seit Jahren an Ort und Stelle. Ein Feuer hatte zwei Firmen zerstört, ein Erdbeben andere Gebäude unbenutzbar gemacht. Santa Teresa war eine der wenigen Städte, die im Lauf der Zeit eleganter wurden. Die strengen Vorschriften der Architektenkammer ließen ein kultiviertes Stadtbild entstehen, das in anderen Orten von grellem Neon, überdimensionalen Schildern und einer wilden Mischung aus Baustilen und -materialien überwuchert wurde. Sosehr sich die hiesige Bevölkerung auch über den langwierigen Genehmigungsprozeß beklagte, das Ergebnis war eine Mischung aus Schlichtheit und Anmut.

Vom Cabana aus fuhr ich den Kai entlang, auf dessen Oberfläche meine Räder ins Rattern kamen. An seinem Ende machte ich kehrt, und wir fuhren wieder in die Stadt zurück. Weiter ging es auf der State Street, wo wir dasselbe noch einmal in umgekehrter Reihenfolge zu sehen bekamen. Beim Olive Grove bog ich nach rechts ab, an der alten Missionsstation von Santa Teresa vorbei und von dort aus in die Hügel, an deren Ausläufer sich das Anwesen der Maleks schmiegte. Ich spürte, wie Guys Interesse lebhafter wurde, als die Straße aufwärts führte. In dieser Gegend gab es viel unerschlossenes Land, und überall standen riesige Sandsteinfelsen und stachlige Kakteen herum, deren Blätter so groß waren wie fleischige Tischtennisschläger.

Das Anwesen der Maleks lag kurz vor dem Übergang zum offenen Land, eine dunkelgrüne Oase in einer von blassem Gestrüpp überwucherten Gegend. In unregelmäßigen Abständen waren Brände mit spektakulären Flammenmeeren über die Hügel gerast, wobei die Feuersbrunst von Gipfel zu Gipfel heftiger wurde, Häuser und Bäume verschlang und jeden Fetzen an Vegetation auffraß. Nach diesen Bränden waren verschiedene Arten einheimischer Pflanzen aufgetaucht, zarte Schönheiten, die aus der Asche von Verkohltem und Totem erblühen. Nach wie vor konnte ich an den Bärentrauben den einen oder anderen geschwärzten, verkrümmten Ast sehen, obwohl das letzte große Feuer schon fünf oder sechs Jahre zurücklag.

Wieder standen die eisernen Torflügel offen, und die lange Einfahrt verschwand in einer schattigen Kurve. Irgendwie wirkten die Nadelbäume und Palmen der Maleks vor dem Hintergrund aus kahlen Hügeln fehl am Platze. Als ich auf das Grundstück fuhr, merkte ich, wie die Jahre sorgfältiger Pflege und die Einführung exotischer Pflanzen selbst die Luft verändert hatten, die über dem Anwesen lag.

»Nervös?« fragte ich.

»Schlotternd vor Angst.«

»Sie können immer noch einen Rückzieher machen.«

»Dafür ist es zu spät. Es kommt mir vor wie eine Hochzeit, zu der die Einladungen bereits verschickt sind. Sie wissen schon, es wäre zwar noch möglich abzusagen, aber es ist einfacher, es durchzuziehen, als allen anderen Unannehmlichkeiten zu bereiten.«

»Spielen Sie mir nicht den edlen Menschen vor.«

»Es hat nichts mit ›edel‹ zu tun. Ich bin vermutlich bloß neugierig.«

Ich fuhr auf den Hof und brachte den VW auf der linken Seite zum Stehen. Die Garagen am Ende der Einfahrt waren allesamt geschlossen. Das Haus selbst sah verlassen aus. Alle Fenster waren dunkel und die meisten Vorhänge zugezogen. Der Anblick war nicht gerade einladend. Die Stille wurde lediglich vom Tuckern meines Motors durchbrochen. »Tja. Das war's dann wohl. Rufen Sie an, wenn Sie mich brauchen. Ich wünsche Ihnen viel Glück.«

Guy sah mich ängstlich an. »Müssen Sie gleich fahren?«

»Eigentlich schon«, antwortete ich, obwohl ich in Wirklichkeit den ganzen Nachmittag nichts anderes vorhatte.

»Möchten Sie das Haus sehen? Bleiben Sie doch noch ein Weilchen, dann führe ich Sie herum.«

»Ich war erst kürzlich auf einen Drink hier. Seit Freitag abend hat sich nichts verändert.«

»Ich will noch nicht hineingehen. Ich muß erst Mut fassen. Ich könnte Ihnen doch das Anwesen zeigen. Wir könnten draußen spazierengehen. Es ist wirklich schön«, sagte er. Impulsiv streckte er die Hand aus und berührte meinen nackten Arm. »Bitte!«

Seine Finger waren kalt, und seine Beklommenheit war ansteckend. Ich brachte es nicht übers Herz, ihn allein zu lassen. »In Ordnung«, sagte ich widerstrebend. »Aber lang kann ich nicht bleiben.«

»Toll. Das ist toll. Ich bin Ihnen wirklich dankbar.«

Ich stellte den Motor ab. Guy ließ seinen Rucksack auf dem Beifahrersitz stehen, und wir stiegen beide aus. Wir schlugen die Autotüren mit zwei raschen, sich überschneidenden Knallen zu, als würden zwei Pistolen abgefeuert. Im letzten Moment zog ich meine Tür noch einmal auf und warf meine Tasche auf den Rücksitz, bevor ich den Wagen abschloß. Als wir den Hof überquerten, öffnete Myrna die Haustür und kam auf den Vorplatz heraus. Sie trug wieder eine Art Tracht: einen unförmigen weißen Polyesterrock mit einer dazu passenden Kasackbluse – eine vage Mischung zwischen Krankenschwester und Haushaltshilfe.

»Hallo, Myrna«, sagte ich. »Wie geht es Ihnen? Ich dachte, es sei niemand zu Hause. Das ist Guy. Entschuldigen Sie. Ich glaube, mir hat nie jemand Ihren Familiennamen verraten.«

»Sweetzer«, sagte sie.

Guy streckte eine Hand aus, was sie ein bißchen aus dem Konzept brachte. Sie gewährte ihm einen Händedruck ohne Knorpel oder Knochen. Sein gutes Aussehen wirkte auf sie vermutlich genauso wie auf mich. »Schön, Sie kennenzulernen«, sagte er.

»Ganz meinerseits«, erwiderte sie mechanisch. »Die Familie wird gegen fünf wieder dasein. Sie können frei über das Haus verfügen. Sie wissen ja sicher noch, wo Ihr Zimmer ist, wenn Sie Ihre Sachen hinaufbringen wollen.«

»Danke. Das werde ich gleich tun. Ich dachte, ich zeige ihr erst mal das Anwesen, wenn Sie nichts dagegen haben.«

»Wie Sie wünschen«, sagte sie. »Die Haustür ist offen, falls Sie hier reinkommen wollen. Um sieben gibt's Abendessen.« Sie wandte sich zu mir. »Bleiben Sie auch da?«

»Danke für die Einladung, aber ich glaube, das wäre nicht angebracht. Die Familie braucht Zeit, um sich zusammenzuraufen. Vielleicht ein andermal«, antwortete ich. »Aber ich habe eine Frage. Guy hat sich nach seinem Vater erkundigt, und mir ist gerade eingefallen, daß Sie sicher genausogut Bescheid wissen wie die anderen. Waren Sie nicht seine Krankenpflegerin?«

»Eine von mehreren«, sagte sie. »In den letzten acht Monaten war ich seine Hauptpflegekraft. Ich bin auf Bitten Ihres Bruders als Haushälterin dageblieben«, erklärte sie und sah Guy dabei an. Ihre Sprechweise war fest, so als hätten wir ihr Recht, sich auf dem Anwesen aufzuhalten, in Frage gestellt. Soweit ich sie bisher erlebt hatte, war sie ziemlich humorlos, aber bei Guy floß nun ein ablehnender Unterton mit ein, der die allgemeine Haltung der Familie widerspiegelte.

Guy lächelte freundlich. »Ich würde gern mal mit Ihnen über meinen Dad reden.«

»Ja, Sir. Er war ein netter Mann, und ich mochte ihn gern.«

Einen Moment lang herrschte betretenes Schweigen, weil keiner von uns wußte, wie er das Gespräch beenden sollte. Myrna schaffte es schließlich, indem sie sagte: »Na gut. Dann lasse ich Sie mal allein. Ich bin in der Küche, falls Sie irgend etwas brauchen sollten. Die Köchin heißt Enid, wenn Sie mich nicht finden.«

»Ich kann mich an Enid erinnern«, sagte er. »Danke.«

Sowie sich die Haustür hinter ihr geschlossen hatte, nahm mich Guy beim Ellenbogen und führte mich nach rechts davon. Wir überquerten gemeinsam den Hof, wo die Hitze aus den sonnendurchtränkten Pflastersteinen aufstieg. »Danke, daß Sie geblieben sind«, sagte er.

»Sie bedanken sich oft«, bemerkte ich.

»Stimmt. Ich fühle mich reich beschenkt. Ich hatte gedacht, ich würde das Haus nie wiedersehen. Kommen Sie. Wir gehen hier herum.«

Wir gingen zur Südseite des Hauses, womit wir aus dem warmen Sonnenschein in den Schatten traten. Ich empfand es wie einen weiteren plötzlichen Jahreszeitenwechsel. Durch eine Distanz von nur fünfzehn Metern hatten wir den Sommer hinter uns gelassen. In der lastenden Düsternis des Schattens machte sich der Temperaturunterschied deutlich und unangenehm bemerkbar, als spulten sich die Monate wieder zurück bis zum Winter. Ausläufer der heißen, trockenen Winde bliesen von der Anhöhe hinter uns herab und zerrten unruhig an den Baumwipfeln über unseren Köpfen. Wir schlenderten unter einem Baldachin aus nach Tabak riechenden Zederzypressen und Kiefern dahin. Ein Teppich von herabgefallenen Nadeln dämpfte unsere Schritte bis zur Unhörbarkeit.

Neben dem Haus konnte ich sehen, wo sich die Gärtner zu schaffen gemacht hatten – geharkte Wege, ordentlich gestutzte Büsche, üppige Farne, die von perfekt geformten Steinchen umlegt waren –, doch der größere Teil des Anwesens war dem Verwildern nahe. Viele der Pflanzen hatte man einfach unkontrolliert wuchern lassen. Violette Wandelröschen fielen über die Terrassenmauer. Eine lachsrosa Bougainvillea rankte sich um ein wirres Gebüsch. Zu unserer Rechten bedeckte ein regelrechter Strom von Kapuzinerkresse ein ausgetrocknetes Bachbett. An den Stellen, wo die Sonne hinschien und der trockene Wind durch die Blüten wehte, stiegen allerlei Düfte auf und vermischten sich zu einem erdigen Eau de Cologne.

Guy schien jeden Quadratzentimeter, den wir durchquerten, genau zu studieren. »Alles sieht so viel größer aus. Ich kann mich noch daran erinnern, als diese Bäume gepflanzt wurden. Die Schößlinge waren gerade so hoch, und sehen Sie sie sich jetzt mal an.«

»Ihre Erinnerungen klingen heiter. Das überrascht mich irgendwie.«

»Es war großartig, hier aufzuwachsen. Mom und Dad haben das Haus gekauft, als ich drei Jahre alt war. Donovan war fünf, und wir beiden dachten, wir seien gestorben und in den Himmel gekommen. Es war wie ein einziger toller großer Spielplatz. Wir konnten gehen, wohin wir wollten, und kein Mensch mußte sich je Sorgen machen. Wir bauten Forts und Baumhäuser. Wir fochten mit Stöcken Schwertkämpfe aus. Wir spielten Cowboys und Indianer und gingen in der Wildnis der Dornbüsche auf Dschungelexpeditionen. Als Bennet noch kleiner war, haben wir ihn immer an einen Marterpfahl gebunden, und er hat gejault wie ein Irrer. Dann haben wir ihm erklärt, daß wir ihn verbrennen würden, wenn er nicht die Klappe hielte. Er war jünger als wir und insofern Freiwild.«

»Nett.«

»Typischer Jungenspaß«, sagte er. »Mädchen machen so was vermutlich nicht.«

»Wie konnten sich Ihre Eltern ein solches Anwesen leisten? Ich dachte, Ihr Vater sei erst später zu Reichtum gekommen, in den Jahren, nachdem Sie weggegangen sind.«

»Mom hatte etwas Geld aus einem Treuhandvermögen. Die Anzahlung kam von ihr. Eigentlich war es gar nicht soviel Geld, nicht mal für damalige Verhältnisse. Das Haus hatte eine eigenartige Geschichte. Es stand seit fast zehn Jahren zum Verkauf und war während der ganzen Zeit unbewohnt. Soweit wir gehört hatten, war der vorherige Besitzer ermordet worden. Nicht daß es im Haus gespukt hätte, aber es schien irgendwie befleckt zu sein. Keiner wollte es haben. Man hat uns erzählt, daß es fünf- oder sechsmal beinahe zu einem Vertragsabschluß gekommen wäre, bis dann meine Eltern kamen und es wirklich kauften. Es war völlig vernachlässigt. Die elektrischen Leitungen waren mangelhaft und die Rohre undicht. Durch große Löcher im Dach schien die Sonne herein. Überall liefen Baumratten herum, und auf dem Dachboden lebte eine Waschbärenfamilie. Sie brauchten Jahre, bis sie alles hergerichtet hatten. Währenddessen plante Dad, angrenzende Grundstücke zu kaufen, falls sie auf den Markt kämen.«

»Wie groß ist es jetzt, sechs Hektar?«

»Glauben Sie? Die ursprüngliche Parzelle hatte knapp zwei.

Wahrscheinlich gibt es nicht mehr viel Land in dieser Gegend.«

»Gehört das Land zur Stadt oder zum County?«

»Wir liegen direkt am oberen Ende der Stadtgrenze. Ein großer Teil dessen, worauf Sie blicken, gehört zum Los Padres National Forest.« Der Begriff *Forest*, Wald, war irreführend. Die geschwungene Bergkette über uns war mit Nesseln, Säckelblumen, Feuerdorn und den an der ganzen Küste verbreiteten Salbeibüschen bedeckt, da der Boden zu karg war, um Wälder ernähren zu können. In den höheren Lagen mochten noch ein paar Kiefern stehen, wenn die Brände sie nicht schon erreicht hatten.

Wir gingen am Tennisplatz vorbei, dessen Bodenbelag brüchig und an den Rändern mit Unkraut überwuchert war. Ein Tennisschläger war zur Seite geworfen worden und so lange den Elementen ausgesetzt gewesen, daß er sich verzogen hatte und seine Nylonbespannung gerissen war. Hinter dem Tennisplatz befand sich ein verglastes Gebäude, das ich von der Einfahrt aus nicht gesehen hatte. Es war flach und langgestreckt und hatte ein rotes Ziegeldach, dessen Farbe mit der Zeit das rötliche Braun alter Backsteine angenommen hatte.

»Was ist denn das?«

»Die Schwimmhalle. Wir haben ein Hallenbad. Möchten Sie es sehen?«

»Warum nicht?« sagte ich. Ich trottete hinter ihm her, während er auf einen überdachten und gefliesten Innenhof zuging. Er näherte sich den dunklen Fenstern des Gebäudes und spähte hinein. Dann ging er zur Tür und drehte am Knauf. Die Tür war unverschlossen, aber der Rahmen klemmte, so daß ein heftiger Ruck nötig war, bevor sie sich mit einem schrillen Schaben öffnete, das mir durch Mark und Bein ging.

»Wollen Sie das wirklich machen?« fragte ich.

»Hey, es gehört zur Führung.«

Ich hatte dabei das Gefühl, als würden wir einbrechen, ein Sport, für den ich mich lieber bezahlen lasse. Die Empfindung, unerlaubt einzudringen, war sehr stark, von fast sexuellem Reiz, trotz der Tatsache, daß man uns gestattet hatte, überall herumzuspazieren. Wir betraten einen Vorraum, der zur Lagerung verschiedenster Sportgeräte genutzt wurde: Badminton-, Golf- und Baseballschläger, ein Regal mit einem kompletten Set Krocketschläger und -bälle, Schwimmbretter aus Styropor für den Pool und eine Reihe von Surfbrettern aus Fiberglas, die den Eindruck machten, als stünden sie schon seit Jahren an die Wand gelehnt da. Derzeit bewahrte auch der Gärtner sein Laubblasgerät und einen Rasenmäher, auf dem man sitzen konnte, hier auf. Obwohl ich keine Spinnen sah, hatte der Raum eine Atmosphäre, die stark auf Spinnen schließen ließ. Ich verspürte den Drang, mir ganz schnell sämtliche Kleider abzuklopfen, für den Fall, daß etwas heruntergefallen und unbemerkt auf mir gelandet war.

Das Becken war halb voll, und das Wasser sah richtig widerlich aus. Der Bodenbelag außen herum bestand aus grob wirkendem grauen Stein, alles andere als ein Material, das man gern unter bloßen Füßen spüren möchte. Am einen Ende des Raums befand sich eine Nische mit Rattanmöbeln, wo allerdings auf Sofa und Sesseln die Kissen fehlten. Die Stimmung war düster, und irgendwo hörte ich Wasser tropfen. Jede Spur von Chlor hatte sich längst verflüchtigt, und in den Tiefen hatten verschiedene unbestimmte Lebensformen zu gären begonnen.

»Sieht so aus, als müßte man den Poolservice kündigen«, bemerkte ich.

»Vermutlich kümmert sich der Gärtner um den Pool, wenn er daran denkt«, sagte Guy. »Als wir Kinder waren, fanden wir es hier toll.«

»Was haben Sie und Donovan denn hier mit Bennet gemacht? Ihn halb ersäuft? Ihn vom Sprungbrett hängen lassen? Ich kann mir direkt vorstellen, wieviel Spaß Sie dabei gehabt haben müssen.«

Guy lächelte, war aber mit seinen Gedanken woanders. »Einmal habe ich hier drin mit einem Mädchen Schluß gemacht. Das ist mir im Gedächtnis geblieben. Es war wie in einem Country Club. Schwimmen, Tennis, Softball, Krocket. Wir haben unsere Mädchen zum Schwimmen eingeladen, und am Schluß haben wir wie wild mit ihnen rumgemacht. Mädchen im Badeanzug sind nicht besonders schwer zu verführen. Jack war der absolute Champion. Er war geil wie ein Karnickel und ist jeder auf den Leib gerückt.«

»Warum haben Sie mit dem Mädchen Schluß gemacht?«

»Das weiß ich nicht mehr so genau. Ein seltener Moment der Tugend und Selbstaufopferung. Ich hatte sie zu gern. Ich war damals ein böser Junge, und sie war zu außergewöhnlich, um mit ihr herumzuvögeln wie mit den anderen. Oder vielleicht wäre merkwürdig ein passenderes Wort. Ein bißchen verrückt und zu sensibel. Ich wußte, daß sie zerbrechlich war, und ich wollte das Risiko nicht eingehen. Mir waren die wilden lieber. Keine Verantwortung, keine Reue, keine Grenzen.«

»Wußten Ihre Eltern, was sich hier abspielte?«

»Wer weiß. Keine Ahnung. Sie vertraten hinsichtlich moralischer Belehrung die These ›Jungs sind eben Jungs‹. Jedes Mädchen, das uns zu Willen war, bekam eben, was sie verdient hatte. Sie haben es nie explizit gesagt, aber das war ihre Einstellung. Meiner Mutter lag mehr daran, mit jedem auf gutem Fuß zu stehen. Setz einem Kind Grenzen, und du mußt mit Schwierigkeiten rechnen. Sie war für bedingungslose Liebe, was für sie gleichbedeutend war mit dem Fehlen jeglicher Verbote. Es war leichter, liberal zu sein, verstehen Sie? Es hing alles mit diesem Fühl-dich-gut-Schwachsinn aus den sechziger Jahren zusammen. Rückblickend sehe ich, wie angegriffen sie von ihrer Krankheit war. Sie wollte nicht der strenge, mißbilligende Elternteil sein. Sie muß gewußt haben, daß ihre Tage gezählt waren, obwohl sie länger überlebt hat als die meisten. Damals gab es zwar schon Chemotherapie und Bestrahlung, aber es war alles dermaßen überdosiert, daß es vermutlich mehr Leute umgebracht als geheilt hat. Sie hatten damals einfach nicht die

Technik oder die ausgeklügelten Therapiemethoden. Heutzutage ist das anders, da hat man eine echte Überlebenschance. Für meine Mutter waren die letzten Lebensjahre die absolute Hölle.«

»Für Sie muß es auch schwer gewesen sein.«

»Die reine Qual«, sagte er. »Ich war das Kind, das sich am meisten mit ihr identifiziert hat. Fragen Sie mich nicht, warum, aber Donovan, Bennet und Jack waren mehr mit Dad verbunden, während ich der Liebling meiner Mutter war. Es machte mich rasend, sie dahinsiechen zu sehen. Sie wurde immer schwächer und hatte Schmerzen, es ging bergab, und ich wußte, daß es ihre letzte Reise war.«

»Waren Sie bei ihr, als sie starb?«

»Ja, war ich. Die anderen waren alle weg. Ich weiß gar nicht mehr, wo. Ich bin an diesem Tag vier Stunden bei ihr im Zimmer gesessen. Die meiste Zeit schlief sie. Sie war so mit Morphium vollgepumpt, daß sie kaum mehr bei sich war. Ich war erschöpft und sank mit dem Kopf aufs Bett. Irgendwann streckte sie den Arm aus und legte ihre Hand auf meinen Hals. Ich berührte ihre Finger, und sie war tot, einfach so. So still. Ich habe mich eine Stunde lang nicht gerührt.

Ich blieb einfach am Bett sitzen, vorgebeugt, mit abgewandtem Kopf und das Gesicht in den Kissen vergraben. Ich dachte, wenn ich nicht hinsah, könnte sie vielleicht wieder zum Leben erwachen, als schwebte sie irgendwo in der Nähe und könnte in ihren Körper zurückkehren, solange niemand bemerkte, daß sie ihn verlassen hatte. Ich wollte ihr Vertrauen nicht enttäuschen.«

»Was ist mit dem Mädchen passiert, mit dem Sie Schluß gemacht haben?«

»Patty? Keine Ahnung. Ich habe ihr einmal geschrieben, aber nie eine Antwort erhalten. Ich habe oft an sie gedacht, aber wer weiß, wo sie jetzt ist oder was aus ihr geworden ist. Das könnte das Beste gewesen sein, was ich je getan habe, vor allem damals. Ich war wirklich ein Dreckskerl. Es fällt mir schwer, mich damit in Verbindung zu bringen. Es ist, als hätte das alles ein anderer getan.«

»Aber jetzt sind Sie ein besserer Mensch.«

Er schüttelte den Kopf. »Ich halte mich nicht für gut, aber wenigstens schaffe ich es manchmal, fast echt zu sein.«

Wir ließen die Schwimmhalle hinter uns liegen und gelangten auf das sonnige Rasenstück, wo ich Jack seine Golfschläge hatte üben sehen. Wir befanden uns auf der Grünfläche unterhalb des Hauses, und die Schatten neigten sich auf uns zu, als wir die Wiese überquerten.

»Wie fühlen Sie sich? Sie wirken gelassen«, sagte ich.

»Ich bin froh, daß wir endlich alle da sind. Sie wissen ja, wie es ist. Phantasien sind immer ganz anders als die Wirklichkeit.«

»Womit rechnen Sie denn?«

Er lächelte kurz. »Ich habe keine Ahnung.«

»Tja, egal was es ist, ich hoffe, Sie bekommen, was Sie brauchen.«

»Das hoffe ich auch, aber was spielt das auf lange Sicht schon für eine Rolle? Vor Gott kann man sich nicht verbergen, und genau darum geht es«, sagte er. »Eine lange Zeit bin ich den falschen Weg gegangen, aber jetzt habe ich aus eigenem Antrieb kehrtgemacht und gehe in die andere Richtung zurück. Irgendwann werde ich meiner Vergangenheit begegnen und Frieden schließen.«

Mittlerweile waren wir wieder an der Vorderseite des Hauses angelangt. »Jetzt muß ich aber los«, sagte ich. »Lassen Sie mich wissen, wie es läuft.«

»Es wird schon werden.«

»Zweifellos, aber ich bin neugierig.«

Als ich in mein Auto stieg und den Schlüssel ins Zündschloß steckte, sah ich ihm nach, wie er mit seinem Rucksack auf die Haustür zuging. Ich winkte im Vorbeifahren und beobachtete ihn dann im Rückspiegel, während ich die Einfahrt hinabfuhr. Nachdem ich um die Kurve gebogen war, verschwand er aus meinem Blickfeld. Es tut weh, rückblickend daran zu denken.

Guy Malek war dem Verhängnis geweiht, und ich hatte ihn dem Feind in die Hände getrieben. Als ich durchs Tor fuhr, kam mir ein Auto entgegen. Bennet saß am Steuer. Ich lächelte höflich und winkte ihm zu. Er starrte mich kurz an und wandte dann den Blick ab.

11

Am Montag morgen um zehn Uhr erhielt ich einen Anruf, der mir eine Warnung hätte sein sollen. Rückblickend erkenne ich, daß sich die Probleme von diesem Moment an mit beunruhigender Geschwindigkeit zu häufen begonnen hatten. Ich war spät aufgestanden und machte gerade das Gartentor hinter mir zu, als ich das gedämpfte Klingeln des Telefons aus meiner Wohnung dringen hörte. Rasch kehrte ich um, trabte den Weg entlang und eilte um die Ecke. Ich sperrte die Haustür auf und stieß sie hastig nach innen, während ich Jacke und Tasche beiseite warf. Beim vierten Klingeln nahm ich den Hörer ab, wobei ich fast eine falsche Verbindung oder jemand von der Marktforschung erwartete, nachdem ich mich schon derart beeilt hatte. »Hallo?«

»Kinsey. Hier ist Donovan.«

»Ach, hallo. Wie geht's? Huh! Entschuldigen Sie, daß ich so keuche. Ich war schon zur Tür draußen und mußte ans Telefon rennen.«

Er war offenbar nicht zu heiterem Geplauder aufgelegt, sondern kam direkt zur Sache. »Haben Sie die Presse verständigt?«

Darauf, daß er so etwas zur Sprache bringen würde, war ich weder in diesem Moment noch sonst irgendwann gefaßt. Ich merkte, wie sich über meinem Kopf ein undeutliches Fragezeichen zu bilden begann, während ich mir überlegte, wovon um alles in der Welt er wohl redete. »Natürlich nicht. Weswegen denn?«

»Wir haben vor einer Stunde einen Anruf vom *Dispatch* bekommen. Irgend jemand hat einem Reporter von Guys Rückkehr erzählt.«

»Tatsächlich? Das ist ja seltsam. Wozu denn?« Ich wußte, daß der *Santa Teresa Dispatch* gelegentlich darum rang, erwähnenswerte Themen für seinen Lokalteil zu finden, aber Guys Heimkehr kam mir nicht wie ein sagenhaftes Ereignis für die Nachrichten vor. Wen sollte das außer der Familie schon scheren?

»Sie wollen es unter ›menschliche Schicksale‹ bringen. Vom armen Schlucker zum Millionär. Sie kennen ja die Schiene. Ein kleiner Hilfsarbeiter aus Marcella, Kalifornien, stellt plötzlich fest, daß er Millionär ist, und kommt nach Hause, um abzukassieren. Das ist doch besser als ein Sechser im Lotto, wenn man sich Guys persönliche Geschichte ansieht, und das wissen Sie genau.«

»Was soll das heißen, das weiß *ich* genau? Ich habe gegenüber der Presse kein Wort verlauten lassen. Das würde ich nie tun.«

»Wer sonst wußte davon? Niemand aus der Familie würde eine solche Geschichte durchsickern lassen. Es ist eine heikle Angelegenheit. *Publicity* hat uns gerade noch gefehlt. Da mühen wir uns ab, irgendeine Art von Einigkeit unter uns herzustellen, und jetzt hört das Telefon nicht mehr auf zu läuten, seit der erste Anruf gekommen ist.«

»Ich kann Ihnen nicht folgen. Wer hat denn angerufen?«

»Wer hat nicht angerufen?« sagte er entnervt. »Zuerst einmal die Lokalzeitung und dann die *L. A. Times*. Ich schätze, einer dieser Radiosender hat auch Wind davon bekommen. Im Handumdrehen landet es bei den Nachrichtenagenturen, und dann kampieren hier sechs verdammte Kamerateams auf unserer Einfahrt.«

»Donovan, ich schwöre. Wenn es eine undichte Stelle gab, dann war es nicht ich.«

»Tja, irgend jemand hat den Mund nicht halten können, und Sie sind die einzige, die einen Nutzen davon haben könnte.«

»Ich? Das ist doch unlogisch. Wie sollte ich Nutzen aus einer Geschichte über Guy ziehen?«

»Der Reporter, der angerufen hat, hat Sie namentlich erwähnt. Er wußte, daß Sie engagiert worden sind, und er wollte wissen, wie Sie es angestellt haben, Guy nach so vielen Jahren ausfindig zu machen. Er hat mir quasi verraten, daß er es folgendermaßen verkaufen wird: ›Einheimische Privatdetektivin findet vermißten Erben nach siebzehn Jahren.‹ Das ist besser als jede Anzeige, so viele Aufträge werden Sie kriegen.«

»Donovan, hören Sie auf. Das ist ja lächerlich. Ich würde niemals, unter keinen Umständen, Informationen über einen Kunden ausplaudern. Ich brauche nicht noch mehr Aufträge. Ich habe jede Menge.« Das entsprach zwar nicht ganz der Wahrheit, aber das brauchte er nicht zu wissen. Tatsache war jedenfalls, daß ich niemals Angaben über einen Kunden an die Medien weiterleiten würde. Ich hatte einen Ruf zu wahren. Abgesehen von moralischen Überlegungen will man in meinem Beruf auch nicht unbedingt bekannt sein wie ein bunter Hund. Die meisten aktiven Ermittler bemühen sich sehr um Unauffälligkeit. Anonymität ist grundsätzlich von Vorteil, vor allem wenn man wie ich dazu neigt, gelegentlich eine List zu gebrauchen. Wenn ich mich als Zählerableserin oder Ausfahrerin vom Blumenladen ausgebe, möchte ich nicht, daß alle Welt über meine wahre Identität Bescheid weiß. »Ich meine, überlegen Sie doch mal, Donovan. Wenn ich ihm tatsächlich die Geschichte erzählt hätte, warum sollte er dann Sie über meine Methoden ausquetschen? Er wüßte es bereits, also warum sollte er Sie fragen?«

»Tja, da mögen Sie recht haben, es sei denn, er wollte es bestätigt haben.«

»Ach, hören Sie schon auf. Jetzt übertreiben Sie aber.«

»Ich finde einfach, es ist verdammt suspekt, daß Sie die gute Presse kriegen.«

»Wer ist der Reporter? Haben Sie ihn gefragt, woher er seine Informationen hat?«

»Dazu hat er mir keine Gelegenheit gegeben.«

»Tja, dann werde ich ihn mal anrufen. Warum fragen wir ihn nicht einfach. Es könnte etwas ganz Simples oder Einleuchtendes sein, wenn Sie es erst einmal wissen. Können Sie sich an seinen Namen erinnern?«

»Katzenirgendwas, aber ich glaube nicht, daß es besonders klug wäre, wenn Sie mit ihm sprächen.«

»Katzenbach. Ich kenne Jeffrey. Er ist ein netter Mann.«

Donovan machte unverdrossen weiter und wollte offenbar um keinen Deut nachgeben. »Ich sage Ihnen, lassen Sie es sein. Ich will nicht, daß Sie mit ihm über irgend etwas reden. Genug ist genug. Wenn ich herausfinde, daß Sie hinter dieser Sache stecken, dann verklage ich Sie, daß Ihnen Hören und Sehen vergeht«, fauchte er und knallte den Hörer auf.

Das »Leck mich«, das ich giftig hinterherkeifte, kam eine halbe Sekunde zu spät, was mir auch recht war.

Sobald er das Gespräch abgebrochen hatte, schoß mein Adrenalinspiegel nach oben. Mein Mund war trocken, und ich merkte, wie mir das Herz in den Ohren zu pochen begann. Ich wollte eigentlich protestieren, aber mir war klar, wie es aus seiner Sicht aussah. Er hatte recht mit der Tatsache, daß ich die einzige außerhalb der Familie war, die wußte, was vor sich ging. Mehr oder weniger, dachte ich und hielt inne, um mich zu korrigieren. Myrna hätte der Zeitung einen Tip geben können, aber es war schwer vorstellbar, warum sie das hätte tun sollen. Und natürlich wußten Peter und Winnie, was los war, aber auch hier – warum sollte einer der beiden daran interessiert sein, daß die Sache bekannt wurde? Ich verspürte den starken Impuls, zum Telefon zu greifen und Katzenbach anzurufen, aber Donovans Warnung klang mir noch in den Ohren. Wenn ich mich bei ihm meldete, begann der Reporter womöglich, mich nach Informationen zu bedrängen. Alles, was ich sagte, könnte in einem zweiten Artikel zitiert werden, und dann wäre meine Glaubwürdigkeit endgültig ruiniert.

Beiläufig fragte ich mich, ob Guy selbst die Zeitung informiert haben könnte. Es schien unwahrscheinlich, aber nicht unmöglich, und ich konnte eine gewisse schlaue Logik darin erkennen, falls es seine Initiative gewesen war. Wenn die Geschichte um seine Erbschaft öffentlich bekannt wurde, müßten sich seine Brüder schon verflucht anstrengen, wenn sie ihn darum betrügen wollten. Das Problem bei dieser Überlegung war, daß Guy nie viel Interesse an Geld gezeigt hatte, und es schien ihm auch weiß Gott nicht viel daran zu liegen, seinen Anteil in Sicherheit zu bringen. Konnte er so hinterlistig und verschlagen sein, wie seine Familie behauptete?

Ich schnappte mir Jacke und Handtasche und verließ erneut das Haus. Auf dem kurzen Fußweg zu meinem Wagen, der einen halben Häuserblock weiter weg geparkt war, versuchte ich, die Unruhe abzuschütteln. Es gab keine Möglichkeit, wie ich die Maleks von meiner Unschuld überzeugen konnte. Des Vertrauensbruchs bezichtigt, merkte ich, wie ich mich zu rechtfertigen versuchte, als hätte ich mich tatsächlich einer Verletzung des mir von der Familie entgegengebrachten Vertrauens schuldig gemacht. Der arme Guy. Nachdem ich es abgestritten hatte, würden sie jetzt vermutlich über *ihn* herfallen.

In der Innenstadt angekommen, hatte ich mich bereits durch die Frage abgelenkt, ob ich in einem zumutbaren Radius um Lonnie Kingmans Bürogebäude einen Parkplatz finden würde. Ich versuchte es mit dem spiralförmigen Ansatz, wie bei der Untersuchung eines Tatorts, indem ich am innersten Punkt anfing und mich nach außen vorarbeitete. Wenn sich nichts auftat, konnte ich immer noch den öffentlichen Parkplatz ansteuern, der drei Häuserblocks entfernt lag.

Als ich das zweite Mal die Runde machte, sah ich einen Lieferwagen an dem mit roter Farbe markierten Stück Bordstein vor dem Gebäude anhalten, wo Parkverbot herrschte. Die Tür auf der Beifahrerseite glitt auf, und ein Typ mit einer Videokamera schwang sich auf den Bürgersteig hinaus. Die schlanke Blondine, die die Sechsuhrnachrichten moderiert, hüpfte vom Vordersitz und studierte die Hausnummern an dem Gebäude, indem sie sie mit einer Adresse auf ihrem Notizblock verglich.

Da ich von hinten kam, konnte ich das Logo auf der Seite des Lieferwagens nicht lesen, aber er hatte eine Antenne auf dem Dach, die massiv genug aussah, um Nachrichten aus dem Weltall zu empfangen. O Scheiße! Im Vorüberfahren konnte ich ablesen, daß KEST-TV auf der Seite stand. Ich unterdrückte den Drang, aufs Gaspedal zu treten, als die Frau einen Blick in meine Richtung warf. Ich spähte nach links und drehte mich zu dem Gebäude auf der anderen Straßenseite um. Fröhlich winkte ich jemandem zu, der aus der Dean-Witter-Filiale kam. Vielleicht würden mich die Medienleute für eine Wirtschaftsmagnatin auf Reisen halten, die Geld investieren wollte. Ich fuhr weiter und hielt dabei den Blick fest auf den Rückspiegel gerichtet, während der Kameramann und seine Begleiterin das Haus betraten.

Was nun? Die Vorstellung, mich wie ein Gesetzloser in den Büschen zu verstecken, behagte mir nicht. Vielleicht war ich paranoid, und das Team wollte über etwas ganz anderes berichten. Ich fuhr ein paar Häuserblocks weit, bis ich an einer Ecke eine Telefonzelle entdeckte. Ich ließ mein Auto am Bordstein stehen, warf einen Vierteldollar in den Schlitz und wählte Lonnies Privatnummer. Er muß im Gericht gewesen sein, da Ida Ruth abnahm und dachte, er sei es. »Ja, Sir?«

»Ida Ruth, hier ist Kinsey. Ist ein Fernsehteam gekommen und hat nach mir gefragt?«

»Ich glaube nicht, aber ich sitze hier hinten an meinem Schreibtisch. Laß mich mal vorn bei Alison nachfragen.« Sie warf mich kurz aus der Leitung und meldete sich dann gleich wieder. »Ich muß mich korrigieren. Sie warten am Empfang auf dich. Was ist denn los?«

»Es ist zu kompliziert, um es zu erklären. Kannst du sie abwimmeln?«

»Tja, wir können sie hier rauswerfen, aber wir haben keinerlei Möglichkeit, sie daran zu hindern, draußen auf der Straße zu warten. Was hast du denn angestellt, wenn die kühne Frage erlaubt ist?«

»Nichts, ich schwöre es. Ich bin vollkommen unschuldig.«

»Schön, Herzchen. Gut für dich. Bleib dabei«, sagte sie.

»Ida Ruth, das ist mein Ernst. Folgendes ist passiert«, begann ich. Ich erzählte ihr kurz von den Ereignissen und hörte, wie sie daraufhin mit der Zunge schnalzte. »O weh, o weh. An deiner Stelle würde ich lieber nicht auftauchen. Sie können nicht lang bleiben. Wenn du mir sagst, wie ich dich erreichen kann, rufe ich dich an, sobald sie weg sind.«

»Ich weiß nicht, wo ich dann bin. Ich melde mich wieder.« Ich legte auf und musterte die gegenüberliegende Straßenseite. An der Ecke war ein Lokal, das gerade aufzumachen schien. Ich sah, wie im Fenster eine Neonreklame angeknipst wurde. Dann zog ein Mann mit einer Schürze die Vordertür auf und schob mit dem Fuß den Türstopper an seinen Platz. Ich konnte mich ja dort drinnen aufhalten, Bier trinken und abgestandenen Rauch inhalieren, während ich darüber nachdachte, was ich als nächstes tun sollte. Wenn ich es mir allerdings genau überlegte, hatte ich schließlich nichts *angestellt*, also warum sollte ich mich benehmen wie auf der Flucht? Ich wühlte am Boden meiner Tasche herum und fand eine zweite Münze. Damit rief ich beim *Dispatch* an und fragte nach Jeffrey Katzenbach. Ich kannte ihn nicht gut, hatte aber in der Vergangenheit schon mehrmals mit ihm zu tun gehabt. Er war ein Mann Mitte Fünfzig, dessen Karriere durch seinen Appetit auf Kokain und Percocet zum Stillstand gekommen war. Er war stets auf Draht gewesen, wenn man ihn früh am Tag traf, doch im Laufe des Nachmittags wurde es zunehmend schwieriger, mit ihm umzugehen. Bei Einbruch der Nacht war er zwar noch arbeitsfähig, doch neigte er dann zu Fehlurteilen und erinnerte sich mitunter nicht mehr an Zusagen, die er gemacht hatte. Vor zwei Jahren hatte seine Frau ihn verlassen, und soweit ich zuletzt gehört hatte, hatte er sein Leben mit Hilfe von *Narcotics Anonymous* endlich in geordnete Bahnen gelenkt. Guy Malek war nicht der einzige, der eine persönliche Wandlung durchgemacht hatte.

Als ich zu Katzenbach durchgestellt wurde, nannte ich ihm

meinen Namen, und wir tauschten die üblichen Nettigkeiten aus, bevor ich zur Sache kam. »Jeffrey, das muß wirklich unter uns bleiben. Die Maleks sind meine Kunden, und ich kann es mir nicht leisten, zitiert zu werden.«

»Warum? Wo liegt das Problem?«

»Es gibt kein Problem. Aber Donovan ist stocksauer, weil er glaubt, ich hätte Sie angerufen und die Versöhnung der Familie vereitelt.«

»Tut mir leid, das zu hören.«

»Wie haben Sie denn Wind von der Sache bekommen? Oder handelt es sich um eine ›vertrauliche Quelle‹?«

»Daran ist überhaupt nichts vertraulich. Als ich gestern abend hereinkam, lag ein Brief auf meinem Tisch. Wir haben unsere Abonnenten schon immer dazu ermuntert, sich bei uns zu melden, wenn sie glauben, es gäbe eine Geschichte, von der wir vielleicht noch nichts gehört haben. Manchmal sind es nur Banalitäten oder verrücktes Zeug, aber das hier hat meine Aufmerksamkeit geweckt.«

»Wer hat den Brief geschickt?«

»Ein Knabe namens Max Outhwaite mit einer Adresse auf der Connecticut draußen in Colgate. Er meinte, es sei ein Thema, das es wert sei, von uns beachtet zu werden.«

»Wie hat er denn davon gehört?«

»Keine Ahnung. Er klang, als kenne er sie alle seit Jahren. Im Grunde steht in dem Brief nur, daß eine Suche eingeleitet und Bader Maleks Sohn Guy nach siebzehnjähriger Abwesenheit gefunden wurde. Das ist doch richtig, oder? Ich meine, sagen Sie mir, daß ich mich irre, dann fresse ich meine Unterhose.«

»Sie haben recht, aber was noch?«

»Sonst nichts. Wie er schreibt: Da ist dieser Typ, der als Hausmeister in irgendeinem abgelegenen Kaff malocht, und dann erfährt, daß er fünf Millionen Dollar erben soll. Wie oft passiert so etwas? Er dachte eben, hier am Ort würde man sich dafür interessieren. Ich fand, es klang wie eine heiße Story, und so habe ich bei den Maleks angerufen. Deren Nummer steht im

Telefonbuch, dazu war keinerlei aufregende Detektivarbeit nötig. Ich habe mit Mrs. Malek gesprochen – wie heißt sie noch gleich, Christie? –, die mir die Geschichte bestätigt hat, bevor ich Donovan an die Strippe bekam. So ist es gelaufen, es sei denn, ich habe irgend etwas übersehen.«

»Und ich wurde namentlich erwähnt?«

»Allerdings. Das war einer der Gründe dafür, warum ich angenommen habe, daß es mit allem seine Richtigkeit hat. Gestern abend habe ich versucht, Sie zu erreichen, habe aber nur Ihren Anrufbeantworter erwischt. Eine Nachricht habe ich nicht extra hinterlassen. Ich dachte, Sie wären wahrscheinlich auf dem Weg zu den Maleks, um sie beim Feiern zu unterstützen. Wie haben Sie denn den Knaben gefunden? In Outhwaites Brief heißt es, Sie hätten über die Kfz-Zulassungsstelle einen Tip bekommen.«

»Nicht zu fassen! Wer ist dieser Mann, und woher bezieht er seine Informationen?«

»Woher soll ich das wissen? Er gab sich den Anschein, als sei er ein Freund der Familie oder so. Sie haben nie selbst mit ihm gesprochen?«

»Jeffrey, hören Sie auf! Ich habe Sie nicht angerufen, damit Sie mich ausquetschen können. Ich versuche die Maleks davon zu überzeugen, daß ich die Sache nicht ausgeplaudert habe.«

»Jammerschade. Sonst hätten Sie mir noch die Details dazu liefern können. Ich habe versucht, mit Outhwaite Rücksprache zu halten, aber der Kerl existiert gar nicht. Es gibt keinen Outhwaite im Telefonbuch und auch auf der ganzen Connecticut Avenue keine solche Hausnummer. Ich habe noch ein paar andere Möglichkeiten abgeklopft, aber das war alles Fehlanzeige. Nicht, daß es eine Rolle spielte, solange die Story korrekt ist. Und die habe ich von der Familie bestätigt bekommen.«

»Was ist mit der *L. A. Times*? Wie haben die Wind davon bekommen?«

»Genauso wie wir. Outhwaite hat ihnen ein Briefchen zukommen lassen – beinahe wie eine Pressemitteilung. Diese Woche war flau, was Nachrichten angeht, und wir sind immer auf der Suche nach interessanten menschlichen Schicksalen. Das hier war besser als ein kleines, verirrtes Kätzchen, das im Brunnenschacht festsitzt. Ich fand, die Sache war es wert, verfolgt zu werden, vor allem, als ich sah, daß Sie damit zu tun haben.«

»Ich wünschte, Sie hätten sich dabei ein paar Fakten von mir bestätigen lassen.«

»Warum? Wo liegt das Problem?«

»Es gibt kein *Problem*«, erwiderte ich gereizt. »Ich glaube nur einfach, daß die Familie vielleicht gern ein wenig Privatsphäre genießen möchte, bevor alle Welt über sie herfällt. Übrigens, Jeffrey, ich habe gehört, daß Sie ein bißchen auf Ihrer Tastatur herumgetippt haben, seit wir uns unterhalten. Ich habe Ihnen doch gesagt, daß das unter uns bleiben muß.«

»Wozu denn? Es ist doch eine hübsche Geschichte. Ein absoluter Wunschtraum. Was wollen denn die Maleks? Warum sind sie so sauer über die Berichterstattung? Bader Maleks Tod stand bei uns auf der Titelseite in der zweiten Spalte. Er war eine wichtige Persönlichkeit am Ort, und sie waren froh, daß sie diese Würdigung bekamen. Was soll diese Heimlichtuerei bei Guy? Möchten ihn die anderen um sein Erbteil bringen oder was?«

Ich rollte die Augen gen Himmel. Der Mann bedrängte einen geradezu zwanghaft nach Informationen. »Hören Sie, Sportsfreund, ich bin genauso ratlos wie Sie. Was ist mit dem Brief? Was ist damit passiert?«

»Er liegt hier direkt vor mir.«

»Hätten Sie etwas dagegen, mir eine Kopie davon zu geben? Das würde mir sehr dabei helfen, meine Glaubwürdigkeit wiederherzustellen. Ich komme mir richtig blöd dabei vor, daß ich mich rechtfertigen muß, aber ich habe einen Ruf zu wahren.«

»Klar. Kann ich machen. Es spricht ja nichts dagegen. Wir wären an Guys Sicht der Angelegenheit interessiert, falls Sie ihn dazu überreden können.«

»Ich lasse mich nicht auf einen Handel ein – aber ich werde sehen, was ich tun kann.«

»Wunderbar. Wie lautet Ihre Faxnummer?«

Ich gab ihm die Nummer von Lonnie Kingmans Apparat, und er versprach, mir den Brief herüberzufaxen. Falls ich Max Outhwaite ausfindig machte, wollte Jeffrey mit ihm sprechen. Das war akzeptabel. Ich hatte gesagt, ich würde tun, was ich konnte. Es kostete mich überhaupt nichts, meine bedingte Kooperation zuzusagen. Ich achtete darauf, mich nicht zu überschwenglich bei ihm zu bedanken. Nicht, daß ich vorgehabt hätte, den Brief schnurstracks Donovan vorzulegen, aber ich war neugierig auf seinen Inhalt und hielt es für sinnvoll, eine Kopie davon für meine Unterlagen zu haben. Irgendwann würde Katzenbach mir als Gegenleistung dafür eine Information abringen, aber fürs erste war ich zufrieden. Ich nahm nicht an, daß Guy sich zu einem Interview bereit finden würde, aber vielleicht würde er mich ja verblüffen.

Ich stieg wieder in meinen Wagen und fuhr zum öffentlichen Parkplatz hinüber. Von dort aus marschierte ich zu Fuß ins Büro. Vor dem Haus war keine Spur des KEST-TV-Wagens zu sehen. Ich eilte die Treppe hinauf, indem ich zwei Stufen auf einmal nahm, und betrat die Büroräume von Kingman und Ives durch eine nicht gekennzeichnete Tür um die Ecke vom Haupteingang. Im Hinterkopf dachte ich über die Möglichkeit nach, daß vielleicht Bennet oder Jack den Brief an den *Dispatch* geschickt hatten. Ich konnte mir zwar nicht vorstellen, was das einem von ihnen nützen sollte, aber *irgend* jemand war daran interessiert, Guys Heimkehr riesengroß in den Medien verbreitet zu sehen, und zwar jemand, der mehr wußte, als mir angenehm war. Erneut verspürte ich einen leisen Anflug von Beklommenheit. Darcy Pascoes Computerrecherche war nicht ganz astrein gewesen. Ich hoffte, sie würde wegen meiner Bitte nun keinen Ärger bekommen. Ich sah nach dem Faxgerät in Lonnies Büro und fand die Kopie von Max Outhwaites Brief wie versprochen im Ausgabeschlitz vor. Dann ging ich in mein Büro und las auf dem Weg dorthin den Brief durch.

Sehr geehrter Mr. Katzenbach,
ich dachte, das Sie vielleicht an einer modernen Geschichte über ein "männliches Aschenputtel" interessiert sein könnten, die direkt hier in Santa Teresa spielt! Soweit ich weiß, sind Sie der Reporter, der letzten Monat über Bader Maleks Tod berichtet hat. Nun hat sich in der Stadt herumgesprochen, das seine Nachlaßanwältin eine Privatdetektivin (allen Ernstes eine Frau!) engagiert hat, um seinen verschollenen Sohn Guy ausfindig zu machen. Wenn Sie schon so lange hier leben wie ich, erinnern Sie sich bestimmt noch daran, das Guy als junger Mann bei einer Reihe von Missetaten erwischt wurde, und schließlich vor fast Zwanzig Jahren hier von der Bildfläche verschwand. Man sollte eigentlich annehmen, das es schwierig werden würde, jemanden nach so langer Zeit aufzuspüren, aber Milhone (die oben erwähnte "Detektivin") hat die Daten der KFZ-Zulassungsstelle überprüft, und ihn in nicht einmal Zwei Tagen gefunden!! Anscheinend hat er die ganze Zeit, seit er verschwunden ist, in Marcella gewohnt, und er arbeitet als Hausmeister in einer Kirche dort oben!Er ist einer von diesen "Wiedergeborenen", und ist wahrscheinlich völlig abgebrannt, aber der Tod seines Vaters hat ihn im Handumdrehen zum Milionär gemacht!! Ich denke, es baut die Leute sicher auf, wenn sie hören, wie er es geschafft hat, sein Leben von Grund auf zu ändern, durch seinen christlichen Glauben. Bestimmt würden Ihre Leser auch gern hören, was er mit seinem neuentdeckten Reichtum vorhat. Bei all den schlechten Nachrichten, die Tagein Tagaus über uns hereinbrechen, wäre

doch diese Geschichte sicher sehr aufbauend für Jeden. Ich finde, es wäre eine wunderbare Inspiration für die Gemeinde! Hoffen wir nur, das Guy Malek bereit ist, die Geschichte seines "Glücks" mit uns zu teilen. Ich freue mich schon darauf, einen solchen Artikel zu lesen, und weiß, das Sie ihn bestimmt gut schreiben würden! Viel Glück und Gottes Segen!

Hochachtungsvoll,
Max Outhwaite
2905 Connecticut Ave.
Colgate, CA

Ich merkte, daß ich den Brief an den Ecken hielt, als wollte ich es vermeiden, Fingerabdrücke zu verwischen, eine lächerliche Vorkehrung angesichts der Tatsache, daß es nicht einmal das Original war. Das Schreiben war ordentlich getippt, ohne sichtbare Korrekturen oder ausgeixte Wörter. Allerdings enthielt es einige Rechtschreibfehler (mein Name eingeschlossen), zu viele Kommas, eine Tendenz zur Emphase und mehrere unnötige Großschreibungen, aber ansonsten schienen die Absichten des Absenders wohlwollender Natur zu sein. Abgesehen davon, daß er die Presse auf etwas aufmerksam gemacht hatte, was niemand anderen etwas anging, konnte ich keinen speziellen Versuch herauslesen, sich in Guy Maleks Leben einzumischen. Maximilian (oder womöglich Maxine) Outhwaite dachte offenbar, die Abonnenten des *Santa Teresa Dispatch* würden die Geschichte des vom Saulus zum Paulus gewordenen Jungen und der Belohnung, die er dafür bekam, rührend finden! Outhwaite schien keine eigennützigen Motive zu verfolgen, und es fand sich auch keine Spur von Boshaftigkeit, die seine (oder ihre) Begeisterung für die Geschichte untergraben hätte. Also was wurde hier gespielt?

Ich legte den Brief beiseite und drehte mich auf meinem

Drehstuhl, während ich das Schriftstück verstohlen aus den Augenwinkeln musterte. In meiner Eigenschaft als »Dedektivin« beunruhigte mich das verdammte Ding etwas. Mir gefiel die intime Detailkenntnis überhaupt nicht, und ich zerbrach mir den Kopf darüber, was für ein Motiv dahintersteckte. Der Ton war unbefangen, aber das Manöver hatte seine Wirkung getan. Auf einmal hatte Guy Maleks Privatangelegenheit öffentliches Interesse gefunden.

Ich legte den Brief in die Malek-Akte und gab ihn zur näheren Betrachtung an meine Psyche weiter.

Den Rest des Vormittags verbrachte ich im Gerichtsgebäude, wo ich mich um andere Angelegenheiten kümmerte. In der Regel arbeite ich an fünfzehn bis zwanzig verschiedenen Fällen. Nicht alle sind eilig, und nicht alle verlangen zur gleichen Zeit meine Aufmerksamkeit. Ich mache öfter Hintergrundrecherchen für eine Forschungs- und Entwicklungsfirma draußen in Colgate. Außerdem übernehme ich Nachforschungen über Personen für deren zukünftige Arbeitgeber und spüre für mehrere Kleinbetriebe in der Umgegend Schuldnern nach. Gelegentlich erledige ich auch für einen Scheidungsanwalt hier in der Straße die routinemäßige Schnüffelarbeit. Selbst in einem Bundesstaat, in dem das Schuldprinzip nicht gilt, kommt es vor, daß Ehegatten Wertsachen verstecken oder verschweigen, wo sich gemeinsamer Besitz wie Autos, Boote oder Flugzeuge befindet oder wo sich minderjährige Kinder aufhalten. Es hat etwas Geruhsames, einen Vormittag damit zu verbringen, auf der Suche nach verwandtschaftlichen Beziehungen Heiratsurkunden und Totenscheine durchzugehen, oder einen Nachmittag damit, im Bezirksamt rechtskräftige Testamente, Eigentumsübertragungen sowie Steuer- oder Bauhandwerkerpfandrechte zu studieren.

Manchmal kann ich kaum fassen, daß ich das Glück habe, in einer Branche zu arbeiten, in der ich dafür bezahlt werde, daß ich Dinge aufdecke, die andere Leute lieber unter Verschluß halten würden. Wenn man als Privatdetektiv Papieren hinterherjagt, muß man zwar keine schußsichere Weste tragen, aber die

Ergebnisse können ebenso gefährlich sein wie eine Schießerei oder eine Verfolgungsjagd bei hoher Geschwindigkeit.

An diesem Montag morgen bestand mein Auftrag darin, Behauptungen bezüglich des Budgets zu überprüfen, die in einem Firmenprospekt aufgestellt wurden. Einem hiesigen Geschäftsmann war vorgeschlagen worden, fünfzigtausend Dollar in ein Projekt zu investieren, das wie ein vielversprechendes Konzept zur Absatzförderung aussah. Innerhalb einer Stunde fand ich heraus, daß einer der beiden Teilhaber persönlichen Konkurs hatte anmelden müssen und gegen den anderen sechs Prozesse anhängig waren. Da ich schon dabei war, machte ich mich an eine vorläufige Suche nach Max Outhwaite, indem ich mit den Wählerlisten anfing und mich bis zum örtlichen Steuerregister durcharbeitete. Ich ging über die Straße zur Stadtbibliothek und versuchte es in der Abteilung für Nachschlagewerke. In der besagten Schreibweise standen überhaupt keine Outhwaites im regionalen Telefonbuch und auch nicht in den städtischen Büchern der letzten sechs Jahre. Das mußte meiner Erfahrung nach nichts Besonderes heißen. Es hieß lediglich, daß »Max Outhwaite« ein Pseudonym war, aber unter bestimmten Umständen konnte ich die Maskerade nachvollziehen. Wenn jemand die Aufmerksamkeit der Lokalzeitung auf eine bestimmte Angelegenheit lenken wollte, war es verständlich, daß er einen falschen Namen und eine erfundene Adresse angab. Vielleicht war es ein Prominenter, der nur höchst ungern mit dem fraglichen Thema in Verbindung gebracht werden wollte. Vielleicht war es auch ein Familienmitglied, dem sehr daran gelegen war, Guy in Schwierigkeiten zu bringen, das aber keine Verantwortung dafür übernehmen wollte. Einen solchen Brief zu schreiben war zwar kein Verbrechen, aber womöglich fühlte der Betreffende sich trotzdem schuldig und wollte die eventuellen Konsequenzen nicht auf sich nehmen.

Zum Mittagessen kaufte ich mir an einem Automaten ein Sandwich und eine Limonade und setzte mich auf den Rasen hinter dem Gerichtsgebäude. Es war ein heißer Tag, und die

Baumwipfel wurden von trockenen Winden aus der Wüste durchgerüttelt. Die Äste der großen Nadelbäume, die vorn an der Straße standen, schienen in der Brise zu glitzern und verströmten den Geruch von Harz. Ich lehnte mich auf den Ellbogen zurück und reckte das Gesicht genießerisch in die Sonne. Um ein Uhr erhob ich mich wieder und ging ins Büro zurück, wo ich meine Erkenntnisse zu den Fällen, die ich bearbeitet hatte, abtippte. So sieht das Leben einer Privatdetektivin heutzutage aus. Ich verbringe mehr Zeit damit, mich an einer Smith-Corona zu üben als an einer Smith & Wesson.

12

Mein Dauerlauf war an diesem Morgen unbefriedigend gewesen. Ich hatte getan, was getan werden mußte, war pflichtschuldig anderthalb Meilen den Fahrradweg hinab und anderthalb Meilen wieder zurück gejoggt, konnte aber dabei keinen Rhythmus entwickeln, und der ersehnte Endorphinausstoß hatte sich auch nicht eingestellt. Mir ist aufgefallen, daß ich an Tagen, an denen das Joggen nicht gut läuft, ein emotionales Unbehagen empfinde, das sich wie Beklommenheit ausnimmt, diesmal auch noch vermischt mit einer leichten Depression. Ehe ich zu Alkohol oder Tabletten greife, ist manchmal das einzige Heilmittel, erneut zu trainieren. Ich schwöre, daß es sich dabei weniger um Zwanghaftigkeit meinerseits handelt als vielmehr um eine Art Drang nach Erleichterung. Ich fuhr zu Harley's Beach hinüber und fand im Schutz eines Hügels einen Parkplatz. Das Gelände war fast leer, was mich erstaunte. Meist findet sich dort eine bunte Mischung aus Touristen und Nichtstuern, Joggern, Verliebten, bellenden Hunden und Eltern mit kleinen Kindern. Heute war das einzige, was ich sah, eine Familie wilder Katzen, die sich auf der Anhöhe hinter dem Strand sonnte.

Ich stolperte über eine weite Fläche losen, trockenen Sands, bis ich den festen Grund dicht am Wasser erreicht hatte. Normalerweise hätte ich jetzt Schuhe und Socken abgestreift und die Hosenbeine hochgerollt, damit ich in der Brandung joggen konnte, aber kürzlich hatte mir jemand ein kleines Büchlein über Priele gegeben. Ich hatte es interessiert durchgeblättert und mich selbst in der Rolle der forschenden Naturfreundin gesehen, die unter den Steinen nach kleinen Krabben und Seesternen herumstochert (obwohl ihre Unterseiten absolut ekelhaft und scheußlich sind). Bevor ich dieses bunte, aufschlußreiche Heftchen gelesen hatte, hatte ich ja keine Ahnung gehabt, was für seltsame, häßliche Tierchen in Küstennähe leben. Ich gehöre nicht zu den Leuten, die der Natur sentimentale Gefühle entgegenbringen. Die Wildnis besteht meines Wissens fast ausschließlich aus kopulierenden Kreaturen, die einander hinterher auffressen. Zu diesem Zweck hat fast jedes bekannte Tier taktische Maßnahmen entwickelt, mit denen es andere in seine Reichweite lockt. Bei den Lebensformen im Meer – von denen manche ja ganz winzig sind – gehören zu dieser Taktik dornenbewehrte Teile oder Scheren, putzige Mündchen mit drei Zahnreihen, lange Stachel oder bösartige Saugnäpfe, mit denen sie sich aneinanderklammern und dann den anderen zerstückeln und schmerzhaft sterben lassen – und das alles im Namen der Ernährung. Manchmal wird, lange bevor der Tod eintritt, sämtlicher Saft aus dem Opfer herausgesaugt. Der Seestern stülpt allen Ernstes seinen eigenen Magen heraus, umhüllt damit seine lebende Beute und verdaut sie außerhalb seines Körpers. Wie würde es Ihnen gefallen, mit dem nackten Fuß auf so etwas zu treten?

Ich lief mit den Schuhen und preschte durch die aufspritzende Brandung, wenn die Wellen bis zu mir herankamen. Bald klebte mir die nasse Jeans an den Beinen, und der schwere Stoff fiel kalt gegen meine Schienbeine. Meine Füße waren wie von Steinen beschwert, und ich spürte, wie der Schweiß von der Anstrengung durch das Laufen mein T-Shirt durchtränkte. Trotz der feuchten Brise, die vom Meer kam, empfand ich die Luft als bedrückend. Den dritten Tag hintereinander bliesen nun schon die Santa-Ana-Winde aus der Wüste über uns hinweg, fegten durch die Cañons der Umgebung und brachten Feuchtigkeit aus der Atmosphäre mit. Die Hitze nahm zu, ein Grad nach dem anderen, wie eine immer höher werdende Backsteinmauer. Mein Tempo kam mir langsam vor, und ich zwang mich dazu, mich auf den Sand vor mir zu konzentrieren. Da ich die Strecke nicht abmessen konnte, lief ich nach Zeit, eine halbe Stunde in Richtung Norden, dann kehrte ich um und lief zurück. Als ich wieder an Harley's Beach ankam, atmete ich stoßweise, und die Muskeln in meinen Schenkeln brannten wie Feuer. Ich verlangsamte erst zu einem Trab und dann auf Gehtempo, als ich zum Auto zurückkehrte. Einen Augenblick lang lehnte ich mich keuchend gegen die Motorhaube. Besser. Jetzt war es besser. Schmerzen waren mir allemal lieber als Beklommenheit, und Schweiß war besser als Depression.

Wieder zu Hause, ließ ich meine durchweichten Joggingschuhe vor der Türschwelle stehen. Ich trottete nach oben und schälte mich dabei aus meinen feuchten Kleidern. Dann duschte ich heiß und schlüpfte in Sandalen, T-Shirt und einen kurzen Baumwollrock. Es war jetzt kurz vor vier, und es hatte keinen Sinn, noch ins Büro zu fahren. Ich holte die Post und sah nach, ob Anrufe auf Band eingegangen waren. Es waren fünf: zweimal aufgelegt; zwei Reporter, die ihre Nummer hinterlassen hatten und mich baten, sie zurückzurufen; und ein Anruf von Peter Antle, dem Pfarrer von Guys Kirche. Ich wählte die Nummer, die er genannt hatte, und weil er sofort abnahm, mußte ich annehmen, daß er neben dem Telefon gewartet hatte.

»Peter. Ich habe Ihre Nachricht bekommen. Hier spricht Kinsey aus Santa Teresa.«

»Kinsey. Danke, daß Sie so schnell zurückrufen. Winnie hat immer wieder versucht, Guy zu erreichen, aber irgendwie kommt sie nicht durch. Die Maleks haben ihren Anrufbeantworter eingeschaltet, und niemand geht ans Telefon. Ich weiß nicht, was Guy vorhat, aber wir fanden, wir sollten ihn lieber warnen. An der Tankstelle gegenüber von seinem Haus haben sich Reporter postiert. Immer wieder klopfen Leute hier bei der Kirche an, und wir haben einen Stapel von Nachrichten für ihn.«

»Jetzt schon?«

»Das war auch meine Reaktion. Offen gestanden verstehe ich nicht, wie das überhaupt an die Öffentlichkeit kommen konnte.«

»Lange Geschichte. Ich bin immer noch dabei, der Sache nachzugehen. Ich weiß, daß die Familie heute in aller Frühe von der Lokalzeitung kontaktiert wurde. Einer ihrer Reporter hat in der Redaktion einen Brief bekommen. Ich nehme an, ein ähnliches Schreiben ist an die *L. A. Times* gegangen. Ich habe zwar noch keine Nachrichten gesehen, aber ich habe das Gefühl, es wird erst noch mehr Wirbel geben, bevor sich der Aufruhr wieder legt.«

»Hier oben ist es noch schlimmer. Der Ort ist so klein, daß niemand von uns der Presse aus dem Weg gehen kann. Haben Sie eine Möglichkeit, Kontakt zu Guy aufzunehmen? Wir sind für ihn da, falls er uns braucht. Wir wollen nicht, daß er bei dem ganzen Streß den Kopf verliert.«

»Ich werde versuchen, ob ich zu ihm durchdringen kann. Schätzungsweise sind das seine fünfzehn Minuten Ruhm, obwohl ich offen gestanden nicht begreife, wieso die Geschichte soviel Aufmerksamkeit erregt. Warum sollte das denn irgend jemanden einen feuchten ... Sch ... äh ... Schmutz interessieren? Er hat das Geld ja noch nicht einmal, und wer weiß, ob er je einen roten Heller zu sehen bekommt.«

Ich konnte Peters Grinsen beinahe sehen. »Alle wollen an etwas glauben. Für die meisten Menschen wäre ein unverhoffter Batzen Geld die Erfüllung all ihrer Wünsche.«

»Das stimmt wohl«, sagte ich. »Wenn ich ihn erreiche, sage ich ihm auf jeden Fall, er soll Sie anrufen.«

»Da wäre ich Ihnen dankbar.«

Nachdem wir unser Gespräch beendet hatten, schaltete ich

den Fernseher ein und drückte die Taste für KEST-TV. Die Abendnachrichten sollten erst in einer halben Stunde beginnen, aber der Sender brachte häufig kurze Trailer über die bevorstehenden Beiträge. Ich durchlitt sechs Werbespots, bis ich den Ausschnitt zu sehen bekam, mit dem ich gerechnet hatte. Die blonde Moderatorin lächelte in die Kamera und sagte: »Nicht alle Nachrichten sind schlechte Nachrichten. Manchmal findet sich hinter der schwärzesten Wolke ein Silberstreif am Horizont. Nach fast zwanzig Jahren der Armut hat ein Hilfsarbeiter aus Marcella gerade erfahren, daß er fünf Millionen Dollar erbt. Mehr über diese Geschichte erfahren Sie um siebzehn Uhr.« Hinter ihr erlaubte die Kamera einen kurzen Blick auf einen abgezehrt aussehenden Guy Malek, wie er teilnahmslos aus dem Beifahrerfenster sah, während Donovans BMW schwungvoll durchs Tor des Malekschen Anwesens fuhr. Mich befielen leise Schuldgefühle, und ich wünschte, ich hätte ihm ausgeredet hierherzukommen. Seinem trostlosen Blick nach zu schließen, war seine Heimkehr kein Erfolg. Ich griff nach dem Telefon und versuchte es noch einmal bei den Maleks. Es war besetzt.

Eine Stunde lang wählte ich alle zehn Minuten die Nummer der Maleks. Wahrscheinlich hatten sie den Hörer neben den Apparat gelegt, oder vielleicht war das Band ihres Anrufbeantworters voll. Es war nicht abzusehen, wann ich zu Guy durchdringen würde.

Ich debattierte kurz mit mir selbst und fuhr dann zum Haus hinaus. Das Tor war nun geschlossen, und an der Böschung parkten sechs Fahrzeuge. Reporter standen herum, manche an ihre Kotflügel gelehnt, und zwei Männer unterhielten sich mitten auf der Straße. Beide rauchten und hielten große Kaffeebecher aus Styropor in den Händen. Drei Kameras standen auf Stativen aufgebaut da, und es hatte den Anschein, als wäre das Häuflein auf einen längeren Aufenthalt vorbereitet. Die spätnachmittägliche Sonne schien schräg durch die Eukalyptusbäume auf das Grundstück der Maleks und teilte die Auffahrt in wechselnde Abschnitte von Licht und Schatten.

Ich parkte hinter dem letzten Wagen und ging zu Fuß zur Sprechanlage neben dem Tor. Hinter mir kamen sämtliche Aktivitäten zum Erliegen, und ich merkte, wie sich alle Aufmerksamkeit auf meinen Rücken konzentrierte. Niemand reagierte auf mein Läuten. Wie die anderen würde auch ich hier herumstehen und darauf hoffen müssen, einen der Maleks beim Verlassen oder Betreten des Anwesens zu erwischen. Ich versuchte es noch einmal, aber mein Klingeln wurde von Totenstille aus dem Inneren des Hauses erwidert.

Ich ging zu meinem Wagen zurück und drehte den Zündschlüssel herum. Sogleich machte sich eine dunkelhaarige Reporterin auf den Weg zu mir herüber. Sie war vermutlich Mitte Vierzig, trug eine überdimensionale Sonnenbrille und hatte leuchtendrot geschminkte Lippen. Während ich sie betrachtete, wühlte sie in ihrer Umhängetasche herum und holte eine Zigarette heraus. Sie war groß und schlank und steckte in Freizeithosen und einem taillenkurzen Baumwollpullover. Ich wunderte mich, wie sie es bei dieser Hitze darin aushielt. Goldene Ohrringe. Goldene Armreifen. Ein beängstigendes Paar Zehnzentimeterabsätze. Für meinen Geschmack ist das Gehen in Stöckelschuhen das gleiche, wie wenn man versucht, Schlittschuhlaufen zu lernen. Der menschliche Knöchel läßt sich solche Beanspruchungen nicht ohne weiteres gefallen. Ich bewunderte ihren Gleichgewichtssinn, erkannte allerdings, als sie näher kam, daß sie barfuß vermutlich kleiner wäre als ich. Sie machte eine kreisende Geste, um mir zu bedeuten, daß ich mein Seitenfenster herunterdrehen sollte.

»Hi. Wie geht's?« sagte sie. Sie hielt die Zigarette in die Luft. »Haben Sie Feuer für mich?«

»Tut mir leid. Ich rauche nicht. Warum fragen Sie nicht einen von denen?«

Sie drehte sich um, und ihr Blick wanderte zurück zu den beiden Männern, die auf der Straße standen. Ihre Stimme war heiser, und ihr Tonfall abschätzig. »Ach, die. Das ist ein Männerverein«, bemerkte sie. »Die zwei sagen einem nicht einmal, wieviel Uhr es ist, wenn man ihnen keine Gegenleistung bietet.« Ihr Blick wandte sich wieder mir zu. »Was ist mit Ihnen? Sie sehen nicht wie eine Reporterin aus. Was sind Sie, eine Freundin der Familie? Eine alte Liebe?«

Ich mußte die Lässigkeit bewundern, mit der sie das Thema angeschnitten hatte, beiläufig und unbeteiligt. Vermutlich machte sie sich fast in die Hosen, während sie darauf hoffte, daß ich ihr einen kleinen Leckerbissen verraten würde, mit dem sie ihre Konkurrenz ausstechen konnte. Ich begann mein Fenster hochzukurbeln. Rasch hob sie ihre Tasche in die Höhe, kippte sie zur Seite und schob sie in den Zwischenraum, damit ich das Fenster nicht ganz schließen konnte. Nun war eine Öffnung von knapp zwanzig Zentimetern geblieben, in der wie ein Keil ihre Handtasche steckte.

»Nicht böse sein«, sagte sie, »ich bin eben neugierig. Sind Sie nicht die Privatdetektivin, von der wir soviel gehört haben?«

Ich drehte den Zündschlüssel um. »Bitte nehmen Sie Ihre Tasche weg.« Ich kurbelte das Fenster etwa zwei Zentimeter herunter und hoffte, sie würde die Tasche herausziehen, damit ich losfahren konnte.

»Nicht so eilig. Was soll denn die Hektik? Die Öffentlichkeit hat ein Recht darauf, diese Dinge zu erfahren. Ich bekomme die Information sowieso, also wäre es doch besser, wenn sie korrekt ist. Ich habe gehört, er hat als Jugendlicher einige Zeit im Knast verbracht. War das hier oder oben im Norden?«

Ich drehte das Fenster ein Stückchen hinauf und legte einen Gang ein. Dann trat ich leicht aufs Gaspedal und fuhr langsam vom Straßenrand weg. Sie hielt die Tasche am Riemen fest und lief neben dem Wagen her, um das Gespräch fortzusetzen. Ich nahm an, sie war es gewohnt, daß der Fahrer nach ihrer Pfeife tanzte, wenn sie den alten Handtaschentrick anwandte. Ich erhöhte meine Geschwindigkeit so, daß sie in Trab verfallen mußte. Sie riß am Riemen der Tasche und rief »He!«, als ich zu beschleunigen begann. Ich konnte kaum mehr als drei km/h gefahren sein, aber dieses Tempo ist schwer zu halten, wenn man so hochhackige Schuhe trägt. Ich trat ein bißchen fester aufs Gas. Sie ließ die Tasche los, blieb wie angewurzelt stehen und sah mir fassungslos nach, als ich davonfuhr. Ich passierte die beiden Männer auf der Straße, die der wüste Kommentar, den sie mir hinterherrief, zu amüsieren schien. Ich konnte die Worte nicht verstehen, aber die Botschaft war klar. Im Rückspiegel sah ich, wie sie mir den Mittelfinger zeigte.

Sie zog einen Stöckelschuh aus und warf ihn gegen meine Heckscheibe. Bei seinem Aufprall hörte ich ein leises Poltern, dann sah ich, wie der Schuh hinter mir davonflog, als ich beschleunigte. Der lange Riemen der Handtasche schlenkerte hin und her und schlug gegen die Fahrertür. Knapp hundert Meter weiter hielt ich lang genug an, um das Fenster herunterzukurbeln und der Tasche einen Stoß zu versetzen. Ich ließ sie auf der Straße liegen, zusammengerollt wie eine Beutelratte, und fuhr zu meiner Wohnung.

Als ich nach Hause kam, lagen zwei Zeitungen auf dem Trottoir. Ich hob beide auf und legte eine vor Henrys Hintertür, bevor ich in meine Wohnung ging. Ich schaltete ein paar Lampen an und schenkte mir ein Glas Wein ein, dann setzte ich mich an den Küchentresen und breitete die Zeitung vor mir aus. Die Geschichte stand auf der zweiten Seite und war in einem merkwürdigen Ton verfaßt. Ich hatte ein Märchen über Guys bisheriges Leben, seine Entfremdung von der Familie und seine daraufolgende spirituelle Wandlung erwartet. Statt dessen hatte Jeff Katzenbach mit quälender Detailtreue einen Katalog sämtlicher Sünden aus Guys Jugend zusammengestellt: zahllose Berichte über rücksichtsloses Fahren, Vandalismus, Trunkenheit und Erregung öffentlichen Ärgernisses sowie gewaltsame Körperverletzung. Manche Anklagepunkte gingen auf Straftaten vor seiner Volljährigkeit zurück und hätten gelöscht oder von den Gerichten unter Verschluß gehalten werden müssen. Woher hatte Katzenbach seine Informationen? Manches davon war natürlich öffentlich zugänglich, aber ich fragte mich, woher er wußte, wo er suchen mußte. Offensichtlich hatte ihn Max Outhwaites Hinweis auf Guys frühere Missetaten auf die richtige Spur gebracht. Beunruhigt mußte ich an die Akte mit Zeitungsausschnitten denken, die Bader Malek aufbewahrt hatte. War es möglich, daß Katzenbach sie zu sehen bekommen hatte? Damit wäre dann quasi zum zweiten Mal etwas durchgesickert. Das erste war die Tatsache von Guys Heimkehr; das zweite sein lückenloses Vorstrafenregister. Mir fiel auf, daß Katzenbach seine Enthüllungen in typisch journalistische Phrasen gekleidet hatte. Das Wort *angeblich* kam sechsmal vor, daneben *vertrauliche Quellen, der Familie nahestehende Kreise, frühere Kumpane* und *Freunde der Maleks, die anonym bleiben möchten.* Weit davon entfernt, Guys Glück zu feiern, würde die Öffentlichkeit ihm nun seinen plötzlichen Reichtum übelnehmen. Wenn man zwischen den Zeilen las, wußte man, daß Katzenbach Guy für einen unwürdigen Schuft hielt. Der Artikel ließ Guys momentane kirchliche Bindung eigennützig und unaufrichtig erscheinen, die ideale Zuflucht für einen Übeltäter, der darauf hoffte, in den Augen der Bewährungskommission gut dazustehen.

Zum Abendessen machte ich mir ein warmes Sandwich mit einem hartgekochten Ei und jeder Menge Mayonnaise und hockte gerade kauend am Küchentresen, während ich den Rest der Zeitung überflog. Ich muß vertiefter gewesen sein, als ich dachte, da ich beim schrillen Läuten des Telefons erschrocken mein Sandwich beiseite warf. Ich packte den Hörer, und das Herz klopfte mir, als hätte soeben jemand an meinem Ohr eine Pistole abgefeuert. Falls es ein Reporter sein sollte, würde ich auflegen. »Ja?«

»Hey.«

»Ach du Scheiße. Guy, sind Sie das? Sie haben mich zu Tode erschreckt.« Ich beugte mich hinab, sammelte die Überreste meines Sandwichs auf, stopfte die Kruste in den Mund und leckte mir die Finger ab. Mayonnaise war auf den Fußboden getropft, aber darum konnte ich mich später kümmern.

»Ja, ich bin's. Wie geht's?« sagte er. »Ich habe schon früher mal versucht, Sie zu erreichen, aber da waren Sie wohl weg.«

»Gott sei Dank, daß Sie anrufen. Ich war vorhin drüben am Haus, aber auf mein Klingeln hat kein Mensch reagiert. Was ist denn los?«

»Wir haben gerade zu Abend gegessen. Haben Sie die Nachrichten gesehen?«

»Die Zeitung liegt vor mir.«

»Nicht so gut, was?«

»So schlimm ist es nun auch nicht«, sagte ich in der Hoffnung, ihn damit aufzuheitern. »Es sieht ganz danach aus, als hätte es jemand auf Sie abgesehen.«

»Das glaube ich auch«, sagte er leichthin.

»Geht's Ihnen gut? Peter hat vor kurzem angerufen. Er hat versucht, Sie zu erreichen, aber er ist nicht über den Anrufbeantworter hinausgekommen. Haben Sie seine Nachricht erhalten?«

»Nein, wie sollte ich? Alle hier sind stinksauer auf mich. Sie bilden sich ein, ich hätte die Zeitung verständigt, weil ich die Aufmerksamkeit auf mich lenken wollte. Später ist großer Kriegsrat angesagt, wenn Donovan nach Hause kommt. Er hat bis neun noch eine Besprechung. Die Verzögerung macht mich ganz krank. Erinnert mich an die alte Geschichte: ›Warte nur, bis dein Vater nach Hause kommt, dann kannst du was erleben.‹«

Ich merkte, wie ich schmunzeln mußte. »Soll ich Sie abholen? Ich kann in fünfzehn Minuten da sein.«

»Ja – nein – ich weiß nicht, was ich will. Ich würde gern von hier verschwinden, aber in Anbetracht der Situation traue ich mich nicht.«

»Warum denn nicht? Jetzt ist es schon passiert. Wer auch immer alles ausgeplaudert hat, hat es geschafft, es so übel wie möglich aussehen zu lassen. Wenn *Sie* die Neuigkeit verbreitet hätten, hätten Sie sie doch in einem ganz anderen Licht dargestellt.«

»Wie hätte ich das machen sollen? Man kann die Wahrheit nicht in einem anderen Licht darstellen.«

»Natürlich kann man das. Das nennt man Politik.«

»Ja, aber schließlich habe ich all diese Dinge angestellt. Jetzt bekomme ich es eben heimgezahlt. Ich habe Ihnen doch gesagt, daß ich ein böser Bube war. Nun wissen Sie wenigstens das Schlimmste.«

»Ach, hören Sie auf! Das interessiert mich nicht. Das einzige, was mich interessiert, ist, Sie dort loszueisen.«

»Möchten Sie mich besuchen? Ich könnte mich für ein paar Minuten hinausschleichen. Jack und Bennet sind unten, und Christie ist im Büro und geht einige von Dads alten Papieren durch.«

»Klar. Ich kann gleich noch einmal rüberkommen. Was soll ich dann machen? Soll ich vom Tor aus anrufen?«

»Nein, tun Sie das nicht. Wir treffen uns draußen auf der Wolf Run Road«, sagte er. »Wenn das Seitentor versperrt ist, kann ich über die Mauer steigen. Ich bin Experte im Ausrücken. Als ich ein Junge war, habe ich das andauernd gemacht. So habe ich es geschafft, damals in solche Schwierigkeiten zu geraten.«

»Bringen Sie doch Ihren Rucksack mit und lassen Sie sich von mir entführen«, schlug ich vor. »Ich fahre Sie nach Marcella, und dann können Sie einen Anwalt engagieren, der in Zukunft Ihre Interessen vertritt.«

»Führen Sie mich nicht in Versuchung. Momentan ist das einzige, was mir fehlt, ein gepflegtes Gespräch. Parken Sie in diesem kleinen Wäldchen gegenüber dem Tor. Ich bin in fünfzehn Minuten dort.«

Ich nahm mir ein paar Minuten, um die Küche aufzuräumen, und schlüpfte anschließend in Jeans, ein dunkles Hemd und meine Reeboks. Die Abendluft wirkte zwar ungewöhnlich warm, aber ich wollte für den Notfall auf nächtliche Manöver gefaßt sein. Bei den Maleks angekommen, fuhr ich rasch am Vordertor vorbei. Mittlerweile waren zwei weitere Nachrichtenteams hinzugekommen, und die Versammlung sah aus wie eine Mahnwache vor einem Gefängnis. Man hatte tragbare Scheinwerfer aufgestellt, und ein Mann mit einem Mikrophon sprach direkt in eine Kamera und gestikulierte zum Haus hin. Ich sah die dunkelhaarige Reporterin, aber sie mich nicht. Offenbar schnorrte sie gerade eine arme, nichtsahnende »Quelle« um Feuer für ihre Zigarette an.

Ich folgte der Mauer, umrundete das Anwesen und bog an der Wolf Run Road links ab. Ich konnte das Tor ausmachen, ein dunkler Fleck in der sonst ebenmäßigen Wandfläche. Ich fuhr an die Böschung auf der anderen Straßenseite heran. Unter meinen Rädern knirschte Kies. Ich stellte den Motor ab, blieb sitzen und lauschte dem Knistern des heißen Metalls und dem Murmeln des Windes. In diesem Teil der Straße gab es keine Lampen. Der hohe Nachthimmel war klar, doch vom Mond war nur ein winziger Splitter geblieben, eine zarte Silberkurve an einem blassen Sternenhimmel. Der Staub in der Luft war so fein wie Nebel. Die verputzte Mauer, die das Maleksche Anwesen umgab, hatte ihren rosafarbenen Glanz verloren und wand sich nun wie ein geisterhaftes Band von schmutzigem Weiß durch die Dämmerung. Juni und Juli waren seit jeher trockene Monate, und ich assoziierte die Santa-Ana-Winde mit den letzten Wochen des Sommers – Ende August, Anfang September, wenn die Feuergefahr am größten war. Seit Jahren war der Januar immer die Regenzeit gewesen, zwei Wochen Regen, von denen wir hofften, daß sie unser jährliches Quantum erfüllen würden. Und doch zerrte nun über uns der trockene Wind an den Baumwipfeln. Das Schwanken und Wanken der Zweige erzeugte eine gedämpfte Nachtmusik, begleitet vom raschelnden Schlagzeug vertrockneter Palmwedel und dem gelegentlichen Knacken von Ästen. Bis zum Morgen wären die Straßen übersät mit abgefallenen Blättern und den kleinen, verdorrten Gerippen zerbrochener Zweige.

Lautlos öffnete sich das Tor, und Guy trat mit gesenktem Kopf heraus. Er trug eine dunkle Jeans und hatte die Hände tief in die Taschen geschoben, als wäre ihm kalt. Ich beugte mich hinüber und entriegelte die Beifahrertür. Er ließ sich auf den Sitz gleiten und zog dann die Tür leise ins Schloß, ohne sie zuzuschlagen. »Hey. Danke, daß Sie gekommen sind«, sagte er. »Ich dachte, ich würde bald wahnsinnig ohne ein freundliches Gesicht. Ich hätte Sie schon früher angerufen, aber sie haben mich mit Adleraugen beobachtet.«

»Kein Problem. Ich verstehe nicht, wieso Sie nicht auf der Stelle davonlaufen, solange Sie noch können.«

»Tu ich ja. Morgen. Oder vielleicht übermorgen. Ich habe Ihnen doch gesagt, daß wir uns heute abend noch mal zusammensetzen, um ein paar Dinge zu bereden.«

»Ich dachte, Sie hätten sich schon besprochen?«

»Tja, haben wir auch. Machen wir ja. Jedesmal, wenn ich mich umdrehe, fängt das nächste Gespräch an.«

»Das liegt daran, daß Sie noch nicht klein beigegeben haben«, warf ich ein.

»Vermutlich«, sagte er und lächelte trotz allem. Seine Nervosität war ansteckend, und ich hätte schwören können, daß ich Alkohol in seinem Atem roch. Ich merkte, daß ich die Arme verschränkt hielt und ein Bein ums andere geschlungen hatte, als wollte ich mich selbst schützen.

»Ich fühle mich, als hätten wir eine Affäre«, sagte ich.

»Ich mich auch. Früher habe ich mich hier mit Mädchen getroffen, wenn ich Hausarrest hatte. Ich bin über die Mauer geklettert, und wir haben auf dem Rücksitz eines Autos gebumst. Das Gefährliche daran hat mich aufgeheizt und sie auch. Dadurch kamen mir die meisten von ihnen interessanter vor, als sie waren.«

»Ich weiß, daß mich das nichts angeht, aber haben Sie getrunken?«

Er wandte sich ab, sah zum Seitenfenster hinaus und zuckte die Achseln. »Ich habe gestern abend ein paar Drinks gekippt, bevor diese ganze Scheiße losgegangen ist. Ich weiß nicht, was in mich gefahren ist. Verstehen Sie mich nicht falsch – da waren sie noch nett, aber man merkte ihnen an, daß sie nervös waren, und ich war es auch. Ich schäme mich, es zuzugeben, aber der Alkohol hat geholfen. Er hat uns besänftigt und das Gespräch in ruhigeren Bahnen verlaufen lassen. Heute abend war es in etwa das gleiche, nur daß alle in ganz anderer Stimmung waren.

Wenn die Cocktailstunde anbricht, langen die Jungs kräftig zu.«

»Bennet und seine Martinis.«

»Allerdings. Ich schätze, das ist der einzige Weg, wie ich es durchstehen kann. Peter wäre nicht gerade begeistert von mir, aber ich kann es nicht ändern. Ich merke schon, wie ich wieder in meine alten Verhaltensweisen verfalle.«

»Wie fanden Sie Christie?«

»Sie war nett zu mir. Ich mochte sie. Über Bennet habe ich mich gewundert – wieviel er zugenommen hat –, aber Jack schien ganz der alte, immer noch verrückt nach Golf. Und Donovan hat sich auch nicht verändert.«

»Was haben sie denn bisher zu Ihnen gesagt?«

»Tja, wir haben ein bißchen über das Geld geredet, was sonst? Ich meine, die Frage stellt sich einfach. Es ist, wie Donovan sagt: Wir können das Thema nicht einfach ignorieren. Es hängt wie eine dicke, schwarze Wolke über uns. Ich glaube, zu Anfang haben wir uns alle unwohl gefühlt.«

»Sind Sie zu irgendeiner Lösung gekommen?«

»Eigentlich nicht. Nichts Richtiges. Zuerst dachte ich, sie fragten sich ganz allgemein, wie ich mich zu der Sache stelle. Jetzt kann ich sagen, was ich will, und schon fallen alle über mich her. Ehrlich gesagt hatte ich ganz vergessen, wie sie sind.«

»Wie kommen sie Ihnen denn vor?«

»Zornig. Unter der Oberfläche sind sie stinksauer. Ich merke auch immer wieder, wie in mir die Wut aufsteigt. Ich kann sie lediglich unter Verschluß halten.«

»Weshalb machen Sie sich die Mühe? Warum explodieren Sie nicht einfach? Die drei anderen haben da keine Hemmungen.«

»Ich weiß, aber wenn ich die Wut herauslasse, macht das alles nur noch schlimmer. Da versuche ich, ihnen zu zeigen, daß ich mich geändert habe, und dann fühle ich mich wieder genauso wie früher. Daß ich am liebsten Lampen zertrümmern, einen Stuhl durchs Fenster werfen, mich zukiffen oder betrinken oder sonst irgend etwas Übles machen möchte.«

»Das muß ja eine harte Prüfung sein.«

»Allerdings. Ich meine, ganz im Ernst. Ich muß immer wieder daran denken, ob es vielleicht eine Prüfung für meinen Glauben sein soll.«

»O nein, ist es *nicht*«, widersprach ich. »Es mag vielleicht eine Prüfung für Ihre Geduld sein, aber nicht für Ihren Glauben an Gott.«

Er schüttelte den Kopf und preßte die Hände zwischen den Knien zusammen. »Reden wir von etwas anderem. Davon kriege ich solche Krämpfe, daß ich furzen könnte.«

Ich lachte und wechselte das Thema. Eine Weile plauderten wir über Belanglosigkeiten. Während ich da auf dem Fahrersitz kauerte, fielen mir die gelegentlichen Verabredungen in meiner High-School-Zeit wieder ein, bei denen man nur dann auf ein bißchen Ungestörtheit hoffen durfte, wenn man sich im Auto irgendeines Jungen verkroch. An kalten Abenden beschlug immer die Windschutzscheibe, selbst wenn wir nur redeten. An warmen Abenden saßen wir mit heruntergekurbelten Fenstern da und hatten das Radio auf einen Rock-and-Roll-Sender gestellt. Es gab Elvis oder die Beatles, ungeschickte Bewegungen und sexuelle Spannung. Heute weiß ich nicht einmal mehr, worüber wir redeten, diese Jungs und ich. Vermutlich über nichts. Vermutlich tranken wir geklautes Bier, rauchten Dope und dachten über die unglaubliche Erhabenheit des Daseins nach.

»Und was spielt sich sonst noch ab? Abgesehen von endlosen Besprechungen?« fragte ich. Wie bei einer rauhen Stelle an einem Fingernagel konnte ich es nicht lassen, wieder daran herumzukratzen. Offenbar ging es Guy genauso, weil wir sofort wieder beim Thema waren.

Diesmal lächelte er, und sein Tonfall war lockerer. »Es ist schön, das Haus zu sehen. Ich habe mehrere Briefe von meiner Mutter gefunden und sie heute gelesen. Sie ist die einzige, die mir je gefehlt hat. Alle anderen sind überflüssig.«

»Ich will ja nicht behaupten, daß ich Ihnen das gleich gesagt hätte, aber ich habe es vorhergesehen.«

»Ich weiß, ich weiß. Ich dachte, wir könnten uns wie Erwachsene hinsetzen und ein paar alte Geschichten klären, aber so läuft es eben nicht. Ich meine, ich frage mich andauernd, ob ich irgendeinen Defekt habe, weil alles, was ich anfange, irgendwie schiefläuft. Was ich auch sage, es wirkt ›daneben‹, wissen Sie? Sie sehen mich an, als spräche ich in Rätseln, und dann sehe ich, wie sie bezeichnende Blicke wechseln.«

»Oh, das kenne ich. Jack und Bennet sind ganz groß darin, Blicke hin und her wandern zu lassen.«

»Das ist zu verkraften, aber es gibt noch Schlimmeres.«

»Was zum Beispiel?«

»Ich weiß nicht, wie ich es beschreiben soll. Etwas Unterschwelliges. Etwas steht im Raum, und niemand gibt es zu, also fange ich an, meinen eigenen Gedankengang zu hinterfragen. Vielleicht bin ja ich verrückt und doch nicht sie.«

»Nennen Sie mir ein Beispiel.«

»Etwa, als ich ihnen gesagt habe, daß ich gern der Kirche etwas geben würde. Ich will das Geld wirklich nicht für mich haben. Das ist mein Ernst. Aber Jubilee Evangelical hat mir das Leben gerettet, und ich möchte ihnen etwas zurückgeben. Mir kommt das nicht so abwegig vor. Ihnen etwa?«

»Nein, ganz und gar nicht.«

»Also, ich sage das, und auf einmal stecken wir mitten im Machtkampf. Bennet sagt, daß er es wirklich nicht fair findet. Sie wissen ja, wie er redet, auf seine leicht wichtigtuerische Art. ›Unsere Familie ist nie religiös gewesen. Dad hat für unser aller Wohl gearbeitet, nicht zugunsten irgendeiner Kirche, von der er nie gehört hat.‹ All das bringt er in völlig vernünftigem Ton vor, und schon bald frage ich mich, ob mein Vorhaben überhaupt richtig ist. Vielleicht sind ihre Einwände begründet, und *meine* Werte sind pervers.«

»Natürlich sind die Einwände Ihrer Brüder begründet. Sie möchten, daß Sie auf alle Forderungen verzichten, damit sie Ihren Anteil unter sich aufteilen können. Die drei wissen ganz genau, daß Sie Anspruch auf ein Viertel des Nachlasses Ihres

Vaters erheben können. Was Sie mit Ihrem Anteil machen, geht Ihre Brüder nichts an.«

»Aber warum bin ich dann die Zielscheibe für ihre ganze Wut?«

»Guy, hören Sie auf. Tun Sie das nicht. Das ist jetzt das dritte Mal, daß Sie das gesagt haben. Fangen Sie nicht an, sich selbst Vorwürfe zu machen. Dieses hinterhältige Spielchen ist offenbar schon seit Jahren im Gange. Deshalb haben Sie ja wohl auch damals das Haus verlassen, um von alledem wegzukommen. Ich schwöre Ihnen, die drei haben sich schon genauso aufgeführt, bevor Sie gekommen sind.«

»Sie finden, ich sollte abreisen?«

»Ja, natürlich! Das sage ich doch schon die ganze Zeit. Sie brauchen sich die Beschimpfungen Ihrer Brüder nicht gefallen lassen. Ich finde, Sie sollten zusehen, daß Sie verdammt noch mal dort rauskommen, solange Sie noch Gelegenheit dazu haben.«

»Ich würde es nicht ›Beschimpfungen‹ nennen.«

»Weil Sie es gewohnt sind«, sagte ich. »Und lassen Sie sich nicht in die Irre führen. Ihre Brüder werden sich nicht ändern. Wenn irgend jemand ausgebootet wird, dann sind Sie das.«

»Mag sein«, sagte er. »Ich weiß es nicht. Ich habe einfach das Gefühl, ich muß noch bleiben, nachdem ich schon so weit gekommen bin. Wenn ich jetzt ausreiße, finden wir nie einen Weg, uns zu einigen.«

»Ich merke, daß Sie mir nicht zuhören, aber bitte, *bitte* lassen Sie sich auf nichts ein, bevor Sie mit einem Anwalt gesprochen haben.«

»Okay.«

»Versprechen Sie's mir.«

»Gut. Ich schwöre. Tja, und jetzt muß ich gehen, bevor jemand merkt, daß ich geflohen bin.«

»Guy, Sie sind keine sechzehn mehr. Sie sind dreiundvierzig Jahre alt. Bleiben Sie hier sitzen, wenn Sie wollen. Sie können die ganze Nacht wegbleiben. Sie sind erwachsen.«

Er lachte. »Ich *fühle* mich aber wie sechzehn. Und Sie sind süß.«

Er beugte sich rasch herüber und berührte meine Wange mit seinen Lippen. Ich konnte das weiche Kratzen seiner Barthaare auf meiner Haut spüren und roch einen Hauch seines Rasierwassers.

»Auf Wiedersehen und vielen Dank«, sagte er. Bevor ich antworten konnte, war er schon aus dem Wagen gestiegen, die Schultern gegen den Wind hochgezogen, und ging auf das Tor zu. Er drehte sich um und winkte mir zu, und schon hatte die Dunkelheit ihn verschluckt.

Ich sah ihn nie wieder.

13

Guy Malek wurde irgendwann Dienstag nacht ermordet, aber ich erfuhr erst Mittwoch nachmittag davon. Den größten Teil des Tages hatte ich drüben im Gerichtsgebäude verbracht, wo ich die Verhandlung gegen einen Mann verfolgte, der wegen Unterschlagung angeklagt worden war. Ich hatte mit dem Fall nichts zu tun gehabt – verdeckte Ermittler der Polizei hatten ihn nach sieben Monaten harter Arbeit gestellt –, aber ein paar Jahre zuvor hatte ich ihn auf Verlangen seiner Frau eine Zeitlang beobachtet. Sie hatte ihn in Verdacht, sie zu betrügen, wußte aber nicht, mit wem. Es stellte sich heraus, daß er eine Affäre mit ihrer Schwester hatte, woraufhin sie den Kontakt zu beiden abbrach. Der Mann war unehrlich bis ins Mark, und ich gestehe, daß ich es unterhaltsam fand, wie die Justiz ihn traktierte. Sooft ich mich auch über den Mangel an Gerechtigkeit in dieser Welt beklage, finde ich es doch unendlich befriedigend, wenn das Verfahren endlich nach Wunsch funktioniert.

Als ich ins Büro zurückkam, nachdem sich das Gericht vertagt hatte, war eine Nachricht von Tasha auf meinem Band. Nebenbei bemerkte ich, daß sie die Nummer der Maleks hinterlassen hatte. Ich rief in der Erwartung an, daß Myrna ans Telefon gehen würde. Statt dessen meldete sich Tasha, als hätte sie Telefondienst. Sowie ich ihre Stimme hörte, merkte ich, wie verärgert ich darüber war, daß sie gerade dann die Stadt verlassen hatte, als Guy angekommen war. Wenn sie ihre Arbeit getan hätte, hätte sie die Familie vielleicht von ihrer Bedrängungs- und Zermürbungstaktik abgebracht.

Klugschwätzerin, die ich bin, ging ich sofort auf sie los. »Na endlich«, sagte ich. »Es wurde aber auch wirklich Zeit, daß du wieder auftauchst. Hier ist der Teufel los. Hast du schon gehört, was passiert ist? Tja, vermutlich schon, sonst wärst du nicht da draußen. Offen gestanden bin ich ganz begeistert von Guy, aber die anderen kann ich nicht ausstehen –«

Tasha unterbrach mich mit dumpfer Stimme. »Kinsey, deshalb habe ich dich ja angerufen. Ich habe meinen Urlaub abgebrochen und bin heute nachmittag von Utah zurückgeflogen. Guy ist tot.«

Ich schwieg einen Augenblick lang und versuchte den Satz zu analysieren. Ich kannte das Subjekt… *Guy*… aber das Prädikat… *ist tot*… schien mir auf den ersten Blick nicht dazu zu passen. »Das ist doch nicht dein Ernst. Was ist denn passiert? Er kann nicht *tot* sein. Als ich ihn am Montag gesehen habe, ging es ihm noch gut.«

»Er ist letzte Nacht ermordet worden. Jemand hat ihm mit einem stumpfen Gegenstand den Schädel eingeschlagen. Christie hat ihn heute morgen im Bett gefunden, als er nicht zum Frühstück herunterkam. Die Polizei hat nur einen Blick auf den Tatort geworfen und sich dann einen Haussuchungsbefehl besorgt, um das ganze Anwesen durchsuchen zu können. Seitdem wimmelt es im Haus von Polizisten. Sie haben die Mordwaffe noch nicht gefunden, vermuten aber, daß sie hier ist. Sie durchkämmen noch das Grundstück.«

Ich hing immer noch an einer Stelle zwei Sätze zuvor fest. »Jemand hat ihn im Bett ermordet? Während er *schlief*?«

»Es sieht danach aus.«

»Das ist ja widerlich. Grauenhaft. Das kann nicht dein Ernst sein.«

»Es tut mir leid, daß ich dich damit überfallen muß, aber es gibt keine nette Art, es in Worte zu fassen. Es *ist* widerlich. Es ist schrecklich. Wir sind alle wie betäubt.«

»Ist irgend jemand verhaftet worden?«

»Bis jetzt noch nicht«, antwortete sie. »Die Familie tut, was sie kann, um hilfreich zu sein, aber es sieht nicht gut aus.«

»Tasha, ich kann das nicht glauben. Mir ist ganz schlecht.«

»Mir auch. Ein Kollege hat mich in Utah angerufen, nachdem Donovan ihn verständigt hat. Ich habe alles liegen- und stehenlassen und mich in ein Flugzeug gesetzt.«

»Wen haben sie in Verdacht?«

»Ich habe keine Ahnung. Soweit ich gehört habe, waren Jack und Bennet gestern abend beide aus. Christie ist früh zu Bett gegangen, und Donovan hat oben in ihrem Wohnzimmer ferngesehen. Myrnas Wohnung liegt hinter der Küche auf der Rückseite des Hauses, aber sie sagt, sie hätte tief und fest geschlafen und überhaupt nichts gehört. Sie ist gerade beim Verhör auf dem Polizeirevier. Vor kurzem ist Christie zurückgekommen. Sie sagt, die Polizisten sprechen immer noch mit Donovan. Warte mal kurz.«

Sie legte eine Hand über die Sprechmuschel, und ich hörte, wie sie mit gedämpfter Stimme mit jemandem im Hintergrund redete. Als sie sich wieder meldete, sagte sie: »Gut. Ich habe gerade mit dem zuständigen Beamten von der Mordkommission gesprochen. Er möchte die Telefonleitung freihalten, aber er meint, wenn du vorbeikommen willst, sagt er den Jungs am Tor, daß sie dich hereinlassen sollen. Ich habe ihm empfohlen, daß er mit dir sprechen soll, da du diejenige warst, die Guy überhaupt erst gefunden hat. Ich habe ihm erzählt, daß du vielleicht etwas Wichtiges beisteuern könntest.«

»Das bezweifle ich, aber wer weiß? Ich bin in einer Viertelstunde da. Brauchst du irgendwas?«

»Im Moment nicht. Wenn niemand am Tor ist, die Codenummer lautet 1-9-2-4. Gib sie einfach an der Sprechanlage neben der Einfahrt ein. Bis gleich«, sagte sie.

Ich schnappte mir Blazer und Handtasche und ging zu meinem Wagen hinaus. Der Tag war mild gewesen. Die starken Winde waren weitergezogen und hatten die für die Jahreszeit ungewöhnliche Hitze mitgenommen. Es dämmerte bereits, und sobald die Sonne unterging, würden die Temperaturen fallen. Ich fror jetzt schon, daher schlüpfte ich in meinen Blazer, bevor ich mich hinters Steuer setzte. Früher am Tag hatte ich versucht, mit Hilfe von Scheibenwischern und Waschanlage den Staub von meiner Windschutzscheibe zu entfernen, und nun war sie von einer Reihe ansteigender Halbmonde übersät. Die Motorhaube war mit derselben feinen Staubschicht überzogen, so hell wie Puder. Sogar die Sitzpolster fühlten sich sandig an.

Ich legte beide Hände aufs Lenkrad und lehnte die Stirn dagegen. Ich fühlte absolut nichts. Mein Denkprozeß war mitten in einer Szene angehalten worden, als hätte jemand auf einer Fernbedienung die Pausentaste gedrückt. Wie konnte es sein, daß Guy Malek tot war? Die ganze letzte Woche war er in meinem Leben dermaßen präsent gewesen. Er war gefunden und zugleich verloren. Er hatte mein Denken besetzt gehalten und Gefühle von Zuneigung und Verdruß ausgelöst. Nun konnte ich mich nicht mehr genau an sein Gesicht erinnern – nur hier und da blitzte etwas auf, der Klang seines »Hey«, das Kratzen der Barthaare an seinem Kinn auf meiner Wange. Schon jetzt war er so körperlos wie ein Geist, nichts als Form ohne Inhalt, eine Kette bruchstückhafter Bilder ohne Beständigkeit.

Was mir so seltsam vorkam, war, daß das Leben einfach *weiter*ging. Ich sah den Verkehr den Cabana Boulevard entlangfließen. Zwei Türen weiter rechte mein Nachbar sprödes Laub zu einem Haufen auf seinem Rasen zusammen. Wenn ich das Autoradio anstellte, kämen immer wieder Musik, Hinweise auf Sponsoren, Werbespots und Nachrichten. Auf manchen Sendern würde Guy Malek womöglich nicht einmal erwähnt werden. Ich hatte diesen Tag verlebt ohne irgendeine Ahnung, daß

Guy ermordet worden war, ohne irgendeine Erschütterung in meiner unterschwelligen Landschaft. Worum geht es eigentlich im Leben? Sind Menschen nicht wirklich tot, bis wir unwiderruflich davon Kenntnis haben? Mir kam es so vor, als wäre Guy erst jetzt, in diesem Augenblick, aus dieser Welt in die nächste katapultiert worden.

Ich drehte den Zündschlüssel um. Jede simple Handlung schien mir mit Neuem überfrachtet. Meine Wahrnehmungen hatten sich verändert und mit ihnen mein Verhältnis zu meiner persönlichen Sicherheit. Wenn Guy ermordet werden konnte, warum dann nicht auch Henry oder ich? Ich fuhr wie mit Autopilot, während die Straßenszenerie an mir vorbeiglitt. Vertraute Viertel kamen mir fremd vor, und es gab einen Moment, in dem ich mich nicht mit Bestimmtheit daran erinnern konnte, in welchem Ort ich mich befand.

Als ich mich dem Malekschen Anwesen näherte, stellte ich fest, daß der Verkehr zugenommen hatte. Autos voller Neugieriger umkreisten das Grundstück. Sämtliche Köpfe waren schon fast grotesk in dieselbe Richtung gewandt. Auf beiden Seiten der Straße vor dem Tor parkten Autos. Reifen hatten sich ins Gras gegraben und dabei Büsche umgemäht und einzelne Schößlinge zerquetscht. Bei jedem neuen Auto, das sich näherte, drehte sich die versammelte Menge um, reckte die Hälse und spähte danach, ob es jemand Bemerkenswertes war.

Mein Wagen schien zunächst nicht viel Interesse zu wecken. Vermutlich konnte niemand glauben, daß die Maleks einen VW-Käfer fahren würden, und erst recht keinen solchen wie meinen mit seiner Staubschicht und den zahlreichen Beulen. Erst als ich an das Tor heranfuhr und dem Wachposten meinen Namen nannte, drängten die Reporter vorwärts und versuchten, einen Blick auf mich zu erhaschen. Es schien eine neue Gruppe zu sein. Ich erkannte keinen von meinem früheren Besuch hier wieder.

Irgendwie hatten es die landesweiten Medien inzwischen geschafft, Kamerateams zusammenzustellen, und ich wußte, daß am nächsten Morgen um sieben jemand, der in enger Verbindung zu den Maleks stand, in einem dreiminütigen Interview zu sehen sein würde. Ich weiß nicht, wie es die überregionalen Sender schaffen, alles so schnell zu organisieren. Es war eines der Wunder der Technik, daß nicht einmal vierundzwanzig Stunden nach Guy Maleks Tod jemand eine Nahaufnahme eines tränenüberströmten Gesichts machen würde, vielleicht das Christies oder Myrnas oder auch Enids, der Köchin, die ich erst noch kennenlernen mußte.

Auf der einen Seite standen ein schwarzweißer Streifenwagen und ein Fahrzeug einer Privatfirma. Ich machte den Wachmann aus, wie er die Straße entlangschritt und versuchte, die Menge davon abzuhalten, zu nah heranzukommen. Ein uniformierter Polizist suchte meinen Namen auf seinem Klemmbrett und winkte mich hinein. Das Tor schwang nach und nach auf, und ich drosselte meinen Motor, bis die Lücke breit genug war, um hindurchzufahren. In diesem kurzen Zeitraum klopften Fremde an mein Seitenfenster und brüllten mir Fragen entgegen. Mit ihren Mikrophonen in den ausgestreckten Händen hätten sie ebensogut irgendwelchen Plunder feilbieten können. Ich hielt den Blick stur geradeaus gerichtet. Als ich durch das Tor fuhr, liefen zwei Reporter weiter neben mir her wie zweitklassige Geheimagenten. Der Wachmann und der Polizist gingen ihnen gleichzeitig entgegen und hielten sie auf. Im Rückspiegel konnte ich sehen, wie sie anfingen, mit dem Polizisten zu streiten und ihm vermutlich ihre moralischen, gesetzlichen und verfassungsmäßigen Rechte vorzubeten.

Mein Herz begann schneller zu schlagen, als ich die Zufahrt zum Haus entlangfuhr. Fünf oder sechs uniformierte Polizisten durchstreiften das Grundstück, die Augen auf die Erde gerichtet, als suchten sie nach vierblättrigen Kleeblättern. Zu dieser Tageszeit schwand das Licht rasch. Unter den Bäumen verdichteten sich bereits die Schatten. Bald würden sie Taschenlampen brauchen, um ihre Suche fortzusetzen. An der Haustür war ein zweiter uniformierter Beamter postiert, der eine unbewegte Miene zeigte. Er kam zu meinem Wagen herüber, und ich kurbelte das Fenster herab. Ich nannte ihm meinen Namen und sah ihm dabei zu, wie er zuerst seine Liste und dann mein Gesicht studierte. Offenkundig zufrieden, machte er einen Schritt vom Wagen weg. Im Hof zu meiner Linken drängten sich bereits zahlreiche Autos auf der gepflasterten Wendefläche. »Kann ich mir hier einen Parkplatz suchen?«

»Sie können hinter dem Haus parken. Dann kommen Sie wieder zurück und gehen durch die Vordertür hinein«, sagte er und winkte mich weiter.

»Danke.«

Ich fuhr nach links herum und parkte am anderen Ende der Dreiergarage. In der Dämmerung leuchteten plötzlich mehrere von Bewegungsmeldern aktivierte Scheinwerfer auf und taten meine Anwesenheit kund. Abgesehen von der Küche an diesem Ende des Hauses und der Bibliothek am anderen waren die meisten Fenster entlang der Vorderfront dunkel. Die Außenbeleuchtung war kaum mehr als dekorativ, zu blaß, um in der zunehmenden Finsternis einladend zu wirken.

Der uniformierte Polizist machte mir die Tür auf, und ich betrat die Halle. Die Tür zur Bibliothek stand offen, und ein Lichtstrahl erhellte die Umrisse eines tortenstückförmigen Teils des Parkettfußbodens. In Anbetracht der Stille im Haus nahm ich an, daß die Kriminaltechniker schon wieder weg waren: die Experten für Fingerabdrücke, der Fotograf, der Tatortzeichner, der Gerichtsmediziner und die Sanitäter. Tasha erschien in der Tür. »Ich habe dich ankommen sehen. Wie geht's?«

Ich sagte »gut« in einem Ton, der sie dazu bewog, Abstand zu mir zu halten. Ich merkte, daß ich wütend war – auf sie ebenso wie auf die Umstände. Mord mit seinen hinterhältigen Tricks und Verstellungen macht mich zornig. Ich wollte Guy Malek zurückhaben, und mit einer etwas verworrenen emotionalen Logik machte ich ihr zum Vorwurf, was geschehen war. Wenn sie nicht meine Cousine gewesen wäre, hätte sie mich überhaupt nicht engagiert. Wenn ich nicht engagiert worden wäre, hätte ich ihn nicht gefunden, hätte nicht einmal gewußt, wer er war, hätte mich nicht um ihn geschert und hätte keinen Verlust erlitten. Sie wußte das ebensogut wie ich, und der Anflug von Schuldbewußtsein, der über ihr Gesicht glitt, spiegelte meine Miene wider.

Für eine Frau, die überstürzt aus den Ferien abgereist war, war Tasha tadellos gekleidet. Sie trug einen schwarzen Hosenanzug aus Gabardine mit einer taillenkurzen Jacke. Die schmale Hose ohne Aufschläge hatte einen breiten Bund und Kellerfalten. Auf der Jacke saßen Messingknöpfe, und um die Ärmel prangte eine dünne Goldborte. Irgendwie war ihre Aufmachung mehr als nur modisch. Sie wirkte frisch und autoritär, eine Anwältin in Gestalt einer zierlichen Militärpolizistin, die hier war, um alles in die rechten Bahnen zu lenken.

Ich folgte ihr in die Bibliothek mit ihren Sitzgruppen aus brüchigem dunkelrotem Leder. Die roten Orientteppiche sahen zu dieser Tageszeit trist aus, und die hohen Bleiglasfenster waren vom eisigen Grauschleier der Dämmerung überzogen. Tasha schaltete zuerst mehrere Tischlampen an, während sie den Raum durchquerte. Nicht einmal der Glanz der dunklen Holztäfelung konnte dem kalten Steinkamin eine gemütliche Ausstrahlung verleihen. Der Raum war schäbig und roch so muffig, wie ich ihn in Erinnerung hatte. Erst vor einer Woche hatte ich hier Bennet zum ersten Mal gesehen.

Ich ließ meine Tasche neben einem Clubsessel stehen und ging ruhelos auf und ab. »Wer leitet denn die Ermittlungen? Du hast gesagt, es sei jemand hier.«

»Lieutenant Robb.«

»Jonah? Oh, wunderbar.«

»Du kennst ihn?«

»Allerdings«, antwortete ich. Als ich ihn kennengelernt hatte, arbeitete er in der Vermißtenstelle, aber die Polizei von Santa Teresa hat ein obligatorisches Rotationssystem, und die Detectives werden durch alle Abteilungen geschickt. Als Lieutenant Dolan in Pension ging, wurde ein Posten in der Mordkommission frei. Ich hatte einmal eine kurze Affäre mit Jonah gehabt, als er von seiner Frau getrennt lebte, was in ihrer stürmischen Beziehung häufiger vorkam. Sie gingen seit der siebten Klasse miteinander und waren zweifellos auf Lebenszeit füreinander bestimmt, wie Eulen, nur daß alle zehn Monate Phasen brutaler Entfremdung auftraten. Eigentlich hätte das Muster leicht durchschaubar sein müssen, aber ich war wie vernarrt in ihn gewesen. Wie nicht anders zu erwarten war, winkte sie ihm schon bald mit dem kleinen Finger, und er kehrte zu ihr zurück. Ab und zu begegnen wir drei uns in der Öffentlichkeit, und ich bin mittlerweile Expertin darin, so zu tun, als hätte ich nie in meiner Wonder-Woman-Bettwäsche mit ihm geschäkert. Vermutlich war er deshalb bereit, mich am Tatort zu dulden. Er wußte, er konnte sich darauf verlassen, daß ich den Mund hielt.

»Was gibt's zu erzählen?« wollte sie wissen.

»Nichts. Vergiß es. Ich bin wohl ziemlich schlechter Laune, aber ich sollte es nicht an dir auslassen.«

Ich hörte Schritte auf der Treppe und sah auf, als Christie hereinkam. Sie trug wuchtige Laufschuhe und einen blauen Trainingsanzug aus einem seidigen Material, der das Blau ihrer Augen noch betonte. Sie trug kaum Make-up, und ich fragte mich, ob das wohl die Aufmachung war, in der sie Guys Leiche entdeckt hatte. Die Bibliothek war wie das Wohnzimmer mit einer kompletten Bar ausgestattet: eine kleine Messingspüle, ein Mini-Kühlschrank, ein Eiskübel und ein Tablett mit verschiedenen Schnapsflaschen. Sie ging zum Kühlschrank hinüber und holte eine Flasche gekühlten Weißwein heraus. »Möchte jemand ein Glas Wein? Sie vielleicht, Kinsey?«

»Alkohol hilft auch nichts«, sagte ich.

»Seien Sie nicht albern. Natürlich hilft er. Genau wie Valium. Die Realität ändert sich dadurch nicht, aber das eigene Gefühl. Tasha? Kann ich dich für ein Glas Chardonnay interessieren? Das ist erste Qualität.« Sie drehte die Flasche um, so daß sie auf das Preisschild auf der Seite blicken konnte. »Nett. Der kostet 36 Dollar 95.«

»Ich trinke nachher ein Glas. Jetzt noch nicht«, sagte Tasha.

Schweigend sahen wir beide zu, wie Christie den Folienverschluß von der Weinflasche löste und den Korkenzieher ansetzte. »Wenn ich rauchen würde, würde ich jetzt eine qualmen, aber ich rauche nicht«, sagte sie. Sie schenkte sich Wein ein und stieß aus Ungeschicklichkeit die Flasche gegen den Rand des Glases aus Waterford-Kristall. »Scheiße!« rief sie und besah sich den Schaden. Ein gezackter Sprung zog sich an der Seite des Glases hinab. Sie goß seinen Inhalt in die Spüle und warf es in den Abfall. Dann nahm sie sich ein zweites Glas und schenkte sich noch einmal ein. »Wir brauchen ein Feuer hier drin. Ich wünschte, Donovan wäre zu Hause.«

»Ich kann das machen«, sagte ich. Ich ging zum Kamin hinüber und schob den Ofenschirm beiseite. In einem Messingständer lagen sechs oder sieben massive Scheite Feuerholz. Ich nahm eines davon und warf es auf den Rost.

»Passen Sie auf, daß Sie keine Beweismittel zerstören«, sagte Christie.

Ich sah sie verständnislos an.

»Ted Bundy hat eines seiner Opfer mit einem Holzscheit erschlagen«, sagte sie und zuckte dann verlegen die Achseln. »Vergessen Sie's. War nicht witzig. So ein Tag«, sagte sie. »Ich weiß gar nicht, wie ich damit fertig werden soll. Ich fühle mich seit heute morgen total betrunken, vollkommen außer Kontrolle.«

Ich legte zwei weitere Holzscheite auf den Rost, während sie und Tasha sich unterhielten. Es war mir eine Erleichterung, mich mit einer Aufgabe beschäftigen zu können, die einfach und unverfänglich war. Das Holz war wunderbar abgelagerte Eiche. Der größte Teil der Hitze würde geradewegs zum Schornstein hinausziehen, aber es wäre trotzdem tröstlich. Ich betätigte den elektrischen Zünder, drehte am Gasschalter und lauschte auf das beruhigende *Wunk*, als die Düsen zu brennen begannen. Ich stellte den Ofenschirm wieder an seinen Platz und hielt kurz inne, um die Höhe der Flammen zu regulieren. Verspätet hörte ich auf das Gespräch der beiden.

Tasha fragte gerade: »Hast du einen Anwalt verlangt?«

»Natürlich nicht. Ich habe doch nichts *getan*. Es war die reine Routine«, sagte Christie gereizt. Sie stand immer noch hinter der Bar, auf den lederbezogenen Tresen gestützt. »Tut mir leid. Was ist nur mit mir los? Ich bin völlig erledigt.«

»Zerbrich dir darüber nicht den Kopf. Wer ist denn noch auf dem Revier?«

»Jack und Bennet, glaube ich. Sie haben uns alle voneinander getrennt, wie auch hier schon. Dermaßen absurd. Bilden sie sich vielleicht ein, daß Donovan und ich nicht alles haarklein besprechen, sowie wir die Köpfe zusammenstecken können?«

»Sie möchten nicht riskieren, daß Sie sich gegenseitig beeinflussen«, sagte ich. »Die Erinnerung ist trügerisch und läßt sich leicht verfälschen.«

»Keiner von uns hat viel auszusagen«, sagte sie. »Ich habe beim Abendessen zuviel getrunken und bin um neun Uhr eingeschlafen. Donovan hat in dem Wohnzimmer neben unserem Schlafzimmer ferngesehen.«

»Und Guy?«

»Er ist etwa zur selben Zeit zu Bett gegangen wie ich. Dank Bennets Martinis war er sturzbetrunken.« Ihr Blick fiel auf ihre Fingerkuppen, was sie die Stirn runzeln ließ. Sie wandte sich von uns ab und ließ Wasser in das Spülbecken laufen. »Sie haben uns Fingerabdrücke abgenommen, um sie vergleichen zu können.«

Tasha gab mir eine kurze Erklärung. »Nachdem die Leiche abgeholt worden war und die Experten für Fingerabdrücke ihre Arbeit beendet hatten, ließ der Leiter der Ermittlungen eine Frau vom Reinigungspersonal der Maleks herkommen. Er ist mit ihr den Raum abgegangen und hat sich die gewohnte Anordnung der Möbel, Lampen, Aschenbecher und so weiter beschreiben lassen.«

»Haben sie irgend etwas gefunden?«

»Keine Ahnung. Ich bin sicher, der Putzfrau wurde eingeschärft, den Mund zu halten. Ich weiß, daß sie ein paar Gegenstände etikettiert und mitgenommen haben, aber ich weiß nicht, was und warum es von Bedeutung war. Jetzt haben sie noch mehr Polizisten geholt und eine Rasterdurchsuchung des Grundstücks eingeleitet. Offenbar haben sie sich vorhin lange in der Schwimmhalle aufgehalten.«

Christie fiel ihr ins Wort. »Ich habe sie von meinem Zimmer aus gesehen, wie sie die Tore überprüft haben, jeden Punkt, an dem man herein- oder heraus kann.«

»Sie sind immer noch draußen zugange. Das habe ich gesehen, als ich gekommen bin. Aber warum suchen sie draußen? Es muß ja fast jemand aus dem Haus gewesen sein.«

Christie schnaubte. »Nicht unbedingt. Wie kommen Sie denn darauf? Bei uns gehen jede Menge Leute aus und ein. Vielleicht fünfzehn in der Woche, mitsamt den Gärtnern und Autowäschern, der Putzkolonne und der Frau, die sich um die Pflanzen kümmert. Wir haben keine Ahnung, woher diese Leute kommen. Es könnten ohne weiteres verurteilte Straftäter oder Entflohene aus dem Irrenhaus sein.«

Ich würde nicht auf ihre Phantastereien reagieren. Wenn die Vorstellung sie tröstete, sollte sie daran festhalten. »Kann sein«, sagte ich, »aber ich gehe davon aus, daß niemand der Betreffenden nachts Zutritt zum Haus hat. Ich dachte, Sie hätten eine Alarmanlage.«

»Tja, haben wir auch. Die Polizei hat sich auch für die Alarmanlage interessiert, aber das ist ja das Problem«, sagte sie. »Bei dem starken Wind, der in den letzten Tagen hier herrschte, wurden immer wieder Fenster aufgeweht, und dann ging der Alarm los. Montag nacht ist das zweimal passiert, nachdem wir schon alle ins Bett gegangen waren. Ich bin zu Tode erschrocken. Schließlich haben wir die Anlage abgestellt, damit das nicht wieder vorkommt. Letzte Nacht war sie überhaupt nicht an.«

»Was meint denn die Polizei, wann Guy ermordet wurde?« fragte ich.

»Gegen zehn, glaube ich. Zwischen zehn und elf. Der Detective hat es nicht direkt gesagt, aber ich habe mitbekommen, daß das der Zeitraum war, für den er sich interessiert hat. Bennet und Jack waren beide bis spät in die Nacht aus.«

Eine Frau in Haushälterinnenkluft mit einer weißen Schürze darüber spähte zur Tür herein. Sie war klein und rund und sah aus wie jemand, dessen Ernährungsgewohnheiten schon lange jegliche Sensibilität mit Fettverbrennungsmechanismen vermissen ließen. Sie war vermutlich Mitte Vierzig und trug ihr dunkles Haar ordentlich unter einem rot-weiß gestreiften Tuch zurückgekämmt, das sie sich um den Kopf gebunden hatte – ob aus dekorativen oder zweckmäßigen Gründen war mir nicht ganz klar. »Entschuldigen Sie bitte. Es tut mir leid, wenn ich störe, aber ich wollte nur fragen, um wieviel Uhr Sie das Abendessen serviert haben wollen.«

Christie verzog das Gesicht. »Meine Schuld, Enid. Ich hätte es mit Ihnen besprechen sollen. Donovan ist noch nicht wieder zurück, und bei Jack und Bennet bin ich mir nicht sicher. Was gibt es denn? Kann man es warm halten?«

»Gebackene Hühnerbrüstchen. Ich bin auf dem Weg zur Arbeit am Markt vorbeigefahren. Ich habe den Speiseplan umgestellt, damit genug da ist, falls Sie noch Gäste haben. Ich habe Ofenkartoffeln gemacht und einen Topf süßsauren Kohl. Ich kann hierbleiben und servieren, wenn Sie möchten.« Irgendwie schaffte sie es ohne Worte zu vermitteln, daß so lange zu warten, bis das Abendessen aufgetragen werden sollte, das letzte war, wonach ihr der Sinn stand.

»Nein, nein, nein. Das sollen Sie nicht. Lassen Sie einfach alles im Ofen stehen, dann können wir uns selbst bedienen. Wenn Sie fertig sind, gehen Sie einfach. Ich weiß, daß Sie heute schon früher gekommen sind.«

»Ja, Ma'am. Myrna hat mich angerufen. Ich bin gekommen, sobald ich davon gehört habe.«

»Hat die Polizei bereits mit Ihnen gesprochen? Vermutlich schon. Alle anderen haben sie ja auch befragt.«

Enid zog verlegen an ihrer Schürze. »Ich habe, glaube ich,

kurz vor Ihnen mit Lieutenant Bower gesprochen. Soll ich morgen zur gewohnten Zeit kommen?«

»Das weiß ich noch nicht. Rufen Sie mich am Vormittag an, und dann sehen wir weiter. Vielleicht möchte ich, daß Sie morgen früher kommen, wenn es Ihnen recht ist.«

»Aber natürlich.«

Sobald sie gegangen war, sagte Christie zu mir: »Entschuldigen Sie die Unterbrechung. Das war Enid Pressman. Sie ist unsere Köchin. Eigentlich hätte ich Sie miteinander bekannt machen sollen. Ich wollte nicht unhöflich sein. Tasha kennt sie schon.«

»Das macht doch nichts«, antwortete ich. Ich nahm mir vor, mich demnächst einmal mit Enid zu unterhalten. Sie hatte es geflissentlich vermieden, Informationen preiszugeben.

Tasha sagte: »Vielleicht trinke ich jetzt doch etwas. Nein, laß nur, ich bediene mich selbst. Du siehst erschöpft aus. Wir sollten uns setzen.«

Christie hatte die Weinflasche in einen Kühler gestellt und nahm nun noch zwei Gläser heraus. Tasha ging zur Bar hinüber und holte den Weinkühler. Christie sah mich fragend an, um zu erfahren, ob ich nun auch Wein haben wollte.

»Im Moment möchte ich nichts, vielen Dank«, sagte ich.

Christie machte es sich auf einem der Ledersessel bequem. Sie zog die Beine unter sich und verschränkte die Arme.

Ich nahm direkt neben dem Kamin Platz, während sich Tasha auf die Armlehne des Sessels neben Christie hockte. »Was ist mit Bennet?« fragte Tasha. »Wo war er gestern abend?«

»Ich weiß es nicht genau. Das müßtest du ihn selbst fragen.«

»Und Jack?«

»Drüben im Country Club mit hundert anderen Leuten. Am Wochenende findet ein Pro-Am-Turnier statt. Die Übungsrunden beginnen am Donnerstag. Er ist mit einem Freund zu der Party für die Auslosung gegangen.«

»Das müßte sich ja ohne weiteres überprüfen lassen«, sagte Tasha.

»Würdest du bitte aufhören, so zu reden? Er hat Guy nicht umgebracht, und ich auch nicht.«

»Christie, ich beschuldige dich nicht. Ich versuche nur, deine Lage zu analysieren. Angesichts der Situation fällt zwangsläufig der Verdacht auf einen von euch. Ich meine nicht dich persönlich, also sei nicht beleidigt. Andere Personen mögen zwar Zugang zu eurem Anwesen haben, aber wer hätte denn ein besseres Motiv als die Familie? Es steht ein Haufen Geld auf dem Spiel.«

»Aber Tasha, das ist doch lächerlich. Wenn einer von uns ihn hätte umbringen wollen, warum dann hier? Warum nicht woanders? Getarnt als Unfall oder die Gewalttat eines Unbekannten?«

Ich hob die Hand wie eine Studentin. »Denken Sie nur daran, wie bequem es war. Wenn man einen Mann im Schlaf ermordet, braucht man nicht zu befürchten, daß er anfängt, sich zu wehren.«

Jonah Robb erschien in der Tür, den Blick auf Christie fixiert. »Wir gehen dann. Das Zimmer ist immer noch versiegelt, bis der Gerichtsmediziner seinen Bericht verfaßt hat. Es darf unter keinen Umständen betreten werden, ehe Sie von uns hören. Wir kommen morgen früh wieder, um alles übrige zu erledigen.«

»In Ordnung. Sonst noch etwas?«

»Ich habe gehört, daß Ihr Schwager Post bekommen hat...«

»Die haben wir schon Ihrer Kollegin, Lieutenant Bower, gegeben.«

Jonah nickte. »Gut. Dann wende ich mich an sie.«

»Wissen Sie, wann wir ungefähr mit meinem Mann rechnen können? Als ich das Polizeirevier verließ, wurde er immer noch verhört.«

»Ich sage ihm, daß er Sie anrufen soll, falls er immer noch da ist, wenn ich aufs Revier komme. Mit ein bißchen Glück ist er schon fertig und unterwegs nach Hause.«

»Danke.«

Jonahs Blick wanderte zu mir, und er neigte den Kopf. »Können wir uns kurz draußen unterhalten?«

Ich stand auf und durchquerte den Raum. Er hielt mir die Tür auf, und wir traten in den Flur.

»Donovan hat uns gesagt, daß du diejenige warst, die Guy im Auftrag der Nachlaßverwaltung gefunden hat.«

»Das stimmt.«

»Wir möchten gern morgen früh mit dir sprechen und ein paar Hintergrundinformationen haben.«

»Aber sicher. Ich helfe gern. Ich kann gegen neun auf dem Weg zur Arbeit vorbeikommen«, sagte ich. »Was ist das für eine Geschichte mit der Post?«

»Ich habe das Schreiben noch nicht gesehen«, sagte er ausweichend, was hieß *Ist nicht dein Bier*. Wir sahen einander vielleicht einen halben Augenblick länger an als unbedingt notwendig. Ich hatte schon immer gefunden, daß Jonah gut aussah. Schwarze Iren nennt man diesen Typ, glaube ich. Blaue Augen, pechschwarzes Haar. Er sah erschöpft und angespannt aus, die Augen von einem Spitzenmuster aus feinen Linien umgeben und die Haut rauher, als ich sie in Erinnerung hatte. Vielleicht war es eine Nebenwirkung meiner wiedererwachten Sexualität, daß ich neuerdings die Männer in meinem Leben wieder taxierte. Bei Jonah verspürte ich ein beunruhigendes Vibrieren in der Luft. Ich kam mir vor wie ein Schmetterling und fragte mich, ob die Pheromone von mir kamen oder von ihm.

»Wie geht's Camilla?«

»Sie ist schwanger.«

»Herzlichen Glückwunsch.«

»Es ist nicht von mir.«

»Ah.«

»Und was ist mit dir? Hast du zur Zeit eine Beziehung?«

»Könnte sein. Schwer zu sagen.«

Er lächelte nur kurz. »Wir sehen uns morgen früh.«

Allerdings, dachte ich.

14

Als Jonah gegangen war, merkte ich, daß es mich nicht in die Bibliothek zurückzog. Ich hörte, wie sich Christie und Tasha freundschaftlich und in heiterem Tonfall unterhielten und dabei immer wieder nervös auflachten. Offenbar hatten sie das Thema gewechselt. Der Mensch ist schlecht dafür gerüstet, sich lange mit dem Tod zu beschäftigen. Selbst bei einer Totenwache oder einer Beerdigung haben die Gespräche die Tendenz, so schnell wie möglich auf ungefährlichere Gebiete abzuschweifen. Ich sah mich in der leeren Halle um und versuchte mich zu orientieren. Gegenüber der Bibliothek befand sich das Wohnzimmer. Dort war ich bereits gewesen, aber den Rest des Erdgeschosses hatte ich nie gesehen.

Ich ging unter der Treppe hindurch zu einem quer verlaufenden Flur, der in beide Richtungen führte. Auf der anderen Seite der Halle blickte ich in ein Badezimmer. Zur Rechten waren zwei Türen zu sehen, die aber beide geschlossen waren. Angesichts der Umstände hielt ich es für unklug, aufs Geratewohl herumzuschnüffeln. Für den unwahrscheinlichen Fall, daß ich auf jemanden von der Polizei stieß, würde ich so tun, als streifte ich hier auf der Suche nach der Küche herum, wo ich meine Hilfe anbieten wollte.

Zuvor hatte das Haus trotz der Ansätze von Schäbigkeit, die überall sichtbar waren, eine gemütliche Ausstrahlung gehabt. Nun wurde mir mit aller Schärfe bewußt, wie sehr der Mord an Guy die Atmosphäre verändert hatte. Selbst die Luft wirkte schwer, und die Düsternis war so melancholisch wie dichter Nebel, der durch die Räume wallte.

Ich bog nach links ab und folgte dem wenig verheißungsvollen Geruch von gekochtem Kohl am Ende des Flurs. In einer plötzlichen Zukunftsvision sah ich den Tag vor mir, an dem dieses Haus an ein Jungeninternat verkauft und der Duft von Gemüsesorten aller Art die Gänge erfüllen würde. Junge Burschen in schweren Schuhen würden zwischen ihren Unterrichtsstunden durch die Flure trampeln. Das Zimmer, in dem Guy erschlagen worden war, würde in einen Schlafsaal verwandelt werden, in dem heranwachsende Jungen ihre Kräfte erprobten, sobald das Licht ausgegangen war. Es gäbe Gerüchte über die bleiche Erscheinung, die den Flur hinabschwebte und am Absatz vor der Biegung der Treppe kurz in der Luft verweilte. Ich ertappte mich dabei, wie ich meinen Schritt beschleunigte, da es mich zu menschlicher Gesellschaft drängte.

Hinter dem Eßzimmer und der Geschirrkammer führte eine Schwingtür in die eigentliche Küche. Der Raum erschien mir riesig, aber schließlich würde mein gesamtes kulinarisches Reich auch hinten in einen Kombi der mittleren Preisklasse passen. Die Fußböden bestanden aus hellglänzenden Dielenbrettern aus Eichenholz, die unregelmäßig verlegt waren. Die Einbauschränke waren aus dunklem Kirschbaum, und die Arbeitsflächen bedeckte grüner Marmor. Es standen genug Kochbücher, Utensilien und Geräte herum, um die Regale eines Küchenfachgeschäfts zu bestücken. Die Herdoberfläche sah größer aus als mein Doppelbett, und der Kühlschrank hatte durchsichtige Türen, hinter denen alles, was er enthielt, sichtbar war. Zur Rechten befand sich eine Sitzecke und dahinter eine verglaste Veranda, die sich über die gesamte Breite des Raums erstreckte. Hier überdeckte der intensive Duft von gebratenem Hühnchen und Knoblauch den schalen Kohlgeruch. Warum riecht das, was andere Leute kochen, immer soviel besser als das, was man selbst zubereitet?

Myrna war vom Polizeirevier zurück. Sie und Enid standen zusammen neben einer der beiden Küchenspülen. Myrnas Gesicht wirkte geschwollen, und die roten Flecken um ihre Augen ließen darauf schließen, daß sie geweint hatte; zwar nicht in den letzten paar Minuten, aber vielleicht am Vormittag. Enid trug einen Regenmantel aus Popeline, und die vielen Meter braunen Stoffs verliehen ihr die unselige Gestalt einer Ofenkartoffel. Das Tuch hatte sie abgenommen. Ohne Kopfbedeckung kam ein borstiges Vogelnest von Haar zutage, bestehend aus dunklen, von Grau durchzogenen Strähnen. Die zwei Frauen hielten Teebecher in der Hand und hatten sich vermutlich gerade über den Mord unterhalten, da sie beide schuldbewußt aufsahen, als ich hereinkam. Angesichts ihrer Nähe zu den Ereignissen mußten sie praktisch alles mitbekommen haben. Die Familie genierte sich jedenfalls nicht, ihre Konflikte in aller Öffentlichkeit auszutragen. Herrgott, sie hatten sich ja sogar vor mir in die Haare gekriegt. Enid und Myrna mußten vieles mitgehört haben und hatten vermutlich ihre Beobachtungen miteinander verglichen.

»Kann ich Ihnen helfen?« fragte Enid. Sie sprach im gleichen Ton, den Museumswärter anschlagen, wenn sie denken, man sei kurz davor, etwas auf der anderen Seite des Seils zu berühren.

»Das wollte ich gerade Sie fragen«, sagte ich. »Kann ich Ihnen irgendwie helfen?« Ganz die Wohltäterin, die nach einem Verdienstabzeichen der Pfadfinder strebt.

»Danke, aber es läuft alles bestens«, sagte sie. Sie leerte ihren Becher in die Spüle, öffnete die Spülmaschine und stellte ihn in den oberen Korb. »Ich gehe lieber, solange ich noch kann«, murmelte sie.

Myrna sagte: »Ich kann dich hinausbringen, wenn du möchtest.«

»Nicht nötig«, erwiderte Enid. »Ich kann mir hinten Licht anmachen.« Mit einem Blick auf mich fragte sie: »Soll ich Ihnen eine Tasse Tee aufgießen? Das Wasser ist noch heiß. Ich bin zwar gerade am Gehen, aber es dauert ja nicht lang.«

»Ja, gerne«, sagte ich. Ich mag Tee eigentlich nicht besonders, aber ich wollte unseren Kontakt in die Länge ziehen.

»Das kann ich auch machen«, sagte Myrna. »Geh du ruhig.«

»Bist du sicher?«

»Absolut. Bis morgen.«

Enid streckte die Hand aus und tätschelte Myrna den Arm. »Na gut. Tschüs dann. Du mußt unbedingt wegen deiner Schleimbeutelentzündung mit meinem Chiropraktiker reden.

Und ruf an, wenn du mich brauchst. Ich bin den ganzen Abend zu Hause.« Enid nahm eine große Segeltuchtasche und verschwand in Richtung Hintertür.

Ich sah Myrna dabei zu, wie sie den Wasserkocher einschaltete. Sie machte eine Schranktür auf und holte einen Becher heraus. Sie zuckte zusammen, griff in eine Blechdose und entnahm ihr einen Teebeutel, den sie in den Becher hängte. Unterdessen konnte ich hören, wie draußen eine Autotür zugeschlagen wurde und wenige Momente später Enid ihren Wagen startete.

Ich ging zur Arbeitsfläche hinüber und setzte mich auf einen hölzernen Hocker. »Wie geht es Ihnen, Myrna? Sie sehen müde aus«, sagte ich.

»Das liegt an der Schleimbeutelentzündung, die wieder schlimmer wird. Die plagt mich schon seit Tagen«, erwiderte sie.

»Der Streß trägt wahrscheinlich sein Teil dazu bei.«

Myrna schürzte die Lippen. »Das sagt mein Arzt auch. Ich dachte, ich hätte schon alles gesehen. Ich bin an den Tod gewöhnt. In meinem Beruf begegne ich ihm häufig, aber das hier...« Sie hielt inne, um den Kopf zu schütteln.

»Es muß höllisch gewesen sein heute. Ich konnte es kaum glauben, als Tasha es mir erzählt hat«, sagte ich. »Sie arbeiten schon wie lange für die Maleks – acht Monate?«

»Ungefähr. Seit letzten April. Die Familie hat mich gebeten, nach Mr. Maleks Tod dazubleiben. Jemand mußte ja die Verantwortung für den Haushalt übernehmen. Enid hatte es satt, und mir machte es nichts aus. Ich habe schon viele Haushalte geführt, manche davon noch größer als dieser hier.«

»Könnten Sie als Privatschwester nicht viel mehr verdienen?«

Sie holte eine Zuckerdose herunter und füllte ein Milchkännchen mit Halb-und-Halb, das sie aus dem Kühlschrank nahm. »Ja, schon, aber ich mußte mich mal von all den unheilbaren Krankheiten erholen. Ich schließe meine Patienten ins Herz, und wo bleibe ich dann, wenn sie sterben? Ich habe wie eine Zigeunerin gelebt, bin von einer Stelle zur nächsten gezogen. Hier habe ich eine eigene kleine Wohnung, und die Aufgaben sind in erster Linie Aufsichtsfunktionen. Gelegentlich koche ich ein bißchen, wenn Enid ihren freien Abend hat, aber das ist schon fast alles. Natürlich beschweren sie sich immer wieder. Es ist manchmal schwer, es ihnen recht zu machen, aber ich lasse mich davon nicht stören. Irgendwie bin ich es gewohnt. Kranke sind auch oft schwierig, und es muß gar nichts heißen. Ich lasse es einfach an mir abprallen.«

»Ich nehme an, Sie waren gestern abend hier.«

Der Wasserkocher stimmte ein heiseres Flüstern an, das sich rasch zu einem Kreischen auswuchs. Sie zog den Stecker heraus, und das schrille Geräusch legte sich wie erleichtert. Ich wartete, während sie den Becher füllte und mir herüberbrachte. »Danke.«

Ich merkte, wie sie zögerte und offenbar mit sich selbst rang, ob sie sagen sollte, was ihr auf der Zunge lag. »Haben Sie etwas auf dem Herzen?« fragte ich.

»Ich weiß nicht, wieviel ich sagen darf«, meinte sie vorsichtig. »Der Lieutenant hat uns gebeten, nicht mit der Presse zu sprechen ...«

»Kein Wunder«, sagte ich. »Haben Sie sie dort draußen gesehen?«

»Wie die Geier«, sagte sie. »Als ich vom Polizeirevier zurückkam, riefen sie alle durcheinander, versuchten, meine Aufmerksamkeit auf sich zu lenken und hielten mir Mikrophone unter die Nase. Am liebsten hätte ich mir die Jacke übers Gesicht gezogen. Ich habe mich wie einer dieser Kriminellen im Fernsehen gefühlt.«

»Vermutlich wird es jetzt noch schlimmer. Angefangen hat es als kleine Geschichte über ein menschliches Schicksal. Jetzt ist es eine Riesensache.«

»Das fürchte ich auch«, sagte sie. »Aber um Ihre Frage zu beantworten, ja, ich war hier, aber ich habe nichts gehört. In letzter Zeit hatte ich wegen meines Arms Schlafstörungen. Gewöhnliche Schmerzmittel kommen an den Schmerz gar nicht heran, deshalb habe ich ein Tylenol mit Codein genommen und eine rezeptpflichtige Schlaftablette. Ich mache das nicht oft, weil ich die Wirkung nicht mag. Davon fühle ich mich am nächsten Morgen ganz schlapp, so als würde ich überhaupt nicht richtig aufwachen. Außerdem ist der Schlaf so tief, daß er schon fast nicht mehr erholsam ist. Ich bin gegen halb neun ins Bett gegangen und habe mich bis neun Uhr heute morgen nicht mehr gerührt.«

»Wer hat die Leiche entdeckt?«

»Ich glaube, das war Christie.«

»Um wieviel Uhr war das?«

»Kurz nach zehn. Ich hatte mir gerade eine Tasse Kaffee gemacht, war hier hinten in der Küche und habe mir die Morgennachrichten auf dem kleinen Fernseher angesehen. Ich habe den ganzen Aufruhr gehört. Sie wollten sich eigentlich zum Frühstück treffen, um über das Testament zu sprechen, und als Guy nicht herunterkam, wurde Bennet wohl wütend. Er dachte, Guy spielte ein Spielchen mit ihnen. Zumindest hat mir das Christie später so erzählt. Bennet hat sie hinaufgeschickt, damit sie ihn herunterholt. Und plötzlich haben sie die Nummer des Notrufs gewählt, aber ich wußte immer noch nicht, was eigentlich los war. Ich wollte gerade zu ihnen hinausgehen, als Donovan hereinkam. Er sah entsetzlich aus. Er hatte jegliche Farbe verloren und war weiß wie die Wand.«

»Haben Sie die Leiche gesehen?«

»Ja. Er hat mich gebeten hinaufzugehen. Er dachte, ich könnte vielleicht irgend etwas tun, aber es war natürlich zu spät. Guy muß zu der Zeit schon mehrere Stunden tot gewesen sein.«

»Ohne jeden Zweifel?«

»O ja. Ganz sicher. Er fühlte sich kalt an, und seine Haut war wächsern. Man hatte ihm den Schädel eingeschlagen, und überall war Blut, das meiste davon schon getrocknet oder geronnen. Angesichts seiner Verletzungen würde ich sagen, daß der Tod rasch, wenn nicht sofort eingetreten sein muß. Außerdem war es eine Schweinerei. Ich weiß, daß die Polizei über diesen Aspekt des Mordes gerätselt hat.«

»Welchen Aspekt?«

»Was der Mörder mit seinen eigenen Kleidern gemacht hat. Ich möchte ja nicht geschmacklos werden, aber es muß wohl weiträumig gespritzt haben. Blut und Gehirnmasse. Er hätte das Anwesen unmöglich verlassen können, ohne aufzufallen. Die Polizisten haben sich für eine Reihe von Kleidungsstücken interessiert. Sie haben mich um meine Hilfe gebeten, da ich immer die Sachen in die Reinigung bringe.«

»Haben sie irgend etwas von Belang gefunden?«

»Ich weiß es nicht. Ich habe ihnen alles gegeben, was heute in die Reinigung gehen sollte. Sie haben sich ausgiebig mit Enid unterhalten, aber ich weiß nicht, was sie von ihr wollten.«

»Haben Sie vielleicht eine Ahnung, was die Mordwaffe gewesen sein könnte?«

»Da möchte ich keine Vermutungen wagen. In diesem Punkt fühle ich mich nicht zu einem Kommentar berechtigt. Es war nichts im Zimmer, jedenfalls nicht, soweit ich sehen konnte. Ich hörte einen Beamten sagen, daß die Autopsie gleich morgen früh stattfinden solle. Ich nehme an, der Pathologe wird sich eine Meinung bilden«, sagte sie. »Hat die Familie Sie beauftragt, Ermittlungen anzustellen?«

Mir lag die Lüge schon auf der Zunge, aber dann überlegte ich es mir noch einmal anders. »Bis jetzt noch nicht«, sagte ich. »Hoffen wir, daß es nicht soweit kommt. Ich kann es nicht glauben, daß sich jemand aus der Familie als Täter entpuppen wird.«

Ich erwartete, daß sie mit Protesten und Versicherungen reagieren würde, doch das nun folgende Schweigen war bezeichnend. Ich merkte ihr das Bedürfnis an, mir etwas anzuvertrauen, konnte mir aber nicht vorstellen, was. Ich blickte ihr tief in die Augen und versuchte, vertrauenswürdig und ermutigend zu wirken. Ich spürte schon fast, daß ich den Kopf schief legte wie ein Hund, der festzustellen versucht, aus welcher Richtung der Ton einer Hochfrequenzpfeife kommt.

Inzwischen war ihr ein angetrockneter Fleck auf der Arbeitsfläche aufgefallen, und sie machte sich, ohne mich anzusehen, mit dem Fingernagel daran zu schaffen. »Es geht mich wirklich nichts an. Ich habe nichts als Respekt für Mr. Malek empfunden...«

»Selbstverständlich.«

»Ich möchte nicht, daß irgend jemand schlecht von mir denkt, aber manches höre ich bei meiner Arbeit einfach mit. Ich werde gut bezahlt, und Gott weiß, daß ich meine Arbeit gern mache. Oder zumindest gern gemacht habe.«

»Ich bin sicher, Sie wollen nur helfen«, sagte ich und fragte mich, worauf sie hinauswollte.

»Wissen Sie, Bennet war überhaupt nicht damit einverstanden, das Geld zu teilen. Er war nicht davon überzeugt, daß dies Baders Absicht gewesen wäre, und so dachte auch Jack. Aber natürlich hat sich Jack in fast allem auf Bennets Seite gestellt.«

»Tja, vielleicht waren sie nicht davon überzeugt, aber angesichts des fehlenden Testaments weiß ich nicht, was für eine Wahl sie hatten, wenn sie nicht vor Gericht gehen wollten. Ich nehme an, daß nichts geklärt worden war.«

»Überhaupt nichts. Wenn sie ihre Angelegenheiten geklärt hätten, wäre Guy nach Hause gefahren. Er war hier unglücklich. Das habe ich ihm angesehen.«

»Tja, das stimmt. Als ich am Montag mit ihm gesprochen habe, hat er zugegeben, daß er getrunken hat.«

»Oh, vor allem gestern abend. Sie haben mit Cocktails angefangen und zum Abendessen vier oder fünf Flaschen Wein geleert. Danach gab es Portwein und Liköre. Sie waren immer noch dabei, als ich ins Bett ging. Ich habe Enid mit dem Geschirr geholfen, und sie hat gemerkt, wie erschöpft ich war. Wir haben sie alle beide streiten hören.«

»Bennet und Guy haben gestritten?«

Sie schüttelte den Kopf und bewegte die Lippen.

Ich legte mir eine Hand hinters Ohr. »Entschuldigen Sie. Das habe ich nicht gehört.«

Sie räusperte sich und sprach eine halbe Stufe lauter. »Jack.

Guy und Jack haben sich gestritten, bevor Jack in seinen Country Club ging. Ich habe dem Lieutenant davon erzählt, aber jetzt frage ich mich, ob ich nicht lieber den Mund hätte halten sollen.«

»Wahrheit ist Wahrheit. Wenn Sie das gehört haben, mußten Sie es der Polizei erzählen.«

»Sie glauben nicht, daß er wütend sein wird?« Ihre Stimme klang ängstlich, und ihre Miene war in ihrer Furchtsamkeit beinahe kindlich.

Ich vermutete, die gesamte Familie würde Anfälle bekommen, wenn sie davon hörte, doch wir waren alle verpflichtet, die Ermittlungen der Polizei zu unterstützen. »Mag sein, aber darüber dürfen Sie sich nicht den Kopf zerbrechen. Guy wurde letzte Nacht *ermordet.* Es ist nicht Ihre Aufgabe, irgend jemanden zu beschützen.«

Sie nickte stumm, aber ich sah ihr an, daß sie nicht überzeugt war.

»Myrna, das ist mein Ernst. Was auch immer geschieht, ich glaube nicht, daß Sie sich dafür verantwortlich fühlen sollten.«

»Aber ich hätte es nicht von mir aus verraten dürfen. Ich mag Jack. Ich kann nicht glauben, daß er irgend jemandem etwas zuleide tun würde.«

»Hören Sie, glauben Sie nicht, daß ich in genau die gleiche Lage kommen werde? Die Polizisten werden mich auch befragen. Ich muß morgen früh aufs Revier, und ich werde genau das gleiche tun wie Sie.«

»Wirklich?«

»Sicher. Ich habe sie an dem Abend streiten hören, als ich auf einen Drink hierhergekommen bin. Bennet und Donovan haben sich gestritten, daß die Fetzen flogen. Christie hat mir dann erzählt, daß sie ständig übereinander herfallen. Das macht sie zwar nicht zu Mördern, aber es ist nicht an uns, die Fakten zu interpretieren. Sie müssen der Polizei erzählen, was Sie gehört haben. Ich bin sicher, Enid wird Ihre Aussagen bestätigen. Auf dieser Grundlage wird sowieso niemand verhaftet. Schließlich haben Sie ja Jack nicht mit einem blutigen Holzscheit aus Guys Zimmer kommen sehen.«

»Nein. Natürlich nicht.« Ich sah, wie sich die Anspannung in ihrer Miene teilweise löste. »Ich hoffe, Sie haben recht. Ich meine, mir ist schon klar, was Sie sagen. Wahrheit ist Wahrheit. Das einzige, was ich gehört habe, war ein Streit. Ich habe nicht gehört, daß Jack ihn bedroht hätte.«

»Genau«, sagte ich mit einem Blick auf die Uhr. Mittlerweile war es fast sechs Uhr. »Wenn Sie für heute abend fertig sind, lasse ich Sie jetzt lieber in Ruhe. Ich sollte wohl eigentlich nach Hause gehen, aber zuerst möchte ich mich noch ein bißchen mit Christie unterhalten.«

Angst flackerte in ihren Augen auf. »Sie werden aber unser Gespräch nicht erwähnen?«

»Hören Sie bitte auf, sich Sorgen zu machen. Ich sage kein Wort, und ich möchte auch nicht, daß Sie etwas sagen.«

»Da bin ich Ihnen dankbar. Ich glaube, ich würde mir jetzt gern das Gesicht waschen.«

Ich wartete, bis Myrna aus der Küche verschwunden und zu ihrer Wohnung gegangen war. Mein Tee war unberührt. Ich leerte die Tasse aus und ließ sie in der Spüle stehen. Ich habe nie eine Spülmaschine besessen und wußte trotz Enids gutem Beispiel nicht, wie man sie einräumte. Ich stellte mir vor, daß bei einer einzigen falschen Bewegung sämtliche Teller herausfliegen und in einem Scherbenhaufen enden würden. Ich ging wieder in die Bibliothek. Christie und Tasha hatten den Fernseher angestellt. Christie hielt die Fernbedienung in der Hand und wechselte von einem Kanal zum nächsten, um irgendwo Nachrichten zu erwischen. Sie schaltete den Ton ab, als ich hereinkam, und drehte sich zu mir um. »Ach, da sind Sie ja. Kommen Sie herein und setzen Sie sich zu uns. Tasha hat schon gedacht, Sie seien gegangen.«

»Ich bin gerade dabei«, sagte ich. »Ich war noch in der Küche, um nachzusehen, ob ich dort helfen kann. Kann ich Sie noch etwas fragen, bevor ich gehe? Ich habe gehört, wie Sie im

Gespräch mit Lieutenant Robb eine Postsendung erwähnt haben. Darf ich fragen, was das war?«

»Sicher. Ähm, lassen Sie mich überlegen. Ich glaube, am späten Montag nachmittag hat jemand einen anonymen Brief in den Briefkasten geworfen. Auf dem Umschlag stand Guys Name, aber kein Absender. Er ließ den Brief auf dem Tisch in der Halle liegen, als er gestern abend ins Bett ging. Ich dachte, die Polizei wollte vielleicht einen Blick darauf werfen.«

»War er getippt oder von Hand geschrieben?«

»Der Umschlag war getippt.«

»Haben Sie den Brief gelesen?«

»Natürlich nicht, aber ich weiß, daß er Guy Kopfzerbrechen bereitet hat. Er hat zwar nicht gesagt, worum es ging, aber ich nehme an, es war etwas Unangenehmes.«

»Hat er je einen Max Outhwaite erwähnt? Sagt Ihnen dieser Name irgend etwas?«

»Nicht daß ich wüßte.« Sie wandte sich an Tasha. »Klingelt da bei dir was?«

Tasha schüttelte den Kopf. »In welchem Zusammenhang?«

»Dadurch hat der Reporter überhaupt erst erfahren, daß Guy wieder da war. Jemand namens Max Outhwaite hat beim *Dispatch* einen Brief abgegeben, aber als Katzenbach der Sache nachging, stellte sich heraus, daß es weder jemanden gibt, der so heißt, noch die angegebene Adresse existiert. Ich habe es selbst noch einmal überprüft und ebenfalls nichts gefunden.«

»Nie von ihm gehört«, sagte Christie. »Wäre es möglich, daß er irgendwie mit Guys früheren Machenschaften zu tun hat? Vielleicht ist dieser Outhwaite jemand, dem Guy damals übel mitgespielt hat.«

»Möglich«, sagte ich. »Haben Sie was dagegen, wenn ich mal in Baders Akte oben nachsehe?«

»Was für eine Akte?« wollte Tasha wissen.

Christie antwortete noch vor mir. »Bader hat eine Mappe mit Zeitungsausschnitten über Guys diverse Festnahmen und Gesetzesverstöße angelegt. Sie reichen ziemlich weit zurück.«

»Wissen Sie, mir ist noch etwas anderes durch den Kopf gegangen«, sagte ich. »Dieser Outhwaite, wer immer er auch ist, hat auf jeden Fall Jeff Katzenbach auf die Spur von Guys Vorstrafenregister gebracht. Ich weiß nicht, ob Jeff andernfalls davon gewußt hätte. Sowie ich den Brief gesehen habe, habe ich mich gefragt, ob es in Wirklichkeit vielleicht Jack oder Bennet war, der ihm den Tip gegeben hat.«

»Unter Outhwaites Namen?«

»Möglich wäre es«, sagte ich.

»Aber warum sollte einer von ihnen das tun? Was soll das?«

»Das ist ja das Problem. Ich weiß es nicht. In diesem Punkt könnte ich mich auch irren«, sagte ich. »Die Überlegung, daß Outhwaite jemand ist, dem Guy früher einmal unrecht getan hat, gefällt mir.«

»Nehmen Sie die Mappe mit, wenn Sie wollen. Als ich sie das letzte Mal gesehen habe, lag sie immer noch auf Baders Schreibtisch.«

»Ich gehe schnell hinauf und hole sie. Bin gleich wieder da.«

Ich verließ die Bibliothek und durchquerte die Halle. Wenn ich mit Jonah sprach, würde er mir vielleicht über den Brief Auskunft geben. Ich nahm zwei Stufen auf einmal und vermied es angestrengt, den Flur hinabzusehen. Ich hatte keine Ahnung, welches Zimmer Guy bewohnt hatte, aber ich wollte nicht in seine Nähe kommen. Am oberen Treppenabsatz bog ich scharf links ab und ging geradewegs zu Baders Zimmer, wo ich die Tür aufstieß und die Deckenlampe einschaltete. Es schien alles in Ordnung zu sein. Der verlassene Raum war kalt und roch ein wenig muffig. Die Deckenbeleuchtung war matt, und auch die Farben im Raum wirkten fahl. Ich ging zu dem dahinterliegenden Arbeitszimmer und drückte im Vorbeigehen auf sämtliche Lichtschalter. Baders Präsenz wurde systematisch getilgt. Die Schränke waren geleert und sämtliche persönlichen Gegenstände von seinem Schreibtisch entfernt worden.

Ich musterte meine Umgebung und entdeckte die Mappe mit den Zeitungsausschnitten über Guys Vergangenheit, erleichtert, daß die Polizei nicht hier durchgerauscht war und sie mitgenommen hatte. Andererseits war der Haussuchungsbefehl vermutlich nicht so umfassend. Die Liste der zu beschlagnahmenden Gegenstände konzentrierte sich vielleicht nur auf die Mordwaffe selbst. Ich blätterte die Ausschnitte durch und las auf der Suche nach dem Namen Outhwaite oder irgend etwas Ähnlichem eilig quer. Nichts. Ich sah noch einige der anderen Aktendeckel auf dem Tisch durch, fand aber nichts, was von Belang gewesen wäre. Wieder eine Sackgasse, obwohl die Idee gut war – jemand voller Groll, der Guy das Leben schwermachen wollte. Ich schob mir die Mappe unter den Arm und verließ den Raum, wobei ich im Vorbeigehen die Lichter wieder ausschaltete.

Ich zog die Tür hinter mir zu und blieb im Flur vor der großen Suite stehen. Irgend etwas stimmte nicht. Mein erster Impuls war, rasch die Treppe hinunterzuhuschen, zu den erleuchteten Räumen im Erdgeschoß, aber ich merkte, wie mein Schritt sich verlangsamte. Ich hörte ein Knistern und spähte nach links. Das andere Ende des Flurs lag im Dunkeln, abgesehen von einer X-förmigen Tatortabsperrung, die sich über drei Türen erstreckte. Während ich hinsah, schien das Band beinahe aufzuleuchten, dabei vibrierte es hörbar, als rüttelte der Wind daran. Einen Augenblick dachte ich, das Band würde sich losreißen, es knackte und knatterte wie von einem Luftstrom erfaßt. Die Luft auf dem Treppenabsatz war kühl, und ich nahm den schwachen Geruch von etwas Animalischem wahr – nasser Hund oder alter Pelz. Zum ersten Mal erlaubte ich mir, das Grauen von Guys Tod an mich heranzulassen.

Langsam stieg ich die Treppe hinab, eine Hand am Geländer, die andere fest um die Mappe geklammert. Ich wirbelte herum, da ich der Finsternis hinter mir nur ungern den Rücken zukehren wollte. Einen Moment lang musterte ich das Stück Flur, das ich sehen konnte. Irgend etwas hielt sich am Rand meines Blickfelds auf. Langsam wandte ich den Kopf um, während ich vor Angst fast aufgestöhnt hätte. Ich sah leuchtende Funken, beinahe wie Staubflocken, die sich in der Stille materialisierten. Mit einem Mal stieg eine Hitzewallung in mir auf, und in meinen Ohren klingelte es, ein Geräusch, das mich an die Ohnmachtsanfälle meiner Kindheit erinnerte. Meine Spritzenphobie hatte häufig zu solchen Wahrnehmungen geführt. Als ich noch klein war, schleppte man mich immer wieder zur Typhusimpfung, zur Blutabnahme für den Tuberkulosetest oder zur Tetanusauffrischung. Während die Krankenschwester damit beschäftigt war, meine Ängste herunterzuspielen und mir zu erklären, daß »große Mädchen« nicht so ein Theater machten wie ich, fing das Klingeln an und steigerte sich zu einem schrillen Kreischen; schließlich war Stille. Mein Gesichtsfeld schrumpfte zusammen, und das Licht sauste spiralförmig nach innen auf einen winzigen Punkt zu. Dann stieg die Kälte auf, und als ich wieder zu mir kam, fand ich besorgte Gesichter über mich gebeugt und nahm das scharfe Aroma des Riechsalzes wahr, das man mir unter die Nase hielt.

Ich lehnte mich gegen die Wand. In meinem Mund schwamm etwas, das wie Blut schmeckte. Ich schloß fest die Augen, während ich meinen hämmernden Herzschlag und meine nassen Handflächen registrierte. Als Guy Malek schlief, war gestern abend jemand in der Dunkelheit diesen Flur entlanggeschlichen, bei sich einen stumpfen Gegenstand aus ausreichend kräftigem Material, um sein Leben auszulöschen. Weniger als einen Tag war das her. Weniger als eine Nacht. Vielleicht war nur ein Schlag nötig gewesen, vielleicht mehrere. Was mich marterte, war die Vorstellung dieses ersten knochenzertrümmernden Krachens, unter dem sein Schädel brach und zerfiel. Der arme Guy. Ich hoffte nur, er war nicht aufgewacht, bevor ihn der erste Schlag traf. Ich hoffte, er schlief, bevor sein Schlaf endgültig wurde.

Das Klingeln in meinen Ohren hielt an und steigerte seine Intensität wie das Heulen eines Sturms. Panik ergriff mich. Gelegentlich durchleide ich dieses Szenario in Alpträumen – den unbezwingbaren Drang davonzurennen, mich aber nicht rühren zu können. Ich mühte mich, einen Laut auszustoßen. Ich hätte schwören können, daß da irgendein Wesen war, etwas oder jemand, der kurz innehielt und dann vorbeiging. Ich versuchte, die Augen zu öffnen, beinahe überzeugt davon, daß ich Guy Maleks Mörder die Treppe herunterkommen sehen würde. Mein Herzschlag beschleunigte sich zu lebensbedrohlicher Geschwindigkeit und toste in meinen Ohren wie das Geräusch hastender Füße. Ich schlug die Augen auf. Der Lärm brach auf der Stelle ab. Nichts. Niemand. Die gewohnten Geräusche des Hauses gewannen wieder die Oberhand. Die Fläche vor mir war frei. Polierter Fußboden. Leerer Flur. Strahlendes Licht vom Kronleuchter. Als ich in den Flur zurückblickte, konnte ich sehen, das das X der Tatortabsperrung einfach wieder Klebeband war. Ich ließ mich auf die Stufen sinken. Das Erlebnis hatte sicher weniger als eine Minute gedauert, doch der Adrenalinstoß hatte meine Hände zum Zittern gebracht.

Schließlich erhob ich mich von der Treppe, auf der ich weiß Gott wie lang gesessen hatte. Von irgendwo unten vernahm ich ein Gewirr aus männlichen und weiblichen Stimmen, und ich wußte sofort, daß Donovan, Bennet und Jack vom Polizeirevier zurückgekommen waren und das Haus betreten hatten, als ich noch in Baders Arbeitszimmer war. Die Tür zur Bibliothek unter mir stand offen. Tasha und Christie mußten sich zu den dreien gesellt haben. Von der Küche her konnte ich das Klirren von Eiswürfeln und Flaschen hören. Schon wieder Trinkzeit. Jeder im Haus schien neben einer ausgedehnten psychiatrischen Behandlung Alkohol zu benötigen.

Ich setzte meinen Abstieg fort, bemüht, nicht der Familie in die Arme zu laufen. Ich kehrte in die Bibliothek zurück, spähte vorsichtig hinein und fand den Raum zu meiner Erleichterung leer vor. Ich packte meine Tasche, stopfte die Mappe ins Außenfach und schlich mich mit immer noch pochendem Herzen zur Haustür. Ich zog sie mit Sorgfalt hinter mir zu, um das Geräusch des zuschnappenden Schlosses zu dämpfen. Ich konnte nicht anders, als mich unbemerkt aus dem Staub zu machen. Nach meinem Erlebnis auf der Treppe – was immer es auch war – sah ich mich außerstande, oberflächliche Konversation zu treiben. Es schien mir nicht abwegig, daß jemand in diesem Haushalt Guy Malek ermordet hatte, und ich würde garantiert nicht gute Miene zum bösen Spiel machen, bevor ich wußte, wer es gewesen war.

15

Als ich wieder in meinem Viertel ankam, waren Parkplätze Mangelware, und ich mußte meinen VW fast einen Häuserblock weit weg abstellen. Ich schloß den Wagen ab und trottete zu meiner Wohnung. Mittlerweile war es völlig dunkel, und ein kaltes Frösteln bebte in den Bäumen wie Wind. Ich verschränkte die Arme, um es wärmer zu haben, und umfaßte den Riemen meiner Tasche, die mir gegen die Seite schlug. Früher trug ich immer eine Schußwaffe bei mir, aber diese Gewohnheit habe ich abgelegt. Ich trat durch das Tor, das mich mit seinem gewohnten Quietschen willkommen hieß. Meine Wohnung war dunkel, aber ich konnte in Henrys Küche Licht brennen sehen. Ich wollte nicht allein sein. Ich ging zu seiner Hintertür und klopfte an die Glasscheibe.

Kurz darauf trat er aus dem Wohnzimmer. Er winkte kurz, als er mich sah, und kam dann herüber, um mich einzulassen. »Ich habe gerade die Nachrichten gesehen. Der Mord kommt auf allen Kanälen. Klingt übel.«

»Grauenhaft. Es ist scheußlich.«

»Setz dich und wärm dich auf. Draußen ist es ganz schön frisch geworden.«

Ich sagte: »Laß dich nicht stören. Ich setze mich einfach hierhin.«

»Sei doch nicht albern. Du siehst verfroren aus.«

»Ich friere wie ein Schneider.«

»Dann wickeln wir dich jetzt ein.«

Ich stellte meine Tasche ab und packte mir seine Wolldecke, die ich um mich legte wie eine Stola, während ich mich auf seinem Schaukelstuhl niederließ. »Danke. So ist es wunderbar. Gleich wird mir wärmer sein. Es ist vor allem die Anspannung.«

»Das wundert mich nicht. Hast du schon zu Abend gegessen?«

»Ich glaube, ich habe etwas zu Mittag gegessen, aber ich kann mich nicht mehr erinnern, was es war.«

»Ich habe Rindfleischeintopf da, wenn du möchtest. Ich wollte selbst gerade einen Teller davon essen.«

»Gern.« Ich sah Henry dabei zu, wie er die Flamme unter dem Eintopf regulierte. Er holte einen Laib selbstgebackenes Brot heraus, schnitt es in dicke Scheiben und legte diese in einen Korb mit einer zusammengelegten Serviette darüber. Er verteilte Teller und Löffel, Servietten und Weingläser und hantierte so mühelos und geschickt in der Küche, wie ich es von ihm gewohnt war. Nach wenigen Momenten stellte er zwei Teller voller Eintopf auf den Tisch. Ich stand von seinem Schaukelstuhl auf und schlurfte, immer noch in die Wolldecke gehüllt, zum Küchentisch hinüber. Er schob mir die Butter hin und setzte sich auf seinen Stuhl. »Jetzt erzähl mir mal die Geschichte. Die offiziellen Tatsachen kenne ich schon. Die haben sie den ganzen Nachmittag lautstark im Fernsehen verkündet.«

Ich begann zu essen, während ich redete, und merkte erst jetzt, wie hungrig ich war. »Womöglich weißt du mehr als ich. Ich bin nicht so dumm, daß ich meine Nase in Ermittlungen in einem Mordfall stecken würde. Heutzutage ist es schon, ohne daß sich Außenstehende einmischen, schwer genug, ausreichend Beweise zusammenzutragen.«

»Du bist ja nicht gerade eine Amateurin.«

»Ich bin auch keine Expertin. Zuerst müssen Techniker und Spurensicherung ihre Arbeit tun. Ich halte mich zurück, solange ich keine anderen Anweisungen bekomme. Mein Interesse ist persönlich, aber im Grunde geht mich die Sache nichts an. Ich hatte Guy gern. Er war nett. Seine Brüder widern mich an. Das ist ein prima Eintopf.«

»Hast du eine Theorie über den Mord?«

»Sagen wir mal so: Guy ist nicht das Opfer eines Raubüberfalls durch einen Wildfremden. Der arme Kerl hat geschlafen. Soweit ich gehört habe, haben sie alle getrunken, also war er wahrscheinlich völlig weggetreten. Er war keine harten Sachen mehr gewöhnt, erst recht nicht in großen Mengen, wie es bei den Maleks Usus ist. Der Täter wußte, wo sein Zimmer liegt, und wahrscheinlich auch, daß er in seinem Zustand nicht mehr in der Lage wäre, sich zur Wehr zu setzen. Ich sage dir, mit Ausnahme von Christie habe ich eine derartige Abneigung gegen diese schreckliche Familie entwickelt, daß ich es kaum unter einem Dach mit ihnen aushalte. Und ich fühle mich schuldig wegen Guy. Ich fühle mich schuldig, weil ich ihn gefunden habe, und schuldig, weil er zurückgekommen ist. Ich weiß zwar nicht, was ich sonst hätte tun können, aber ich wünschte, ich hätte ihn in Marcella gelassen, wo er in Sicherheit war.«

»Du hast ihn nicht dazu ermuntert zurückzukommen.«

»Nein, aber ich habe auch nicht massiv dagegen argumentiert. Ich hätte mich deutlicher ausdrücken sollen. Ich hätte ihm die Einstellung seiner Brüder darlegen müssen. Ich habe die Gefahr für rein emotional gehalten. Ich hätte nicht gedacht, daß allen Ernstes jemand auf ihn losgehen würde.«

»Glaubst du, daß es einer seiner Brüder war?«

»Der Gedanke hat etwas für sich«, sagte ich zögernd. »Es ist eine gefährliche Vermutung, und ich weiß, daß ich keine vorschnellen Schlüsse ziehen sollte, aber es ist immer leichter, jemandem einen Verdacht anzuhängen, den man nicht leiden kann.«

Um halb neun am selben Abend befand ich mich wieder in meiner Wohnung und hatte die Tür abgeschlossen. Ich saß eine Zeitlang, die mir wie eine Ewigkeit vorkam, an meinem Küchentresen, bevor ich genug Mut gefaßt hatte, Peter und Winnie Antle anzurufen, die die Geschichte auf dem Nachrichtensender Santa Maria verfolgt hatten. Die gesamte Kirchengemeinde hatte sich am frühen Abend versammelt, entsetzt und tief betrübt über den Mord. Ich hätte ihnen den Verlust gern leichter gemacht, obwohl ihr Glauben ihnen wohl mehr Trost spendete, als ich ihnen je vermitteln konnte. Ich erklärte ihnen, daß ich so eng wie möglich mit ihnen in Verbindung bleiben würde, und beendete das Gespräch, ohne mich meinerseits nennenswert getröstet zu fühlen. Nachdem ich alle Lichter ausgeschaltet hatte, lag ich unter einem Stapel Federbetten im Bett und versuchte, den Ereignissen des heutigen Tages einen Sinn abzugewinnen. Das Grauen lastete schwer auf mir. Guys Tod hatte etwas weitaus Schlimmeres als Trauer ausgelöst. Was ich empfand, war kein Kummer, sondern eine drückende Reue, die sich in meiner Brust verkeilt hatte wie ein Klumpen heißes Fleisch. Ich fand keine Ruhe. Meine Augen schienen sich alle zwanzig Minuten von selbst zu öffnen. Ich wechselte die Stellung und zog die Decken zurecht. Zuerst war es mir zu heiß, dann zu kalt. Immer hoffte ich, daß die nächste Anordnung meiner Gliedmaßen bequem genug sein müßte, um mich einschlafen zu lassen. Ich lag mit unters Kopfkissen geschobenen Armen auf dem Bauch, dann mit aufgedeckten Schultern auf dem Rücken. Ich versuchte es auf der linken Seite, mit hochgezogenen Knien und den Armen unter der Decke, dann wieder auf der rechten und mit einem Fuß im Freien. Ich mußte den Wecker ohne nachzudenken gestellt haben, denn auf einmal lärmte das verdammte Ding an meinem Ohr los und riß mich aus dem wenigen Schlaf, der mir die ganze Nacht über vergönnt gewesen war. Ich stellte den Wecker aus. Völlig ausgeschlossen, jetzt den Kokon wärmender Federbetten zu verlassen. Als ich das nächste Mal aufwachte, war es Viertel nach neun, und ich war gezwungen, mich aus dem Bett zu quälen. Ich hatte eine Verabredung mit Jonah Robb auf dem Polizeirevier. Im Badezimmerspiegel musterte ich mein Ebenbild. Hübsch. Meine Gesichtsfarbe war gräßlich, und ich hatte Tränensäcke unter den Augen.

Wie sich herausstellte, sprach ich nicht mit Jonah, sondern mit Lieutenant Bower. Sie ließ mich fünfzehn Minuten lang warten, während deren ich auf einer kleinen Zweipersonenbank in einem Raum saß, den man vermutlich als Foyer des Polizeireviers bezeichnen könnte. Unter dem wachsamen Blick des Beamten hinter dem Tresen rutschte ich auf meinem Sitz hin und her und musterte den Ständer mit den Plakaten über Vorbeugemaßnahmen gegen Verbrechen. Außerdem lauschte ich schamlos, während sechs jammernde Autofahrer hereinkamen und sich über ihre Strafzettel beschwerten. Endlich steckte Lieutenant Bower aus dem Ermittlungsdezernat den Kopf zur Tür herein. »Miss Millhone?«

Ich hatte Betsy Bower noch nie gesehen, war aber neugierig auf sie gewesen. Der Name ließ eine kecke, blonde Person vermuten, eine ehemalige College-Cheerleaderin mit umwerfenden Schenkeln und ohne Hirn. Zu meiner Enttäuschung war Lieutenant Bower die am wenigsten kecke Frau, die ich je kennengelernt hatte. Sie war das polizeiliche Ebenbild einer Amazone: statuenhaft, zwanzig Zentimeter größer und vermutlich fünfundzwanzig Kilo schwerer als ich. Sie hatte dunkles Haar, das sie glatt nach hinten gekämmt trug, und eine kleine runde Brille mit Goldrand. Ihr Teint war makellos. Falls sie überhaupt Make-up trug, so war es äußerst gekonnt aufgetragen. Als sie sprach, fiel mein Blick auf liebenswert schiefe Zähne, was – wie mir später klarwurde – vielleicht erklärte, warum sie so ungern lächelte. Es war aber auch möglich, daß sie mich nicht mochte und am liebsten wie einen Käfer zertreten hätte.

Ich folgte ihr in eine kleine Kammer mit zwei hölzernen Stühlen und einem zerkratzten Tisch, der zum Wackeln neigte, wenn man versuchte, seinen Arm darauf zu stützen und so zu tun, als sei man ganz locker. Sie hatte nichts bei sich – keinen Stift, keinen Block, keinen Ordner, keine Notizen. Sie sah mir direkt in die Augen und sprach ein paar kurze Sätze, nach denen ich an der Reihe war. Irgendwie hatte ich das Gefühl, sie würde sich an jedes Wort erinnern, das ich sagte. Wahrscheinlicher war allerdings, daß unser Gespräch heimlich aufgezeichnet wurde. Ich hätte ja gern verstohlen die Unterseite der Tischplatte nach Kabeln befühlt, fürchtete jedoch die Klumpen alten Kaugummis und die getrockneten Popel, die dort unten klebten.

Sie sagte: »Wir sind froh, daß Sie sich herbemüht haben. Soweit ich weiß, wurden Sie von der Nachlaßverwaltung damit beauftragt, Guy Malek zu finden. Können Sie mir sagen, wie Sie das angestellt haben?« Ihr Blick war wachsam und ihre Art zurückhaltend.

Die Frage traf mich unvorbereitet. Plötzlich durchzuckte mich ein Anflug von Angst, und die Farbe stieg mir in die Wangen, als käme ich gerade von der Sonnenbank. Ich stotterte wie ein Kleinflugzeug mit einem Tank voll minderwertigem Treibstoff. Zu spät wurde mir klar, daß ich darauf hätte vorbereitet sein sollen. Normalerweise lüge ich keine Polizisten an, das wäre ja schließlich nicht korrekt. Im Grunde meines Herzens bin ich für Recht und Ordnung. Ich glaube an mein Land, die Flagge, ans Steuernzahlen und an Strafzettel für falsches Parken, daran, die Bücher rechtzeitig in die Bücherei zurückzubringen und die Straße bei Grün zu überqueren. Außerdem steigen mir jedesmal die Tränen in die Augen, wenn ich die Nationalhymne von jemandem gesungen höre, der wirklich weiß, wie man sie schmettern muß. In diesem Moment wußte ich allerdings, daß ich ein bißchen um den heißen Brei herumreden mußte, da es nicht gerade legal gewesen war, wie ich »es angestellt« hatte, Guy Malek zu finden. Weder Darcy noch ich waren dazu berechtigt, in die EDV der California Fidelity einzudringen, um bei der Kfz-Zulassungsstelle in einer Angelegenheit nachzuforschen, die rein gar nichts mit einem Versicherungsfall zu tun hatte. Vielleicht hatten wir uns alle beide einer gravierenden Zuwiderhandlung gegen die Firmenpolitik, die abteilungsinternen Vorschriften, den allgemeinen Anstand und die guten Sitten schuldig gemacht. Womöglich wurde das in mein allgemeines Führungszeugnis aufgenommen, etwas, womit mir mein Volksschuldirektor jedesmal gedroht hatte, wenn ich in der fünften und sechsten Klasse mit Jimmy Tait den Unterricht schwänzte. Ich glaubte zwar nicht, daß das, was ich getan hatte, mich ins Gefängnis bringen würde, aber immerhin saß ich hier auf dem Polizeirevier, und ich mußte auf meine Lizenz als Privatdetektivin achtgeben. Da ich inzwischen fünf verdächtige Sekunden lang gezögert hatte, hielt ich es für klug, *irgend* etwas zu berichten.

»Ah«, sagte ich. »Nun ja. Ich habe mich letzten Mittwoch mit Donovan, Bennet und Jack Malek getroffen. Im Laufe unserer Gespräche wurden mir Guy Maleks Geburtsdatum und seine Sozialversicherungsnummer genannt. Am Donnerstag nachmittag bin ich zur Kfz-Zulassungsstelle gegangen und habe gefragt, ob auf Guy Maleks Namen ein Führerschein ausgestellt ist. Ich erhielt die Auskunft, daß seine Fahrerlaubnis 1968 eingezogen wurde, er aber einen kalifornischen Personalausweis hätte. Seine Postanschrift in Marcella befand sich in den Unterlagen. Das habe ich Tasha Howard, der Nachlaßanwältin, und Donovan Malek berichtet, der mich beauftragte, nach Marcella zu fahren und die Adresse zu überprüfen. Marcella ist ein kleiner Ort. Ich war noch keine zehn Minuten dort, als ich erfuhr, wo Guy Malek wohnte. Offen gestanden war ich nicht dafür, daß er hierherkam.«

»Weshalb denn?«

He, solange meine Haut nicht auf dem Spiel stand, kümmerte es mich nicht, wen ich hier verpfiff. »Seine Brüder waren verärgert darüber, daß sie ihm einen Anteil vom Nachlaß ihres Vaters abgeben sollten. Sie waren der Ansicht, er hätte sämtliches Geld, auf das er einen Anspruch hatte, bereits erhalten. Es ging um die Frage nach dem zweiten Testament, das verschwunden war, als der alte Herr starb. Bennet war überzeugt davon, daß sein Vater Guy enterbt hatte, aber da dieses Testament nie aufgetaucht ist, wurde das ursprüngliche in die Nachlaßakten aufgenommen.« Ich machte an diesem Punkt einen kleinen Umweg und erzählte Lieutenant Bower in groben Zügen die Geschichte über Max Outhwaite, dessen Brief an den *Dispatch* den ganzen unerfreulichen Medienwirbel ins Rollen gebracht hatte. Sie sprang zwar vor Begeisterung nicht gerade in die Luft, aber es erfüllte jedenfalls den Zweck (hoffte ich), sie von dem Thema meiner illegalen Computerrecherche abzulenken.

Sie erkundigte sich eingehend nach der Haltung der Maleks gegenüber Guy, die ich als feindselig beschrieb. Ich erzählte ihr von dem Ausbruch zwischen Donovan und Bennet, bei dem ich Zeuge geworden war. Dann bombardierte sie mich mit einer Reihe gezielter Fragen nach Jacks Äußerungen über Guy, aber mir fiel beim besten Willen nichts ein, das einen Mordplan hätte vermuten lassen. In unserem ersten Gespräch hatte er sich mit Bitterkeit über Guys Verschwinden geäußert, aber das war beinahe achtzehn Jahre her, und so war ich nicht davon überzeugt, daß es eine Rolle spielte. Obwohl ich es ihr gegenüber nicht aussprach, hatte ich Jack als das Familienmaskottchen eingestuft, eine Art harmloses Haustier, darauf trainiert, die anderen mit seinen Mätzchen abzulenken. Für mich war er kein bedeutender Faktor in dem aktuellen Familiendrama.

»Wann haben Sie das letzte Mal mit Guy gesprochen?«

»Er hat mich am Montag abend angerufen. Er brauchte eine Verschnaufpause, also bin ich zum Haus hinübergefahren und habe mich an der Seitenpforte mit ihm getroffen. Ich habe mich gefreut, von ihm zu hören. Ich hatte mir nämlich schon Sorgen gemacht, weil ich wußte, daß sich die Medien auf die Geschichte gestürzt hatten. Peter Antle, der Pfarrer von Guys Kirche oben im Norden, hatte auch versucht, ihn zu erreichen. Das Haus wurde buchstäblich belagert, und es war unmöglich, per Telefon durchzukommen. Ich war vorher schon einmal hingefahren, um Verbindung aufzunehmen, aber ich habe es wieder aufgegeben.«

»Warum waren Sie so daran interessiert, mit ihm zu sprechen?«

»In erster Linie, weil Peter und seine Frau Winnie besorgt waren.«

»Davon abgesehen.«

Ich starrte sie an und fragte mich, woran sie wohl dachte. Glaubte sie, ich sei in ihn verliebt gewesen? »Sie haben Guy nie kennengelernt«, sagte ich und ließ es wie eine Feststellung klingen, nicht wie eine Frage.

»Nein.« Ihr Gesicht zeigte keine Regung. Ihre Neugier war berufsbedingt und neigte zum Analytischen. Sicher, das war ihr Job, aber ich merkte, wie ich darum rang, Guys Anziehungskraft zu vermitteln.

»Guy Malek war ein hinreißender Mann«, sagte ich mit brüchiger Stimme. Unerklärlicherweise wurde ich auf einmal von Kummer überschwemmt. In meinen Augen brannten Tränen. Ich spürte, wie der Kloß in meiner Kehle dicker wurde. Es kam mir merkwürdig vor, daß ich in Henrys Gegenwart nichts gefühlt hatte, aber gegenüber Betsy Bowers kalter Autorität mein ganzer unverarbeiteter Schmerz an die Oberfläche drang. Ich holte tief Luft und versuchte, meine Gefühle zu verbergen. Ich wich ihrem Blick aus, aber sie mußte meine Pein bemerkt haben, da sie aus dem Nichts ein Taschentuch herbeizauberte, das plötzlich vor meinen Augen auftauchte. Dankbar nahm ich es entgegen. Ich fühlte mich verletzlich und bloßgestellt.

Aber ich erholte mich rasch. Ich verfüge über eine starke Selbstdisziplin, und so schaffte ich es, meine Gefühle wieder in den Griff zu bekommen. »Tut mir leid. Ich weiß gar nicht, wie das passieren konnte. Ich habe eigentlich nicht viel Trauer verspürt, seit ich von seinem Tod erfahren habe. Aber ich hätte wissen müssen, daß sie in mir steckt. Er war ein guter Kerl, und ich bin wirklich traurig darüber, daß er tot ist.«

»Das kann ich verstehen«, meinte sie. »Möchten Sie ein Glas Wasser?«

»Nein, schon gut«, sagte ich. »Es ist komisch – ich habe ihn im Grunde nur dreimal gesehen. Wir haben ein paarmal telefoniert, aber wir waren nicht dicke Freunde. Er wirkte jugendlich, eine junge Seele. Ich muß eine Schwäche für Männer haben, die nie richtig erwachsen werden. Ich hatte Donovan bereits die Rechnung gegeben und hielt meinen Auftrag für erledigt. Dann hat Guy mich am Samstag angerufen. Donovan hatte ihn telefonisch bedrängt herzukommen, damit sie über das Testament sprechen könnten. Ich persönlich war der Meinung, daß der Besuch keine so tolle Idee war, aber Guy war fest dazu entschlossen.«

»Hat er gesagt, warum?«

»Er wollte emotionale Schulden begleichen. Zu der Zeit, als er von zu Hause verschwunden ist, war er von Drogen völlig benebelt. Er hatte eine Menge Ärger gehabt und es sich mit fast jedem verdorben. Nachdem er sich in Marcella niedergelassen hatte, kam er zur Vernunft, aber er hatte eine Menge offene Rechnungen hinterlassen. Er sagte, er wolle seinen Frieden machen.«

»Als Sie das letzte Mal mit ihm sprachen, hat er da Kontakte zu anderen Personen aus seiner Vergangenheit erwähnt?«

»Nein. Ich weiß, daß er einen Brief erhalten hat – das hat Christie gestern abend erwähnt –, aber der ist am Montag gekommen, und Guy hat ihn mit keinem Wort erwähnt, als ich ihn sah. Soweit ich weiß, war weiter nichts. War der Brief wichtig?«

»Wir möchten seinen Inhalt lieber nicht diskutieren, bevor wir das überprüft haben.«

»Wer hat ihn denn geschrieben? Oder möchten Sie das lieber auch nicht diskutieren?«

»Genau.«

»War er mit der Maschine geschrieben?«

»Warum fragen Sie?«

»Wegen des Briefs an den *Dispatch*, der den ganzen Zirkus verursacht hat. Wenn die Zeitungen keinen Hinweis bekommen hätten, hätte kein Mensch gewußt, daß er wieder in der Stadt ist.«

»Ich verstehe, was Sie meinen. Wir werden der Sache nachgehen.«

»Darf ich etwas zur Autopsie fragen?«

»Dr. Yee ist noch nicht fertig. Lieutenant Robb ist jetzt dort. Wenn er wiederkommt, erfahren wir mehr.«

»Was ist mit der Mordwaffe?«

Ihre Miene wurde wieder ausdruckslos. Ich verschwendete meine Atemluft, aber irgendwie konnte ich es einfach nicht lassen. »Haben Sie einen Verdächtigen?«

»Wir verfolgen mehrere Möglichkeiten. Wir untersuchen den Hintergrund mehrerer Personen, die mit der Familie zu tun haben. Außerdem prüfen wir die Alibis sämtlicher Beteiligten, um festzustellen, ob alle Aussagen stichhaltig sind.«

»Anders ausgedrückt, Sie wollen es mir nicht sagen.«

Frostiges Lächeln. »Stimmt.«

»Na gut. Ich werde Ihnen auf jeden Fall helfen, so gut ich kann.«

»Das würde uns freuen.«

Sie machte keinerlei Anstalten, das Gespräch zu beenden, was mich aus dem Konzept brachte. In meinen Augen war unsere Unterhaltung beendet. Sie hatte alle ihre Fragen gestellt, und ich hatte ihr gesagt, was ich wußte. Hier hatte Detective Bower das Sagen, und ich mußte nach ihrer Pfeife tanzen. In der unerwarteten Pause merkte ich, daß nun sie es war, die ins Stottern geriet.

Sie sagte: »Ich habe gehört, daß Sie eine Beziehung mit Lieutenant Robb haben.«

Ich blinzelte sie ungläubig an. »Hat *er* Ihnen das erzählt?«

»Jemand anders. Wir leben leider in einer kleinen Stadt, die noch kleiner wird, wenn es sich um Polizeibeamte dreht. Es stimmt also nicht?«

»Tja, ich hatte eine Beziehung mit ihm, aber das ist vorbei«, antwortete ich. »Warum fragen Sie?«

Ihr Gesichtsausdruck erfuhr abrupt eine deutliche Wandlung. Die sorgfältig gewahrte Neutralität verschwand, und binnen eines Sekundenbruchteils wechselte ihre Miene von nichtssagend zu feuerrot.

Ich lehnte mich auf meinem Stuhl zurück. »Sind Sie in ihn *verschossen?*«

»Ich bin zweimal mit ihm ausgegangen«, sagte sie vorsichtig.

»Ohhh, verstehe. Jetzt kapiere ich«, sagte ich. »Hören Sie, ich mag Jonah gern, aber zwischen uns ist es ein für allemal vorbei. Ich bin die geringste Ihrer Sorgen. Zerbrechen Sie sich lieber den Kopf über diese gräßliche Camilla.«

Detective Betsy Bower hatte jede berufsbedingte Pose aufgegeben. »Aber sie lebt mit einem anderen Mann zusammen, und sie ist schwanger.«

Ich hob die Hand. »Glauben Sie mir. In der unendlichen Geschichte von Jonah und Camilla hat die bloße Existenz dieses Kindes keinerlei Auswirkungen auf ihre Beziehung. Auch wenn er so tut, als wäre er geheilt, er ist es nicht, glauben Sie mir. Camilla und Jonah sind dermaßen ineinander verstrickt, daß ich gar nicht weiß, was es bräuchte, um ihre Verbindung zu sprengen. Jetzt, wo ich darüber nachdenke, muß ich allerdings sagen, daß Sie vielleicht doch recht gute Chancen haben.«

»Glauben Sie wirklich?«

»Warum nicht? Ich war immer viel zu sehr mit meinen eigenen Verlassensängsten beschäftigt. Es war mir zuwider, in ihrem kleinen Theaterstück eine Nebenrolle zu spielen. Das ist ein Fall von Klammern seit der siebten Klasse. Liebe seit der Mittelstufe. Ich kam dagegen nicht an. Mir fehlt die emotionale Kraft. Sie sehen aus, als könnten Sie damit fertig werden. Haben Sie Probleme mit Ihrem Selbstbewußtsein? Kauen Sie an den Nägeln? Sind Sie Bettnässerin? Eifersüchtig oder unsicher?«

Sie schüttelte den Kopf. »Nicht im geringsten.«

»Wie steht's mit Ihrer Konfliktfähigkeit?«

»Ich streite gern«, sagte sie.

»Tja, dann machen Sie sich schon mal bereit, denn meiner Erfahrung nach ist er ihr so lange egal, bis eine andere auf der Bildfläche erscheint. Und spielen Sie um Gottes willen nicht nach den Regeln. Camilla geht aufs Ganze.«

»Danke. Ich werd's mir merken. Wir hören voneinander.«

»Ich kann es gar nicht erwarten.«

Draußen auf der Straße hatte ich das Gefühl, als wäre ich aus einem finsteren Tunnel aufgetaucht. Das Sonnenlicht war grell und alle Farben von ungeheurer Intensität. Neun schwarzweiße Streifenwagen standen hintereinander am Bordstein. Auf der anderen Straßenseite zog sich eine Reihe kleiner kalifornischer Bungalows entlang, die in nicht zusammenpassenden Pastellfarben gestrichen waren. Blühende Pflanzen in Fuchsienrot, Orange und Magenta hoben sich schrill vom lebhaften Grün der jungen Blätter ab. Ich ließ mein Auto auf dem öffentlichen Parkplatz stehen und ging die restlichen Blocks zur Arbeit zu Fuß.

Ich betrat die Räume von Kingman und Ives durch die nicht gekennzeichnete Seitentür. Dann schloß ich die Tür zu meinem Büro auf und ging hinein, den Blick auf den Fußboden gerichtet. Auf dem Teppich lag ein einfacher weißer Umschlag in Normgröße, auf dessen Vorderseite mit Schreibmaschine mein Name und meine Adresse geschrieben waren. Der Poststempel stammte aus Santa Teresa und war vom Montag nachmittag. Beunruhigt stellte ich meine Tasche auf den Tisch, holte Baders Akte heraus und legte sie oben auf den Büroschrank. Ich ging zu dem Brief zurück und hob ihn vorsichtig auf. Ich legte ihn mitten auf meinen Tisch, wobei ich ihn nur an den Ecken berührte, nahm den Telefonhörer ab und wählte Alison an der Rezeption an.

»Hi, Alison. Hier ist Kinsey. Weißt du irgend etwas über diesen Brief, der unter meiner Tür durchgeschoben wurde?«

»Er ist gestern nachmittag gekommen. Ich habe ihn erst hier vorne behalten, da ich dachte, du kämst noch mal, aber dann habe ich ihn dir doch lieber unter der Tür durchgeschoben. Warum, habe ich etwas falsch gemacht?«

»Nein, alles bestens. Ich war nur neugierig.«

Ich legte den Hörer auf und starrte den Umschlag an. Kürzlich hatte ich auf einer Fachmesse ein Set zum Abnehmen von

Fingerabdrücken erstanden, und einen Augenblick lang überlegte ich, ob ich ihn einpudern und untersuchen sollte. Offen gestanden erschien es mir sinnlos. Alison hatte ihn zweifellos in der Hand gehalten, und selbst wenn ich auf brauchbare Abdrücke stieß, was würde ich dann mit ihnen anfangen? Ich konnte mir nicht vorstellen, daß die Polizei sie allein aufgrund meines Drängens überprüfen würde. Trotzdem wollte ich vorsichtig sein. Ich nahm den Brieföffner zur Hand, schlitzte den Umschlag auf und zog dann mit der Spitze den Brief heraus. Das Papier war billiges Standardpapier, zweimal gefaltet, ohne Datum und Unterschrift. Ich benutzte einen Radiergummi, um es aufzufalten, und beschwerte die gegenüberliegenden Ecken mit dem Brieföffner und der Kante meines Terminkalenders.

Sehr geehrte Miss Milhone,
ich finde, ich sollte Sie kurz zum Tema Guy Malek aufklären. Ich frage mich, ob Sie wirklich wissen, mit wem Sie es zu Tun haben. Er ist ein Lügner und Dieb. Ich finde es wiederlich, das er durch den Erwerb plötzlichen Reichtums, eine zweite Chance im Leben bekommen hat. Warum sollen ihm fünf Milionen Dollar zufallen, wo er doch nie auch nur einen Roten Heller verdient hat? Ich glaube nicht, das wir uns darauf verlassen können, das er seine früheren Verbrechen wieder gut macht und seine Gläubigen entschädigt. Passen Sie blos auf, das Sie nicht genauso schlecht sind.

Ich nahm eine Klarsichthülle und schob den Brief hinein. Dann zog ich die Schreibtischschublade auf und holte den Brief heraus, den Max Outhwaite an Jeffrey Katzenbach geschrieben hatte, und legte die beiden zum Vergleich nebeneinander. Oberflächlich betrachtet sahen die Schrifttypen gleich aus. Wie zuvor war auch diesmal mein Name falsch geschrieben. Vielen

Dank, es müssen bitte zwei *l* sein. Der Absender schien ein Problem mit der Unterscheidung von *das* und *daß* zu haben und schrieb es regelmäßig falsch. *Milionen* beziehungsweise *Milionär* war in beiden Briefen gleich geschrieben, aber da waren noch andere Merkwürdigkeiten. Mein Brief war nicht einmal halb so lang wie der an Katzenbach, und doch enthielt er mehr Fehler. Meinem ungeschulten Auge schienen die beiden Fehlergruppen auffällig voneinander abzuweichen. Wenn sich der Verfasser streng nach der Aussprache richtete, warum schrieb er dann Wörter wie *Chance* und *Inspiration* richtig? Außerdem befanden sich in meinem Brief deutlich weniger Kommas, Ausrufezeichen und falsche Großschreibungen. Es war zwar möglich, daß ein gewisses Ausmaß an Nachlässigkeit am Werk war, aber ich mußte mich doch fragen, ob der Autor nicht einfach nur so *tat,* als könne er nicht besser mit der Sprache umgehen. Die Verwendung des Wortes *Gläubigen* anstelle von *Gläubiger* war zudem nicht ohne Witz, vor allem im Zusammenhang mit einem Wiedergeborenen.

Ich fragte mich auch, weshalb er den ersten Brief mit dem Namen Max Outhwaite und mit einer erfundenen Adresse versehen hatte, meinen aber ohne Unterschrift abschickte. Ich mußte annehmen, daß Outhwaite dachte (zutreffenderweise, wie sich herausstellte), daß ein anonymer Brief an den *Dispatch* sofort im Papierkorb landen würde. Wahrscheinlich war außerdem, daß der Absender nicht ahnte, daß ich alle beide vorliegen hätte. Ich begriff zwar, was hinter dem Brief an den *Dispatch* steckte, aber nicht, was der an mich sollte. Was bezweckte Outhwaite?

Ich holte mein Vergrößerungsglas hervor und stellte die Dreifachlampe so ein, daß sie das stärkste Licht gab. Unter der Vergrößerung zeigten sich noch mehr Ähnlichkeiten. In beiden Dokumenten war der Buchstabe *a* leicht verdreht und neigte sich ein wenig nach links, und am kleinen *i* war ein Teil der unteren Serife weggebrochen. Außerdem waren die Kleinbuchstaben *e, o, a* und *d* allesamt verschmutzt und kamen eher als volle Tupfen heraus statt als Kreise, was auf ein altmodisches Farbband aus Stoff schließen ließ. Bei meiner Smith-Corona-Reiseschreibmaschine hatte ich immer eine einfache Nadel dazu benutzt, die verklebten Typen zu säubern.

Ich ließ die Briefe auf meinem Schreibtisch liegen und ging im Zimmer auf und ab. Dann setzte ich mich auf meinen Drehstuhl, zog die Schublade auf und entnahm ihr einen Packen Karteikarten. Ich brauchte eine Viertelstunde, um sämtliche Fakten so aufzunotieren, wie ich sie in Erinnerung hatte, eine Information pro Karte, bis meine Vorräte erschöpft waren. Ich breitete die Karten auf meinem Schreibtisch aus, ordnete sie neu, verschob sie zu Spalten und suchte nach Zusammenhängen, die ich zuvor nicht gesehen hatte. Aus meiner Sicht kam nicht viel dabei heraus, aber schon bald würde ich mehr Informationen zur Verfügung haben. Die Autopsie war inzwischen beendet, und der Gerichtsmediziner hatte sich eine konkrete Meinung über Tathergang und Todesursache gebildet. Wir gingen alle davon aus, daß Guy an einem Schlag mit einem stumpfen Gegenstand auf den Kopf gestorben war, aber es konnten ja noch andere pathologische Erkenntnisse zutage treten. Vielleicht war er an einem Herzinfarkt gestorben, vielleicht war er vergiftet worden und im Schlaf gestorben, noch bevor ihn der erste Schlag traf. Aber welche Rolle spielte das jetzt eigentlich noch? Guy würde zur letzten Ruhe gebettet, seine Leiche vermutlich zum Begräbnis nach Marcella gebracht werden. Die verschiedenen Kriminalexperten würden die Indizien durchforsten, bis der Fall aufgeklärt war. Am Schluß würde die Geschichte sich zu einer Gesamtheit fügen, und dann würde ich vielleicht begreifen, wie alles zusammenpaßte. Bis dahin saß ich mit all den unzusammenhängenden Bruchstücken und einem flauen Gefühl in der Magengrube da.

Ich trug die Briefe den Flur hinunter und ließ den einen dabei in seiner Klarsichthülle. Am Kopiergerät machte ich von jedem eine Kopie, so daß ich nun je zwei Exemplare besaß. Die Kopien legte ich zusammen mit den Notizen, die ich mir auf die Karteikarten gemacht hatte, in meine Aktentasche. Die Originale schloß ich sorgsam in der untersten Schreibtischschublade ein. Als das Telefon klingelte, ließ ich den Anrufbeantworter übernehmen. »Kinsey, hier ist Christie Malek. Hören Sie, die Polizei war gerade mit einem Haftbefehl für Jack hier und –«

Hastig griff ich nach dem Hörer. »Christie? Ich bin's. Was ist los?«

»Oh, Kinsey. Gott sei Dank. Entschuldigen Sie, daß ich Sie störe, aber ich wußte nicht, was ich sonst tun sollte. Ich habe versucht, Donovan zu erreichen, aber er ist draußen im Gelände. Wo Bennet ist, weiß ich nicht. Er hat gegen neun das Haus verlassen, ohne irgend jemandem ein Wort zu sagen. Kennen Sie einen guten Kautionssteller? Jack hat mich gebeten, ihm einen zu besorgen, aber ich habe in den Gelben Seiten nachgesehen, und für mich sieht einer wie der andere aus.«

»Sind Sie sicher, daß er in Haft ist? Sie haben ihn nicht nur aufs Revier mitgenommen, um ihn noch einmal zu verhören?«

»Kinsey, sie haben ihm Handschellen angelegt. Sie haben ihm seine Rechte vorgelesen und ihn dann auf dem Rücksitz eines Zivilwagens weggebracht. Wir waren beide völlig schockiert. Ich habe überhaupt kein Geld – weniger als hundert Dollar in bar –, aber wenn ich wüßte, wen ich anrufen soll …«

»Vergessen Sie das mit dem Kautionssteller. Wenn Jack unter Mordverdacht steht, wird keine Kaution akzeptiert. Was er braucht, ist ein guter Strafverteidiger, und zwar je schneller, desto besser.«

»Aber ich kenne keine Anwälte außer Tasha!« kreischte sie. »Was soll ich denn tun, mir etwa einen Namen aus dem Ärmel schütteln?«

»Warten Sie mal, Christie. Beruhigen Sie sich.«

»Ich kann mich nicht beruhigen. Ich habe Angst. Ich will Hilfe.«

»Ich weiß. Ich weiß. Nur einen Moment bitte«, sagte ich. »Ich mache Ihnen einen Vorschlag. Lonnie Kingmans Büro liegt gleich neben meinem. Soll ich nachsehen, ob er da ist? Einen besseren als Lonnie können Sie gar nicht bekommen. Er ist der größte.«

Sie schwieg einen Augenblick lang. »In Ordnung, einverstanden. Ich habe schon von ihm gehört. Das klingt gut.«

»Lassen Sie mir ein paar Minuten Zeit, dann werden wir sehen, was wir tun können.«

16

Ich erwischte Lonnies Sekretärin Ida Ruth, als sie gerade mit einer Kaffeekanne in der Hand aus der Küche kam. Ich zeigte mit dem Daumen auf Lonnies Tür. »Ist er da drin?«

»Er frühstückt gerade. Geh ruhig rein.«

Ich klopfte an die Tür, machte sie vorsichtig auf und äugte hinein. Lonnie saß an seinem Schreibtisch, vor sich einen überdimensionalen Plastikbecher mit irgendeinem kalkig aussehenden Proteindrink. Ich konnte Blasen getrockneten Pulvers auf der Oberfläche schwimmen sehen, und über Lonnies Oberlippe hing noch die Andeutung eines Milchbarts. Er hatte einen Hügel aus Vitamintabletten und anderen Nahrungsergänzungen aus verschiedensten Fläschchen vor sich aufgehäuft und nahm zwischen einzelnen Schlucken von einem Gebräu, das so dickflüssig war, daß es geschmolzenes Speiseeis hätte sein können, seine Pillen ein. Eine der Kapseln sah aus wie der Stein in einem protzigen Topasring. Er schluckte sie, als vollführte er einen Zaubertrick.

Lonnie sieht mehr wie ein Rausschmeißer aus als wie ein Anwalt. Er ist klein und stämmig – einszweiundsechzig, zweiundneunzig Kilo – und strotzt dank zwanzig Jahren eifrigen Krafttrainings vor Muskeln. Er ist einer von diesen Menschen mit einem hochtourigen Stoffwechsel, die wie verrückt Kalorien verbrennen, und er strahlt geballte Energie aus. Er spricht *staccato* und ist meist durch Kaffee oder zuwenig Schlaf aufgeputscht. Ich habe schon mehrere Leute behaupten hören, er sei auf Drogen und würde sich Anabolika spritzen. Ich persönlich bezweifle das. Er war die ganzen neun Jahre, seit wir uns kennen, stets überaktiv gewesen, aber ich habe ihn nie die Wut oder

Aggressivität an den Tag legen sehen, die angeblich von dauerhafter Anabolikaeinnahme ausgelöst wird. Er ist mit einer Frau verheiratet, die einen schwarzen Gürtel in Karate hat, und sie hat sich nicht ein einziges Mal über auf Rosinengröße zusammengeschrumpfte Hoden beschwert, eine weitere unselige Nebenwirkung von Anabolikamißbrauch.

Sein meist zottiges Haar war an diesem Tag gestutzt und gebändigt worden. Das Hemd spannte sich straff über Schultern und Bizeps. Ich kenne seinen Halsumfang nicht, aber er behauptet, von einer Krawatte bekäme er das Gefühl, gleich gehenkt zu werden. Diejenige, die er trug, hing locker an ihm herunter, sein Hemdkragen war aufgeknöpft, und die Anzugjacke hatte er abgelegt. Er hatte sie ordentlich über einen Kleiderbügel drapiert, der vom Griff einer Schublade des Aktenschranks hing. Sein Hemd war blütenweiß, aber stark zerknittert, und er hatte die Ärmel hochgerollt. Manchmal trägt er eine Weste, um seine Erscheinung aufzumöbeln, aber heute nicht. Er schluckte die letzte Handvoll Pillen und hielt die Hand in die Höhe, um zu zeigen, daß er sich meiner Anwesenheit bewußt war. Glucksend kippte er den Rest seines Proteindrinks und schüttelte zufrieden den Kopf. »Huh, das ist gut.«

»Bist du im Moment beschäftigt?«

»Überhaupt nicht. Komm rein.«

Ich betrat das Büro und machte die Tür hinter mir zu. »Ich habe gerade einen Anruf von Christie Malek bekommen. Hast du die Geschichte verfolgt?«

»Den Mord? Ja, natürlich. Setz dich, setz dich. Ich muß erst um zwei im Gericht sein. Was ist denn los?«

»Jack Malek ist verhaftet worden und muß mit einem Anwalt sprechen. Ich habe Christie versprochen, dich zu fragen, ob du Interesse an dem Fall hast.« Ich nahm auf einem der beiden schwarzen Ledersessel Platz, die für Klienten bestimmt waren.

»Wann ist er denn abgeholt worden?«

»Vor fünfzehn oder zwanzig Minuten, schätze ich.«

Lonnie begann die Deckel der bunten Sammlung von Fläschchen auf seinem Schreibtisch wieder zuzuschrauben. »Was ist eigentlich genau passiert? Klär mich mal auf.«

Ich unterrichtete ihn so knapp wie möglich über den Fall. Es war unser erstes Gespräch über den Mord, und ich wollte, daß er so umfassend informiert wurde, wie ich es in der Kürze der Zeit bewerkstelligen konnte. Noch während ich sprach, merkte ich, wie Lonnie in Gang kam und die Räder zu rotieren begannen. Ich sagte: »Soweit ich zuletzt gehört habe – und zwar von der Haushälterin –, haben Guy und Jack nach einigen Stunden massiven Alkoholkonsums zu streiten angefangen, und Jack ist dann zu einer Golfer-Party in den Country Club gegangen.«

»Ich frage mich, wie die Polizei das entkräften will. Es müssen ihn dort doch mindestens ein halbes Dutzend Leute gesehen haben.« Lonnie warf einen Blick auf die Uhr und begann seine Ärmel herabzurollen. »Ich gehe mal rüber zum Polizeirevier und erkundige mich nach dem Stand der Dinge. Ich hoffe, Jack ist schlau genug, den Mund zu halten, bis ich dort ankomme.«

Er stieß sich von seinem Schreibtisch ab und nahm die Anzugjacke energisch vom Bügel. Er wand sich hinein, schloß seinen Kragenknopf und zog die Krawatte zurecht. Nun sah er schon eher wie ein Anwalt aus. »Übrigens, welcher ist Jack? Der älteste oder der jüngste?«

»Der jüngste. Donovan ist der älteste. Er leitet die Firma. Bennet ist dazwischen. Ich würde ihn nicht ausschließen, falls du den Verdacht von Jack ablenken willst. Er hat sich am lautesten gegen Guys Anspruch auf einen Teil des Nachlasses gewehrt. Soll ich irgend etwas tun, bis du zurückkommst?«

»Sag Christie, ich melde mich, sobald ich mit Jack gesprochen habe. Fahr in der Zwischenzeit zum Haus hinaus. Laß uns eine Liste der Personen zusammenstellen, die den Ablauf des Dienstag abend bestätigen können. Haben die Polizisten die Mordwaffe gefunden?«

»Das müssen sie wohl. Ich weiß, daß sie das ganze Anwesen bis ins kleinste durchsucht haben, weil ich sie dabei gesehen habe. Und Christie sagt, daß sie alles mögliche mitgenommen hätten.«

»Wenn ich mit Jack fertig bin, werde ich mal ein bißchen mit den Gesetzeshütern plaudern und versuchen zu ergründen, warum sie glauben, daß er es war. Es wäre schön, zumindest eine Vorstellung davon zu haben, wogegen wir angehen müssen.«

»Bin ich offiziell engagiert?«

Er sah auf die Uhr. »Zeit läuft.«

»Das übliche Honorar?«

»Klar. Es sei denn, du möchtest gratis arbeiten. Natürlich ist auch immer noch möglich, daß Jack mich nicht engagiert.«

»Sei nicht albern. Der Mann ist verzweifelt«, sagte ich. Ich bemerkte Lonnies Blick und korrigierte meine Äußerung. »Ach, du weißt schon, was ich meine. Er engagiert dich nicht deshalb, weil er verzweifelt ist –«

»Raus hier«, sagte Lonnie grinsend.

Mit der Aktentasche in der Hand marschierte ich zum öffentlichen Parkplatz zurück, wo ich mein Auto holte. Meine Einstellung zu Jack Malek hatte sich bereits gewandelt. Ob Jack nun schuldig oder unschuldig war, Lonnie würde jeden Fetzen entlastenden Materials aufspüren und zum Aufbau seiner Verteidigung Tricks, Manöver und Strategien entwickeln. Ich war kein besonderer Fan von Jack, aber wenn ich für Lonnie Kingman arbeitete, bliebe ich wenigstens am Ball.

Als ich auf das Maleksche Anwesen zufuhr, sah ich mit Erleichterung, daß die Straße davor praktisch leer war. Das Bankett war von Reifenspuren aufgewühlt, die Erde mit Zigarettenstummeln, leeren Bechern, zerknüllten Papierservietten und Fast-Food-Behältern übersät. Die Fläche vor dem Tor sah verlassen aus, als hätte ein Wanderzirkus zusammengepackt und sich im Morgengrauen davongemacht. Die Presseleute waren auch verschwunden, weil sie dem Streifenwagen gefolgt waren, mit dem Jack ins Bezirksgefängnis gebracht worden war. Für Jack bedeutete das den Beginn eines Verfahrens, im Verlauf dessen er fotografiert, durchsucht, registriert, in eine Zelle gesperrt und ihm die Fingerabdrücke abgenommen werden würden. Ich hatte die Prozedur selbst vor etwa einem Jahr mitgemacht, und das Gefühl, verseucht worden zu sein, war noch immer präsent. Das Gefängnisgebäude ist sauber und frisch gestrichen, hat aber trotzdem Anstaltscharakter: nüchternes Linoleum und karges Mobilar, dafür gebaut, massiver Beanspruchung standzuhalten. Bei meinem Zusammenstoß mit der Polizei waren die Gefängniswärterinnen höflich, freundlich und sachlich gewesen, aber ich hatte mich durch jede Einzelheit des Vorgangs erniedrigt gefühlt, von der Abgabe meiner persönlichen Habe bis hin zum Arrest in der Ausnüchterungszelle. Ich kann mich noch an den moschusartigen Geruch erinnern, der in der Luft hing und sich mit dem abgenutzter Matratzen, ungewaschener Achselhöhlen und Bourbonausdünstungen vermischte. Soweit ich wußte, war Jack noch nie festgenommen worden, und ich vermutete, daß er sich ebenso demoralisiert fühlen würde wie ich damals.

Als ich meinen VW aufs Tor zulenkte, trat ein privater Wachmann hervor und forderte mich auf, mich auszuweisen. Dann winkte er mich durch, und ich fuhr die Einfahrt hinauf bis zu dem gepflasterten Vorplatz. Das Haus war von Sonnenlicht überflutet, und auf der Erde tanzten schattige Flecken. Die alten, ausladenden Eichen reckten ihre Äste in alle Richtungen – wie mit Aquarellfarben gemalt, dachte ich bei mir. Grün- und Grauschattierungen schienen nahtlos ineinander überzugehen, während immer wieder ein einzelner Baum in scharfem Kontrast hervorstach. Ich sah zwei Gärtner bei der Arbeit, einen mit einem Laubblasgerät und den anderen mit einem Rechen. Motorgeräusche ließen vermuten, daß irgendwo außer Sichtweite Zweige gestutzt wurden. Die Luft roch nach Mulch und Eukalyptus. Es war weder jemand von der Durchsuchungsmannschaft zu sehen, noch stand ein uniformierter Polizist vor der Haustür. Im Grunde war also der Alltag wieder eingekehrt.

Christie mußte zum Fenster hinausgesehen haben, womöglich in der Hoffnung, daß Donovan käme. Noch bevor ich ausgestiegen war, stand sie schon auf der Veranda. Nun kam sie die Stufen herunter und eilte auf mich zu. Sie trug ein weißes

T-Shirt und einen dunkelblauen Wickelrock und hatte die Arme wie zum Schutz vor der Brust verschränkt. Der Glanz ihrer dunklen Haare war zu einer stumpfen Patina verblaßt wie billiges Bohnerwachs auf einem Hartholzboden. Ihr Gesicht zeigte wenig von ihren Gefühlen, bis auf eine dünne Falte, die zwischen ihren Augen erschienen war. »Ich habe den Wagen kommen hören und gedacht, es könnte Bennet oder Donovan sein. Mein Gott, ich bin ja so froh, Sie zu sehen. Allein werde ich hier langsam wahnsinnig.«

»Haben Sie Donovan immer noch nicht erreicht?«

»Ich habe ihm eine Nachricht im Büro hinterlassen und gesagt, daß es dringend ist. Ich wollte aber seiner Sekretärin nicht unsere ganzen Geschichten erzählen. Ich habe die ganze Zeit neben dem Telefon gesessen, aber bis jetzt kein Wort von ihm gehört. Und wer weiß, wo Bennet ist. Was ist mit Lonnie Kingman? Haben Sie ihn gesprochen?«

Ich berichtete ihr von Lonnies Plänen. »Hat die Polizei die Versiegelung des Zimmers aufgehoben?«

»Noch nicht. Ich wollte sie danach fragen, als sie heute morgen aufgetaucht sind. Ich dachte, sie kämen, um hier irgend etwas zu *erledigen*. Fotos machen oder Möbelstücke ausmessen oder sonst etwas. Ich hätte nie gedacht, daß sie gekommen wären, um jemanden zu verhaften. Ich wünschte, Sie hätten Jack sehen können. Er ist fast gestorben vor Angst.«

»Das kann ich mir vorstellen. Und Sie? Wie halten Sie sich aufrecht?«

»Ich bin total zappelig. Und fassen Sie mal meine Finger an. Sie sind eiskalt. Ich ertappe mich dabei, wie ich hin und her laufe und immer wieder Selbstgespräche führe. Es ist alles so unwirklich. Wir mögen ja Probleme haben, aber wir bringen uns nicht gegenseitig um. Das ist doch lächerlich. Ich begreife überhaupt nicht, was los ist. Es war alles in Ordnung, und jetzt das.« Sie schien zu erschauern, nicht von der Kälte, sondern aus Anspannung und Angst. In Anbetracht von Jacks Verhaftung hatte sie offenkundig all ihre früheren Probleme verdrängt.

Ich folgte ihr ins Haus. Die Eingangshalle wirkte frostig, und erneut mußte ich mich über ihre Schäbigkeit wundern. Ein Wandleuchter hing schief. Im Deckenlüster fehlten einige der flammenförmigen Birnen, während andere sich zur Seite neigten wie krumme Zähne. Die Wandbehänge, die Szenen von Grausamkeit und Ausschweifung darstellten, waren zwar echt, aber ausgebleicht und zerschlissen. Ich merkte, wie mein Blick unwiderstehlich von der Treppe angezogen wurde, doch der Treppenabsatz oben war leer, und ich vernahm kein ungewöhnliches Geräusch, das mir die Haare zu Berge hätte stehen lassen. Angesichts der Ereignisse der vergangenen Tage war das Haus merkwürdig still. Diese Leute schienen keine Freunde zu haben, die mit Hilfsangeboten herbeieilten. Es gab keinerlei Anzeichen dafür, daß irgend jemand gekommen wäre oder angerufen hätte, um zu fragen, ob er oder sie irgend etwas tun könnte. Vielleicht luden die Maleks nicht gerade zu solchen Vertraulichkeiten ein. Was auch immer der Grund dafür war, es hatte jedenfalls den Anschein, als müßten sie ohne den Trost von Freunden auskommen.

Christie redete immer noch und berichtete von Jacks Verhaftung. Mir ist aufgefallen, daß Menschen dazu neigen, unaufhörlich zu schwatzen, wenn sie verstört sind. »Als ich Detective Robb vor der Tür stehen sah, dachte ich, sie wollten uns lediglich etwas Neues mitteilen, und dann haben sie gefragt, ob Jack zu Hause sei, und ich habe mir immer noch nichts dabei gedacht. Ich weiß nicht einmal, was als nächstes passieren soll.«

Wir gingen in die Bibliothek, wo ich mich in einen Clubsessel sinken ließ, während Christie unruhig auf und ab ging. Ich sagte: »Das wird wohl davon abhängen, was man ihm vorwirft und ob eine Freilassung gegen Kaution möglich ist. Wenn er erst einmal registriert ist, hat der Bezirksstaatsanwalt vierundzwanzig Stunden Zeit, seinen Fall zu bearbeiten. Jack muß innerhalb von achtundvierzig Stunden – Sonn- und Feiertage natürlich ausgenommen – zur Anklage vernommen werden. Heute haben wir was, Donnerstag? Sie werden ihn vermutlich heute oder morgen dem Haftrichter vorführen.«

»Zur Anklage vernommen werden? Was soll das heißen? Ich habe noch nie jemanden kennengelernt, der schon einmal verhaftet wurde, und erst recht nicht unter Mordverdacht.«

»Die Vernehmung zur Anklage ist der Vorgang, bei dem ihm offiziell erklärt wird, was man ihm zur Last legt. Sie bringen ihn ins Gericht und identifizieren ihn als die Person, die im Haftbefehl genannt ist. Dann erläutert man ihm, welche Beschuldigungen gegen ihn erhoben werden, und zum Schluß fragen sie ihn, ob er sich schuldig oder nicht schuldig bekennt oder die Aussage verweigert.«

»Und was dann?«

»Das ist Lonnies Sache. Wenn er die Beweislage für schwach hält, verlangt er eine Voruntersuchung ohne weiteren Aufschub. Das heißt, daß sie Jack innerhalb von zehn Gerichtstagen – also zwei Wochen – zu einer Voruntersuchung holen müssen. Dabei sind der Staatsanwalt, der Angeklagte und sein Rechtsbeistand, der Gerichtsschreiber und der Leiter der polizeilichen Ermittlungen und so weiter anwesend. Die Zeugen werden vereidigt und ihre Aussagen zu Protokoll genommen. Am Ende stellt sich entweder heraus, daß gar kein Verbrechen begangen wurde oder es keinen hinlänglichen Grund zu der Annahme gibt, den Angeklagten für den Schuldigen zu halten, und dann wird er auf freien Fuß gesetzt. Wenn sich jedoch ausreichend Beweise dafür finden, daß das Verbrechen begangen wurde und genug darauf hinweist, daß der Angeklagte schuldig ist, bleibt er in Haft. Dann wird beim Superior Court formell Anklage gegen ihn erhoben, er reicht eine Klageerwiderung ein, und die Sache kommt zur Verhandlung. Meistens kommt noch eine ganze Menge Mist dazwischen, aber im großen und ganzen läuft es so ab.«

Sie unterbrach ihre rastlose Wanderung und wandte sich um, um mich entsetzt anzusehen. »Und Jack bleibt die ganze Zeit im *Gefängnis?*«

»In einem Mordfall darf er nicht gegen Kaution freikommen.«

»O mein Gott.«

»Christie, ich bin selbst schon im Gefängnis gewesen. Es ist nicht das Ende der Welt. Die Gesellschaft ist zwar nicht so toll, und das Essen ist, was den Fettgehalt angeht, unter aller Kritik – he, kein Wunder, daß es mir geschmeckt hat«, fügte ich nebenbei hinzu.

»Es ist nicht witzig.«

»Wer macht denn Witze? Das ist die Wahrheit«, entgegnete ich. »Es gibt Schlimmeres. Jack mag es nicht gefallen, aber er wird's überleben.«

Sie streckte den Arm aus und legte eine Hand auf den Kaminsims, um sich zu stützen. »Tut mir leid. Tut mir ehrlich leid. Ich wollte Sie nicht anschnauzen.«

»Setzen Sie sich lieber hin.«

Sie befolgte meinen Vorschlag und hockte sich auf die Kante des Sessels neben meinem. »Sie sind sicher aus einem bestimmten Grund gekommen. Ich habe nicht einmal gefragt, aus welchem.«

»Lonnie hoffte, Sie wüßten, wer an diesem Abend im Club war. Wir brauchen jemanden, der Jacks Anwesenheit auf der Golfer-Party bezeugen kann.«

»Das dürfte nicht allzu schwierig sein. Ich nehme an, die Polizei ist bereits dabei, die Leute vom Country Club zu befragen. Ich weiß nicht, was dabei herausgekommen ist. Heute morgen habe ich zwei Anrufe bekommen, darunter einen von Paul Trasatti, der meinte, er müsse mit Jack sprechen, und zwar möglichst rasch.«

»Waren sie am Dienstag abend zusammen?«

»Ja. Jack hat ihn abgeholt und ist mit ihm in den Club gefahren. Ich bin sicher, sie saßen am selben Tisch. Paul kann Ihnen die Namen der anderen acht Personen sagen, die mit ihnen am selben Tisch waren. Das ist alles so verrückt. Wie können sie im Ernst annehmen, daß Jack ein Verbrechen begangen hat? An diesem Abend müssen Unmengen von Leuten dort gewesen sein.«

»Was hat Paul für eine Nummer?«

»Ich weiß es nicht. Aber sie muß im Telefonbuch stehen. Ich gehe mal nachsehen.«

»Nur keine Umstände. Das kann ich gleich selbst tun. Wenn er Jacks Alibi erst einmal bestätigt, sind wir schon wesentlich weiter.«

Christie verzog das Gesicht. »›Alibi‹. Mein Gott, ich hasse dieses Wort. ›Alibi‹ legt doch den Schluß nahe, daß man schuldig ist und ein Märchen zusammengebastelt hat, um seinen Arsch zu retten.«

»Kann ich Ihr Telefon benutzen?«

»Es wäre mir lieber, Sie würden warten, bis Donovan oder Bennet anrufen. Ich möchte die Leitung freihalten, bis sie sich melden. Ich hoffe, es macht Ihnen nichts aus.«

»Überhaupt nichts«, sagte ich. »Sie haben erwähnt, daß die Polizei mehrere Gegenstände mitgenommen hat. Erinnern Sie sich daran, was das war?«

Sie stützte die Ellbogen auf die Knie und legte sich die Hände über die Augen. »Sie haben eine Kopie des Haftbefehls und eine Liste der mitgenommenen Gegenstände dagelassen. Ich weiß, daß sie hier irgendwo liegen muß, aber ich habe sie noch nicht gesehen. Donovan ist zur Schwimmhalle gegangen, sobald sie weg waren. Er sagt, sie hätten eine Menge Sportgeräte mitgenommen – Golf- und Baseballschläger.«

Ich zuckte zusammen, weil ich daran dachte, welche Wirkung ein Schlag mit solchen Gegenständen auf den menschlichen Schädel hat. Ich wechselte das Thema und sagte: »Was ist mit Bennet? Wo war er an diesem Abend?«

»Er ist noch einmal zu diesem Restaurant gefahren, das er umbaut, um sich anzusehen, wie weit die Arbeiter tagsüber gekommen sind. Die Bauarbeiten sind ein Alptraum, und er verbringt eine Menge Zeit dort unten.«

»Hat ihn irgend jemand gesehen?«

»Das müßten Sie ihn selbst fragen«, erwiderte sie. »Donovan und ich waren hier. Wir haben zum Essen ziemlich viel getrunken, und ich bin schnurstracks ins Bett gegangen.« Die Hand, mit der sich Christie durchs Haar fuhr, zitterte merklich.

»Haben Sie schon etwas gegessen?«

»Ich könnte keinen Bissen runterbringen. Ich bin zu aufgewühlt.«

»Tja, irgendwas müssen Sie aber essen. Ist Enid schon da?«

»Ich glaube schon.«

»Ich gehe mal in die Küche und lasse Ihnen eine Tasse Tee machen. Sie sollten einen Keks oder etwas Obst essen. Sie sehen entsetzlich aus.«

»Ich fühle mich auch entsetzlich«, sagte sie.

Ich ließ sie in der Bibliothek zurück und ging den Flur hinunter. Ich konnte es nicht fassen, daß ich mich schon wieder um die Teezubereitung kümmerte, aber der bloße Aufenthalt in diesem Haus machte mich nervös. Jede Art von Tätigkeit half. Außerdem wollte ich nicht die Gelegenheit verpassen, mit Enid zu sprechen, wenn sie schon im Haus war.

»Ich bin's schon wieder«, sagte ich, als ich die Küche betrat.

Enid stand neben dem Herd, ein Schneidbrett vor sich, und zerdrückte mit der Klinge eines chinesischen Hackmessers Knoblauch. Sie trug eine lange weiße Schürze und ein weißes Baumwolltuch um den Kopf, der damit so rund und bauschig aussah wie eine Rolle Toilettenpapier. Während ich ihr zusah, legte sie ungeschälte Knoblauchzehen in verschiedenen Größen vor sich hin, bedeckte sie mit der breiten Klinge und schlug einmal mit der Faust darauf. Ich merkte, wie ich zusammenzuckte. Falls die Klinge im falschen Winkel stand, träfe sie mit der Außenkante ihrer Hand darauf und schlitzte sich bis zum Knochen auf. Ich blieb wie angewurzelt stehen. Mit höflich mir zugewandtem Blick wiederholte sie den Vorgang und schlug heftig mit der Faust auf das Hackmesser. Dann hob sie die Klinge an. Die glücklosen Knoblauchzehen darunter waren zerquetscht worden wie Kakerlaken, und die Schale ließ sich mit einem Schnippen der Messerspitze entfernen.

»Ich wollte Christie eine Tasse Tee machen«, sagte ich. »Sie muß irgend etwas zu sich nehmen – haben Sie Obst da?«

Enid zeigte auf den Kühlschrank. »Da sind Trauben drin. Die Teebeutel sind oben im Schrank. Ich würde es ja selbst machen, aber ich bin gerade dabei, eine Soße zuzubereiten. Wenn Sie ein Tablett zusammenstellen, bringe ich es ihr.«

»Kein Problem. Machen Sie ruhig weiter.«

Sie beugte sich nach links, öffnete ein Fach, in dem Tabletts standen, und zog eines aus Teakholz mit einer Umrandung heraus. Sie legte es auf die marmorne Arbeitsfläche neben sechs große Dosen passierte Tomaten, zwei Dosen Tomatenmark, einen Korb gelbe Zwiebeln und eine Büchse Olivenöl. Auf dem Herd stand bereits ein Soßentopf aus Edelstahl.

Ich ging zum Küchenschrank hinüber und holte einen Becher heraus. Dann füllte ich den Wasserkocher, wie ich es Myrna hatte tun sehen. Beiläufig sah ich zu Enid hinüber. »Haben Sie irgendwo Papierservietten?«

»Dritte Schublade rechts.«

Ich fand die Servietten und legte eine davon zusammen mit einem Teelöffel auf das Tablett. »Ich nehme an, Sie haben von Jacks Verhaftung gehört.«

Sie nickte. »Ich kam gerade durchs Tor, als sie ihn wegbrachten. Ich wünschte, Sie hätten sein Gesicht gesehen.«

Ich schüttelte bedauernd den Kopf, als ob es mich allen Ernstes kümmerte. »Der arme Kerl«, sagte ich. »Es kommt einem so ungerecht vor.« Ich hoffte, ich hatte nicht zu dick aufgetragen, aber ich hätte mir keine Sorgen zu machen brauchen.

»Die Polizei hat nach seinen Joggingschuhen gefragt«, berichtete sie. »Irgend etwas wegen des Musters auf den Sohlen – also müssen in dem Zimmer, in dem Guy ermordet wurde, blutige Fußspuren gewesen sein.«

»Tatsächlich«, erwiderte ich und versuchte mein Erstaunen zu verbergen. Offenbar hatte sie keinerlei Hemmungen, die Angelegenheiten der Familie auszuplaudern. Ich hatte geglaubt, es schlau anstellen zu müssen, aber sie schien Myrnas Zurückhaltung nicht zu teilen. »Haben sie die Schuhe gestern geholt?«

»Nein. Sie haben mich heute morgen zu Hause angerufen. Bevor ich zur Arbeit ging.«

»Lieutenant Robb?«

»Nein. Die Frau. Sie ist ein kalter Fisch, muß ich sagen. Hoffentlich ist sie keine Freundin von Ihnen?«

»Ich habe sie erst heute morgen kennengelernt, als ich zum Verhör dort war.«

Sie warf mir einen Blick zu, als wollte sie mich taxieren. »Myrna hat mir erzählt, daß Sie Detektivin sind. Ich habe natürlich schon welche im Fernsehen gesehen, aber noch nie im richtigen Leben.«

»Jetzt schon«, sagte ich. »Ich arbeite sogar im gleichen Büro wie Jacks Anwalt, Lonnie Kingman. Er ist gerade auf dem Weg zum Polizeirevier, um mit Jack zu sprechen.« Ich wollte sie unbedingt über die Sache mit den Schuhen ausfragen, fürchtete aber, daß sie zuklappte wie eine Auster, wenn ich mich zu neugierig zeigte.

Sie senkte den Blick wieder auf ihre Arbeit. Sie ließ das chinesische Hackmesser in einem hurtigen Tanz herumhüpfen, der den ganzen Knoblauch auf die Größe von Reiskörnern reduzierte. »Sie haben gestern den ganzen Tag nach den Schuhen gesucht. So was haben Sie noch nicht gesehen. Sie haben sämtliche Schränke und Mülltonnen durchwühlt und sogar in den Blumenbeeten herumgegraben.«

Ich stieß einen kleinen Laut des Erstaunens aus. Es war offensichtlich, daß Enid an sämtlichen Einzelheiten der Polizeiarbeit brennend interessiert war.

»Sie haben mir gesagt, daß ich es war, die sie schließlich auf die richtige Spur gebracht hat«, fuhr sie fort. »Natürlich hatte ich keine Ahnung, daß sich herausstellen würde, daß die Schuhe Jack gehörten. Es ist mir schrecklich unangenehm. Myrna ist ganz außer sich. Sie hat ja solche Schuldgefühle, weil sie den Streit erwähnt hat.«

»Das mit den Schuhen muß ein Schock gewesen sein«, bohrte ich weiter.

»Jack ist mir von den Jungen der liebste. Ich habe vor fünfundzwanzig Jahren hier angefangen. Es war meine erste Stelle, und ich habe nicht damit gerechnet, lange zu bleiben.«

»Wurden Sie als Kindermädchen eingestellt?«

»Dafür waren die Jungen schon zu alt. Ich war eher eine Gesellschafterin für Mrs. Malek«, sagte sie. »Ich habe gar keine Ausbildung als Köchin. Ich habe es einfach nebenbei gelernt. Mrs. Malek – Rona – wurde zusehends schwächer, und damals war sie andauernd im Krankenhaus. Mr. Malek brauchte jemanden, der in ihrer Abwesenheit den Haushalt führte. Jack war auf der Junior High School und wußte nichts Rechtes mit sich anzufangen. Er saß dauernd bei mir in der Küche und sagte kaum ein Wort. Wenn ich ein Blech Plätzchen buk, verputzte er in Windeseile einen ganzen Teller voll. Er war im Grunde wie ein kleines Kind. Ich wußte, daß er eigentlich hungrig nach dem Lob und der Aufmerksamkeit seiner Mutter war, aber sie war viel zu krank. Ich tat, was ich konnte, aber es brach mir fast das Herz.«

»Und wie alt war Guy damals?«

Sie zuckte die Achseln. »Achtzehn, neunzehn. Er hatte ihnen bereits seit Jahren Kummer und Sorgen bereitet. Ich habe noch nie jemanden erlebt, der soviel Ärger machte. Eine Schandtat folgte der nächsten.«

»Wie sind Guy und Jack miteinander ausgekommen?«

»Ich glaube, Jack hat ihn bewundert und verklärt. Sie waren nicht wie Freunde, sondern es steckte immer ein gewisses Maß an Heldenverehrung dahinter. Jack fand, Guy sei wie James Dean, rebellisch und tragisch, wissen Sie, und unverstanden. Sie hatten nie so besonders viel miteinander zu tun, aber ich weiß noch, wie Jack ihn immer ansah. Bennet und Jack, die standen sich nahe. Die beiden Jüngeren fühlten sich stets zueinander hingezogen. Ich konnte allerdings nie viel mit Bennet anfangen. Er hat etwas Hinterlistiges an sich.«

»Und Donovan?«

»Er war der klügste von den vieren. Er hatte schon damals einen guten Kopf fürs Geschäft und hat ständig Kalkulationen angestellt. Als ich hier zu arbeiten anfing, war er schon auf dem College und hatte vor, nach seiner Rückkehr ganz für seinen Vater zu arbeiten. Donovan liebte die Firma mehr als jeder andere. Guy dagegen war der Unruhestifter. Das war offenbar seine Rolle.«

»Glauben Sie wirklich, daß Jack etwas mit Guys Tod zu tun haben könnte?«

»Eigentlich will ich es nicht glauben, aber ich weiß, daß er sich von Guy im Stich gelassen fühlte. Jack ist ein Loyalitätsfanatiker. Das war er schon immer.«

»Tja, das ist aber interessant«, sagte ich. »Denn als ich zum ersten Mal hier war, hat er in etwa das gleiche gesagt. Er war auf dem College, als Guy wegging, stimmt's?«

Enid schüttelte den Kopf. »Das hätte keine Rolle gespielt. Nicht für ihn. Jack fand irgendwie, daß Guy ihn hätte mitnehmen sollen, als er zu seinem großen Abenteuer aufbrach.«

»Er betrachtete also Guys Verschwinden als Verrat.«

»Ja, natürlich. Jack ist schrecklich abhängig. Er hat noch nie einen Job gehabt. Er hat ja noch nicht einmal eine Freundin gehabt. Er hat so gut wie überhaupt kein Selbstwertgefühl, und das laste ich seinem Vater an. Bader hat sich nie die Mühe gemacht, ihnen beizubringen, daß sie etwas wert sind. Ich meine, sehen Sie sich doch die Tatsachen an. Keiner von ihnen ist je von zu Hause weggegangen.«

»Das kann nicht gesund sein.«

»Es ist eine Schande. Erwachsene Männer?« Sie machte die Büchse Olivenöl auf und goß einen Schuß davon in den Soßentopf, während sie die Flamme aufdrehte. Dann nahm sie das Schneidbrett von der Arbeitsfläche, stützte es mit der Kante auf den Topf und strich den Knoblauch hinein. Aus dem Topf ertönte ein Zischen, gefolgt von einer Dampfwolke mit Knoblauchgeruch.

»Was ist denn nun mit den Schuhen passiert? Wo sind sie aufgetaucht?«

Sie hielt inne, um die Flamme zu regulieren, und legte das Brett wieder auf die Arbeitsfläche, wo sie sich eine Zwiebel nahm. Die Schale war dünn wie Papier und knisterte leise, als Enid sich ans Werk machte. »Ganz unten in einer Schachtel.

Können Sie sich noch an die Kisten mit Baders Kleidung erinnern, die Christie gepackt hat? Sie standen vorne auf der Veranda. Der Lastwagen von der Altkleiderverwertung ist gestern in aller Herrgottsfrühe zum Abholen gekommen.«

»Noch bevor die Leiche entdeckt wurde?«

»Bevor überhaupt irgend jemand aufgestanden war. Ich weiß nicht, wie ich auf den Zusammenhang gekommen bin. Irgendwie kam mir der Gedanke – wenn die Schuhe nicht hier auf dem Grundstück waren, mußten sie woanders sein.«

»Wie ist Ihnen eingefallen, wo sie genau waren?«

»Tja, einfach so. Ich habe gerade die Spülmaschine beladen und dabei ein bißchen vor mich hin gesummt, wissen Sie, und peng, auf einmal wußte ich es.«

»Das ist mir auch schon passiert. Es ist fast, als würde das Gehirn von selbst einen Sprung machen.«

Enid warf mir einen Blick zu. »Genau. Er muß gemerkt haben, daß er auf dem Teppich oben einen Schuhabdruck hinterlassen hat.«

»Haben Sie ihn selbst gesehen?«

»Nein, aber Myrna sagt, sie hat ihn gesehen, als sie in Guys Zimmer gegangen ist.« Enid hielt inne und schüttelte den Kopf. »Ich weigere mich zu glauben, daß er es getan hat.«

»Es *ist* auch schwer zu glauben«, sagte ich. »Ich meine, theoretisch muß er Guy umgebracht, den Fußabdruck gesehen, die Schuhe ausgezogen und sie auf dem Weg aus dem Haus in die Kiste gestopft haben. Er hat Glück gehabt – zumindest bildete er sich das ein.«

»Sie klingen nicht überzeugt.«

»Ich habe nur Schwierigkeiten, es mir vorzustellen. Jack kommt mir nicht so vor, als würde er über Leichen gehen. Stört Sie das nicht auch?«

Sie überlegte kurz und tat es dann mit einem Achselzucken ab. »Ein Mörder muß sich eben auf sein Glück verlassen, nehme ich an. Man kann nicht alles planen. Man muß improvisieren.«

»Tja, in diesem Fall hat es nicht geklappt.«

»Wenn er es gewesen ist«, sagte sie. Sie nahm eine Dose in die Hand und hielt sie unter den elektrischen Dosenöffner. Sie drückte einen Hebel und sah zu, wie die Dose sich drehte, während die rotierenden Klingen fein säuberlich den Deckel abtrennten. Küchen sind gefährlich, dachte ich beim Zusehen beiläufig. Was für ein Arsenal – Messer und Flammen und all die Spieße, Fleischklopfer und Nudelhölzer. Die durchschnittliche Hausfrau verbringt gewiß ein Gutteil ihrer Zeit damit, zufrieden die zu ihrer Aufgabe gehörenden Werkzeuge zu betrachten: Geräte, die zerquetschen, pulverisieren, mahlen und pürieren; Utensilien, die stechen, schneiden, zerteilen und entbeinen.

Enid wandte mir wieder den Blick zu. »Glauben Sie an Geister?«

»Nein, natürlich nicht. Warum fragen Sie?«

Sie sah in eine Ecke der Küche, wo ich nun zum ersten Mal eine Treppe bemerkte. »Gestern bin ich nach oben gegangen, um Wäsche zu verstauen. Da war ein Wesen im Flur. Ich wollte nur wissen, ob Sie an so etwas glauben.«

Ich schüttelte heftig den Kopf und dachte dabei an die Kälte in der Luft und das Klingeln in meinen Ohren.

»Es riecht jedenfalls nach Tier, irgendwie feucht und unsauber. Es ist sehr seltsam«, sagte sie.

17

Ich fuhr kurz nach eins bei den Maleks weg. Auf dem Nachhauseweg entdeckte ich an einer Tankstelle eine Telefonzelle. Ich bog ab und parkte. Vor der Servicebucht hatte eine Gruppe Jugendlicher von der hiesigen alternativen High School einen Autowaschdienst organisiert. Dem handgeschriebenen Schild zufolge kostete die Wäsche fünf Dollar, und der Erlös sollte für einen Ausflug nach San Francisco verwendet werden. Es war kein einziger Kunde in Sicht. Eimer voller Seifenwasser standen bereit, und die Kids schienen vor Langeweile kurz davor zu sein, sich gegenseitig mit Schläuchen abzuspritzen. Wenn ich Glück hatte, kam ich nicht in die Schußlinie.

Ich schlug Paul Trasatti im Telefonbuch nach. Es waren zwei Nummern aufgeführt: die eine unter einer Wohnadresse in der Hopper Road, die andere – ohne Anschrift – einfach unter Paul Trasatti, seltene Bücher. Ich fand eine Handvoll Kleingeld unten in meiner Handtasche und warf Münzen in die Schlitze. Zuerst wählte ich die Geschäftsnummer, weil ich es für wahrscheinlicher hielt, daß ich ihn in seinem Laden erreichen würde. Trasatti nahm ab, als sein Telefon noch nicht ein einziges Mal vollständig geklingelt hatte.

»Trasatti«, sagte er knapp. Er klang wie ein Mann, der auf einen Anruf gewartet hatte, in dem die Übergabemodalitäten für das Lösegeld genannt werden sollten.

»Mr. Trasatti, mein Name ist Kinsey Millhone. Ich bin Privatdetektivin und arbeitete für Jack Maleks Anwalt. Sie wissen, daß Jack verhaftet worden ist?«

»Ich habe es heute morgen erfahren. Ich habe angerufen, weil ich Jack sprechen wollte, und seine Schwägerin hat mir erzählt, daß sie ihn kurz zuvor mitgenommen haben. Hat sie gesagt, daß Sie mich anrufen sollen?«

»Nein, nein. Eigentlich nicht. Ich –«

»Woher haben Sie meine Nummer?«

»Ich habe sie im Telefonbuch nachgeschlagen. Ich brauche eine Auskunft, und ich dachte, daß Sie mir vielleicht helfen könnten.«

»Was für eine Auskunft?«

»Wenn ich mit Lonnie Kingman spreche, will er bestimmt wissen, was Jack an dem besagten Abend gemacht hat.«

»Warum kann er das nicht Jack fragen?«

»Das wird er sicher tun«, sagte ich, »aber wir brauchen jemanden, der Jacks Angaben bestätigt. Christie sagt, er hätte Sie am Dienstag abend mit in den Country Club genommen. Stimmt das?«

Er zögerte nur ganz kurz. »Das stimmt. Er hat mich nach dem Abendessen abgeholt. Ehrlich gesagt habe ich dann mit ihm Plätze getauscht. Er war zu angeheitert. Aber das sage ich ganz im Vertrauen, klar?«

»Ich bin keine Journalistin, aber natürlich. Wir können es vertraulich behandeln, zumindest im Moment«, sagte ich. »Angeheitert – heißt das betrunken?«

»Sagen wir einfach, daß wir uns in diesem Fall auf mich als Fahrer geeinigt haben.«

Ich schloß die Augen und horchte auf das Unausgesprochene, während auf der Straße hinter mir in beiden Richtungen Autos vorbeifuhren. »Haben Sie am selben Tisch gesessen?«

»Die Tische waren reserviert. Wir hatten festgelegte Plätze«, sagte er. Er hielt sich so bedeckt wie ein Politiker. Was wurde hier gespielt?

»Das habe ich nicht gefragt. Ich wollte wissen, ob Sie seine Anwesenheit auf der Auslosungs-Party bestätigen können.«

Ein kurzes, höchst merkwürdiges Schweigen folgte. »Kann ich Sie etwas fragen?« sagte er.

»Was denn?«

»Wenn Sie für diesen Anwalt arbeiten... wie hieß er noch mal?«

»Lonnie Kingman.«

»Okay, also diesen Kingman. Ich weiß, daß er nichts weitergeben darf, was zwischen ihm und Jack gesprochen wird, aber wie steht's mit Ihnen? Gilt das auch für Sie?«

»Unser Gespräch unterliegt nicht der Schweigepflicht, falls Sie das meinen. Alles, was für Jacks Verteidigung wichtig ist, gebe ich an Lonnie weiter. Das ist mein Auftrag. Und man *kann* mir Dinge anvertrauen. Sonst hätte ich meinen Beruf schon an den Nagel hängen müssen«, sagte ich. »Haben Sie nun mit Jack zusammengesessen?«

»Wissen Sie, genau das hat mich die Polizei auch schon gefragt«, erwiderte er. Sein Mund muß trocken gewesen sein, weil ich quasi hören konnte, wie er sich die Lippen leckte, bevor er weitersprach. »Jack ist ein guter Freund von mir, und ich möchte ihm nicht noch mehr Schwierigkeiten machen, als er sowieso schon hat. Ich habe getan, was ich konnte, ohne zu lügen.«

»Man soll die Polizei auch nicht belügen«, sagte ich. Womöglich wurde sein Anschluß abgehört, und sie wollten mich überprüfen.

»Nein, nein, das würde ich auch nicht tun. Aber das ist es ja gerade«, sagte er. »Ich habe es zwar nicht direkt gesagt, aber es gab einen Zeitraum, in dem Jack, na ja, wissen Sie, irgendwo anders war. Ich meine, ich könnte nicht behaupten, daß er direkt vor meinen Augen gesessen hätte.«

»Äh-hä. Wie lang war der Zeitraum?«

»Könnten anderthalb Stunden gewesen sein. Damals habe ich mir nichts dabei gedacht, aber wissen Sie, später dann – eben als diese andere Geschichte herauskam – habe ich über die Zeitspanne nachgedacht. Ich möchte nicht zitiert werden, nur ganz unter uns.«

»Wissen Sie, wo er war?«

»Ich weiß, wo er laut seiner eigenen Aussage gewesen ist. Er will draußen die zehnte Bahn entlangspaziert sein.«

»Im *Dunkeln*?«

»Es ist nicht so abwegig, wie es sich anhört. Ich habe das selbst auch schon getan. Manchmal gehen die Raucher hinaus, um sich eine Zigarette zu gönnen. Die meisten Clubmitglieder kennen den Golfplatz auswendig, es ist also nicht zu befürchten, daß man sich verirrt oder in ein Loch fällt.«

»Aber warum sollte er das während einer Party machen?«

»Er war aufgebracht – und zwar wirklich aufgebracht –, als er kam, um mich abzuholen. Das war der zweite Grund, warum ich darauf bestanden habe, zu fahren. Jack neigt in diesen Dingen zum Leichtsinn.«

»Hat er gesagt, was ihn aufgebracht hat?« Ich wartete. »Ich kann es für mich behalten«, versicherte ich.

»Er sagte, er und Guy hätten sich gestritten.«

»Worüber?«

»Vermutlich über das Geld. Ich würde sagen, über das Geld.«

»Sie meinen das Geld, das Guy erben sollte.«

»Genau.«

»Jack war also betrunken und aufgebracht, und als Sie beide im Club ankamen, verschwand er.«

»M-hm.«

»Haben Sie ihm geglaubt?«

»Daß er spazierengegangen ist? Mehr oder weniger. Ich meine, es liegt nahe – wissen Sie, wenn er versuchen wollte, nüchtern zu werden oder sich zu beruhigen.«

»Und *wirkte* er ruhiger, als er zurückkam?«

Einen Augenblick lang dachte ich, die Verbindung wäre abgebrochen. »Mr. Trasatti?«

»Ich bin noch dran. Hören Sie, die Sache ist die, daß er nicht rechtzeitig zurückgekommen ist, um mich wieder mitzunehmen. Ich mußte mir jemand anders suchen.«

»Und das haben Sie auch der Polizei erzählt?«

»Tja, das mußte ich doch. Mir war nicht wohl dabei, aber sie haben mich bedrängt, und es ist, wie Sie sagen: Ich konnte nicht lügen.«

»War sein Auto noch da?«

»Ich glaube schon. Beschwören könnte ich es nicht. Ich dachte, ich hätte es auf dem Parkplatz stehen sehen, als ich ging, aber ich hätte mich auch täuschen können.«

»Aber Sie sind sicher, daß Jack nirgends zu sehen war?«

»Genau. Ein Freund von mir sagte, er hätte ihn das erste Fairway überqueren sehen. Ein anderer Bekannter hat mich dann schließlich nach Hause gefahren.«

»Kann ich bitte beide Namen haben?« Ich zog eine Schulter hoch und klemmte mir den Hörer gegen das Ohr, während ich in meiner Tasche nach einem Stift und einem Zettel wühlte. Ich notierte mir die Namen, von denen mir keiner bekannt vorkam. »Und wie haben Sie erfahren, wo Jack war?«

»Er hat mich gleich am nächsten Morgen angerufen, um sich zu entschuldigen, und dabei hat er es mir erklärt.«

»Er hat Sie am Mittwoch morgen angerufen?«

»Das habe ich gerade gesagt.«

»Ich wollte mich nur vergewissern, daß ich Sie richtig verstanden habe. Wissen Sie noch, um wieviel Uhr er anrief?«

»Gegen acht, schätze ich.«

»Das war also, bevor irgend jemand wußte, daß Guy Malek tot ist.«

»Wohl schon. Ich weiß, daß Jack es nicht erwähnt hat. Man sollte meinen, daß er es erwähnt hätte, wenn er davon gewußt hätte.«

»Erinnern Sie sich noch an irgend etwas anderes aus dem Gespräch mit ihm?«

»Nicht daß ich wüßte. Ich habe ihm wahrscheinlich ohnehin schon genug Schwierigkeiten bereitet. Ich hoffe, Sie werden ihm nicht sagen, daß ich Ihnen das alles erzählt habe.«

»Ich bezweifle, daß ich Gelegenheit dazu haben werde, mit Jack zu sprechen«, sagte ich. »Vielen Dank für Ihre Hilfe. Vielleicht hören Sie in dieser Sache noch einmal von mir oder von Lonnie Kingman.« Auf jeden Fall wirst du in den Zeugenstand gerufen werden, dachte ich insgeheim.

»Da kann man wohl nichts machen«, sagte er düster, als läse er meine Gedanken. Er legte auf, bevor ich ihm noch mehr entlocken konnte.

Ich beäugte den Stapel Kleingeld, den ich auf das Sims neben dem Münzeinwurf gelegt hatte. Dann warf ich ein paar Münzen in den Schlitz und wählte Lonnies Privatanschluß. Er nahm ab, ohne sich zu melden.

»Hier ist Kinsey«, sagte ich. »Wie ist es gelaufen?«

»Gib mir bloß keine scharfen Gegenstände. Ich könnte mir die Adern aufschneiden.«

»Hast du von den Schuhen gehört?«

»Allerdings«, sagte er. »Lieutenant Robb hat die frohe Botschaft glückstrahlend überbracht.«

»Ich nehme an, das Muster auf der Sohle hat zu dem Abdruck am Tatort gepaßt.«

»Oh, sicher. Und was die Sache noch besser macht: Er sagt, daß das Labor auch noch kleine Fetzen von Guy Maleks Hirn gefunden hat, die am Oberleder kleben. Ich meine, Herrgott noch mal, wie will Jack erklären, daß ein Klecks Gehirnmasse in der Öse eines seiner Schuhe hängt? Das klappt nicht mit ›Ach, wißt ihr, Leute, Guy hat sich aus Versehen geschnitten, und dabei muß sein Blut auf mich getropft sein.‹«

»Was hatte Jack zu sagen?«

»Ich bin nicht dazu gekommen, ihn zu fragen. Nachdem er seine Angaben gemacht hatte, haben ihn die Cops ganz schnell zum Bezirksgefängnis gebracht, damit er registriert wird. Ich fahre später hinaus und unterhalte mich ausgiebig mit ihm. Er wird mir vermutlich erzählen, daß die Schuhe gestohlen worden sind. Wer's glaubt, wird selig.«

»Was ist mit der Mordwaffe?«

»Sie haben einen Baseballschläger entdeckt, der drunten in der Schwimmhalle zwischen ein paar andere Sportgeräte geschmuggelt worden ist. Irgend jemand hat ungeschickt versucht, ihn sauberzuwischen, aber es waren noch Blutspuren auf der Schlagfläche. Wenigstens waren keine Fingerabdrücke zu finden, also können wir Gott für kleine Gefälligkeiten danken. Wie steht's mit seinem Alibi? Ich hoffe, du erzählst mir jetzt gleich, daß ihn hundert Clubmitglieder ununterbrochen im Blick hatten.«

»Das wäre zu schön gewesen«, sagte ich. Ich beschrieb ihm den Ablauf der Ereignisse, so wie Paul Trasatti sie mir geschildert hatte.

Ich hörte Lonnie seufzen. »Zu blöd, daß Jack dort draußen nicht irgendeine verheiratete Frau gevögelt hat. Du hast doch sicher eine Theorie.«

»Er hätte den Club zu Fuß verlassen können. An der Straße gibt es ein halbes Dutzend Stellen, wo er über den Zaun hätte klettern können.«

»Und dann?« fragte Lonnie. »Der Country Club liegt meilenweit vom Anwesen der Maleks entfernt. Wie soll er von dort aus wieder nach Hause kommen, ohne daß ihn jemand sieht?«

»Lonnie, es macht mir keinen Spaß, dir das zu erzählen, aber der Mann hat eine Harley-Davidson. Er hätte sein Motorrad vorher verstecken können. Das Haus mag zwar zu Fuß eine Stunde weit weg sein, aber motorisiert sind es nur zehn Minuten.«

»Na und? Wo war Bennet an diesem Abend? Und was ist mit Donovan? Er war auf jeden Fall im Haus, als der Mord passiert ist.«

»Ich kann heute nachmittag mit Bennet sprechen.«

»Hat irgend jemand Jack über den Zaun klettern sehen? Ich bezweifle es. Oder hat irgend jemand im fraglichen Zeitraum die Harley gesehen?«

»Ich kann es überprüfen«, bot ich an.

»Ich weiß, welche Theorie die Polizei verfolgt. Sie sagen, Jacks Zimmer liegt neben dem von Guy. Er mußte also lediglich von einem Raum in den nächsten schleichen, ihm den Schädel einschlagen und wieder zurückschleichen.«

»So einfach ist es nicht«, wandte ich ein. »Vergiß nicht, daß er die Schuhe unten in der Altkleiderkiste verstecken, das Blut vom Schläger wischen und ihn in die Schwimmhalle zurückbringen mußte, bevor er sich eilig wieder in den Country Club davonmachte.«

»Stimmt. Ist die Einfahrt zum Club eigentlich bewacht? Vielleicht hat ja jemand bemerkt, wann er gegangen ist.«

»Ich fahre mal rüber und frage nach. Ich kann außerdem messen, wie lange es dauert, von dort zum Haus und wieder zurück zu kommen.«

»Laß das mal. Dazu kommen wir später. Fürs erste müssen wir jemand anders finden, auf den wir die Schuld schieben können.«

»Das dürfte nicht allzu schwer sein. Ich meine, Jack ist nicht der einzige, der Zugang zu Guys Zimmer hatte. Jeder im Haus hätte auf die gleiche Weise eindringen können. Die Cops haben die Mordwaffe, aber nach dem, was du gesagt hast, haben sie Jacks Fingerabdrücke nicht gefunden.«

»Ja, aber sie können auch keine von anderen Personen finden.«

»Wie wollen sie dann beweisen, daß Jack das verdammte Ding geschwungen hat? Vielleicht hat man ihn reingelegt.«

Lonnie schnaubte mir ins Ohr. »Da hätte jemand verflucht noch mal eine Pinzette nehmen und Gehirnmasse *abzwicken*, dann auf Zehenspitzen in Jacks Zimmer schleichen, die Schuhe im Schrank suchen und die Hirnfitzelchen auf ihnen verteilen müssen.«

»Es ist doch immerhin möglich, oder nicht?«

»Es ist auch möglich, daß der Weihnachtsmann durch den Kamin gekommen ist und das Verbrechen selbst begangen hat. Es stinkt. Die ganze Sache stinkt.«

»Ich finde die Idee mit den Augenzeugen gut. Bis jetzt klingt es nicht danach, als ob es irgend jemanden gäbe, der ihn am Tatort gesehen hätte.«

»Bis jetzt nicht, aber ich bin mir sicher, daß die Polizei schon dabei ist, die Nachbarn abzuklappern.«

»Tja, dann klappern wir eben auch ein paar ab.«

»Du bist vielleicht eine Optimistin«, sagte er.

Ich lachte. »Eigentlich kann ich kaum glauben, daß ich hier stehe und Jack verteidige. Ich kann ihn nicht mal leiden.«

»Wir werden nicht dafür bezahlt, daß wir ihn leiden können. Wir werden dafür bezahlt, daß wir ihn aus diesem Schlamassel herauspauken«, sagte Lonnie.

»Ich tue, was ich kann.«

»Ich weiß.«

Bevor ich von der Tankstelle wegfuhr, nahm ich mir die Zeit, an die Zapfsäule heranzufahren und vollzutanken. Auf meiner Motorhaube hatte sich mittlerweile der Morgentau mit dem Staub der Santa-Ana-Winde vom Montag vermischt. Mein letzter VW war schmutzigbeige gewesen, deshalb hatte man den Dreck nie gesehen. Bei diesem schicken 1974er Modell waren die Streifen auffälliger, blaßblaue Bächlein, die sich durch eine fleckige Schmutzschicht gruben. Auch ein Vogel hatte auf der Motorhaube sein Urteil abgegeben. Ich bezahlte das Benzin, äugte über die rechte Schulter und fuhr rückwärts zu der Stelle, wo die Autowaschaktion stattfand. Die Jugendlichen begannen zu pfeifen und zu klatschen, und ich merkte, wie ich über ihren Enthusiasmus lächeln mußte.

Ich stellte mich auf die Seite, während einer von ihnen mit einer Flasche Fensterreiniger in den Wagen kroch. Ein zweiter warf den Autostaubsauger an und begann, den Schmutz von den Fußmatten zu saugen. Ein Dreierteam schäumte das Äußere ein, wobei sich alle drei heftig über das Fahrzeug hermachten. Der Junge mit dem Staubsauger beendete seine Reinigung des Innenraums, und ich sah, wie er von der anderen Seite des Autos mit einem Umschlag in der Hand auf mich zukam und ihn mir entgegenhielt. »Haben Sie den schon gesucht?«

»Wo kommt der denn her?«

»Ich habe ihn vorn neben dem Beifahrersitz gefunden. Sieht aus, als wäre er in den Zwischenraum gerutscht.«

»Danke.« Ich nahm den Umschlag und erwartete schon halb, die mittlerweile vertraute Schreibmaschinenschrift zu sehen. Statt dessen war mein Name mit Kugelschreiber auf die Vorderseite gekritzelt worden. Ich wartete, bis der Junge sich entfernt hatte, dann machte ich den Umschlag auf und zog das einzelne Blatt Papier heraus. Der Text war mit schwarzer Tinte in einer auffälligen Handschrift geschrieben, eine merkwürdige Mischung aus Schreib- und Druckschrift. Ich warf einen Blick auf die Unterschrift. *Guy Malek*. Ich merkte, wie sich zwischen meinen Schulterblättern Eiskristalle bildeten.

Montag abend. Warte, daß Du auftauchst.

Hey, K…

Hoffe schwer, daß ich mich trauen werde, Dir diesen Brief zu geben. Aber ich hab mich wohl getraut, wenn Du ihn liest. Ich habe, seit ich fünfzehn war, kein Mädchen mehr um ein Rendezvous gebeten, und damals hat es auch nicht so toll funktioniert. Ich hatte einen Riesenpickel am Kinn und habe den ganzen Abend damit zugebracht, mir Entschuldigungen dafür auszudenken, warum ich das Gesicht ständig abgewandt hielt.

Jedenfalls folgendes.

Wenn dieses Familientheater vorüber ist, hättest Du dann vielleicht Lust, Dir einen Tag freizunehmen und mit mir nach Disneyland zu fahren? Wir könnten Eis mit buntem Sirup essen und die Karibikpiraten mitmachen und dann mit dem Schiff durch die Miniaturwelt fahren und dabei dieses Lied singen, das man hinterher ein halbes Jahr nicht mehr aus dem Kopf kriegt. Ich könnte ein bißchen Albernheit in meinem Leben gebrauchen, und Du auch.

Überleg's Dir und sag mir Bescheid, damit ich meine Clearasil-Vorräte aufstocken kann.

Guy Malek

P.S. Nur fürs Protokoll: Wenn mir irgendwas passieren sollte, sorg bitte dafür, daß mein Anteil von Dads Nachlaß an die Jubilee Evangelical Church geht. Ich habe diese Leute wirklich gern.

Als ich fertig gelesen hatte, standen mir Tränen in den Augen. Der Brief war wie eine Nachricht von den Toten. Ich starrte auf die andere Straßenseite und blinzelte hektisch. Ich spürte einen bohrenden Schmerz im Brustkorb, und mein Gesicht wurde urplötzlich von Hitze durchflutet. Mit dem Kummer kam ein Aufwallen nackter Wut. Ich sandte Guy meine Gedanken durch den Äther. Ich werde herausfinden, wer dich umgebracht hat, und ich werde herausfinden, warum. Ich schwöre, ich werde es tun. Ich schwöre es.

»Miss? Ihr Auto ist fertig.«

Ich holte tief Luft. »Danke. Es sieht prima aus.« Ich gab dem

Jungen zehn Dollar und fuhr mit bis zum Anschlag aufgedrehtem Radio davon.

Als ich nach Hause kam, sah ich Robert Dietz' kleinen roten Porsche vor dem Gartentor stehen. Ich stellte meine Aktentasche auf den Bürgersteig, während ich am Straßenrand stehenblieb, den Wagen musterte und es kaum zu glauben wagte. Er hatte mir erzählt, er werde zwei Wochen weg sein. Nun war es noch nicht einmal eine. Ich umrundete das Auto und sah mir das Nummernschild an, auf dem DIETZ stand. Dann nahm ich meine Aktentasche und ging durchs Gartentor. Ich bog um die Ecke und sperrte meine Tür auf. Dietz' Koffer lag neben der Couch. Sein Kleidersack hing an der Badezimmertür.

»Dietz?« sagte ich.

Keine Reaktion.

Ich ließ Handtasche und Aktentasche auf dem Küchentresen stehen und ging über den Innenhof zu Henry hinüber, wo ich zum Küchenfenster hineinspähte. Dietz saß auf Henrys Schaukelstuhl und hatte das Hosenbein hochgezogen, um sein verletztes Knie vorzuzeigen. Die Schwellung war deutlich zurückgegangen, und aus den zahlreichen Gesten, die er vollführte, konnte man schließen, daß er sich die Flüssigkeit hatte absaugen lassen. Schon seine pantomimische Darstellung des Vorgangs, wie ihm eine Injektionsnadel ins Fleisch gestochen wurde, ließ meine Handflächen feucht werden. Zuerst sah er mich gar nicht. Es war wie in einem Stummfilm, die beiden Männer in ihre Unterhaltung über medizinische Angelegenheiten vertieft zu sehen. Henry mit seinen fünfundachtzig war mir so vertraut – gutaussehend, weichherzig und intelligent. Dietz war robuster gebaut – kräftig, hart, eigensinnig, impulsiv und genauso klug wie Henry, aber eher gerissen als intellektuell. Ich mußte über die beiden lächeln. Wo Henry sanft war, war Dietz rastlos und ruppig, ohne jede Verstellung. Ich schätzte seine Aufrichtigkeit, mißtraute seiner Anteilnahme, ärgerte mich über seine Herumtreiberei und sehnte mich nach Klarheit in unserer Beziehung. Inmitten all der Bedrücktheit, die ich empfand, wirkte Dietz befreiend.

Er sah auf, als er mich bemerkte. Grüßend hob er eine Hand, ohne sich vom Stuhl zu erheben.

Henry kam an die Tür und ließ mich ein. Dietz zog sein Hosenbein wieder herunter, wobei er mir mit einer kurzen Nebenbemerkung von einer Tagesklinik in Santa Cruz erzählte. Henry bot Kaffee an, doch Dietz lehnte ab. Heute weiß ich nicht einmal mehr, worüber wir drei uns unterhielten. Während des belanglosen Geplauders legte mir Dietz eine Hand auf den Ellbogen und löste damit in mir eine Hitzewallung aus. Aus dem Augenwinkel fing ich seinen fragenden Blick auf. Was immer ich auch empfunden habe, muß über unsichtbare Kanäle zu ihm durchgedrungen sein. Ich muß gesurrt haben wie eine Hochspannungsleitung, da selbst Henrys lockere Konversation irgendwie ins Stocken kam. Dietz warf einen Blick auf die Uhr und stieß einen Laut des Erstaunens aus, so als hätte er sich für eine Verabredung verspätet. Rasch verabschiedeten wir uns und gingen, ohne ein Wort miteinander zu wechseln, durch Henrys Hintertür hinaus und zu meiner Wohnung hinüber.

Die Tür schloß sich hinter uns. In der Wohnung war es kühl. Bleiches Sonnenlicht drang in einer Reihe horizontaler Linien durch die geschlossenen Jalousien. Der Raum war so eingerichtet, daß man sich wie auf einem Segelboot fühlte: kompakt und einfach, mit Stühlen aus königsblauem Segeltuch und einer Wandtäfelung aus glänzendem Teak und Eichenholz. Dietz klappte das Bett in der Fensternische auf und schlüpfte aus den Schuhen. Ich streifte mir die Kleider vom Leib und spürte bei jedem Kleidungsstück, das ich ablegte, ein aufflammendes Begehren. Dietz' Kleider gesellten sich in einem Haufen auf dem Fußboden zu meinen. Wir sanken in einer Drehbewegung ineinander. Die Bettlaken, so blau wie die See, fühlten sich zuerst kalt an und erwärmten sich bei der Berührung mit unseren nackten Leibern. Seine Haut schimmerte und war glatt wie die Oberfläche einer Abalonemuschel. Das Spiel der Schatten barg etwas in sich, das der Luft ein wäßriges Element verlieh und uns beide in seinen durchsichtigen Glanz hüllte. Es war ein Gefühl, als schwämmen wir im seichten Wasser, so geschmeidig und anmutig wie ein Paar Meerotter, die durch die Brandung tollten. Unser Liebesspiel verlief schweigend, abgesehen von einem gelegentlichen Summen in seiner Kehle. Ich denke nicht oft an Sex als ein Gegengift für Schmerz, aber in diesem Fall war es das, und ich gebe unumwunden zu, daß ich die Intimität mit dem einen Mann benutzte, um den Verlust des anderen aufzuwiegen. Es war das einzige Mittel, das die Macht hatte, mich zu trösten. Noch in der Situation befiel mich kurzzeitige Verwirrung darüber, welchen Mann ich nun betrog.

Später fragte ich Dietz: »Möchtest du etwas essen? Ich bin am Verhungern.«

»Ich auch«, sagte er. Als Gentleman tappte er zum Kühlschrank hinüber, wo er splitternackt in einem Strahl gleißenden Lichts stand und das Innere musterte. »Warum sind schon wieder keine Vorräte da? Ißt du nichts, wenn ich nicht hier bin?«

»Es ist doch etwas da«, sagte ich rechtfertigend.

»Ein Glas Gewürzgurken.«

»Ich kann Sandwiches machen. Im Tiefkühlfach ist Brot, und da oben im Schrank steht ein Glas Erdnußbutter.«

Er warf mir einen Blick zu, als hätte ich soeben vorgeschlagen, einen Topf Nacktschnecken zu kochen. Er klappte die Kühlschranktür wieder zu und machte das Eisfach auf, wo er sich durch ein paar mit Eiskristallen bedeckte Päckchen mit Fleischprodukten wühlte, die an Gefrierbrand litten. Er schloß das Fach wieder, kehrte zum Bettsofa zurück und kroch unter die Decke. »Lang halte ich das nicht aus. Wir müssen etwas essen«, sagte er.

»Ich kann noch gar nicht glauben, daß du schon wieder da bist. Ich dachte, du wolltest mit den Jungen einen Ausflug machen.«

»Es hat sich herausgestellt, daß sie vorhatten, mit Freunden im Yosemite zelten zu gehen, und nicht wußten, wie sie mir das beibringen sollten. Als ich in Santa Cruz in der Zeitung von dem

Mord las, habe ich ihnen gesagt, daß ich zurück muß. Ich habe zwar tierische Schuldgefühle gekriegt, aber sie waren restlos begeistert. Pervers wie die menschliche Natur nun einmal ist, hat mich das irgendwie geärgert. Sie konnten mich kaum schnell genug ins Auto verfrachten. Als ich losgefahren bin, habe ich in den Rückspiegel geschaut. Sie haben sich nicht einmal die Zeit genommen zu winken. Sie sind nur wie die Wilden die Außentreppe hochgestürmt, um sich ihre Schlafsäcke zu schnappen.«

»Aber ihr habt ein paar Tage zusammen verbracht.«

»Das war gut. Es hat mir Spaß gemacht«, sagte er. »Und jetzt erzähl mir mal von dir und davon, was hier passiert ist.«

Nachdem ich das Ganze mit Lonnie schon durchgekaut hatte, erläuterte ich die Ereignisse mit bemerkenswerter Prägnanz und kam lediglich bei der Schilderung Guys ins Stocken. Bereits der Klang seines Namens löste einen Strom von Traurigkeit in mir aus.

»Du brauchst einen Schlachtplan«, sagte Dietz unvermittelt.

Ich wiegte die Hand hin und her – vielleicht, vielleicht auch nicht. »Jack wird vermutlich morgen dem Haftrichter vorgeführt werden, falls das nicht schon geschehen ist.«

»Will Lonnie Zeit schinden?«

»Ich habe keine Ahnung. Vermutlich nicht.«

»Dann wird er also darauf bestehen, daß innerhalb von zehn Gerichtstagen die Vorverhandlung stattfindet. Damit bleibt uns nicht viel Zeit. Was ist mit der Geschichte um diesen Max Outhwaite? Wir könnten versuchen, ihr auf den Grund zu gehen.«

Ich registrierte das »Wir«, ließ es aber kommentarlos im Raum stehen. Wollte er mir ernsthaft Hilfe anbieten? »Was gibt's denn noch für Möglichkeiten?« fragte ich. »Ich habe im Stadtarchiv und in den Wählerlisten nachgesehen. Außerdem in den städtischen Adreßbüchern. Der Name ist genauso falsch wie die Adresse.«

»Was ist mit Querverweisen?«

»Hab ich versucht.«

»Alte Telefonbücher?«

»Ja, die bin ich auch schon durchgegangen.«

»Wie lange zurück?«

»Sechs Jahre.«

»Warum sechs? Warum nicht zurück bis zu dem Jahr, in dem Guy Malek weggegangen ist? Oder noch weiter. Max Outhwaite könnte das Opfer einer Gaunerei in Guys Jugend gewesen sein.«

»Wenn der Name falsch ist, spielt es keine Rolle, wie weit ich zurückgehe.«

»Anders ausgedrückt, du warst zu faul«, sagte er milde.

»Genau«, sagte ich, ohne beleidigt zu sein.

»Was ist mit den Briefen selbst?«

»Einen habe ich nur als Fax. Der andere ist mit Schreibmaschine auf gewöhnlichem weißen Briefpapier geschrieben. Keine besonderen Kennzeichen. Ich hätte ihn nach Fingerabdrücken untersuchen können, aber das schien mir nicht viel Sinn zu haben. Wir haben ohnehin keine Gelegenheit, sie zu überprüfen, und nichts zum Vergleich, selbst wenn sich ein Abdruck finden ließe. Ich habe den einen Brief in eine Klarsichthülle gesteckt, um ihn so gut wie möglich zu schützen. Dann habe ich Kopien von beiden Briefen gemacht. Einen Satz habe ich im Büro gelassen, im Schreibtisch eingeschlossen. Ich werde bei so etwas immer paranoid.«

»Den anderen Satz hast du hier?«

»In meiner Aktentasche.«

»Werfen wir doch mal einen Blick darauf.«

Ich schob die Decke beiseite und stand auf. Ich holte meine Aktentasche aus der Küche und wühlte ihren Inhalt durch. Mit meinem Päckchen Karteikarten und den beiden Briefen kam ich zum Bettsofa zurück. Ich schlüpfte wieder zwischen die Laken und reichte ihm die Papiere, während ich mich auf die Seite drehte, damit ich ihm bei der Arbeit zusehen konnte. Er setzte seine Brille auf. »Das ist wirklich romantisch, weißt du das, Dietz?«

»Wir können nicht den ganzen Tag vögeln. Ich bin fünfzig. Ich bin alt. Ich muß mit meinen Kräften haushalten.«

»Ja, klar.«

Wir stellten die Kopfkissen auf und setzten uns nebeneinander, während Dietz die beiden Briefe las und durch meine Karteikarten blätterte. »Was glaubst du?« fragte ich.

»Ich glaube, Outhwaite könnte der Täter gewesen sein. Mir scheint, es geht jetzt darum, einen anderen Kandidaten zu finden und so zumindest die Aufmerksamkeit von Jack abzulenken.«

»Das gleiche hat Lonnie auch gesagt. Die Beweislage ist vernichtend, aber das sind nichts als Indizien. Lonnie hofft, daß wir jemand anders finden, auf den wir die Schuld schieben können. Ich glaube, er tendiert mehr zu Donovan oder Bennet.«

»Am besten gleich alle auf einmal. Wenn die Polizei glaubt, Jacks Motiv war Guys Anteil am Nachlaß, dann ließe sich dasselbe für die beiden anderen sagen. Für jeden von ihnen wäre es ebenso leicht gewesen, sich in Guys Zimmer zu schleichen.« Er blätterte noch einmal die Karteikarten durch. Dann hielt er eine Karte in die Höhe. »Was soll das heißen? Von was für einer Betrügerei ist hier die Rede?«

Ich nahm die Karte und las sie durch. Auf ihr stand: *Witwe um Notgroschen gebracht.* »Ach. Das weiß ich nicht genau. Ich habe alles aufgeschrieben, was ich von meinem ersten Gespräch mit Donovan behalten habe. Er hatte von den Delikten gesprochen, die sich Guy im Lauf der Jahre hatte zuschulden kommen lassen. Das meiste davon klang geringfügig – Vandalismus, Autodiebstahl für kurze Spritztouren und solches Zeug –, aber er war auch in irgendeinen Betrug verwickelt gewesen. Ich hatte seinerzeit nicht nachgefragt, weil ich mit meiner Suche gerade erst angefangen hatte und mich auf die Methoden konzentrierte, mit denen ich ihn ausfindig machen könnte. Es kümmerte mich nicht, was er alles auf dem Kerbholz hatte, es sei denn, es war irgendwie zweckdienlich.«

»Es könnte sich lohnen, seine Vergangenheit mal genauer unter die Lupe zu nehmen. Schließlich war allgemein bekannt, daß er zurückgekommen war. Vielleicht wollte jemand eine alte Rechnung begleichen.«

»Das ist mir auch in den Sinn gekommen. Ich meine, warum

sollte Max Outhwaite sonst die Zeitung verständigen?« sagte ich. »Ich habe außerdem mit dem Gedanken gespielt, daß einer von Guys Brüdern die Briefe geschrieben haben könnte.«

»Warum?«

»Um es so aussehen zu lassen, als hätte er Feinde, jemanden außerhalb der Familie, der seinen Tod wollte. Übrigens hat Bader eine Akte mit Zeitungsausschnitten geführt, in denen Guys Fehltritte dokumentiert sind.«

Dietz drehte sich um. »Irgend etwas Interessantes dabei?«

»Tja, nichts, das gleich herausstechen würde. Ich habe sie im Büro, wenn du sie dir selbst ansehen möchtest. Christie hat mir angeboten, sie mitzunehmen, als ich draußen bei ihr war.«

»Das machen wir. Hört sich gut an. Vielleicht hilft es uns dabei, eine andere Spur zu finden.« Er wandte sich wieder den zwei Briefen zu und musterte sie eingehend. »Was ist mit dem dritten? Was stand in dem Brief an Guy?«

»Ich habe keine Ahnung. Lieutenant Bower wollte es mir nicht sagen, und ich habe auch sonst nicht viel aus ihr herausbekommen. Aber ich würde darauf wetten, daß es in allen drei Fällen dieselbe Person war.«

»Bei der Polizei lassen sie vermutlich die Experten von der Spurensicherung Vergleiche ziehen.«

»Mag sein. Aber vielleicht scheren sie sich gar nicht mehr um Max Outhwaite, jetzt wo Jack in Haft ist. Wenn sie davon überzeugt sind, daß er der Täter ist, warum sollen sie sich dann noch den Kopf über einen anderen zerbrechen?«

»Soll ich dir bei der Kleinarbeit helfen?«

»Das würde mich freuen.«

18

Ich setzte Dietz an der städtischen Bibliothek ab und fuhr auf dem Freeway zu Malek Construction hinaus. Ich hatte eigentlich nicht vor, lange zu bleiben, aber als ich auf den Parkplatz einbog, sah ich Donovan in einen Firmentransporter steigen. Ich rief ihn beim Namen, winkte kurz und fuhr auf einen Besucherparkplatz zwei Lücken neben ihm. Er wartete, bis ich bei ihm angelangt war, und kurbelte dann das Fenster auf der Beifahrerseite herunter.

Sein Gesicht legte sich lächelnd in Falten, und seine Augen waren hinter der dunklen Sonnenbrille kaum zu sehen. »Wie geht's?« fragte er. Dann schob er sich die Sonnenbrille auf den Kopf.

»Gut. Wie ich sehe, sind Sie gerade im Aufbruch. Bleiben Sie lange weg? Ich habe ein paar Fragen.«

»Ich habe im Steinbruch etwas zu erledigen. Es dauert nur etwa eine Stunde, falls Sie mich begleiten wollen.«

Ich überlegte kurz. »Kann ich machen«, sagte ich.

Er legte seinen Schutzhelm vom Beifahrersitz auf den Fußboden und machte mir die Seitentür auf. Ich hüpfte hinein. Er trug Blue jeans und eine Jeansweste über einem blaukarierten Freizeithemd mit hochgekrempelten Ärmeln. Seine Füße steckten in schweren Arbeitsstiefeln, deren Sohlen so stark profiliert waren wie Autoreifen.

»Wo ist der Steinbruch?«

»Auf der Paßhöhe.« Er ließ den Pickup an und fuhr aus der Parklücke. »Was gibt's Neues von Jack?«

»Ich habe nicht mit ihm gesprochen, aber Lonnie Kingman hat ihn gesehen, bevor sie ihn ins Gefängnis überstellt haben. Haben Sie mit Christie geredet?«

»Ich habe spät zu Mittag gegessen«, antwortete er. »Ich muß ungefähr zehn Minuten, nachdem Sie gegangen sind, nach Hause gekommen sein. Ich hatte keine Ahnung, was los ist. Wie sieht es denn zur Zeit aus?«

»Schwer zu sagen. Lonnie tüftelt noch an seiner Strategie. Ich werde wahrscheinlich später auf einen Sprung im Country Club vorbeischauen und die Mitglieder befragen, die am Dienstag abend da waren. Wir wären froh, wenn wir jemanden finden könnten, der Jack zwischen halb zehn und halb zwölf im Club gesehen hat.«

»Dürfte nicht allzu schwierig sein.«

»Sie würden sich wundern«, sagte ich.

Ich bin ausgelassen wie ein Kind, wenn ich in einem Lieferwagen mitfahren darf. Noch bevor wir die schmale Landstraße erreicht hatten, die sich den Paß hinaufschlängelte, merkte ich, wie die Anspannung von mir abfiel. Es hat etwas Beruhigendes, als Passagier in einem fahrenden Auto zu sitzen. Die Kombination aus tiefem Brummen und sachtem Rumpeln in Donovans Wagen schläferte mich beinahe ein. Ich war es leid, über den Mord nachzudenken, obwohl ich das Gespräch irgendwann auf diesen Punkt würde bringen müssen. In der Zwischenzeit befragte ich ihn über die Firma und ergötzte mich über die Maßen an der Länge seiner Antwort. Donovan steuerte mit einer Hand und sprach so laut, daß er das Rattern des Lastwagens übertönte.

»Wir haben mit dem Recycling von Bruchware angefangen, wozu wir gebrochenen Beton und Asphalt verwenden. In Colgate haben wir einen Platz, wo wir das Material lagern, und außerdem besitzen wir eine mobile Anlage – tja, inzwischen haben wir sogar zwei mobile Anlagen –, eine in Monterey und eine in Stockton. Ich glaube, wir waren hier in der Gegend unter den ersten, die das gemacht haben. Wir können die Stoffe zu Straßenuntergrund zermahlen, der den Vorschriften genügt. Die einzelnen Materialien hierher zu transportieren kostet mehr als das Endprodukt selbst, also hat man beim Transport einen Kostenvorteil.«

In diesem Stil redete er weiter, während ich mich beiläufig fragte, ob es sich wohl lohnte, seine Behauptungen über die Solvenz der Firma zu überprüfen. Als ich wieder zuhörte, sagte er gerade: »Zur Zeit produzieren wir draußen im Steinbruch etwa die gleiche Menge wie in der Sand- und Kiesgrube. Der weitaus größte Teil aus der Sand- und Kiesgewinnung wandert in die Herstellung von Asphaltbeton. Unser Asphaltbetonwerk ist von Santa Teresa aus das nächstgelegene. Früher hatten wir eines direkt in Santa Teresa, wohin wir Sand, Kies und Flüssigasphalt transportierten, und stellten ihn dort her, aber es war auch in diesem Fall wirtschaftlicher, das Produkt hier zu erzeugen und es nach Santa Teresa zu fahren. Ich bin vermutlich der einzige Mensch auf der Welt, der von Straßenuntergrund und Portlandzement schwärmt. Aber Sie wollten über Jack sprechen.«

»Ich würde lieber über Guy sprechen.«

»Also, ich kann Ihnen versichern, daß Jack ihn nicht umgebracht hat, weil das vollkommen unlogisch ist. Die ersten, die die Polizei unter die Lupe nimmt, sind wir drei. Es wundert mich, daß Bennet und ich nicht überprüft werden.«

»Das kommt vermutlich noch, aber im Moment scheinen alle Indizien auf Jack hinzudeuten.« Ich berichtete ihm von den Joggingschuhen und dem Baseballschläger. »Haben Sie eine Ahnung, wo die Harley-Davidson an diesem Abend war?«

»Zu Hause in der Garage vermutlich. Die Harley ist Jacks Baby, nicht meins. Ich hatte auch gar keine Gelegenheit, sie an diesem Abend zu sehen. Ich war oben und habe ferngesehen.«

Wir fuhren auf einer kurvenreichen Straße, die auf beiden Seiten von Buschwerk gesäumt wurde, die Paßhöhe hinauf. Die Luft war unbewegt und lag unter der heißen Sonne still auf den Bergen. Die holzigen Büsche waren trocken wie Zunder. Weiter oben in den felsigen Hängen hatten sich Unkraut und Ziergräser – Rispengras und Waldtrespe, Fuchsschwanz und Raigras – wie ein goldener Schleier über die Landschaft ausgebreitet und ließen die schroffen Felsen weicher wirken. Kaum ein Lüftchen regte sich, aber später am Tag würde die herabsinkende Warmluft von den Berghängen ins Tal wehen. Die relative Luftfeuchtigkeit würde fallen und der Wind, der durch die Cañons blies, an Geschwindigkeit zunehmen. Jede noch so winzige Flamme eines Lagerfeuers, einer brennenden Zigarette, jeder unbemerkte Funken, der aus einem Gerät zur Unkrautbekämpfung schlug, könnte sich binnen Minuten zu einem Flächenbrand auswachsen. Die großen Feuer traten meist im August oder September auf, nach monatelangen Hochdrucklagen. Allerdings war das Wetter in letzter Zeit launisch und unberechenbar gewesen, so daß man unmöglich eine Prognose treffen konnte.

Unter uns und in der Ferne erstreckte sich der Pazifik in blauem Dunst bis zum Horizont. Ich konnte die Unregelmäßigkeit der Küste in nördlicher Richtung verfolgen.

Donovan sagte: »Ich habe Jack an diesem Abend nicht mehr gesehen, seit er in den Club gefahren ist, also kann ich Ihnen da auch nicht weiterhelfen. Ich verstehe nicht, wonach Sie abgesehen von seinem Aufenthaltsort eigentlich suchen.«

»Wir können entweder beweisen, daß Jack es nicht war, oder jemand anders der Tat beschuldigen. Wo war Bennet an diesem Abend? Kann er nachweisen, wo er war?«

»Das müssen Sie ihn selbst fragen. Er war jedenfalls nicht zu Hause, das weiß ich. Er ist erst spät gekommen.«

»Als wir uns das erste Mal unterhalten haben, haben Sie mir von einigen von Guys Gesetzesverstößen erzählt. Könnte nicht jemand einen Groll gegen ihn hegen?«

»Sie möchten bis zu seinem Aufenthalt in der Besserungsanstalt zurückgehen?«

»Vielleicht. Aber auch auf spätere Zeiten. Sie haben eine Witwe erwähnt, die er um Geld betrogen hat.«

Donovan schüttelte den Kopf. »Vergessen Sie's. Das ist eine Sackgasse.«

»Inwiefern?«

»Weil es die ganze Familie nicht mehr gibt.«

»Sie sind von hier weggezogen?«

»Sie sind alle tot.«

»Erzählen Sie es mir trotzdem.«

»Die Witwe war eine Mrs. Maddison. Guy war damals schon weg, und als unser alter Herr hörte, was Guy getan hatte, weigerte er sich, dafür aufzukommen. Es war eine der wenigen Gelegenheiten, bei denen er hart blieb. Ich nehme an, er hatte schließlich die Nase voll davon, ständig die Schäden wiedergutzumachen, die Guy angerichtet hatte. Er empfahl der Frau, Klage einzureichen, aber ich weiß, daß sie das nie getan hat. Manche Menschen sind eben so. Sie unternehmen nichts, selbst wenn sie sollten.«

»Was ist denn nun passiert?«

Wir erreichten den Gipfel, und die Straße gab den Blick auf eine Aussicht frei, die ich liebe, ein karamelfarbenes Tal, getüpfelt mit dunklen Kuppen immergrüner Eichen. Ranches und Campingplätze verschmolzen mit der Landschaft, aber die meisten waren von hier oben unsichtbar. Die zweispurige Landstraße verbreiterte sich auf vier Fahrbahnen, und wir sausten über den Bogen der Cold Spring Bridge. »Guy hatte etwas mit einem Mädchen namens Patty Maddison. Maddison mit zwei *d*. Sie hatte eine ältere Schwester namens Claire.«

Ich vernahm den dumpfen Hall des Wiedererkennens, konnte den Namen aber nicht einordnen. Ich muß irgendeinen Laut ausgestoßen haben, da Donovan sich zur Seite wandte und mir einen kurzen Blick zuwarf. »Kennen Sie sie?« fragte er.

»Der Name kommt mir bekannt vor. Erzählen Sie weiter.«

»Ihr alter Herr besaß nie einen Penny, aber irgendwie war er an seltene Dokumente gekommen – irgendwelche Briefe –, die einen ganzen Batzen Geld wert waren. Er war krank, und es galt als abgemacht, daß die Mutter nach seinem Tod die Briefe verkaufen sollte, um die Ausbildung der Mädchen zu finanzieren. Die ältere Schwester hatte gerade im Osten ihren College-Abschluß gemacht und wartete nun darauf, daß sie ihr Medizinstudium beginnen konnte. Ein Teil des Geldes war für sie vorgesehen und ein anderer für Pattys Collegeausbildung.

Weihnachten bevor er verschwand, klopft Guy bei dieser Frau an die Tür. Er sagt, er sei ein Freund von Patty und stellt sich als Gutachter für wertvolle Dokumente vor. Er erzählt ihr, daß sie gefälscht seien, und er sei von Pattys Vater dazu bestellt worden, sie sich anzusehen.«

»Da hat der Vater noch gelebt?«

Er schüttelte den Kopf. »Damals war er bereits seit einem Monat tot. Er starb um Thanksgiving herum. Mom ist also ganz nervös, weil die Briefe wirklich ihr einziger Besitz sind. Sie hat keine Ahnung davon, daß ein Gutachter bestellt wäre, aber es klingt alles korrekt – ganz wie etwas, das ihr Mann kurz vor seinem Ende noch arrangiert hätte –, und so übergibt sie Guy die Briefe, und er nimmt sie mit.«

»Einfach so?« fragte ich. »Sie hat keinen Ausweis oder irgendwelche Papiere verlangt?«

»Anscheinend nicht. Er hatte sich ein paar Visitenkarten drucken lassen und ihr eine davon gegeben, und sie ist darauf reingefallen. Sie müssen wissen, daß die ganze Geschichte erst Monate danach Stück für Stück rekonstruiert worden ist. Was wußte sie schon? Sie hätte ohnehin ein Gutachten gebraucht, wenn sie die Briefe verkaufen wollte.«

»Nicht zu fassen, daß die Leute so leichtgläubig sind.«

»Dadurch bleiben Betrüger im Geschäft«, sagte er.

»Weiter.«

»Also, Guy behält die Briefe zwei Wochen lang. Er behauptet, er unterzöge sie einer Reihe wissenschaftlicher Tests, aber was macht er wirklich? Er fertigt Kopien an, raffinierte Fälschungen. Oder auch nicht so raffinierte, wie sich herausstellen sollte. Auf jeden Fall bastelt er einen Satz Fälschungen zusammen, der gut genug ist, um einer oberflächlichen Betrachtung standzuhalten. Nach zwei Wochen bringt er ihr die Kopien zurück und teilt ihr die schlechte Neuigkeit mit: ›Herrje, Mrs. Maddison, es sind *tatsächlich* Fälschungen‹, sagt er, ›und sie sind keinen *roten Heller* wert.‹ Er erklärt ihr, sie könne jeden Fachmann fragen, und er würde ihr dasselbe sagen. Sie fällt vor Entsetzen beinahe tot um. Sie bringt sie zu einem anderen Experten, und der bestätigt ihr, was Guy gesagt hat. Ganz klar – die Briefe sind völlig wertlos. Wir haben es also mit einer Frau zu tun, deren Ehemann gestorben ist und die plötzlich vor dem Nichts steht. Und sofort klopft sie bei Dad an und verlangt eine Entschädigung.«

»Wie hat sie herausgefunden, daß Guy es war?«

»Er hat sich öfter mit Patty Maddison getroffen …«

Ich sagte: »Ahhh. *Die* Patty. Jetzt begreife ich es. Guy hat mir an dem Tag, als wir über das Anwesen spaziert sind, von ihr erzählt. Er sagte, er hätte mit ihr Schluß gemacht. Entschuldigen Sie, daß ich Sie unterbreche, aber es ist mir gerade wieder eingefallen, als ich den Namen gehört habe. Und woher wußten sie, daß er es war? Hat Patty ihn verraten?«

Donovan verneinte. »Ganz im Gegenteil. Patty hat versucht ihn zu schützen, aber Guy hatte sich soeben aus dem Staub gemacht, und Mrs. Maddison zählte zwei und zwei zusammen.«

»Mrs. Maddison hatte ihn nie zuvor gesehen?«

»Nur das eine Mal, als er als Gutachter kam. Natürlich hat er nicht seinen richtigen Namen benutzt.«

Donovan wurde langsamer und bog nach links von der Durchgangsstraße ab. Wir folgten eine Meile weit einer zweispurigen Straße, bis deren Belag nur noch aus Kies bestand und kleine Steinchen aufflogen, während der Pickup auf ihr entlangschaukelte. Vor mir konnte ich weißen Staub sehen, der wie Rauch über die Straße trieb, die sich nun nach links neigte und zum Steinbruch hin breiter wurde. Massive Bänke aus nackter Erde und Felsen waren in die Hügelflanke geschlagen worden. Kein Baum, keine Pflanze weit und breit. Der Lärm schwerer Maschinen erfüllte die stille Bergluft. Ein Großteil des Geländes war flach, von einem kalkigen Grau, das sich scharf von den grau-grünen Hügeln des Umlandes und dem blaßblauen Himmel abhob. Die Berge dahinter waren von dunkelgrüner Vegetation überwuchert, durchbrochen von goldenen Einsprengseln vertrockneten Grases. Überall erhoben sich steile Haufen aus Erde und Kies, Schiefer und Sandstein, abgetragener nackter Erde und Felsgestein. Förderbänder schleppten den Stein zur Brechmaschine hinauf, wo Felsbrocken, die so groß waren wie mein Kopf, in vibrierende Mahlzähne hinabgeschüttet wurden, die sie zu Geröll zerkleinerten. Robuste horizontale und schräg stehende Siebe sowie Zuführeinrichtungen sortierten die zerkleinerten Steine nach verschiedenen Größen.

Donovan fuhr neben einen Wohnwagen, stellte die Zündung ab und zog die Handbremse. »Lassen Sie mich das Geschäftliche erledigen, dann kann ich Ihnen die Geschichte auf dem Rückweg zu Ende erzählen. Hinten liegt noch ein Helm, wenn Sie sich ein bißchen umschauen wollen.«

»Gehen Sie nur. Ich bleibe hier.«

Donovan ließ mich im Pickup zurück und unterhielt sich mit einem Mann in Overall und Schutzhelm. Dann verschwanden die beiden in einem Wohnwagen. Aus der Ferne wirkten die Maschinen wie Spielzeugautos. Ich sah zu, wie das Förderband in einem ständigen Strom loses Gestein transportierte, das sich am Ende kaskadenartig zu einem Haufen ergoß. Ich hob das Kinn und betrachtete die Landschaft, die dunstigen Berge und das dunkelgrüne Buschwerk vor mir. Ich ließ den Blick über das Gelände schweifen und versuchte, einen Zusammenhang in dem zu erkennen, was Donovan gesagt hatte. Soweit ich mich an Guys Bemerkung über Patty erinnerte, betrachtete er seine Zurückhaltung ihr gegenüber als seine einzige gute Tat. Er hatte sie als instabil und gefährdet beschrieben – so hatte er sich ungefähr ausgedrückt. Es war schwer vorstellbar, daß er versucht hätte, mich von seiner Anständigkeit zu überzeugen, wenn er eine so ausgeklügelte Masche benutzt hätte, um ihre Mutter auszunehmen. In Wirklichkeit hatte er auch Patty ausgenommen, da der Erlös aus den Briefen ja ihr zugute kommen sollte.

Die Sonne brannte auf die Fahrerkabine des Pickups herab. Donovan hatte die Fenster offengelassen, damit die Luft ein wenig zirkulieren konnte. Weißer Staub hing in der Luft, und das dumpfe Brummen der schweren Maschinen durchdrang die Stille. Ich hörte das Klirren von Metall und das hohe Jaulen der Gangschaltung, wenn ein Kipplader über die Ebene fuhr, die so kahl war wie eine Mondlandschaft. Ich löste meinen Sicherheitsgurt, rutschte auf dem Sitz nach unten und stützte die Knie gegen das Armaturenbrett. Ich wollte nicht, daß Guy eines Verbrechens dieser Größenordnung schuldig war. Was geschehen war, war geschehen, aber das hier war ausgesprochen schlimm. Ich war auf Streiche gefaßt und auch bereit gewesen, kleinere Delikte hinzunehmen, aber über schweren Diebstahl konnte ich nicht hinwegsehen, nicht einmal nach so langer Zeit.

Ich hatte gar nicht gemerkt, daß ich döste, bis ich das Knirschen von Arbeitsstiefeln hörte und Donovan die Tür auf der

Fahrerseite aufmachte. Ich schreckte zusammen und rappelte mich hoch. Er trat mit den Seiten seiner Stiefel gegen den Türrahmen, um die Steinchen loszuwerden, bevor er sich hinters Lenkrad setzte. Ich richtete mich auf und legte meinen Sicherheitsgurt wieder an.

»Tut mir leid, daß es so lang gedauert hat«, sagte er.

»Keine Sorge. Ich habe solange meine Augen ausgeruht«, erwiderte ich trocken.

Er schlug die Tür zu, ließ seinen Sicherheitsgurt einschnappen und drehte den Zündschlüssel um. Im Handumdrehen polterten wir schon wieder die Schotterstrecke in Richtung Landstraße entlang. »Wo war ich stehengeblieben?« fragte er.

»Guy hat mehrere gefälschte Briefe gegen die echten ausgetauscht und ist anschließend verschwunden. Sie haben gesagt, daß Ihr Vater sich geweigert hätte, für den Schaden aufzukommen.«

»Allerdings. Die Briefe waren an die fünfzigtausend Dollar wert. Damals hatte Dad gar nicht soviel Geld, und er hätte es auch nicht bezahlt.«

»Was ist mit den Briefen passiert? Hat Guy sie verkauft?«

»Das muß er wohl, denn soweit ich weiß, sind sie nie wieder aufgetaucht. Paul Trasatti kann Ihnen mehr darüber sagen. Sein Vater war der Gutachter, der nach dem Austausch hinzugezogen wurde.«

»Dann war er es also, der Mrs. Maddison die schlechte Nachricht überbrachte?«

»Genau.«

»Und was ist mit ihr passiert?«

»Sie war seit jeher eine Säuferin und hatte auch schon seit Jahren Tabletten geschluckt. Sie hat es nicht mehr lang gemacht. Vom Alkohol und den Zigaretten war sie fünf Jahre später tot.«

»Und Patty?«

»Das war schlimm. Im Mai desselben Jahres – also zwei Monate, nachdem Guy verschwunden war – stellte sich heraus, daß

Patty schwanger war. Sie war erst siebzehn und wollte nicht, daß es irgend jemand erfährt. Sie hatte eine Menge psychische Probleme, und ich glaube, sie fürchtete, man werde sie in eine Anstalt bringen, was vermutlich auch geschehen wäre. Auf jeden Fall hat sie illegal abtreiben lassen und ist an einer Sepsis gestorben.«

»Was?«

»Sie haben mich schon richtig verstanden. Sie hatte eine sogenannte Hinterzimmerabtreibung – was verbreiteter war, als Sie glauben – bei irgendeinem Kurpfuscher in San Diego. Sie bekam Blutvergiftung und ist daran gestorben.«

»Sie machen wohl Witze.«

»Es ist die Wahrheit«, sagte er. »Wir haben Guy nicht grundlos die Hölle heiß gemacht. Ich weiß, daß wir in Ihren Augen nur ein Haufen feindseliger Blödmänner sind, aber mit dieser Geschichte haben wir leben müssen, und das war nicht leicht.«

»Warum wurde das bis jetzt nie erwähnt?«

»In welchem Zusammenhang denn? Die Sache kam nie aufs Tapet. Wir wußten alle, was geschehen war. Wir haben es unter uns besprochen, aber wir laufen nicht herum und waschen unsere dreckige Wäsche vor anderen Leuten. Meinen Sie, es macht uns Spaß zuzugeben, daß er daran beteiligt war?«

Ich grübelte darüber nach und starrte auf den vorbeifliegenden Straßenrand hinaus. »Es fällt mir wirklich schwer, das zu glauben.«

»Das wundert mich nicht. Sie *möchten* eben nicht glauben, daß Guy zu so etwas imstande war.«

»Stimmt, das möchte ich nicht«, sagte ich. »Guy hat mir erzählt, daß Patty in ihn vernarrt war. Er rechnete es sich als seine einzige gute Tat an, daß er sie nicht verführt hat, als er die Gelegenheit dazu gehabt hätte. Warum sollte er das behaupten?«

»Er wollte Sie eben beeindrucken. Liegt doch auf der Hand«, sagte er.

»Aber es gab keinen Anlaß dazu. Es war eine beiläufige Bemerkung, ein Thema, das er selbst angeschnitten hatte. Er hat es nicht weiter ausgeführt. Was sollte mich daran beeindrucken?«

»Guy war ein Lügner. Er konnte es nicht lassen.«

»Er mag ja damals ein Lügner gewesen sein, aber warum sollte er so viele Jahre später bezüglich dieses Mädchens eine Lüge erzählen? Ich kannte sie nicht. Ich habe ihn nicht um diese Auskunft bedrängt. Warum sollte er sich die Mühe machen, zu lügen, wenn er gar nichts davon hatte?«

»Hören Sie, ich weiß, daß Sie ihn mochten. Die meisten Frauen mochten ihn. Zu Beginn tut er euch leid. Ihr möchtet ihn beschützen. Ihr wollt nicht einsehen, daß er total verkorkst war. Genau diesen Scheiß hat er allen weisgemacht.«

»Das ist es nicht«, widersprach ich gekränkt. »Er hat sich einer intensiven Gewissensprüfung unterzogen. Er hat sein Leben Gott gewidmet. Es gab überhaupt keinen Grund dafür, ein Lügenmärchen über Patty Maddison zu erfinden.«

»Er war schwer damit beschäftigt, die Geschichte umzuschreiben. Das tun wir doch alle. Man bereut seine Sünden, und dann fängt man in der Erinnerung an, seine Vergangenheit zu bereinigen. Schon bald ist man davon überzeugt, daß man nicht annähernd so schlimm war, wie alle sagen. Die Bösen sind immer die anderen, aber man selbst hatte einen guten Grund für alles, was man getan hat. Natürlich ist das nichts als Schwachsinn, aber wer von uns erträgt es schon, sich selbst ins Gesicht zu sehen? Wir beschönigen. Das ist die menschliche Natur.«

»Sie sprechen von Guy Malek, wie er früher war. Nicht von dem, den ich kennengelernt habe. Ich kann nur sagen, daß es mir schwerfällt, mir vorzustellen, daß Guy das getan hat.«

»Sie kannten ihn nicht mal eine Woche und haben alles geglaubt, was er gesagt hat. Er war ein faules Ei.«

»Aber Donovan, sehen Sie sich doch an, was er für Verstöße begangen hat. Nichts davon war wie das hier«, wandte ich ein. »Als Junge war es Vandalismus. Später hat er Autos und Stereoanlagen geklaut, um für die Drogen bezahlen zu können. Fälschung ist ein viel zu kompliziertes Vergehen für jemanden, der seine Tage damit verbringt, sich zuzudröhnen. Glauben Sie mir. Ich habe auch mal Drogen genommen. Man bildet sich ein, man sei tiefsinnig, dabei kann man kaum klar sehen.«

»Guy war ein schlaues Kerlchen. Er lernte schnell.«

»Ich rede lieber mal mit Paul«, sagte ich, weil ich nicht einlenken wollte.

»Er wird Ihnen dasselbe sagen. Ja, durch ihn ist Guy wahrscheinlich überhaupt erst auf die Idee gekommen. Wenn man einen guten Freund hat, dessen Vater mit seltenen Dokumenten handelt, muß man seinen Kopf nicht groß anstrengen, um sich einen Plan zurechtzulegen.«

»Ich höre, was Sie sagen, aber es klingt irgendwie schief.«

»Kennen Sie sich mit Lügnern aus?« fragte Donovan.

»Sicher, das kann ich wohl behaupten. Was ist mit ihnen?«

»Ein Lügner – ein wirklich überzeugter Lügner – lügt, weil er es beherrscht, weil er gut darin ist. Er lügt aus reinem Vergnügen, weil es ihm Spaß macht, damit zu spielen. Genauso war Guy. Wenn er Ihnen eine Lüge erzählen konnte – selbst wenn sie nichts bedeutete, selbst wenn dadurch nichts zu gewinnen war –, konnte er nicht widerstehen.«

»Sie behaupten also, er war ein pathologischer Lügner«, sagte ich und formulierte in skeptischem Tonfall seine Aussage um.

»Ich behaupte, daß ihm das Lügen Spaß gemacht hat. Er konnte es nicht lassen.«

»Das glaube ich nicht«, sagte ich. »Ich bin nämlich davon überzeugt, daß ich Lügner ziemlich gut durchschauen kann.«

»Sie wissen, wann manche Leute lügen, aber nicht alle.«

»Was macht Sie denn zu einem solchen Experten?« fragte ich und war langsam wirklich beleidigt. Donovan war ebenso verärgert über mich.

Er winkte ab. Ich nahm an, er war es nicht gewohnt, daß ihm Frauen widersprachen. »Vergessen Sie's. Denken Sie, was Sie wollen«, sagte er. »Ich merke ja, daß ich Sie von rein gar nichts überzeugen kann.«

»Ich Sie auch nicht«, gab ich giftig zurück. »Was ist mit der älteren Schwester passiert?«

Donovan verzog genervt das Gesicht. »Glauben Sie mir das dann, oder soll das ein Vorwand für einen weiteren Streit sein?«

»Ich streite mich wegen Guy, nicht wegen der Maddisons, okay?«

»Okay. Claire – die ältere – mußte ihre Pläne für ein Medizinstudium aufgeben. Sie hatte kein Geld, und ihre Mutter verfiel zusehends. Sie kam eine Zeitlang zurück und kümmerte sich um sie. Das dauerte vielleicht sechs Monate oder so. Nachdem die Mutter gestorben war, ging sie wieder an die Ostküste – Rhode Island oder da in der Gegend. Könnte auch Connecticut gewesen sein. Sie hat irgendeinen Kerl geheiratet, aber die Ehe ging nicht gut. Vor einem Jahr hat sie dann Schluß gemacht.«

»Sie hat Selbstmord begangen?«

»Ja, das hat sie. Ihre ganze Familie war dahin. Sie hatte niemanden. Die Familie war schon immer ein bißchen wackelig – ein manisch-depressiver Haufen. Irgend etwas muß sie dann wohl in den Abgrund getrieben haben.«

»Was hat sie denn gemacht – ist sie von einem Gebäude gesprungen?«

»Ich weiß nicht, wie sie es gemacht hat. Es war nicht wörtlich gemeint. In der Zeitung war eine kleine Meldung darüber. Es ist irgendwo im Osten passiert.«

Ich schwieg erneut. »Dann hat ja vielleicht jemand von den Maddisons Guy umgebracht. Wäre das nicht schlüssig?«

»Sie suchen vergebens. Ich habe Ihnen gerade gesagt, daß sie alle tot sind.«

»Aber woher wollen Sie denn wissen, daß niemand mehr übrig ist? Cousinen zum Beispiel? Tanten und Onkel? Pattys beste Freundin?«

»Kommen Sie. Würden Sie allen Ernstes jemanden umbringen, der eine Verwandte von Ihnen übers Ohr gehauen hat? Eine Schwester vielleicht. Aber eine Cousine oder Nichte?«

»Tja, ich nicht, aber ich stehe meinen Verwandten auch nicht nahe. Stellen Sie sich nur vor, so etwas würde Ihrer Familie zustoßen.«

»Meiner Familie ist ja etwas zugestoßen. Guy wurde ermordet«, sagte er.

»Wollen Sie keine Rache?«

»So sehr, daß ich einen Mord begehen würde? Ganz bestimmt nicht. Außerdem – wenn es mir so wichtig wäre, daß ich jemanden umbringen würde, würde ich nicht so lange warten. Hier waren es volle siebzehn Jahre.«

»Aber Guy war die ganzen Jahre über vermißt. Vielleicht ist Ihnen aufgefallen, daß er binnen weniger Tage tot war, nachdem er erst einmal nach Hause gekommen war.«

»Das ist wahr«, räumte er ein.

»Paßt der Name Max oder Maximilian Outhwaite irgendwie in diese Geschichte hinein? Es könnte sogar Maxine sein. Das Geschlecht kann ich nicht beschwören.«

Donovan wandte sich um und sah mich verblüfft an. »Wo haben Sie denn diesen Namen her?«

»Sie kennen ihn?«

»Tja, natürlich. Maxwell Outhwaite ist der Name, den Guy auf die Visitenkarten drucken ließ, mit denen er Mrs. Maddison übers Ohr gehauen hat.«

Ich sah ihn ungläubig an. »Sind Sie sicher?«

»So etwas würde ich nie vergessen«, sagte er. »Wie sind Sie denn auf den Namen gestoßen?«

»›Max Outhwaite‹ war derjenige, der die Briefe an den *Dispatch* und die *L. A. Times* geschrieben hat. Daher wußte die Presse, daß Guy wieder zu Hause war.«

19

Wieder bei Malek Construction angekommen, verabschiedete ich mich auf dem Parkplatz von Donovan und holte mein Auto. Ich war beunruhigt und verwirrt. Diese Max-Outhwaite-Geschichte ergab einfach keinen Sinn. Vielleicht hatte ja Dietz irgend etwas über ihn herausgefunden. Wenn man noch die

Maddisons mit einbezog, worauf lief es dann hinaus? Ich sah auf die Uhr und bekam einen Schreck, als ich sah, wie spät es war. Die Fahrt auf den Paß und zurück hatte mehr als anderthalb Stunden in Anspruch genommen.

Dietz stand wartend vor der Stadtbibliothek. Ich fuhr an den Bordstein, und er stieg in den Wagen. »Entschuldige, daß ich so spät komme«, sagte ich.

»Macht nichts. Ich habe eine Neuigkeit für dich. Max Outhwaite ist eine Erfindung. Ich habe die städtischen Adreßbücher der letzten fünfundzwanzig Jahre durchgesehen, und dann bin ich über die Straße gegangen und habe beim Bezirksamt weitergesucht. Niemand dieses Namens war je im Telefonbuch oder sonstwo verzeichnet. Keine Eheschließungen, keine Todesfälle, kein Immobilienbesitz, keine Baugenehmigungen, Gerichtsverhandlungen oder sonst etwas. Jeder lebende Mensch hinterläßt irgendwelche Spuren. Der Name muß falsch sein, es sei denn, wir haben etwas übersehen.«

»Es gibt einen Zusammenhang, aber es ist nicht das, was man erwarten würde«, sagte ich. Ich berichtete ihm von meinem Gespräch mit Donovan, während wir nach Hause fuhren. Ich hatte ganz vergessen, wie schön es war, jemanden zu haben, mit dem man sich beraten konnte. Ich erzählte ihm von den Maddisons und von Guys angeblicher Mitschuld am Untergang dieser Familie. »Max Outhwaite war der Name, der von dem falschen Gutachter verwendet worden war, der seltene Dokumente im Wert von fünfzigtausend Dollar unterschlagen hat. Ich bin nicht davon überzeugt, daß es Guy war, aber Donovan scheint es für bewiesen zu halten. Also, mal ehrlich«, sagte ich. »Wenn du das mit den Maddisons gewußt hättest, hättest du es dann nicht jemandem erzählt?«

»Zum Beispiel dir?«

»Ja, allerdings mir«, sagte ich. »Donovan hätte es doch wenigstens *erwähnen* können. Das gleiche gilt für die Sache mit Max Outhwaite. Der Name taucht Jahre später wieder auf – warum hat er nicht irgend jemandem davon erzählt?«

»Vielleicht hat Katzenbach ihm gar nicht gesagt, daß er einen Brief bekommen hat und der Name des Absenders Outhwaite lautete.«

»Oh. Da könntest du recht haben. Das wäre möglich«, sagte ich. »Es ärgert mich trotzdem maßlos. Ich wünschte, wir könnten die Schreibmaschine finden. Das wäre ein Knüller.«

»Vergiß es. Das ist unmöglich.«

»Warum glaubst du das? Sie muß hier irgendwo sein. Irgend jemand hat diese beiden Briefe auf ein und derselben Maschine geschrieben.«

»Na und? Wenn ich anonyme Haßbriefe schreiben würde, säße ich wohl kaum an meinem Schreibtisch und tippte sie auf meiner eigenen IBM. Ich würde eine der Schreibmaschinen benutzen, die in der Stadtbibliothek zur allgemeinen Verfügung stehen. Oder ich würde mir ein Geschäft suchen, das Schreibmaschinen verkauft, und den Brief dort schreiben.«

»Diese Maschine ist nicht neu. Die Typen sehen altmodisch aus, und viele Buchstaben sind verschmutzt. Sie hat vermutlich noch ein Farbband aus Stoff anstelle von Karbonfilm.«

»Die Schreibmaschinen in der Bibliothek kommen auch nicht gerade frisch vom Fließband.«

»Besorg mir ein paar Schriftproben, dann vergleichen wir. Es gibt da einige Schäden an den Typen, die uns helfen werden, die Maschine ausfindig zu machen. Ich bin sicher, ein Experte für Dokumente würde noch weitere entdecken. Ich habe mir die Briefe nur flüchtig angesehen.«

»Die verschmutzten Buchstaben besagen nicht viel. Wenn man sich mit Reinigungsmittel über sie hermacht, sind sie in Null Komma nichts wieder sauber.«

»Sicher, aber meinst du nicht auch, daß die meisten Leute, die anonyme Briefe schreiben, sich einbilden, sie seien sicher vor Entdeckung?«

»Sie bilden es sich vielleicht ein, aber sie sind es nicht«, sagte Dietz. »Das FBI besitzt umfangreiche Archive mit anonymen Briefen. Außerdem haben sie Schriftproben von fast allen

Schreibmaschinen. Ebenso das Post- und das Finanzministerium. Sie können Hersteller und Modell von fast jeder Maschine bestimmen. So machen sie auch Verrückte dingfest, vor allem Leute, die Drohbriefe an hochrangige Personen schicken. Die einzige Methode, bei der man kein Risiko eingeht, ist die Maschine zu zerlegen.«

»Ja, aber wer wirft schon eine Schreibmaschine weg? Wenn man sich einbildet, man sei so sicher, daß man seine eigene Maschine verwenden kann, wirft man sie doch hinterher nicht plötzlich in den Müll. Und warum sollte der- oder diejenige sich in diesem Fall überhaupt die Mühe machen? Diese Briefe waren ärgerlich, aber man kann kaum gerichtlich gegen den Verfasser vorgehen.«

Dietz lächelte. »Was, du stellst dir vor, sie steht ganz einfach bei jemandem auf dem Schreibtisch?«

»Vielleicht. Möglich wäre es.«

»Dann halt die Augen offen.«

»Das sagst du doch nur, um mich bei Laune zu halten«, sagte ich.

»Was wußte denn Donovan sonst noch über die Maddisons zu berichten?«

»Nicht viel. Er behauptet, sie seien alle tot, aber ich finde, wir sollten uns nicht auf seine Aussagen verlassen.«

»Dem sollten wir auf jeden Fall nachgehen«, sagte Dietz. »Für eine Geschichte ist es nicht übel.«

»Was soll das heißen – ›nicht übel‹? Ich finde es sagenhaft. Ich meine, wenn das kein Motiv für einen Mord ist! Es ist die beste Spur, die wir bis jetzt haben.«

»Die einzige Spur«, korrigierte er mich.

Ich überging seinen Hinweis auf das Offensichtliche. »Darüber hinaus haben wir Outhwaite, der anscheinend direkt zu den Maddisons zurückführt.«

»Es dürfte nicht allzu schwierig sein, den Namen Maddison mit zwei *d* zu recherchieren. Selbst wenn sie keine alteingesessene Familie waren, müssen sie ja irgendwoher gekommen sein.«

»Donovan sagt, der Vater sei irgendwann um Thanksgiving 1967 herum gestorben und nicht lange danach Patty, vermutlich im Mai oder Juni 1968. Die Mutter starb fünf Jahre später, aber mehr weiß ich nicht. Von Claire findest du vielleicht überhaupt keine Spur. Donovan meinte, sie sei wieder an die Ostküste gezogen und hätte dort geheiratet. Er konnte sich daran erinnern, in der Lokalzeitung von ihrem Tod gelesen zu haben, also muß eine entsprechende Meldung im *Dispatch* gestanden haben. Vielleicht hatte sie ja ihren Mädchennamen behalten?«

»Ich mache mich gleich an die Suche.«

»Ehrlich? Nicht zu fassen, daß du freiwillig mithilfst. Ich dachte, dir sei solches Zeug zuwider.«

»Gutes Training. Es ist angenehm, in Übung zu bleiben. So weiß ich wenigstens, daß ich den Anschluß nicht verloren habe«, sagte er. »Wir könnten es im Zeitungsarchiv versuchen, falls wir Katzenbach zur Mitarbeit bewegen können. Vielleicht haben sie neben den Nachrufen auch alte Zeitungsausschnitte über die Maddisons.«

»Das ist ein verführerischer Vorschlag.«

»Ich bin eben ein verführerischer Typ«, sagte er.

Als wir nach Hause kamen, zog ich meine Joggingsachen an, weil ich laufen gehen wollte. Ich hatte meinen gewohnten Dauerlauf um sechs Uhr morgens verschlafen und spürte nun die Auswirkungen. Ich ließ Dietz mit hochgelegtem Bein im Wohnzimmer zurück, wo er sein kaputtes Knie kühlte. Er schaltete von einem Fernsehsender zum anderen und schaute sich abwechselnd CNN, Talk-Shows und drittklassige Sportveranstaltungen an. Ich verließ das Haus, dankbar für die Gelegenheit, eine Weile allein zu sein.

Vom Meer her kam kaum ein Lüftchen. Die spätnachmittägliche Sonne verblaßte immer mehr, aber der den ganzen Tag von der Sonne aufgeheizte Sand strahlte nach wie vor Wärme ab. Die Luft war erfüllt vom Geruch von Tang und Salzwasser, und die Palmwedel wirkten wie aus Zeichenpapier ausgeschnittene flache, dunkle Formen vor einem weiten, blauen Himmel. Ich machte längere Schritte und lief in einem Tempo, bei dem ich mich wohl fühlte. Verkrampfung und Müdigkeit machten langsam der Entspannung Platz. Meine Muskeln wurden geschmeidig, und der Schweiß lief mir übers Gesicht. Selbst das Brennen in meinem Brustkorb fühlte sich gut an, weil mein Körper dabei mit Sauerstoff überflutet wurde. Am Ende meines Dauerlaufs warf ich mich ins Gras, wo ich keuchend liegenblieb. Mein Kopf war wie leergefegt. Schon bald ging mein Atem wieder ruhiger, und die vom Joggen erzeugte Hitze in meinem Körper ebbte ab. Ich machte ein paar Stretching-Übungen und stand dann auf. Auf dem Nachhauseweg merkte ich, daß die Santa-Ana-Winde zurückgekehrt waren und die Berghänge herabwehten. Ich duschte und zog ein frisches T-Shirt und Jeans an.

Dietz und ich aßen bei Rosie zu Abend. William arbeitete auch heute hinter der Bar. Für ihn mit seinen Siebenundachtzig war das wie der Einstieg in einen neuen Beruf. Seit ihrer Hochzeit hatten sich die beiden einen bequemen Arbeitsablauf zurechtgelegt. Rosie übertrug ihm offenbar immer mehr Führungsaufgaben. Sie hatte stets strenge Kontrolle über das Tagesgeschäft ausgeübt, aber William hatte sie dazu überredet, anständige Löhne zu bezahlen, und so konnte sie besseres Personal einstellen. Außerdem hatte sie begonnen, Verantwortung abzugeben, wodurch sie mehr Zeit mit ihm verbringen konnte. William hatte sich einige seiner eingebildeten Krankheiten abgewöhnt, und sie hatte ein wenig von ihrer diktatorischen Ader abgelegt. Ihre Zuneigung füreinander war nicht zu übersehen, und ihre gelegentlichen Zankereien schienen ohne Folgen zu verfliegen. Dietz unterhielt sich mit William über Deutschland, doch ich hörte nur mit halbem Ohr zu und fragte mich, ob wir beide jemals zu einer Einigung finden würden. Ich stellte mir Dietz mit Siebenundachtzig vor und mich mit vergleichsweise jugendlichen Zweiundsiebzig; als Rentner von den Belastungen der Arbeit als Privatdetektive befreit, von Arthritis geplagt, unserer Zähne beraubt. Was würden wir machen – eine Schule für Privatdetektive eröffnen?

»Woran denkst du? Du guckst so komisch«, sagte Dietz.

»Nichts. An den Ruhestand.«

»Lieber fresse ich meine Pistole auf.«

Als es an der Zeit war, ins Bett zu gehen, erbot sich Dietz, die Wendeltreppe hinaufzuhumpeln. »Mein Knie bringt mich schon wieder um, also bin ich wahrscheinlich zu nichts zu gebrauchen, außer zur Gesellschaft«, sagte er.

»Bleib lieber unten. Mein Bett ist nicht groß genug, schon gar nicht bei deinem Zustand. Ich würde nur die ganze Zeit wach liegen und befürchten, dich an einer falschen Stelle zu stoßen.«

Ich ließ ihn unten stehen, wo er das Bettsofa aufklappte, während ich die Treppe hinaufstieg und übers Geländer hinweg mit ihm redete.

»Letzte Gelegenheit«, sagte er und lächelte zu mir hinauf.

»Ich weiß nicht, ob es klug wäre, mich an dich zu gewöhnen.«

»Du solltest es ausnutzen, solange du kannst.«

Ich hielt inne und blickte hinab. »Das ist, kurz gefaßt, der Unterschied zwischen uns, Dietz.«

»Daß ich im Augenblick lebe?«

»Daß dir das reicht.«

Gleich am Freitag morgen nahm Dietz seinen Wagen und fuhr zu den Geschäftsräumen des *Santa Teresa Dispatch* hinüber, während ich mich auf den Weg zu Paul Trasattis Haus machte. Die Hopper Road lag auf halbem Weg zwischen dem Malekschen Anwesen und dem Country Club. Es war ein kleines Viertel mit von Ulmen gesäumten, schattigen Straßen. Das Haus war im Stil eines kleinen englischen Landhäuschens gebaut, so wie sie auf Spielkarten abgebildet sind: grauer Stein mit einem strohgedeckten Dach, das sich dort, wo der Giebel anfing, wie eine Meereswoge wellte. Die Fenster hatten kleine Scheiben aus Bleiglas, Rahmen und Läden waren aus weißgestrichenem Holz. Zwei schmale gemauerte Schornsteine umklammerten das Haus wie ein Paar identische Buchstützen. Der Vorgarten war von einem weißen Lattenzaun umgeben, und rosafarbene und rote Stockrosen wuchsen neben dem Eingang. Der kleine Garten war makellos; eine dichte Wiese, von kleinen Blumenbeeten durchsetzt, säumte den gepflasterten Weg zur Haustür. Vögel zwitscherten in den jungen Eichen, die an der Ecke des Grundstücks standen.

Ich hatte natürlich am Abend zuvor angerufen, weil ich sichergehen wollte, daß Trasatti auch zu Hause wäre. Schon auf der Veranda konnte ich Eier mit Speck und den Duft von Ahornsirup riechen. Mein begehrlicher Seufzer war vermutlich über dem Lärm, den der Rasenmäher zwei Häuser weiter machte, nicht zu hören. Nachdem ich geklingelt hatte, machte mir Trasatti mit einer Serviette in der Hand die Tür auf. Er war groß und dünn und kahl wie eine Glühbirne. Er hatte eine große Nase, eine dicke Brille und ein ausgeprägtes Kinn. Sein Brustkorb war schmal und etwas eingesunken und ging in eine ausladende Taille über. Er trug ein weißes Hemd und eine Röhrenhose. Er sah mich stirnrunzelnd an und sah erstaunt auf die Uhr. »Sie haben neun Uhr gesagt.«

»Es ist neun Uhr.«

»Hier drauf ist es acht.« Er hielt sich die Uhr ans Ohr. »Mist. Kommen Sie rein. Sie haben mich beim Frühstück überrascht. Setzen Sie sich hierhin. Ich bin gleich wieder da. Möchten Sie Kaffee?«

»Nein, danke. Lassen Sie sich nur Zeit«, sagte ich.

Das Wohnzimmer war klein und perfekt eingerichtet, eher wie ein Sprechzimmer beim Arzt als ein Raum, in dem man sich entspannt. Das Mobiliar wirkte entfernt viktorianisch, obwohl es meinem ungeschulten Auge nicht echt erschien. Die Stühle waren mit geschnitzten Früchten verziert, und es gab drei Tische aus dunklem Holz mit Tischplatten aus rosageädertem Marmor. Auf einem davon lag ordentlich arrangiert eine Auswahl Kataloge von Sotheby's. Der Teppich war aus kurzfloriger Wolle, blaßblau und umrandet von chinesischen Drachen und Chrysanthemen. In zwei Cloisonné-Vasen standen künstliche rosarote und blaue Blumen. Die schwere Uhr auf dem Kaminsims hatte einen Sekundenzeiger, der auf seinem Weg ums Zifferblatt vernehmlich klickte. Ich blätterte etwas gelangweilt einen Sotheby's-Katalog durch, fand aber nichts Interessantes, abgesehen von einem Brief des Marquis de Sade, der für zweitausend Dollar angeboten wurde. Außerdem gab es einen hübschen kleinen Gruß von Erik Satie an Mme. Ravel mit »verzierten Rändern und einem Briefkopf in erhöhtem Blindrelief, der in Farbe zwei Hände vor einer Rose zeigt...«. Viel Gerede von *»jolies fleurs«* und *»respectueusement«*. Ganz meiner Meinung. Das sage ich auch immer.

Ich ging im Zimmer auf und ab und betrachtete mehrere gerahmte Briefe und Autographen. Laurence Sterne, Franz Liszt, William Henry Harrison, Jacob Broom (wer auch immer das war), Juan José Flores (dito). Ich entdeckte einen langen, unverständlichen Brief mit der Unterschrift S. T. Coleridge und eine Art Quittung oder Bestellformular, das von George Washington unterzeichnet war. Daneben hing ein anderer Brief, der in einer unleserlichen Handschrift verfaßt war und vom August 1710 datierte. Er strotzte von brauner Tinte und Durchstreichungen und sah zerknittert und fleckig aus. Wer hatte die Geistesgegenwart besessen, diesen ganzen Müll aufzuheben? Gab es damals Menschen, die in weiser Voraussicht die Mülltonnen durchwühlten?

Auf der anderen Seite des Flurs fiel mein Blick in einen Raum, der wohl ursprünglich als Eßzimmer gedacht, nun aber als Arbeitszimmer eingerichtet war. An jeder Wand standen Bücherregale, von denen sich manche über die Fenster zogen, was den Lichteinfall beträchtlich verringerte. Jede verfügbare Ablagefläche war mit Bücherstapeln bedeckt, einschließlich der Tische, Stühle und Fußböden. Eine Schreibmaschine konnte ich nirgends entdecken. Ich hatte zwar keinen Grund zu der Annahme, daß Trasatti etwas mit der Sache zu tun hatte, aber es wäre schön gewesen, wenn ein Puzzleteil von selbst an seinen Platz gefunden hätte. Die Luft roch nach altem Staub und Schimmel, Leim, vergilbtem Papier und Milben. Eine große Katze mit schildpattfarbenem Fell suchte sich vorsichtig den Weg über einen Schreibtisch, auf dem sich die Bücher türmten.

Sie hatte nur einen Stummelschwanz und sah aus, als suchte sie nach einem Ort zum Pinkeln.

»Machen Sie sich mit dem Haus vertraut?« erklang es hinter mir. Ich zuckte zusammen und machte einen kleinen Satz.

»Ich habe diese riesige Katze bewundert«, sagte ich gelassen.

»Tut mir leid, wenn ich Sie erschreckt habe. Das ist Lady Chatterley.«

»Was ist denn mit ihrem Schwanz passiert?«

»Sie ist eine Manx.«

»Sie sieht aus wie ein echtes Original«, sagte ich. Tierfreunde lieben es doch, wenn man solches Zeug sagt. Trasatti schien sich nicht dafür zu erwärmen. Er winkte mich ins Arbeitszimmer, wo er sich an den Schreibtisch setzte und einen unordentlichen Stapel gebundener Bücher beiseite schob.

»Keine Sekretärin?« fragte ich.

»Das Geschäft ist nicht groß genug für eine Bürokraft. Für alles, was anfällt, benutze ich den Mac oben. Schaffen Sie sich doch Platz«, sagte er und wies auf den einzigen Stuhl im Raum.

»Danke.« Ich legte mehrere Bücher, eine Aktentasche und einen Stapel Zeitungen auf den Fußboden und setzte mich.

»Also, womit kann ich Ihnen helfen? Ich kann wirklich nicht mehr über Jack beisteuern als das, was ich Ihnen neulich schon erzählt habe«, sagte er.

»Da ging es um etwas anderes«, sagte ich, während mir die Siebenkilokatze auf den Schoß sprang und es sich zwischen meinen Knien bequem machte. Aus der Nähe roch Lady Chatterley wie ein Paar feuchte, zwei Wochen alte Socken. Ich kratzte die kleine Stelle direkt über ihrem Schwanz, worauf sich der Hintern der Katze hob, bis ihre Rosette mir direkt ins Gesicht blickte. Ich drückte das Hinterteil wieder nach unten. Meine Vorrede würzte ich mit unzähligen beruhigenden Floskeln – »ganz im Vertrauen«, »nur unter uns« und anderen treffenden Ausdrücken der Verschwiegenheit –, bevor ich zur Sache kam. »Ich wüßte gern, was Sie mir über die Maddisons sagen können – über Patty und ihre Schwester Claire.«

Er schien die Frage gelassen aufzunehmen. »Was möchten Sie denn wissen?«

»Alles, was Sie mir sagen möchten«, antwortete ich.

Paul rückte den Stapel Bücher vor sich zurecht und vergewisserte sich, daß alle Kanten aufeinander lagen und die oberen rechten Ecken sich deckten. »Die Schwester kannte ich nicht. Sie war älter als wir. Als die Familie hierherzog, war sie auf dem College, und Patty fing an, sich mit Guy herumzutreiben.«

»Die Maddisons waren neu in der Stadt?«

»Tja nun, eigentlich nicht. Sie hatten vorher in Colgate gewohnt und sich dann ein zentraler gelegenes Haus gekauft. Sie hatten nie soviel Geld wie wir, wir anderen – nicht daß wir reich gewesen wären«, fügte er hinzu. »Bader Malek hat damals gut verdient, aber er war nicht das, was man reich nennen würde.«

»Erzählen Sie mir von Patty.«

»Sie war hübsch. Dunkler Typ.« Er hob eine Hand bis auf Augenhöhe und deutete Ponyfransen an. »Haare bis hierher«, sagte er. »Sie hat immer so durch sie hindurchgestarrt. Sie war seltsam, hatte eine Menge Phobien und nervöse Ticks. Schlechte Haltung, Riesenbusen. Sie hat ihre Nägel immer bis aufs Fleisch abgekaut und sich gern mit irgendwelchen Dingen gestochen.« Trasatti legte die Hände in den Schoß und versuchte, nichts auf seinem Schreibtisch anzurühren.

»Sie hat sich gestochen? Womit?«

»Nadeln. Stifte. Sicherheitsnadeln. Einmal habe ich gesehen, wie sie sich selbst verbrannt hat. Sie hielt sich eine glühende Zigarette an die Hand – ganz beiläufig, als passierte es jemand anders. Sie zuckte nicht einmal zusammen, aber ich konnte die verbrannte Haut riechen.«

»Hat Guy es ernst mit ihr gemeint?« Ich schubste das Hinterteil der Katze erneut hinunter, und sie fing an, ihre Krallen in die Knie meiner Jeans zu bohren.

»Ihr war es ernst mit ihm. Ich habe keine Ahnung, wie er zu ihr stand.«

»Was ist mit den anderen? Donovan und Bennet?«

»Was soll mit ihnen sein?«

»Ich wollte nur wissen, was sie zu dieser Zeit getrieben haben.«

»Donovan hat für seinen Vater gearbeitet, wenn ich mich recht erinnere. Er hat ja immer für seinen Vater gearbeitet, also kann man das wohl als gegeben annehmen. Jack war damals auf dem College, deshalb war er nur gelegentlich zu Hause. An Weihnachten und in den Frühjahrsferien.«

»Und zur Beerdigung seiner Mutter«, sagte ich. Ich zog die Krallen der Katze aus meinem Knie und hielt ihre linke Pfote zwischen meinen Fingern. Ich spürte, wie die Krallen ausgefahren und wieder eingezogen wurden, doch die Katze schien zufrieden zu sein. Wahrscheinlich dachte sie an Mäuse. »Was ist mit Bennet? Wo war er?«

»Hier in der Stadt. Er und ich haben beide unseren Abschluß an der UCST gemacht.«

»In welchem Fach?«

»Mein Hauptfach war Kunstgeschichte. Seines war Betriebswirtschaft oder Marketing, vielleicht auch Volkswirtschaft. Er hat öfter gewechselt. Ich weiß es nicht mehr.«

»Hat es Sie überrascht, als Patty auf einmal schwanger war?«

Trasatti schnaubte und schüttelte den Kopf. »Patty hat mit jedem gebumst. Sie suchte verzweifelt nach Anerkennung, und wir waren ihr gern zu Diensten.«

»Tatsächlich«, sagte ich. »Donovan hat nichts davon erwähnt, daß sie viele Partner hatte.«

»Sie war nicht die einzige. Damals wurde wie verrückt herumgebumst. Freie Liebe nannten wir das. Wir haben alle Dope geraucht. Ein Haufen Kleinstadt-Hippies waren wir oder vielmehr das, was wir uns darunter vorstellten. Ständig geil und ausgehungert. Die Hälfte der Mädchen, die sich mit uns herumgetrieben haben, war fett wie Schweine. Abgesehen von Patty natürlich, die phänomenal aussah, aber völlig durchgeknallt war.«

»Nett von Ihnen und den anderen, daß Sie sich bei einer Minderjährigen bedient haben«, sagte ich. »Woher wollten Sie denn bei Pattys Lebensweise wissen, daß das Kind von Guy war?«

»Weil sie es behauptet hat.«

»Das hätte auch gelogen sein können. Wenn sie verrückt und auf Drogen war, hätte sie auch etwas erfinden können. Woher wollen Sie wissen, daß das Kind nicht von Ihnen war?«

Trasatti rutschte unbehaglich hin und her. »Ich hatte keinerlei Vermögen. Was hätte sie davon gehabt, wenn sie behauptet hätte, es sei von mir? Die Maleks hatten Klasse. Sie mag ja verrückt gewesen sein, aber sie war nicht dumm. Es ist wie in dem alten Witz –«

»Ich kenne den alten Witz«, sagte ich. »Hat es jemals irgendwelche Beweise gegeben? Wurden Bluttests durchgeführt, um die Vaterschaft festzustellen?«

»Das glaube ich kaum. Eigentlich bin ich mir sicher. Das war schließlich 1968.«

»Woher wollen Sie wissen, daß es Guy nicht in die Schuhe geschoben wurde, weil es so bequem war? Damals war er gerade verschwunden. Wer hätte sich besser als Schuldiger geeignet als ein notorischer Missetäter wie er?«

Trasatti nahm einen Stift zur Hand und legte ihn wieder hin. Seine Miene war ausdruckslos geworden. »Was hat das alles mit Jack zu tun? Ich dachte, Sie würden daran arbeiten, ihn herauszupauken.«

»Genau das tue ich.«

»Kommt mir nicht so vor.«

»Donovan hat mir gestern von Patty erzählt. Ich dachte, die Geschichte könnte in Zusammenhang mit dem Mord an Guy stehen, also gehe ich ihr nach. Haben Sie jemals die Briefe gesehen, die Guy gefälscht haben soll?«

»Warum formulieren Sie das so? Er hat es getan.«

»Haben Sie tatsächlich gesehen, wie er es getan hat?«

»Nein, natürlich nicht.«

»Dann ist es nichts als reine Vermutung. Haben Sie die Briefe je gesehen?«

»Warum sollte ich?«

»Ihr Vater hat das Gutachten erstellt, als die Fälschungen entdeckt wurden. Ich dachte, er hätte Ihnen vielleicht die Kopien gezeigt, als er Sie anlernte, damit Sie einmal in seine Fußstapfen treten konnten.«

»Wer hat Ihnen das erzählt?«

»Er hat Ihnen doch das Geschäft übergeben, oder nicht?«

Trasatti lächelte mich an und zwinkerte. »Ich weiß nicht, worauf Sie mit alledem hinauswollen. Können Sie mir irgend etwas anlasten?«

»Nicht im geringsten«, erwiderte ich.

»Denn wenn Sie das vorhaben, liegen Sie falsch.«

»Es sollte keine Beschuldigung sein. Ich habe nicht behauptet, daß Sie irgend etwas getan hätten. Ich sage nur, daß Guy Malek es nicht war. Ich sage, jemand anders hat all das getan und es ihm angehängt. Was ist mit ›Max Outhwaite‹? Inwiefern hat er mit der Sache zu tun?«

»Outhwaite?«

»Kommen Sie schon, Trasatti. Das ist der Name, den Guy angeblich auf seinen gefälschten Visitenkarten benutzt hat.«

»Gut, gut. Jetzt fällt es mir wieder ein. Klar. Kam mir doch gleich bekannt vor. Was gibt es da für eine Verbindung?«

»Das frage ich Sie. Ich weiß es nicht«, sagte ich. »Ich glaube, daß die Geschichte mit Patty Maddison irgendwie damit zusammenhängt. Ihr Tod und die gefälschten Briefe. Ich stochere nur herum.«

»Dann probieren Sie es lieber mit etwas anderem. Die Familie gibt es nicht mehr.«

»Was macht Sie da so sicher?«

Paul Trasatti schwieg. Er begann eine Reihe Büroklammern an der Seite eines Magnethalters auf seinem Schreibtisch auszurichten. Jede mußte genau gleich weit von der über und der unter ihr entfernt sein.

»Kommen Sie. Ganz unter uns«, sagte ich.

»Ich habe einmal versucht, sie zu finden.«

»Wann war das?«

»Vor ungefähr zehn Jahren.«

»Was Sie nicht sagen«, bemerkte ich und versuchte, nicht interessiert zu wirken. »In welcher Angelegenheit?«

»Ich war neugierig. Ich dachte, sie hätten vielleicht noch andere seltene Dokumente. Sie wissen schon, an andere Familienmitglieder vererbt.«

»Wie haben Sie das angestellt?«

»Ich habe eine Ahnenforscherin engagiert. Ich habe gesagt, ich wolle ein paar seit langem verschollene Verwandte finden. Die gute Frau hat monatelange Recherchen angestellt. Sie hat den Namen bis nach England zurückverfolgt, aber auf dieser Seite – beim kalifornischen Zweig – gab es keine männlichen Nachkommen, und die Familie starb aus.«

»Was ist mit Tanten, Onkeln, Cousinen …?«

»Die Eltern waren beide die einzigen Kinder von Einzelkindern. Es war niemand mehr übrig.«

»Was ist mit den Kopien der Dokumente passiert?«

»Die Fälschungen wurden zerstört.«

»Und die Originale?«

»Die hat kein Mensch jemals wiedergesehen. Also, ich jedenfalls nicht. Sie sind in all den Jahren, seit ich im Geschäft bin, nie zum Verkauf angeboten worden.«

»Wissen Sie, was das für Dokumente waren?«

»Ich habe eine detaillierte Liste. Mein Vater hat akribisch Buch geführt. Möchten Sie sie sehen?«

»Gerne.«

Trasatti stand auf und ging an einen Einbauschrank hinüber. Ich konnte einen kurzen Blick auf einen Wandsafe und vier graue Aktenschränke aus Metall werfen. Darüber stand auf Borden eine Reihe altmodischer Karteikästen. »Irgendwann gebe ich das alles mal in den Computer ein.« Er schien genau zu wissen, wo er nachsehen mußte, und ich fragte mich, ob er das in jüngster Zeit schon einmal getan hatte. Er holte eine Karte heraus, musterte sie kurz und schloß die Schublade wieder. Er ließ den Schrank offenstehen und kehrte an seinen Schreibtisch zurück. Im Vorübergehen reichte er mir die Karteikarte. Die Katze war mittlerweile eingeschlafen und lag über meinen Knien wie ein Siebenkilosack heißer Sand.

Es waren sechs Dokumente aufgelistet: eine gerahmte Mitgliedsbescheinigung der Society of Boston und ein Privatbrief, beides unterzeichnet von George Washington und auf 11500 beziehungsweise 9500 Dollar taxiert; eine gerichtliche Verfügung mit der Unterschrift von Abraham Lincoln, datiert im Dezember 1847 und auf 6500 Dollar geschätzt; ein Dokument aus Kriegstagen, unterschrieben von John Hancock und auf 5500 Dollar geschätzt; ein zehnseitiger Auszug aus einem Original-Manuskript von Arthur Conan Doyle, taxiert auf 7500 Dollar und ein von John Adams unterzeichneter Brief im Schätzwert von 9000 Dollar.

»Ich bin beeindruckt«, sagte ich. »Ich hatte keine Ahnung von seltenen Dokumenten, aber die hier scheinen ja sagenhaft zu sein.«

»Sind sie auch. Die Preise, die Sie vor sich haben, sind zwanzig Jahre alt. Heute wären sie noch mehr wert.«

»Wie ist denn Patty Maddisons Vater an solche Stücke gekommen?«

»Das weiß niemand so genau. Er war ein Amateursammler. Ein paar hat er auf einer Auktion ersteigert, und die anderen – wer weiß? Er könnte sie genausogut gestohlen haben. Mein Vater hatte von ihnen gehört, aber Francis – Mr. Maddison – ließ sie ihn nie begutachten.«

»Seine Witwe muß völlig verstört gewesen sein, daß sie sie einfach so herausgegeben hat.«

Trasatti sagte nichts dazu.

»Wie hat Guy von den Briefen erfahren?« wollte ich wissen.

»Vermutlich hat Patty ihm davon erzählt.«

»Warum sollte sie das tun?«

»Was weiß ich? Aus Angeberei. Sie war plemplem. Sie hat alle möglichen merkwürdigen Dinge getan.«

Ich sah, wie er einen Blick auf seine Uhr warf. »Haben Sie einen Termin?« fragte ich.

»Es wäre mir wirklich recht, wenn wir jetzt zum Schluß kommen können. Ich muß mich an die Arbeit machen.«

»Noch fünf Minuten, dann bin ich weg.«

Trasatti rutschte unruhig hin und her, bedeutete mir aber weiterzureden.

»Lassen Sie mich raten. Nichts davon kam ans Licht, bevor Guy sich davongemacht hatte, stimmt's?«

Trasatti sah mich unverwandt an, ohne mir beizupflichten.

Ich war gezwungen weiterzumachen und fühlte mich wie Perry Mason bei einer Auseinandersetzung im Gerichtssaal, nur daß es bei mir nicht so gut lief, wie es bei ihm immer der Fall war. »Vielleicht war ja Jack derjenige, der Patty geschwängert hat. Ich habe gehört, Jack sei der Rammler gewesen. Guy zufolge hat er alles gebumst, was sich bewegt hat.«

»Ich sage Ihnen doch, daß er auf dem College war. Er war nicht einmal hier«, wandte Trasatti ein.

»Er war zur Beerdigung seiner Mutter und dann noch einmal in den Frühjahrsferien hier. Das war im März, oder nicht?«

»Das weiß ich wirklich nicht mehr.«

»Soweit ich weiß, hatte sich Guy damals schon aus dem Staub gemacht. Jack fühlte sich verraten. Er war am Boden zerstört, weil Guy ohne ihn verschwunden war, und so hat er sich vielleicht bei Patty getröstet. Zu diesem Zeitpunkt muß sie genauso anlehnungsbedürftig gewesen sein wie er.«

Trasatti verzog nach wie vor keine Miene und hielt die Hände gefaltet auf dem Scheibtisch. »Sie werden mich nie so weit bringen, dazu einen Kommentar abzugeben.«

»Jack hätte die Briefe gefälscht haben können. Sie beide waren befreundet. Ihr Vater war Gutachter. Sie hätten sich diesen Plan auch selbst einfallen lassen und Jack zeigen können, wie man es anstellen mußte.«

»Ich finde das beleidigend. Es ist nichts als Spekulation. Es besagt überhaupt nichts.«

Ich ging darauf nicht ein, obwohl er recht hatte. »Alles war ruhig, bis Guy wieder nach Hause kam.«

»Was sollte das für eine Rolle spielen?«

»Früher hat Guy immer die Schuld für die Sünden aller anderen auf sich genommen, also liegt doch auf der Hand, daß sich alle sicher fühlten, bis er wieder aufgetaucht ist.«

»Ich kann Ihnen nicht folgen.«

»Vielleicht war das Motiv für den Mord an Guy überhaupt nicht Geld«, sagte ich. »Vielleicht hat Jack nur versucht, sich selbst zu schützen.«

»Wovor? Ich begreife das nicht. Es steht rein gar nichts auf dem Spiel. Der Diebstahl hat vor siebzehn Jahren stattgefunden. Die gesetzliche Verjährungsfrist ist abgelaufen. Es ist keine Straftat mehr offen. Selbst wenn Ihre Vermutung zutrifft, ist Jack derjenige, der am Schluß mit dem Kopf in der Schlinge steckt. Sie haben gesagt, Sie seien hier, um ihm zu helfen, aber es fällt doch alles auf ihn zurück.«

»Wissen Sie was? Ich sage Ihnen die Wahrheit. Es kümmert mich einen Scheißdreck, was auf ihn zurückfällt. Wenn er schuldig ist, dann sei's drum. Das ist nicht mein Problem.«

»Tja, das ist aber reizend. Soll ich den Telefonhörer abnehmen und Lonnie Kingman anrufen? Er wird von Ihrer Einstellung begeistert sein, genau wie Jack. Soweit ich weiß, zahlt er doch wohl Ihre Rechnungen.«

»Tun Sie das ruhig. Lonnie kann mich jederzeit feuern, wenn ihm nicht paßt, was ich mache.«

20

Ich hielt an einer Telefonzelle und rief bei Lonnie an, der mir den Gefallen tat zu lachen, als er den Bericht von meiner Unterhaltung mit Paul Trasatti hörte. »Vergiß es. Der Typ ist ein Arschloch. Er hat mich gerade am Telefon belabert, herumgejammert und sich über Belästigung beschwert. So ein Idiot.«

»Warum macht er sich solche Sorgen um Jack?«

»Vergiß Jack fürs erste. Um den kümmere ich mich. Sprich lieber mal mit Bennet. Ich habe ihn nicht erreicht. Allerdings habe ich läuten hören, daß er sich mit einem Anwalt berät, für den Fall, daß das scharfe Auge des Gesetzes sich als nächstes auf ihn richten sollte. Soweit ich gehört habe, hat er immer noch kein Alibi.«

»Tja, das ist aber interessant.«

»Ja, langsam werden die Leute nervös. Das ist ein gutes Zeichen«, sagte er. Er gab mir die Adresse von Bennets Restaurant, das in der Innenstadt in einer Seitenstraße der State Street lag. In der Umgebung befand sich ein Reifengeschäft, ein Minimarkt, ein Videoverleih und ein Billardsalon, in dem überhöhter Bierkonsum allein schon genügend Anlaß für Schlägereien bot. Parkplätze schienen nicht gerade reichlich zur Verfügung zu stehen, und man konnte sich nur schwer vorstellen, wo die Kundschaft für ein Restaurant herkommen sollte.

Offensichtlich war das Ladenlokal früher ein Einzelhandelsgeschäft gewesen, Teil einer Kette, die Konkurs angemeldet hatte. Das alte Schild hing noch draußen, aber das Innere war völlig leergeräumt worden. Die Räume waren höhlenartig und finster, und der Fußboden bestand aus nacktem Beton. Heizungsrohre und Strahlträger lagen offen da, ebenso wie sämtliche elektrischen Leitungen. Im hinteren Teil war ein Büro eingerichtet worden: Schreibtisch, Aktenschränke und Büromaschinen, die in einem grob gezimmerten Kabuff standen. Die Rückwand war allerdings massiv, und durch eine schmale Türöffnung konnte ich eine Toilette und ein kleines Waschbecken mit darüberhängendem Medizinschränkchen sehen. Es würde eine Menge Geld kosten, den Ausbau zu vollenden und das Lokal zum Laufen zu bringen. Kein Wunder, daß Bennet so scharf darauf gewesen war, das zweite Testament aufzutreiben. Wenn Guys Anteil zwischen seinen Brüdern aufgeteilt würde, wäre jeder von ihnen um mehr als eine Million reicher, was Bennet eindeutig gebrauchen konnte.

Zur Rechten befand sich ein riesiges Metalltor, das hochgerollt war und den Blick auf ein von Unkraut bewachsenes, unbebautes Grundstück freigab. Draußen herrschte grelles Sonnenlicht, das auf den zerbrochenen Flaschen glitzerte. Es war keine Menschenseele zu sehen, aber das Haus stand nach allen Seiten offen, und ich überlegte, ob wohl bald Bennet oder ein Bauarbeiter auftauchen würde. Während ich wartete, spazierte ich in den Büroraum und setzte mich an Bennets Schreibtisch. Der Schreibtischstuhl war wackelig, und ich malte mir aus, daß er seine Telefonate im Stehen führte, mit einer Pobacke auf dem Tisch, der stabiler aussah. Alles in diesem Büro wirkte, als wäre es geliehen oder billig erstanden worden. Der Papierstreifen, der aus der Rechenmaschine hing, war mit einer langen Reihe von Zahlen bedruckt, die sich zu nichts addierten. Ich hätte die Schubladen durchsuchen können, aber dazu war ich dann doch zu höflich. Außerdem hatte mich mein jüngster Zusammenstoß mit Paul Trasatti ein bißchen gezügelt. Ich wollte nicht, daß Lonnie an einem einzigen Tag gleich zwei Beschwerden bekäme.

Auf einem Rollwagen stand eine mechanische Schreibmaschine. Mein Blick glitt beiläufig über sie hinweg und kehrte dann wieder zu ihr zurück. Es war eine uralte schwarze Underwood mit runden, vergilbten Tasten, die aussahen, als müßten sie mit viel Kraft gedrückt werden. Das Farbband war so abgenutzt, daß es in der Mitte ganz dünn war. Mein Blick schweifte zu dem Metalltor hinüber und dann über die leeren Restauranträume. Immer noch kein Mensch. Meine böse Fee schwebte zu meiner Linken. Sie war es, die mich auf das offene Paket Schreibmaschinenpapier hinwies, das da vor meinen Augen lag.

Ich zog ein Blatt heraus und spannte es in die Maschine, während ich mich auf den wackeligen Schreibtischstuhl setzte. Ich tippte meinen Namen. Dann schrieb ich diesen alten Standardsatz: *The quick brown fox jumps over the lazy dog*. Ich tippte den Namen *Max Outhwaite*. Dann schrieb ich *Sehr geehrte Miss Milhone*. Ich beäugte das Schriftbild. Die Vokale schienen nicht verschmutzt zu sein, was (wie Dietz ausgeführt hatte) nicht viel heißen mußte. Es könnte trotzdem die Maschine sein, die für die Briefe verwendet worden war. Vielleicht hatte Bennet sich mittlerweile eben darum gekümmert, seine Typen zu säubern. Ich zog das Blatt heraus und faltete es zusammen. Dann stand ich auf und schob es in die Tasche meiner Jeans. Wenn ich ins Büro zurückkäme, würde ich sehen, ob an den Typen für *a* und *i* mit einem Vergrößerungsglas eine Beschädigung sichtbar wäre. Ich hatte den anonymen Brief zwar immer noch nicht gesehen, den Guy am Montag, bevor er ums Leben kam, erhalten hatte, aber vielleicht würde Betsy Bower ja nachgeben und mich unerlaubterweise eine Kopie machen lassen.

Das Telefon klingelte. Ich starrte es kurz an und hob dann den Kopf, um auf Schritte zu lauschen, die sich näherten. Nichts. Es klingelte noch einmal. Ich war schon versucht, den Hörer abzunehmen, doch das war gar nicht nötig, da sich der Anrufbeantworter einschaltete. Bennets Ansage war kurz und sehr geschäftsmäßig. Genau wie der Anrufer.

»Bennet. Hier ist Paul. Ruf mich so bald wie möglich an.«

Der Apparat schaltete sich ab. Das Anzeigelämpchen begann zu blinken. Meine böse Fee tippte mir auf die Schulter und deutete auf das Gerät. Ich streckte den Finger aus und drückte auf LÖSCHEN. Eine körperlose männliche Stimme teilte mir mit, daß die Nachricht getilgt worden war. Ich ging zur Vordertür und beschleunigte meinen Schritt, als ich die Straße erreicht hatte. Trasatti war ganz schön fleißig; er rief alle an.

Eine Harley-Davidson tauchte röhrend in meinem Blickfeld auf. Mist. Ausgerechnet jetzt kam Bennet zurück, wo ich mich schon in Sicherheit wähnte. Ich ging wieder langsamer, als hätte ich jede Menge Zeit. Bennet steuerte Jacks Motorrad keine drei Meter von mir entfernt an den Randstein. Er stellte den Motor ab und trat den Ständer herunter. Dann nahm er den Helm ab und klemmte ihn sich unter den Arm. Mir fiel auf, daß ihm das Haar in dichten Kringeln am Kopf klebte und schweißnaß war. Trotz der Hitze trug er eine schwarze Lederjacke zum Schutz, falls er das Motorrad ins Schleudern brachte und stürzte. »Wieder am Arbeiten?«

»Ich bin immer am Arbeiten«, erwiderte ich.

»Wollten Sie mich sprechen?« Seine Jacke knarrte beim Gehen. Er betrat das Restaurant.

Ich folgte ihm. »Wie läuft's mit den Bauarbeiten? Es sieht ziemlich gut aus«, sagte ich. Es sah zwar aus wie ein Bombenkrater, aber ich wollte ihm schöntun. Unsere Schritte hallten wider, als wir über den nackten Betonboden gingen.

»Es geht recht langsam voran.«

»Aha«, sagte ich. »Wann möchten Sie denn aufmachen?«

»Im April, wenn alles gutgeht. Wir haben noch viel zu tun.«

»Was für eine Art von Restaurant?«

»Cajun und karibische Küche. Wir bieten aber auch Salate und Burgers an, alles zu vernünftigen Preisen. Vielleicht zwei Abende die Woche Jazz. Wir peilen vor allem den Singles-Markt an.«

»So was wie ein Abschlepp-Schuppen?«

»Aber mit Klasse«, sagte er. »Hier im Ort gibt es nicht viel Nachtleben. Wir wollen an den Wochenenden Tanzmusik bieten. Ich glaube, damit stoßen wir in eine Marktlücke. Dazu einen Koch aus New Orleans und alle lokalen Bands, die gerade angesagt sind. Wir müßten eigentlich Publikum bis aus San Luis Obispo anziehen.«

»Klingt heiß«, sagte ich. Mittlerweile waren wir am Büro angekommen, und ich bemerkte, wie er einen Blick auf den Anrufbeantworter warf. Ich hörte ihm nur mit halbem Ohr zu, da ich überlegte, wie ich das Gespräch am Laufen halten könnte. »Irgendwelche Probleme mit dem Parken?«

»Überhaupt nicht«, antwortete er. »Wir pflastern das Grundstück nebenan. Momentan stehen wir noch in Verhandlungen. Dort ist Platz für dreißig Autos und auf der Straße für weitere zehn.«

»Klingt gut«, sagte ich. Er wußte auf alles eine Antwort. Glatt wie ein Aal, dachte ich.

»Ich reserviere Ihnen Freikarten für die große Eröffnung. Tanzen Sie gern?«

»Nein, eigentlich nicht.«

»Keine Sorge. Wir bringen Sie in Fahrt, und dann können Sie sich austoben. Ihre ganzen Hemmungen vergessen und richtig loslegen«, sagte er. Er schnippte mit den Fingern und ging in die Knie, was ungemein hip aussehen sollte.

Was ich im Leben am allerwenigsten leiden kann, ist, wenn mich ein Typ dazu auffordert, »mich auszutoben« und »richtig loszulegen«. Das Lächeln, das ich ihm schenkte, war hauchdünn. »Ich hoffe, bis dahin ist diese Geschichte mit Jack geklärt.«

»Allerdings«, sagte er gelassen, und seine Miene wurde entsprechend nüchtern. »Wie sieht es denn inzwischen aus?«

»Er kann nicht nachweisen, wo er sich aufgehalten hat, und das ist ungünstig«, sagte ich. »Die Cops behaupten, sie hätten einen blutigen Abdruck seines Schuhs auf dem Teppich in Guys Zimmer gefunden. Ich will Sie nicht mit Einzelheiten langweilen. Lonnie bat mich, Sie zu fragen, wo Sie waren.«

»An dem Abend, als der Mord geschah? Da bin ich in L. A. durch die Clubs gezogen.«

»Sie sind nach Los Angeles und wieder zurück gefahren?«

»Das mache ich oft. Ist doch keine Affäre. Anderthalb Stunden jede Strecke«, sagt er. »An diesem Abend war ich eine ganze Weile unterwegs.«

»Hatten Sie eine Verabredung?«

»Es war streng geschäftlich. Ich versuche, ein Gefühl dafür zu entwickeln, was ankommt und was nicht, und teste Speisekarten. Und dann höre ich mir natürlich ein paar Bands aus L. A. an.«

»Ich nehme an, Sie haben Kreditkartenquittungen, die das belegen.«

Sein Gesichtsausdruck ließ darauf schließen, daß ich ihn in diesem Punkt unvorbereitet getroffen hatte. »Ein paar vielleicht. Ich muß mal nachsehen, was ich habe. Ich habe hauptsächlich in bar bezahlt. Das ist einfacher.«

»Wann sind Sie nach Hause gekommen?«

»Gegen drei«, antwortete er. »Möchten Sie mit nach hinten kommen? Ich habe Bier kalt gestellt. Wir könnten etwas trinken.«

»Danke. Es ist noch ein bißchen früh.«
»Wo müssen Sie denn hin?«
»Zurück ins Büro. Ich habe einen Termin«, sagte ich.

Auf dem Rückweg ins Büro hielt ich an einem Feinkostgeschäft und besorgte Limonade und Sandwiches. Dietz hatte gesagt, er käme, sobald er mit seinen Recherchen fertig sei. Ich stellte die Getränke in den kleinen Kühlschrank in meinem Büro und warf meine Handtasche auf den Fußboden neben den Stuhl. Dann stellte ich die Tüte mit den Sandwiches auf den Aktenschrank und holte mir den Aktendeckel mit den Zeitungsausschnitten. Ich setzte mich auf meinen Drehstuhl und breitete meine Karteikarten, die maschinengeschriebenen Briefe und das Muster, das ich gerade auf Bennets Schreibmaschine getippt hatte, ordentlich nebeneinander aus. Solange eindeutige Lösungen fehlen, sollte man wenigstens einen systematischen Eindruck machen.

Ich schaltete die Schreibtischlampe an und holte mein Vergrößerungsglas hervor. Der Schrifttyp war nicht der gleiche. Ich war enttäuscht, aber es überraschte mich nicht. Ich nahm Guys letzten Brief aus meiner Tasche und las ihn noch einmal durch. Abgesehen von seiner Einladung nach Disneyland, die ich sofort angenommen hätte, wurde mir klar, daß das, was ich vor mir hatte, im Prinzip ein eigenhändiges Testament war. Der Brief war komplett von Hand geschrieben, und im Postskriptum hatte er ausgeführt, was mit seinem Anteil vom Nachlaß seines Vaters geschehen sollte. Ich kannte zwar nicht sämtliche erforderlichen Voraussetzungen für ein gültiges eigenhändiges Testament, glaubte aber, daß es ihnen genügte. Die Handschrift müßte natürlich überprüft werden, aber das konnte Peter Antle tun, wenn ich ihn das nächste Mal sah. Ich wußte, daß Guy am späten Montag nachmittag einen verstörenden Brief bekommen hatte, und was immer darin stand, mußte ausgereicht haben, ihn so zu beunruhigen, daß er seine Wünsche deutlich machen wollte. Ich stand auf und verließ das Büro, wobei ich seinen Brief mit in den Kopierraum nahm. Ich machte ein Duplikat davon und verschloß das Original zusammen mit den anderen in meiner untersten Schublade. Die Kopie schob ich ins Außenfach meiner Handtasche.

Ich versuchte, mir Guy vorzustellen, doch sein Gesicht war vor meinem geistigen Auge bereits verblaßt. Was geblieben war, war seine Freundlichkeit, der Klang seines »Hey« und das Streicheln seiner Barthaare, als er mit den Lippen meine Wangen berührt hatte. Ich weiß nicht, ob wir eine sehr intensive Beziehung zueinander eingegangen wären, wenn er am Leben geblieben wäre. Kinsey Millhone und ein Wiedergeborener war vermutlich keine Kombination, die viel Zukunft gehabt hätte. Aber wir hätten Freunde sein können. Wir hätten einmal im Jahr nach Disneyland fahren und uns amüsieren können.

Ich wandte mich wieder meinen Karteikarten zu und fing an, mir Notizen zu machen. Jede Ermittlung hat ihren eigenen Charakter, aber es gibt gewisse Gemeinsamkeiten wie zum Beispiel das mühevolle Ansammeln von Informationen und die dazu erforderliche Geduld. Auf folgendes hofft man: eine beiläufige Bemerkung des früheren Nachbarn bei der Suche nach einem Vermißten, eine gekritzelte Bemerkung am Rand eines Dokuments, einen geschiedenen Ehepartner voller Groll, eine Kontonummer, einen am Tatort übersehenen Gegenstand. Auf folgendes muß man sich gefaßt machen: Sackgassen, bürokratische Sturheit, falsche Fährten, Spuren, die nirgendwohin führen oder sich einfach in Luft auflösen, Leugnen, Ausflüchte und die ausdruckslosen Blicke all der feindlich gesinnten Zeugen. Und auf folgendes kann man sich verlassen: daß man es zuvor schon mal geschafft hat und die Härte und Entschlossenheit besitzt, es wieder zu schaffen.

Ich sah auf meinen Schreibtisch herab, wobei mir das Etikett auf dem Aktendeckel ins Auge fiel. Es war säuberlich getippt: *Guy Malek, Ausschnitte aus dem Dispatch*. Die beiden Briefe von Outhwaite lagen auf gleicher Höhe mit dem Etikett, wodurch ich zum ersten Mal bemerkte, daß das kleine *a* und das kleine *i* auf allen drei Schriftstücken schadhaft war. Stimmte das? Ich sah genauer hin, nahm noch einmal mein Vergrößerungsglas zu Hand und studierte die betreffenden Buchstaben. Man bräuchte einen Fachmann für Schriftstücke, um es zu beweisen, aber mir kam es so vor, als wären die Briefe auf derselben Maschine geschrieben worden wie das Etikett.

Ich griff nach dem Telefon und rief die Maleks an. In der winzigen Zeitspanne zwischen dem Wählen und dem Moment, in dem es zu klingeln begann, durchkämmte ich angestrengt meine Phantasie, um mir einen Grund für diesen Anruf einfallen zu lassen. Mist, Mist, Mist. Christie nahm am anderen Ende den Hörer ab und begrüßte mich kühl, nachdem ich mich gemeldet hatte. Ich nahm an, daß sie mit Paul Trasatti gesprochen hatte, wagte aber nicht, danach zu fragen.

Ich sagte: »Ich bin auf der Suche nach Bennet. Ist er vielleicht zufällig zu Hause? Ich bin am Restaurant vorbeigefahren, aber dort war er nicht.«

»Er müßte gleich kommen. Ich glaube, er hat gesagt, er wolle zum Mittagessen kommen. Soll er Sie zurückrufen?«

»Ich weiß nicht, ob er mich erreichen kann. Ich bin jetzt zwar im Büro, muß aber noch ein paar Dinge erledigen. Ich rufe später wieder an.«

»Ich werde es ausrichten«, sagte sie, und es klang wie eine Verabschiedung.

Ich mußte mit irgend etwas Neuem anfangen, um das Gespräch am Laufen zu halten. »Ich habe heute morgen mit Paul gesprochen. Er ist schon ein seltsamer Vogel. Nimmt er immer noch Medikamente?«

Ich merkte ihr an, wie sie sich zu konzentrieren versuchte. »Paul nimmt Medikamente? Wer hat Ihnen denn das erzählt? Davon habe ich noch nie gehört«, sagte sie.

Ich ließ einen Moment verstreichen. »Ähh, tut mir leid. Ich wollte nichts ausplaudern, was mir jemand anvertraut hat. Ich dachte nur, Sie wüßten es.«

»Warum kommen Sie überhaupt darauf zu sprechen? Gibt es ein Problem?«

»Tja, nichts *Größeres*. Er ist nur so komisch wegen Jack. Er hat es allen Ernstes fertiggebracht, mir vorzuwerfen, ich würde Jacks Glaubwürdigkeit untergraben, was meilenweit von der Wahrheit entfernt ist. Lonnie und ich reißen uns für ihn ein Bein raus.«

»Tatsächlich.«

»Und dann hat er auf einmal Lonnie angerufen. Ich nehme an, er führt jetzt einen telefonischen Feldzug und überfällt jeden, den er kennt, mit seinen wilden Geschichten. Ach, was soll's. Es spielt keine Rolle. Er meint es sicher nur gut, aber er tut niemandem einen Gefallen damit.«

»Wollten Sie darüber mit Bennet sprechen?«

»Nein, das war etwas anderes. Lonnie bat mich zu überprüfen, wo Bennet am Dienstag abend war.«

»Bennet wird sich bestimmt gern mit Ihnen unterhalten. Ich weiß, daß er bei der Polizei schon ausgesagt hat, und dort schien man zufrieden zu sein. Ich kann ihm einen Zettel schreiben.«

»Wunderbar. Da bin ich Ihnen dankbar. Darf ich Sie noch etwas fragen? Können Sie sich an die Akte erinnern, die ich mir ausgeliehen habe?«

»Die mit den Zeitungsausschnitten?«

»Genau. Ich interessiere mich für das Etikett. Haben Sie das selbst getippt?«

»Ich doch nicht. Ich habe nie Maschinenschreiben gelernt. Davor hat mich meine Mutter gewarnt. Vermutlich hat Bader das Etikett selbst getippt oder es seine Sekretärin machen lassen. Er hielt tippen für erholsam. Da sieht man mal, wie wenig Ahnung er hatte.«

»Das muß aber schon eine Weile her sein. Ich kann mich nicht erinnern, daß ich eine Schreibmaschine in seinem Arbeitszimmer gesehen hätte, als ich dort war.«

»Er hat sich vor ein paar Jahren einen PC zugelegt.«

»Und was ist mit der Schreibmaschine passiert?«

»Die hat er Bennet vermacht, glaube ich.«

Ich schloß die Augen und bemühte mich, ruhig zu atmen.

Christies Gebaren hatte sich verändert, und sie klang nun wieder freundlich. Ich wollte sie nicht darauf aufmerksam machen, wie wichtig diese Information war. »Was hat Bennet damit gemacht? Das ist nicht die Maschine, die er im Restaurant benutzt, oder?«

»Wohl nicht. Sie steht vermutlich in seinem Zimmer. Worum geht es eigentlich?«

»Nichts Großartiges. Keine bedeutende Sache. Nur eine kleine Theorie von mir. Aber ich würde die Maschine gern mal sehen. Ist es Ihnen recht, wenn ich vorbeikomme und einen Blick darauf werfe?«

»Tja, mir ist es schon recht, aber Bennet könnte etwas dagegen haben, natürlich außer, wenn er selbst hier ist. Sein Zimmer ist wie sein Heiligtum. Es betritt niemand außer ihm. Außerdem sind wir gerade am Gehen. Wir haben um elf einen Termin. Warum fragen Sie Bennet nicht selbst, wenn Sie mit ihm sprechen?«

»Das kann ich machen. Kein Problem. Das ist eine gute Idee«, sagte ich. »Noch eine kurze Frage. Haben Sie an dem Abend, als der Mord geschah, Donovan wirklich gesehen? Oder haben Sie nur angenommen, daß er fernsah, weil im Nebenzimmer das Gerät lief?«

Christie brach wortlos das Gespräch ab.

Sowie ich aufgelegt hatte, schrieb ich Dietz eilig einen Zettel, schob ein paar leere Blätter in den Aktendeckel und stopfte ihn in meine Handtasche. Ich ging zur Seitentür hinaus und jagte die Treppe zur Straße hinunter, wobei ich zwei Stufen auf einmal nahm. Ich wußte nicht genau, welches »wir« um elf einen Termin hatte, aber ich hoffte, daß es sich um Christie und Donovan handelte. Wenn ich es, bevor Bennet nach Hause kam, zu den Maleks schaffte, konnte ich mir vermutlich den Weg nach oben irgendwie freischwindeln und einen Blick auf die Maschine werfen. Schon mehr als einmal hatte ich daran gedacht, daß Jack oder Bennet hinter den Briefen und der Mitteilung an die Presse stecken könnten. Ich konnte zwar kein Motiv erkennen, aber die Schreibmaschine in die Hände zu bekommen würde uns auf dem Weg zu einer Klärung des Zusammenhangs wesentlich weiter bringen. Außerdem lachte ich innerlich Dietz ein bißchen aus, weil ich ihm gleich gesagt hatte, daß derjenige, der die Briefe geschrieben hatte, die Maschine nicht wegwerfen würde. Bei Schußwaffen ist es das gleiche. Jemand begeht mit einer Pistole ein Verbrechen, und anstatt sich der Waffe zu entledigen, bewahrt er sie zu Hause im Schrank auf oder schiebt sie unters Bett. Besser wirft man sie ins Meer.

Ich raste die Strecke entlang, die ich schon so viele Male gefahren war, und kam in Rekordzeit bei den Maleks an. Als ich mich dem Anwesen näherte, sah ich, wie die Tore aufschwangen und die Schnauze eines Autos gerade um die Kurve in der Auffahrt gebogen kam. Ich trat mit aller Kraft auf die Bremse und steuerte den Wagen schlitternd in die nächste Einfahrt, während ich kurz in den Rückspiegel schaute, wo ich den BMW vorbeijagen sah. Donovan fuhr, den Blick auf die Straße vor sich gerichtet. Ich dachte, ich hätte Christie gesehen, war mir aber nicht sicher. Ich hörte eine Hupe lostönen und sah zur Windschutzscheibe hinaus. Der Nachbar der Maleks wartete in einem dunkelblauen Kombi geduldig darauf, daß ich mich von seiner Einfahrt entfernte. Unter zahlreichen verlegenen Gesten legte ich den Rückwärtsgang ein. Ich setzte aus der Einfahrt zurück und fuhr zur Seite, um ihn vorbeizulassen. Mit lautlosen Lippenbewegungen formulierte ich das Wort »Entschuldigung«, als er sich zur Seite drehte, um mich anzusehen. Er lächelte und winkte, und ich winkte zurück. Als er nicht mehr zu sehen war, fuhr ich ganz heraus und überquerte die Straße, bis ich vor dem Eingangstor der Maleks stand.

Der Wachmann war von seinem Posten abgezogen worden. Ich lehnte mich zur Sprechanlage hinaus und tippte den Code ein, den mir Tasha genannt hatte. Ein fröhliches Piepen erklang. Die Tore wackelten ein bißchen und schwangen dann auf, um mich einzulassen. Langsam fuhr ich die Einfahrt hinauf und um die Kurve. Beiläufig mußte ich daran denken, daß Christie zu Hause geblieben sein könnte. Ich müßte mir einen Knüller einfallen lassen, um mein Auftauchen zu erklären. Na gut. Oft sind die besten Lügen die, die man sich in einer Notlage ausdenkt.

Auf dem Vorplatz parkten keine Autos, was ich für ein gutes Zeichen hielt. Zwei der drei Garagen standen offen, und beide waren leer. Ich mußte mein Auto draußen stehen lassen, doch es schien keine andere Möglichkeit zu geben. Falls mein Vorhaben gerechtfertigt war, warum sollte ich mir dann die Mühe machen, mein Auto zu verstecken? Wenn die Maleks zurückkamen, würde mir schon irgendein Märchen einfallen. Ich ging an der Vordertür vorbei und marschierte ums Haus herum zur Küche, wobei ich den Aktendeckel aus der Tasche nahm. Durch das Erkerfenster konnte ich Enid sehen, die am Spülbecken stand. Sie erblickte mich und winkte, dann ging sie an die Hintertür, um mir aufzumachen. Sie trocknete sich die Hände an einem Geschirrtuch ab, trat zur Seite und ließ mich ein.

»Hi, Enid«, sagte ich. »Wie geht's?«

»Gut«, antwortete sie. »Warum kommen Sie denn zur Hintertür? Christie und Donovan haben gerade erst durch die Vordertür das Haus verlassen.« Sie trug eine große weiße Schürze über Jeans und einem T-Shirt, und ihr Haar war ordentlich unter einer Häkelmütze verborgen.

»Tatsächlich? Ich habe sie nicht gesehen. Ich habe zweimal vorne geläutet. Sie haben mich wohl nicht gehört, daher bin ich nach hinten gekommen. Nicht zu fassen, daß ich die beiden verpaßt habe. Mein Timing ist verheerend.«

Auf der Arbeitsfläche lagen diverse Backzutaten; zwei Riegel Butter ohne Papier, ein Meßbecher voller Kristallzucker, ein Päckchen Backpulver und eine große Tüte Vollmilch. Der Backofen heizte bereits vor, und eine große Springform stand gebuttert und mit Mehl bestäubt bereit.

Sie ging wieder an die Arbeitsfläche, wo sie ein Sieb zur Hand nahm und Mehl zu einem Hügel siebte, der oben in einer makellosen Spitze auslief. Ich sah ihr zu, wie sie mit einem Spatel mehr Mehl dazuschaufelte. Ich backe selten, und wenn, dann stelle ich die Zutaten meist erst dann bereit, wenn sie gebraucht werden, ohne mir darüber im klaren zu sein, daß mir ein unerläßlicher Bestandteil fehlt, bis ich zur entscheidenden Stelle des Rezepts komme: »Rasch den Eischnee und den feingehackten frischen Ingwer unterheben...« Enid ging methodisch vor und spülte nebenbei das benutzte Geschirr. Ich wußte, sie würde nie eine fertige Backmischung verwenden, und ihre Kuchen würden nie zusammenfallen.

»Wo sind denn alle? Ich habe kein einziges Auto in der Garage gesehen«, sagte ich.

»Myrna hat sich hingelegt. Ich nehme an, daß sie bald wieder aufstehen wird.«

»Was fehlt ihr denn? Ist sie krank?«

»Ich weiß es nicht. Sie macht einen bekümmerten Eindruck, und ich glaube, sie hat in letzter Zeit nicht gut geschlafen.«

»Vielleicht sollte ich mal mit ihr sprechen. Und wo sind die anderen?«

»Christie hat gesagt, Bennet käme zum Mittagessen nach Hause. Sie und Donovan sind zum Bestattungsinstitut gefahren. Jemand aus dem Büro des Gerichtsmediziners hat angerufen. Die Leiche wird heute nachmittag freigegeben, und sie wollten einen Sarg aussuchen.«

»Wann findet die Beerdigung statt? Hat das schon jemand gesagt?«

»Es ist die Rede von Montag, aber nur für die Familie und enge Freunde. Die Öffentlichkeit ist nicht zugelassen.«

»Verständlich. Sie haben bestimmt genug von dem ganzen Medienrummel.«

»Kann ich Ihnen irgendwie helfen?«

»Eigentlich nicht. Ich habe vor einer Weile mit Christie gesprochen und ihr gesagt, daß ich diese Unterlagen zurückbringen würde. Sie sagte, ich solle sie in Baders Arbeitszimmer legen. Ich kann dann allein zur Vordertür hinausgehen, wenn ich das erledigt habe.«

»Wie Sie wünschen«, sagte sie. »Gehen Sie über die Hintertreppe. Wissen Sie, wie man zum Arbeitszimmer kommt?«

»Klar. Ich bin schon einmal dort gewesen. Was backen Sie eigentlich?«

»Zitronen-Pfundkuchen.«

»Klingt gut«, sagte ich.

Ich eilte mit dem Aktendeckel in der Hand die Hintertreppe hinauf und verlangsamte meinen Schritt, als ich den oberen Treppenabsatz erreicht hatte. Dieser rückwärtige Flur war auf reine Zweckmäßigkeit beschränkt, und so lagen weder Teppiche auf dem Fußboden, noch hingen Vorhänge an den Fenstern. Dieses Herrenhaus war in einer Epoche gebaut worden, als die Reichen noch Dienstboten hatten, die im Haus lebten und winzige Stuben und Kammern bewohnten, in abgelegene Flügel des Hauses gedrängt oder in Dachgeschosse gequetscht, die man in mehrere kleine Zimmer unterteilt hatte. Vorsichtig öffnete ich eine Tür zu meiner Linken. Eine schmale Treppe führte weiter nach oben und verlor sich in der Finsternis. Leise schloß ich die Tür wieder und ging weiter, wobei ich in einen großen Wäscheschrank und eine Kammer mit einer antiken Kommode spähte. Der Korridor machte einen Neunzig-Grad-Knick nach rechts und mündete durch einen von schweren Damastvorhängen verborgenen Bogendurchgang in den Hauptflur.

In der Mitte des Korridors erkannte ich das polierte Geländer der Haupttreppe. Jenseits des Treppenabsatzes lag ein weiterer Flügel des Hauses, der ein Spiegelbild dessen darstellte, in dem ich mich soeben befand. Ein breiter orientalischer Läufer bedeckte die gesamte Länge des düsteren Flurs. Am anderen Ende ließen Damastvorhänge einen Bogendurchgang und eine zweite Treppe vermuten. Die Tapete war in gedämpften Farben gehalten, ein dezentes Blumenmuster, das sich endlos wiederholte. In regelmäßigen Abständen hingen tulpenförmige Kristalleuchten an der Wand. Vermutlich hatte man sie installiert, als das Haus gebaut wurde, und sie irgendwann von Gas auf Strom umgerüstet.

Zu meiner Linken befanden sich drei Türen, die alle mit einem riesigen X aus Plastikband zur Tatortabsperrung versiegelt waren. Ich mußte vermuten, daß eine dieser Türen in Guys Zimmer führte, eine in Jacks und eine in das Badezimmer, das die beiden verband. Auf der rechten Seite waren noch zwei Türen. Ich wußte, daß die zweite in Baders Suite führte: Schlafzimmer, Bad und Arbeitszimmer. Die mir am nächsten gelegene Tür war verschlossen. Ich warf rasch einen Blick hinter mich, um mich zu vergewissern, daß Enid mir nicht gefolgt war. Im ganzen Haus herrschte Stille. Ich legte meine Hand auf den Türknauf und drehte vorsichtig daran. Abgesperrt.

Tja, was nun? Das Schloß war ein einfaches, altmodisches Modell, das nur einen ganz gewöhnlichen Schlüssel erforderte, wie er vermutlich an jeder Tür hier oben paßte. Ich spähte in beiden Richtungen den Flur hinab. Ich durfte keine Zeit verlieren. Baders Suite lag am nächsten. Im Eilschritt ging ich zu seinem Schlafzimmer hinüber und probierte den Türknauf. Dieses Zimmer war unverschlossen. Ich spähte um die Tür herum. Auf der anderen Seite ragte unübersehbar ein Schlüssel aus dem Schlüsselloch. Ich zog ihn heraus und eilte wieder zu Bennets Zimmer. Dort steckte ich den Schlüssel ins Schloß und versuchte ihn umzudrehen. Ich spürte, wie er hängenblieb, doch das Schloß hatte ein gewisses Spiel. Mit gleichmäßigem Druck rüttelte ich sachte an der Tür. Es dauerte fast eine halbe Minute, doch auf einmal gab der Schlüssel nach, und ich war drinnen.

21

Rasch sah ich mich im Zimmer um und versuchte, soviel wie möglich aufzunehmen. Zwei Tischlampen waren eingeschaltet. Das hier mußte Bennets Zimmer sein. Er besaß immer noch sämtliche Requisiten der Hobbys seiner Jugendzeit. Modellflugzeuge, Modellautos, stapelweise alte Comic-Hefte, frühe Ausgaben von *MAD* und Trophäen aus der Little League. An der Wand hing Jimmy Durante, annähernd ähnlich im »Malen nach Zahlen«-Verfahren gepinselt und gerahmt, daneben ein Farbfoto von

Bennet selbst im Alter von dreizehn Jahren mit todschicken schwarzen Anzughosen, einem pinkfarbenen Hemd und einer schwarzen Westernkrawatte. Seine Pinnwand hing immer noch an der Schranktür. An den Kork waren verschiedene Zeitungsschlagzeilen über die Morde an Martin Luther King und Bobby Kennedy geheftet. Dazu gesellten sich Fotos der *Apollo-8*-Raumkapsel von dem Tag, als sie in Cape Kennedy gestartet wurde. Ein gerahmtes Filmplakat von *Ein seltsames Paar* hing immer noch über seinem ungemachten Bett. Es war nicht schwer herauszufinden, welches Jahr der Scheitelpunkt seines Lebens war. Andenken aus der Zeit nach 1968 waren nicht vorhanden.

Ich schaltete das Deckenlicht ein, ging auf die andere Seite des Zimmers und stellte die Handtasche neben meinen Füßen auf den Boden. Sein weitflächiger Schreibtisch verlief an der Stirnwand des Raumes mit ihren zwei Fenstern von einer Seite zur anderen. An der Wand über dem Schreibtisch waren Bücherborde angebracht. Die meisten Bücher sahen vergilbt aus, und ihre Titel erinnerten an Schulbücher, die sich im Lauf der Jahre angesammelt hatten. Ich ließ meinen Blick über ihre Rükken schweifen. *Ring of Bright Water* von Maxwell; *No Room in the Ark* von Moorehead; *Stalking the Edible Life* von Gibbons; *The Sea Around Us* von Carson. Kaum oder gar keine Belletristik. Irgendwie nicht überraschend. Bennet kam mir weder intellektuell noch phantasievoll vor. Mitten auf seinem Schreibtisch prangten ein Computer und ein überdimensionaler Drucker. Die Geräte waren ausgeschaltet, und der glasige graue Bildschirm des Monitors reflektierte matt das Licht, das vom Flur hereinfiel. Es herrschte völlige Unordnung. Rechnungen, einzelne Zettel, Quittungen und Stapel ungeöffneter Post lagen überall herum. Zu meiner Linken entdeckte ich die Schreibmaschine, bedeckt von einem Schoner aus schwarzem Plastik, der voller Staub war. Obendrauf balancierte ein Stoß Bücher.

Ich ging zur Tür und steckte den Kopf in den Flur hinaus. Rasch sah ich mich in alle Richtungen um, bemerkte niemanden und schloß mich dann in Bennets Zimmer ein. Falls ich erwischt würde, gab es nun keine Möglichkeit mehr, meine Anwesenheit zu erklären. Ich ging an den Schreibtisch zurück, hob den Stoß Bücher von der Schreibmaschine und nahm die Hülle ab. Es war eine alte Remington mit hohem Gehäuse und manueller Zeilenschaltung. Bader mußte das verdammte Ding vierzig Jahre lang in seinem Besitz gehabt haben. Ich griff in meine Tasche und nahm ein leeres Blatt Papier aus dem Aktendeckel. Ich spannte es in die Maschine und tippte dieselben Formulierungen und Sätze wie zuvor. *The quick brown fox jumps over the lazy dog*. Die Maschine machte ein furchtbares Getöse, doch das ließ sich nun nicht ändern. Da die Tür zum Flur geschlossen war, wähnte ich mich weitgehend in Sicherheit. *Sehr geehrte Miss Milhone. Max Outhwaite*. Auf den ersten Blick wußte ich, daß ich einen Treffer gelandet hatte. Sowohl das *a* als auch das *i* waren schief. Das war die Maschine, die ich gesucht hatte. Ich nahm das Blatt heraus, faltete es zusammen und steckte es in meine Hosentasche. In meinem Augenwinkel geriet mir plötzlich der Name Outhwaite ins Blickfeld. Hatte ich schon Halluzinationen? Ich besah mir noch einmal die Reihe Schulbücher und kniff die Augen zusammen, als ich die beiden fand, die meine Aufmerksamkeit erregt hatten. *Ring of Bright Water* von Gavin Maxwell war das erste in dieser Reihe. In der Mitte, etwa sechs Bücher weiter, stand *Atlantic: History of an Ocean*. Der Autor hieß Leonard Outhwaite. Ich stand wie angewurzelt da und starrte die Bücher an. Gavin Maxwell und Leonard Outhwaite. Maxwell Outhwaite.

Ich stülpte die Hülle wieder über die Schreibmaschine und legte den Stoß Bücher an seinen früheren Platz zurück. Auf einmal hörte ich ein leises Grollen, wie Donner. Ich regte mich nicht. Leere Kleiderbügel begannen zu klirren und klapperten im Kleiderschrank gegeneinander wie ein Windglockenspiel. Sämtliche Fugen im Haus begannen leise zu qietschen, und das Fensterglas gab dort, wo der Kitt von den Scheiben geschwunden war, ein durchdringendes Schnarren von sich. Nägel und Holzschrauben zirpten. Ich legte eine Hand auf das Bücherregal, um mich zu stützen. Unter mir rutschte das ganze Haus hin und her, vielleicht nicht mehr als zwei Zentimeter, aber mit einer Heftigkeit, die an einen plötzlichen starken Windstoß erinnerte oder an einen Zug, der auf den Gleisen schaukelt. Ich empfand keine Angst, war aber in Alarmbereitschaft und fragte mich, ob ich wohl noch Zeit hätte, das Haus zu verlassen. Ein altes Haus wie das hier mußte viele kleine Beben überstanden haben, aber man wußte ja nie, was sie noch mit sich brachten. Bis jetzt stufte ich es im Bereich zwischen drei und vier ein. Solange es nur von kurzer Dauer war, dürfte es keinen größeren Schaden anrichten. Die Lichter flackerten leicht, als hätten sich Kabel gelockert und stießen nun immer wieder gegeneinander. Der Blitzeffekt löste eine Reihe verschwommener, blaßblauer Bilder aus, in deren Mitte auf der anderen Seite des Zimmers eine dunkle Gestalt erschien. Ich sah genau hin, blinzelte und versuchte, deutlich zu sehen, während sich der Schatten auf eine Ecke zubewegte und dann mit der Wand verschmolz.

Wie gelähmt stand ich da und stieß unwillkürlich einen kleinen Schreckenslaut aus. Das Beben ließ allmählich nach, und die Lampen leuchteten wieder gleichmäßig. Ich klammerte mich an das Bücherregal und lehnte geschwächt den Kopf auf den Arm, während ich versuchte, das frostige Gefühl abzuschütteln, das mir den Rücken hinabkroch. Ich rechnete jeden Moment damit, Enid von der Küchentreppe her rufen zu hören, und ich malte mir aus, daß Myrna, hochgeschreckt durch das Erdbeben, hier auftauchen würde. Ich wollte auf gar keinen Fall, daß eine von ihnen heraufkäme und nach mir suchte. Ich schnappte mir meine Handtasche und durchquerte den Raum. Draußen im Flur sah ich mich hastig in beide Richtungen um. Ich schloß hinter mir die Tür ab und drehte den Schlüssel so unsanft im Schloß herum, daß er sich beinahe in meiner Hand verbog.

Auf Zehenspitzen lief ich den Flur hinab und machte dabei einen eiligen Umweg über Baders Zimmer. Ich steckte den Schlüssel wieder in die Tür, wo ich ihn gefunden hatte, und ging dann rasch in sein Arbeitszimmer. Ich öffnete einen Büroschrank und schob den Aktendeckel zwischen zwei Ordner mit ganz anderen Papieren, wo ich ihn später wiederfinden würde. Ich ging wieder zur Tür und hinaus in den Flur. Rasch eilte ich auf die schweren Vorhänge am Ende des Flurs zurück, drängte mich hindurch und hastete den rückwärtigen Korridor entlang. Geräuschvoll hüpfte ich die Stufen hinab und betrat die Küche. Myrna war nirgends zu sehen. Enid goß seelenruhig einen dicken, gelben Teig in die Springform.

Ich legte mir eine Hand auf die Brust, um meinen Atem zu beruhigen. »Mein Gott. Das war vielleicht was. Einen Moment lang dachte ich, jetzt sind wir wirklich dran.«

Sie blickte mit verständnisloser Miene auf. Ich sah ihr an, daß sie nicht die leiseste Ahnung hatte, wovon ich sprach.

Ich blieb wie angewurzelt stehen. »Das Erdbeben«, sagte ich.

»Ich habe kein Erdbeben bemerkt. Wann denn?«

»Enid, Sie wollen mich wohl auf den Arm nehmen. Tun Sie mir das nicht an. Es muß mindestens Stärke vier auf der Richter-Skala gehabt haben. Haben denn hier unten die Lichter nicht geflackert?«

»Nicht daß ich wüßte.« Ich sah ihr dabei zu, wie sie mit einem Gummispachtel die letzten Teigreste aus der Schüssel in die Form kratzte.

»Das ganze Haus hat gewackelt. Haben Sie denn *gar nichts* gemerkt?«

Sie schwieg einen Moment und senkte den Blick auf die Schüssel. »Sie klammern sich an Menschen, stimmt's?«

»Was?«

»Es fällt Ihnen schwer loszulassen.«

»Nein. Das stimmt überhaupt nicht. Ich bekomme immer wieder zu hören, daß ich unabhängiger sei, als mir guttut.«

Sie schüttelte den Kopf, noch bevor ich den Satz zu Ende gesprochen hatte. »Unabhängigkeit hat nichts mit Klammern zu tun«, sagte sie.

»Wovon reden Sie eigentlich?«

»Es sind nicht die Geister, die uns verfolgen. So funktioniert es nicht. Sie sind unter uns, weil wir *sie* nicht loslassen.«

»Ich glaube nicht an Geister«, sagte ich matt.

»Manche Menschen können die Farbe Rot nicht sehen. Das heißt aber nicht, daß es sie nicht gibt«, erwiderte sie.

Als ich ins Büro zurückkam, saß Dietz auf meinem Drehstuhl und hatte die Füße auf den Schreibtisch gelegt. Er hatte eines meiner Imbißpäckchen geöffnet und kaute an einem Speck-Salat-Tomaten-Sandwich. Ich hatte immer noch nicht zu Mittag gegessen, also schnappte ich mir das andere Sandwich, nahm ein Getränk aus dem Kühlschrank und setzte mich ihm gegenüber.

»Wie bist du beim *Dispatch* vorangekommen?«

Er legte die vier Maddison-Nachrufe auf den Tisch, damit ich sie lesen konnte. »Ich habe Jeff Katzenbach das Archiv durchsuchen lassen. Der Mädchenname war Bangham, also bin ich rüber in die Bücherei gegangen und habe im Adreßbuch nach anderen Banghams in der Gegend gesucht. Fehlanzeige. Drei von diesen Nachrufen habe ich im Stadtarchiv nachgeprüft, indem ich mir die Totenscheine angesehen habe. Claire ist nach wie vor fraglich.«

»Inwiefern?« Ich riß den Verschluß meiner Limodose auf und begann an der Verpackung aus Zellophan und Plastik zu zerren, in die mein Sandwich eingesiegelt war.

»Es gibt keine Anhaltspunkte dafür, wie sie ums Leben gekommen ist«, sagte Dietz. »Es würde mich interessieren, ob wir eine Bestätigung für ihren Selbstmord bekommen können, einfach um die Angelegenheit ad acta zu legen. Ich habe mir den Namen einer Privatdetektivin in Bridgeport, Connecticut, besorgt und bei ihrem Auftragsdienst eine ausführliche Nachricht hinterlassen. Ich hoffe, jemand ruft mich zurück.«

»Was spielt es für eine Rolle, wie Claire gestorben ist?« Ich versuchte, die Versiegelung des Zellophans aufzubeißen. Sollte das womöglich kindersicher sein, wie Gift? Dietz streckte die Hand nach dem verpackten Sandwich aus, und ich reichte es ihm über den Tisch.

»Angenommen, sie wurde ermordet? Angenommen, sie war

das Opfer eines Unfalls mit Fahrerflucht?« Er befreite das Sandwich aus seiner Hülle und gab es mir wieder.

»Da könnte was dran sein«, sagte ich. Ich schwieg, während ich aß, und las noch einmal die Nachrufe durch. Sie waren chronologisch sortiert und begannen mit dem Tod des Vaters Ende November 1967. Dietz hatte sie alle vier auf eine Seite kopiert.

MADDISON, Francis M., 53,
am Dienstag, dem 21. November unerwartet verstorben. Fünfundzwanzig Jahre lang treusorgender und verehrter Ehemann von Caroline B. Maddison; geliebter Vater der Töchter Claire und Patricia. Kundendienstleiter im Colgate Automotive Center und Mitglied der Community Christian Church. Allseits beliebt, wird er von Familie und Freunden schmerzlich vermißt werden. Beisetzung: Freitag, 11.30 Uhr. Anstelle von Blumen wird um Spenden an die Amerikanische Herzgesellschaft gebeten.

Ich sah zu Dietz auf und sagte: »Dreiundfünfzig. Das ist jung.«

»Sie waren alle jung«, sagte Dietz.

MADDISON, Patricia Anne, 17,
am Donnerstag, dem 9. Mai im Santa Teresa Hospital verstorben. Die Hinterbliebenen sind ihre sie liebende Mutter Caroline B. Maddison und ihre treue Schwester Claire Maddison. Auf Wunsch der Familie findet die Beisetzung in aller Stille statt.

MADDISON, Caroline B., 58,
am Dienstag, dem 29. August nach längerer Krankheit zu Hause verstorben. Am 22. Januar als Tochter von Helen und John Bangham in Indianapolis, Indiana, geboren, machte sie an der Universität von Indiana einen Abschluß in Hauswirtschaftslehre. Caroline war eine aufopfernde Gattin, Mutter und Hausfrau und überzeugte Christin. Ihr

vorausgegangen sind ihr Mann, Francis M. Maddison, und ihre Tochter Patricia Anne Maddison. Hinterblieben ist ihre trauernde Tochter Claire Maddison, wohnhaft in Bridgeport, Connecticut. Es ist kein Trauergottesdienst vorgesehen. Spenden an das Hospiz Santa Teresa werden gerne angenommen.

MADDISON, Claire, 39,
frühere Bürgerin Santa Teresas, verstorben am Samstag, dem 2. März in Bridgeport, Connecticut. Tochter der Verstorbenen Francis M. und Caroline B. Maddison. Claire beendete 1963 die Santa Teresa High School und machte 1967 ihren Abschluß an der Universität von Connecticut. Ihre Ausbildung als Lehrerin für die Oberstufe und einen Magistergrad in romanischen Sprachen erwarb sie am Boston College. Sie unterrichtete Französisch und Italienisch an einer privaten Mädchenschule in Bridgeport, Connecticut. Trauergottesdienst am Dienstag in der Memorial Park Chapel.

Ich las die Meldung von Claires Tod zweimal durch. »Das war ja erst letztes Jahr.«

»Gott sei Dank hat sie ihren Mädchennamen wieder angenommen«, sagte Dietz. »Ich weiß nicht, wie wir sie hätten finden sollen, wenn sie den Namen von ihrem Ex behalten hätte.«

»Wer auch immer er war«, fügte ich hinzu. »Sie war vermutlich schon ewig geschieden. Es gab kaum Familie. Man sieht die Namen der Überlebenden immer weniger werden, bis keiner mehr übrig ist. Das ist doch deprimierend, oder nicht?«

»Ich dachte, die Mutter könnte vielleicht noch lebende Verwandte in Indiana haben, aber irgendwie schaffe ich es nicht, jemanden aufzutreiben«, sagte Dietz. »Ich habe es schon bei der Telefonauskunft in Indianapolis versucht. Es waren keine Banghams verzeichnet, also sieht es zumindest oberflächlich danach aus, als hätten wir es nicht mit einem weitläufigen Clan zu tun.

Um ganz sicherzugehen, habe ich noch im CALI-Adreßbuch nachgesehen und einen Privatdetektiv in Indianapolis angerufen. Ich habe ihn gebeten, die Geburtsdaten von Caroline Bangham zu überprüfen, um zu sehen, ob dabei irgend etwas herauskommt. Womöglich bringt es nicht viel, aber er hat gesagt, er würde sich bei uns melden.«

Ich verzog das Gesicht. »Weißt du was? Ich glaube, wir drehen uns hier im Kreis. Ich kann mir einfach nicht vorstellen, daß ein verzweifeltes Familienmitglied siebzehn Jahre später auf Rache sinnt.«

»Vielleicht nicht«, sagte er. »Wenn Bader nicht gestorben wäre, hätte es gar keinen Grund gegeben, nach Guy zu suchen. Er hätte bis ans Ende seiner Tage in Marcella leben können.«

»Es war nicht direkt Baders Tod. Es war das Testament«, sagte ich.

»Womit wir wieder bei den fünf Millionen wären.«

»Vermutlich ja«, räumte ich ein. »Ich sage dir, was mir Kummer macht. Es kommt mir so vor, als hätte ich Anteil an dem, was Guy zugestoßen ist.«

»Weil du ihn gefunden hast.«

»Genau. Ich habe seinen Tod nicht verursacht, nicht im eigentlichen Sinne des Wortes, aber wenn ich nicht gewesen wäre, wäre er meiner Meinung nach in Sicherheit gewesen.«

»He, komm schon. Das stimmt doch nicht. Tasha hätte eben einen anderen Detektiv engagiert. Vielleicht keinen so guten wie dich ...«

»Keine Schmeicheleien.«

»Hör mal, irgend jemand hätte ihn gefunden. Zufällig warst es eben du.«

»Ja, gut«, sagte ich. »Es ist trotzdem ein beschissenes Gefühl.«

»Das glaube ich dir.«

Das Telefon klingelte. Dietz nahm ab und reichte mir den Hörer, wobei er lautlos den Namen *Enid* artikulierte.

Ich nickte und nahm den Hörer entgegen. »Hi, Enid. Hier ist Kinsey. Wie geht es Ihnen?«

»Nicht besonders«, sagte sie mürrisch. »Hat Myrna Sie angerufen?«

»Nicht daß ich wüßte. Lassen Sie mich mal nachfragen.« Ich legte eine Hand über die Sprechmuschel. »Hat die Haushälterin der Maleks angerufen oder eine Nachricht für mich hinterlassen?«

Dietz schüttelte den Kopf, und ich wandte mich wieder Enid zu. »Nein, ich habe nichts von ihr gehört.«

»Tja, das ist aber sehr seltsam. Sie hat geschworen, daß sie Sie anrufen würde. Ich bin zum Supermarkt gefahren und war nur fünfzehn oder zwanzig Minuten lang weg. Sie sagte, sie wäre sicher hier, wenn ich zurückkäme, aber jetzt ist sie verschwunden und nirgends zu finden. Ich dachte, Sie hätten sie vielleicht gebeten, in die Stadt zu kommen.«

»Tut mir leid. Ich habe nichts von ihr gehört. Worüber wollte sie denn mit mir sprechen?«

»Ich weiß es nicht. Ich weiß, daß sie etwas belastet hat, aber sie wollte sich nicht genauer dazu äußern. Ihr Auto steht immer noch hinter dem Haus. Das ist ja das Merkwürdige«, sagte sie.

»Könnte sie nicht zum Arzt gegangen sein? Wenn sie sich wirklich nicht gut fühlte, hat sie sich ja vielleicht ein Taxi gerufen.«

»Das könnte natürlich sein, aber man sollte doch meinen, daß sie auf mich gewartet hätte, damit ich sie fahre. Das sieht ihr überhaupt nicht ähnlich. Sie hat eingewilligt, mir mit dem Abendessen zu helfen. Ich habe um sieben einen Termin und muß bald hier weg. Wir haben es ausführlich besprochen.«

»Vielleicht geht sie irgendwo auf dem Grundstück spazieren?«

»Daran habe ich auch schon gedacht«, sagte sie. »Ich bin hinausgegangen und habe gerufen, aber sie ist und bleibt verschwunden.«

»Enid, seien wir doch realistisch. Ich glaube nicht, daß man bei einer Abwesenheit von nicht einmal einer Stunde schon von Verschwinden sprechen kann.«

»Ich mache mir Sorgen, daß etwas passiert ist.«

»Was zum Beispiel?«

»Ich weiß nicht. Deshalb habe ich Sie ja angerufen. Weil ich Angst habe.«

»Was noch?«

»Das ist alles.«

»Nein, ist es nicht. Sie verschweigen mir etwas. Ich meine, so ist es einfach nicht schlüssig. Glauben Sie, daß sie von Außerirdischen entführt worden ist, oder was?«

Ich konnte hören, wie sie zögerte. »Ich hatte den Eindruck, sie wußte etwas über den Mord.«

»Ehrlich? Hat sie das gesagt?«

»Sie hat es durchblicken lassen. Sie war zu nervös, um mehr zu sagen. Ich glaube, sie hat an jenem Abend etwas gesehen, was sie nicht hätte sehen sollen.«

»Mir hat sie erzählt, sie hätte geschlafen.«

»Tja, hat sie auch. Sie hatte Schmerzmittel und eine Schlaftablette genommen und schlief wie eine Tote, aber später ist ihr eingefallen, daß sie aufgewacht ist und jemand am Fußende ihres Betts stand.«

»Moment mal, Enid. Sie sprechen aber nicht von diesen Spukgeschichten...«

»Ganz und gar nicht. Ich gebe nur wieder, was sie gesagt hat. Sie hat gesagt, zuerst hätte sie geglaubt zu träumen, aber je mehr sie darüber nachdachte, desto überzeugter war sie davon, daß es Wirklichkeit war.«

»Was?«

»Die Person, die sie gesehen hat.«

»Das habe ich inzwischen verstanden, Enid. Wen hat sie gesehen?«

»Das wollte sie mir nicht verraten. Sie hatte Schuldgefühle, weil sie bis jetzt nichts gesagt hatte.«

»Myrna hat wegen allem Schuldgefühle«, sagte ich.

»Ich weiß«, sagte Enid. »Aber ich glaube, daß sie sich auch Sorgen über die Konsequenzen gemacht hat. Sie dachte, sie könnte in Gefahr sein, wenn sie den Mund aufmachte. Ich habe ihr geraten, dann solle sie es der Polizei sagen, aber davor hatte sie Angst. Sie sagte, sie wolle lieber zuerst mit Ihnen sprechen und dann mit der Polizei. Es sieht ihr überhaupt nicht ähnlich, ohne ein Wort zu verschwinden.«

»Haben Sie in ihrem Zimmer nachgesehen?«

»Das war das erste, was ich getan habe. Das ist nämlich das andere, was mich stört. Irgend etwas stimmt nicht. Myrna ist ausgesprochen pingelig. Bei ihr muß alles ganz genau stimmen. Ich möchte sie nicht kritisieren, aber so ist es.«

»Und jetzt ist ihr Zimmer durcheinander?«

»Nicht direkt durcheinander, aber es stimmt irgendwie nicht.«

»Wer ist sonst noch im Haus? Ist außer Ihnen noch jemand da?«

»Bennet war hier, aber ich glaube, er ist wieder weg. Er ist zum Mittagessen vorbeigekommen. Ich habe ihm ein Sandwich gemacht, und er hat es mit auf sein Zimmer genommen. Er muß wieder gegangen sein, als ich im Supermarkt war. Christie und Donovan müssen jede Minute zurückkommen. Ich möchte Sie ja nicht nerven, aber ich habe das Gefühl, hier stimmt irgend etwas nicht.«

Dietz warf mir einen fragenden Blick zu. Da er meinen Teil des Gesprächs mit Enid gehört hatte, war er entsprechend verwundert. »Moment mal bitte.« Ich legte die Handfläche über die Sprechmuschel. »Wie lange bist du noch hier?«

»Mindestens eine Stunde«, antwortete er. »Falls du irgendwann wieder auflegen würdest, bekäme ich vielleicht noch einen Anruf von der Ostküste, auf den ich warte. Was gibt's denn für Probleme?«

»Es ist wegen Myrna. Ich erzähl's dir gleich.« Ich wandte mich wieder an Enid. »Ich glaube, ich komme am besten vorbei«, sagte ich. »Vielleicht hat sie ja zu Christie irgend etwas gesagt, bevor sie und Donovan zum Bestattungsinstitut gefahren sind. Sind Sie sicher, daß sie keine Nachricht hinterlassen hat?«

»Hundertprozentig.«

»Ich bin in einer Viertelstunde da.«

»Ich möchte Ihnen keine Umstände machen.«

»Kein Problem, ich fahre gleich los.«

Ich nahm mein Sandwich und mein Getränk mit und steuerte mit einer Hand, während ich mein Mittagessen beendete. Die kalte Limodose hatte ich mir zwischen die Knie geklemmt. Von einem Gang in den anderen schalten zu müssen ist ausgesprochen lästig, wenn man stilvoll speisen möchte. Wenigstens kannte ich den Weg. Ich hätte ihn mit geschlossenen Augen fahren können.

Enid hatte das Tor für mich aufgelassen. Ich fuhr auf den Vorplatz und parkte mein Auto an einer Stelle, von der ich langsam fand, daß sie für mich reserviert sein sollte. Donovans Kleintransporter stand neben der Garage. Zuerst dachte ich, Donovan sei zurückgekommen, aber dann fiel mir wieder ein, daß er ja mit dem BMW weggefahren war. Die beiden offenstehenden Garagen waren nach wie vor leer. Die Auffahrt zog sich links am Haus vorbei. Zum ersten Mal bemerkte ich einen separaten Parkplatz für drei Autos. Momentan standen dort ein leuchtendgelbes VW-Kabrio und etwas, das wie ein Toyota aussah, ein blaß-metallicblauer Wagen, vielleicht drei oder vier Jahre alt.

Enid hatte die Hintertür geöffnet und stand auf der Schwelle. Sie hatte zum Einkaufen ihre Schürze abgelegt und trug nun eine Jacke, als fröre sie angesichts der Umstände.

Ich betrat die Waschküche. »Immer noch kein Zeichen von ihr?« fragte ich und folgte Enid durch die Tür, die in einen rückwärtigen Flur führte.

»Kein Mucks«, antwortete sie. »Es tut mir leid, wenn ich Ihnen zur Last falle. Vermutlich führe ich mich albern auf.«

»Keine Sorge. Immerhin ist hier im Haus ein Mord geschehen. Jeder steht unter nervlicher Anspannung. Gehört eines der Autos dort draußen Myrna?«

»Der Toyota«, sagte sie. Sie blieb vor einer Tür am Ende des Korridors stehen. »Das hier ist ihres.«

»Haben Sie noch einmal an ihre Tür geklopft, seit wir telefoniert haben?«

Enid schüttelte den Kopf. »Ich glaube, ich habe mir selbst Angst eingejagt. Ich wollte nichts mehr tun, bevor Sie kämen.«

»Mein Gott, Enid. Jetzt jagen Sie mir aber auch Angst ein«, sagte ich. Ich klopfte an die Tür, den Kopf gegen das Holz gelehnt, und lauschte auf Geräusche, die darauf hinweisen könnten, daß Myrna zurückgekommen war. Ich wollte nur ungern hineinplatzen. Sie könnte ja ein Nickerchen machen oder nackt sein, weil sie gerade aus der Dusche kam. Ich wollte sie weder ohne Gebiß noch mit abgeschnalltem Holzbein überraschen. Ich klopfte erneut mit nur einem Knöchel. »Myrna?«

Völlige Stille.

Ich probierte den Türknauf, der sich widerstandslos drehen ließ. Ich öffnete die Tür einen Spalt weit und spähte um sie herum. Das Wohnzimmer war leer. Mir gegenüber lag die offenstehende Tür zum Schlafzimmer, und auch dieser Raum wirkte leer. »Myrna, sind Sie da? Hier ist Kinsey Millhone«, rief ich. Ich wartete einen Augenblick und durchquerte dann das Zimmer. Im Vorbeigehen legte ich eine Hand auf den Fernseher, aber das Gehäuse war kalt.

»Ich habe Ihnen doch gesagt, daß sie nicht da ist«, sagte Enid.

Ich warf einen Blick ins Schlafzimmer und sah gleich, warum Enid das Gefühl hatte, daß etwas nicht stimmte. Oberflächlich betrachtet wirkten beide Räume ordentlich und unberührt, aber dennoch war ich irritiert. Es waren die kleinen Dinge, die Feinheiten. Das Bett war gemacht, doch die Decke war nicht ganz glattgezogen. Ein Bild an der Wand hing leicht schief.

»Wann haben Sie sie zuletzt gesehen?« Ich beugte mich hinab und spähte unters Bett, wobei ich mir wie ein Idiot vorkam. Darunter war nichts zu sehen, außer einem Paar alter Pantoffeln.

»Muß um die Mittagszeit gewesen sein.«

»War Bennet um diese Zeit hier?«

»Keine Ahnung. Er war weg, als ich vom Einkaufen zurückkam. Weiter weiß ich nichts.«

Im Wohnzimmer saß der Lampenschirm schief auf der Stehlampe, und an den Kerben im Teppich war eindeutig zu erkennen, daß ihr Fuß verschoben worden war. Hatte es ein Gerangel gegeben? Ich sah in den Schrank. Enid folgte mir wie ein Kind, immer drei Schritte hinterher, und fühlte sich vermutlich ebenso unbehaglich wie ich dabei, hier einzudringen.

»Können Sie sehen, ob alle ihre Sachen da sind? Fehlt etwas? Schuhe? Ein Mantel?«

Enid musterte die Kleiderstange. »Ich glaube, es ist alles da«, sagte sie und deutete dann auf etwas. »Da sind ihre Koffer und ihr Kleidersack.«

»Was ist mit ihrer Handtasche?«

»Die steht in der Küche. Ich wußte, Sie würden danach fragen, deshalb habe ich sie aufgemacht. Es fehlt nichts.«

Ich betrat das Badezimmer. Unter meinem Schuh hörte ich ein leises Knacken, gefolgt von der Art Knirschen, die einen an zerbrochenes Glas auf Keramikfliesen denken läßt. Ich sah nach unten und entdeckte einen Brösel getrockneter Erde, wie von einer Schuhsohle abgefallen, und zwei winzige Stückchen Kies. »Seien Sie vorsichtig. Ich möchte nicht, daß wir hier etwas verändern«, sagte ich zu Enid, die dicht hinter mir ins Bad spähte.

»War hier jemand drinnen?«

»Das weiß ich noch nicht. Aber es könnte sein.«

»Es sieht aus, als hätte jemand aufzuräumen versucht und sich dabei nicht besonders geschickt angestellt«, sagte sie. »Myrna hat immer einen Zettel hingelegt, wenn sie weggegangen ist. Sie würde nicht sang- und klanglos verschwinden.«

»Quasseln Sie nicht soviel. Ich versuche mich zu konzentrieren.«

Ich studierte das Medizinschränkchen. Sämtliche gängigen Toilettenartikel standen noch auf den Borden: Zahnbürste, Zahnpasta, Deodorant, alle möglichen Schminkutensilien, rezeptpflichtige Medikamente. Der Duschvorhang war knochentrocken, aber ein dunkelblauer Waschlappen war über den Rand des Duschbeckens gelegt und vor kurzem benutzt worden. Ich besah mir das Becken genauer. Um die schmale Messingarmatur für den Abfluß war ein wenig Wasser stehengeblieben. Wenn mich mein Blick nicht trog, war es ganz leicht rosa gefärbt. Ich nahm den Waschlappen und drückte ein bißchen der darin verbliebenen Flüssigkeit aus. Ein hellroter Spritzer hob sich gegen das Weiß des Beckens ab. »Rufen Sie lieber 911. Das hier ist Blut«, sagte ich.

Während Enid sich auf den Weg machte, um die Polizei anzurufen, schloß ich die Tür zu Myrnas Räumen wieder und ging durch die Waschküche zur Hintertür. Ich konnte Enid in der Küche telefonieren hören; ihre Stimme klang erschüttert und ein bißchen schrill. Irgend jemand mußte auf eine Gelegenheit gewartet haben, Myrna allein zu erwischen. Draußen durchquerte ich den kleinen Innenhof und ging nach rechts zur Einfahrt. Myrnas Auto war abgeschlossen, und so ging ich außen herum und spähte auf Vorder- und Rücksitze. Beide waren leer. Nichts lag auf dem Armaturenbrett. Ich war neugierig, ob der Kofferraum wohl abgeschlossen wäre, wollte ihn aber nicht anfassen. Das sollte die Polizei tun. Zu meiner Rechten mündete die Auffahrt in eine Sackgasse mit Raum für noch drei Autos. Dahinter sah ich ein langes Stück der graurosa Mauer und ein Gewirr von Büschen. Angenommen, sie war überstürzt umgebracht worden? Was würde ein Täter dann mit der Leiche anfangen?

Ich ging wieder zurück zu den Garagen. Donovans Lieferwagen stand wesentlich näher an der Vorder- als an der Hinterseite des Hauses. Irgend etwas an den Spuren von Kies und getrockneter Erde erweckte meine Aufmerksamkeit. Ich streckte die Hand aus. Die Motorhaube des Lieferwagens war warm. Ich ging um ihn herum, die Hände hinter dem Rücken verschränkt, und inspizierte sein Äußeres. Die Auskleidung der Ladefläche war voller Steinchen und Laub. Ich äugte über die Heckklappe und besah mir die Auskleidung von nahem. Ich ließ die Finger davon. Was auch immer geschehen war, diesmal konnten sie es nicht Jack anlasten.

In der Ferne konnte ich das Röhren eines Motorrads hören, und nur Augenblicke später kam Bennet bereits auf Jacks Harley-Davidson die Auffahrt heraufgebraust. Ich trat von dem Lieferwagen weg und sah ihm zu, wie er sein Parkritual absolvierte. Seine schwarzen Lederhandschuhe sahen so plump aus wie Topfhandschuhe. Er streifte sie ab, legte sie auf den Sitz und stellte seinen Helm obendrauf. Er schien nicht besonders begeistert davon zu sein, mich zu sehen. »Was machen Sie denn hier?«

»Enid hat mich wegen Myrna angerufen. Wann haben Sie sie zuletzt gesehen?«

»Beim Frühstück. Beim Mittagessen nicht. Enid hat mir erzählt, daß Myrna sich nicht wohl fühlte. Was ist denn los?«

»Ich habe keine Ahnung. Anscheinend ist sie verschwunden. Enid hat die Polizei angerufen. Sie wird wohl gleich kommen, nehme ich an.«

»Die Polizei? Wozu denn?«

»Sparen Sie sich doch den Schwachsinn für die Cops«, sagte ich.

»Moment mal. ›Schwachsinn‹? Was ist denn in Sie gefahren? Ich habe die Schnauze voll davon, wie ein Blödmann behandelt zu werden«, sagte er.

Ich wandte mich ab und ging davon.

»Wohin gehen Sie?«

»Was spielt das schon für eine Rolle? Wenn ich noch eine Minute hier stehenbleibe, werde ich bloß wieder ausfällig.«

Bennet ging neben mir her. »Es wäre ja nicht das erste Mal. Ich habe von Ihrer Unterhaltung mit Paul gehört. Er war stinksauer.«

»Na und?« sagte ich.

»Ich weiß, daß Sie glauben, wir hätten etwas getan.«

»Natürlich glaube ich das.«

Er berührte meinen Arm. »Hören Sie. Bleiben Sie mal eine Minute hier und lassen Sie uns darüber reden.«

»Reden Sie ruhig, Bennet. Ich höre Ihnen mit Begeisterung zu.«

»In Ordnung. Okay. Ich kann genausogut ehrlich zu Ihnen sein, weil die Wahrheit nicht halb so schlimm ist, wie Sie denken.«

»Woher wollen Sie wissen, was ich denke? Ich denke, daß Sie

die Maddisons um wertvolle Dokumente im Wert von fünfzigtausend Dollar betrogen haben.«

»Jetzt aber mal halblang. Warten Sie. Wir haben es nicht böse gemeint. Es war nur ein Streich. Wir wollten nach Vegas fahren, waren aber pleite. Alles, was wir wollten, waren ein paar Kröten. Wir waren doch nur Jungs«, sagte er.

»Jungs? Sie waren keine Jungs. Sie waren dreiundzwanzig Jahre alt. Sie haben ein Verbrechen begangen. Ist das Ihre Art der Verarbeitung, es einen Streich zu nennen? Sie hätten ins Gefängnis kommen müssen.«

»Ich weiß. Es tut mir leid. Es ist uns entglitten. Wir hätten nie gedacht, daß wir es durchziehen könnten, und als wir endlich gemerkt haben, wie schwerwiegend es war, hatten wir nicht den Mut, zuzugeben, was wir angestellt hatten.«

»Es schien Ihnen nichts auszumachen, Guy die Schuld in die Schuhe zu schieben«, sagte ich.

»Hören Sie mal, er war weg. Und er hatte all die anderen Dinge angestellt. Die Familie war fertig mit ihm, und Dad nahm es einfach als selbstverständlich an. Wir waren Arschlöcher. Das weiß ich. Die Sache belastet mich immer noch.«

»Tja, damit sind Sie natürlich entschuldigt«, sagte ich. »Was ist denn mit den Briefen passiert? Wo sind sie?«

»Paul hat sie bei sich zu Hause. Ich habe ihm gesagt, er solle sie vernichten, aber das brachte er nicht über sich. Er hatte Angst davor, sie in Umlauf zu bringen.«

Ich merkte, wie sich meine Mundwinkel angeekelt nach unten verzogen. »Sie haben also nicht mal das Geld bekommen? Sie sind wirklich ein Blödmann«, sagte ich. »Reden wir doch mal über Patty.«

»Das Kind war nicht von mir. Ich schwöre es. Ich habe nie mit ihr gebumst.«

»Aber Paul schon, nicht wahr? Und Jack auch.«

»Eine Menge Typen haben mit ihr gebumst. Es war ihr egal.«

»Guy nicht. Er hat sie nie angefaßt«, wandte ich ein.

»Guy nicht«, wiederholte er. »Das stimmt wohl.«

»Also, von wem war das Baby?«

»Vermutlich von Jack«, sagte Bennet. »Aber das bedeutet nicht, daß er Guy umgebracht hat. Und ich war es auch nicht. So etwas würde ich nie tun«, sagte er.

»Ach, kommen Sie. Werden Sie erwachsen. Sie haben nie die Verantwortung für das übernommen, was passiert ist, keiner von Ihnen. Sie haben Guy die Schuld für alles in die Schuhe geschoben, was Sie angerichtet haben. Selbst als er zurückkam, haben Sie ihn weiter zappeln lassen.«

»Was hätte ich denn sagen sollen? Da war es schon zu spät.«

»Nicht für ihn, Bennet. Da war Guy noch am Leben. *Jetzt* ist es zu spät.«

Ich hob den Blick und sah Enid an der Hecke stehen. Ich hatte keine Ahnung, wieviel sie mitgehört hatte. Sie sagte: »Ihr Kollege ist am Telefon. Die Polizei ist unterwegs.«

Ich ging an Enid vorbei, die kleine Treppe hinunter und über den Hof zur Küchentür. Der Hörer lag auf der Arbeitsfläche, wo ich ihn aufnahm. »Hallo, ich bin's. Was gibt's Neues?«

»Ist mit dir alles in Ordnung? Du hörst dich übel an.«

»Ich habe keine Zeit, es dir zu erzählen. Das würde zu lange dauern. Ich hätte mich auf Bennet stürzen und den Kerl totschlagen sollen.«

»Hör mal gut zu. Ich habe eben mit der Privatdetektivin in Bridgeport, Connecticut, gesprochen. Sie war gerade im Gerichtsgebäude, als sie bei ihrem Auftragsdienst die Nachrichten abgefragt hat. Sie ist schnurstracks zu der entsprechenden Stelle gegangen und hat einen Antrag auf Claire Maddisons Totenschein gestellt.«

»Was war die Todesursache?«

»Es gab keinen Totenschein«, sagte er. »Da sie schon einmal dabei war, hat sie ein paar Anrufe getätigt und Claires letzte bekannte Adresse herausgefunden. Den Stadtwerken zufolge hat sie bis letzten März in Bridgeport gelebt.«

»Wie kam dann der *Dispatch* dazu, einen Nachruf auf sie zu bringen?«

»Weil sie ihnen einen geschickt hat. Kein Mensch hat je einen Nachweis verlangt. Ich habe selbst beim *Dispatch* angerufen und den gesamten Vorgang überprüft. Sie nehmen die Informationen entgegen und drucken sie so, wie sie sie bekommen.«

»Sie hat das Ganze erfunden?«

»Da bin ich mir absolut sicher«, sagte er.

»Und wohin ist sie dann gezogen?«

»Dazu komme ich gleich. Diese Ermittlerin in Bridgeport hat noch eine kleine Neuigkeit herausgefunden. Claire hat nie als Lehrerin gearbeitet. Sie war Pflegeschwester.«

»Scheiße.«

»Sag ich ja. Ich komme gleich rüber. Tu nichts, bis ich da bin.«

»Was soll ich schon tun? Ich kann mich nicht mehr rühren.«

Ich weiß nicht, wie lange ich mit dem Telefonhörer in der Hand vor der Arbeitsfläche stand. Im Nu sah ich, wie alles zusammenpaßte. Ein paar Antworten fehlten mir zwar noch, aber alles andere fügte sich ordentlich ineinander. Irgendwie hatte Claire Maddison von Baders unheilbarer Krankheit erfahren. Dann schickte sie dem *Dispatch* einen Nachruf, um diese Tür zu schließen. Sie verwandelte sich in Myrna Sweetzer, packte ihre persönliche Habe zusammen und zog wieder nach Santa Teresa. Bader war schwierig. Als Patient war er vermutlich nahezu unmöglich. Er mußte schon eine Menge Pflegeschwestern verschlissen haben, und so war es nur eine Frage der Zeit, bis Myrna zum Zug kam. Als sie erst einmal im Haus war, hatte sie die Familie in der Hand. Sie hatte lange gewartet, aber jetzt war die Gelegenheit gekommen, Unheil zu stiften.

Ich versuchte mich in sie hineinzuversetzen. Wo war sie jetzt? Sie hatte einen großen Teil ihrer Mission erfüllt, also war es Zeit, sich aus dem Staub zu machen. Sie hatte ihr Auto, ihre Handtasche und all ihre Kleidung zurückgelassen. Was würde ich tun, wenn ich Claire Maddison wäre? Das ganze Psychodrama mit der vermißten Myrna war nur ein Deckmantel für ihre Flucht. Sie mußte sich ausgemalt haben, wie die Polizei das Grundstück umgräbt und nach einer Leiche sucht, die es nie gegeben hatte. Um ihr Verschwinden glaubhaft zu Ende zu spielen, mußte sie ihre Abreise vollziehen, ohne gesehen zu werden, was ein Taxi ausschloß. Sie könnte ein Auto stehlen, aber das war von vornherein riskant. Und wie würde sie die Stadt verlassen? Würde sie trampen? Ein Autofahrer auf der Durchreise käme nie auf die Idee, daß jemand vermißt oder für tot gehalten würde. Flugzeug, Eisenbahn oder Bus?

Sie könnte einen Verbündeten haben, aber vieles, was sie bisher getan hatte, erforderte die raffinierte Planung eines einzelnen. Sie war seit über einer Stunde weg – mehr als genug Zeit, um durch den hinteren Teil des Grundstücks zur Straße zu marschieren. Ich hob den Kopf. In der Halle waren Stimmen zu hören. Vermutlich war die Polizei eingetroffen. Ich wollte mir das ganze Geschwätz nicht anhören. Enid sagte gerade: »Es sah ihr einfach überhaupt nicht ähnlich, also bin ich ans Telefon gegangen und habe…«

Ich schlüpfte zur Hintertür hinaus, sauste im Eilschritt durch den Innenhof und zur Auffahrt. Ich stieg in mein Auto und drehte den Zündschlüssel um. Mein Gehirn arbeitete auf Hochtouren und versuchte, die Gegebenheiten zu erfassen. Claire Maddison lebte noch und hatte seit letztem Frühling in Santa Teresa gewohnt. Ich wußte nicht genau, wie sie das alles bewerkstelligt hatte, aber ich war mir relativ sicher, daß sie für Guys Tod verantwortlich war. Außerdem hatte sie sich beträchtliche Mühe gegeben, die anderen zu belasten, indem sie es so hingedreht hatte, daß Jack wie der Schuldige aussah und Bennet noch als zweite Alternative zur Verfügung stand, falls die Indizien für Jacks Täterschaft die Polizei nicht überzeugen sollten.

Vor mir schwang das Tor auf. Ich fuhr auf die Straße und bog nach links ab, während ich versuchte, mir vorzustellen, wie das Anwesen im Verhältnis zur Umgegend angelegt war. Ich nahm nicht an, daß sie sich dem Los Padres National Forest zuwenden würde. Der Berg war zu steil und unwirtlich. Es könnte natürlich sein, daß Claire Maddison im Laufe der vergangenen achtzehn Jahre Expertin für das Leben in der Wildnis geworden war. Vielleicht hatte sie vor, sich zwischen Krüppeleichen und Gestrüpp ein neues Zuhause zu schaffen, von wilden Beeren zu leben und Flüssigkeit aus Kakteen zu saugen. Wahrscheinlicher war allerdings, daß sie einfach die paar Morgen unbebautes Land überquert hatte, die zwischen dem Malekschen Grundstück und der Straße lagen. Bader hatte alles in Reichweite aufgekauft, und so war durchaus möglich, daß sie immer noch über Gelände hastete, das ihm gehört hatte.

Ich versuchte zu ergründen, was sie tun würde, wenn sie die Hauptverkehrsstraße erreichte. Sie konnte sich nach links oder nach rechts wenden und zu Fuß in eine der beiden Richtungen marschieren. Sie hätte auch irgendwo im Gebüsch ein Fahrrad versteckt haben oder sich darauf verlassen können, daß es ihr gelingen werde, per Anhalter weiterzukommen. Womöglich hatte sie auch ein Taxi gerufen, das auf sie wartete, wenn sie die Straße erreichte. Doch auch diese Überlegung verwarf ich wieder, weil ich im Grunde nicht glaubte, daß sie dieses Risiko eingehen würde. Sie würde nicht wollen, daß es jemanden gab, der sie hinterher beschreiben oder identifizieren konnte. Vielleicht hatte sie ja auch ein zweites Auto gekauft und es in einer Seitenstraße versteckt, vollgetankt und zur Abfahrt bereit. Ich versuchte mir ins Gedächtnis zu rufen, was ich über sie wußte, und merkte, wie wenig das war. Sie war fast vierzig. Sie hatte Übergewicht. Sie gab sich keine Mühe, ihr persönliches Erscheinungsbild zu verbessern. Bezogen auf unsere kulturellen Standards hatte sie sich unsichtbar gemacht. In unserer Gesellschaft werden Schlankheit und Schönheit mit Status gleichgesetzt, Jugend und Charme werden belohnt und mit Bewunderung bedacht. Eine Frau braucht nur unscheinbar oder leicht übergewichtig zu sein, schon gleitet das kollektive Auge über sie hinweg und hat sie sogleich vergessen. Claire Maddison hatte die perfekte Tarnung zustande gebracht, weil sie – abgesehen von ihrem Äußeren – auch noch die Identität eines Mitglieds der dienenden Schicht angenommen hatte. Wer weiß, was für

Gespräche sie mitgehört hatte, als sie die Kopfkissen aufschüttelte und die Bettwäsche wechselte. Sie hatte den Haushalt geführt, Canapés serviert und Drinks nachgeschenkt, während die Herren und Damen des Hauses ungestört weiterplauderten und ihre Anwesenheit völlig übersahen, weil sie keine von ihnen war. Für Claire war das ideal gewesen. Die Mißachtung der Maleks ihr gegenüber hatte gewiß ihrer Verbitterung neue Nahrung gegeben und sie in ihrem Entschluß bestärkt, sich zu rächen. Warum sollte diese Familie, die fast ausschließlich aus Schwindlern bestand, die Privilegien des Wohlstands genießen, während sie nichts besaß? Von ihnen war sie um ihre Familie und ihre Ausbildung zur Ärztin betrogen worden. Sie war beraubt, gedemütigt und mißhandelt worden, und dafür gab sie Guy die Schuld.

Mittlerweile war ich auf der zweispurigen Straße angekommen, von der ich annahm, daß sie die südliche Grenze des Malekschen Anwesens darstellte. Im Handschuhfach fand ich einen Stadtplan, den ich im Fahren auseinanderfaltete. Ungeschickt klappte ich ihn zusammen, klemmte ihn gegen das Lenkrad und suchte nach Wegen, während ich mich bemühte, keine Telefonmasten zu rammen. Ich fing mit dem Nächstliegenden an, indem ich an der ersten Abzweigung abbog und ein Viereck fuhr. Ich hätte auf Dietz warten sollen. Einer von uns hätte nach Fußgängern Ausschau halten können, während der andere am Steuer saß. Wie weit konnte sie wohl kommen?

Ich kehrte auf die Hauptstraße zurück und fuhr vielleicht eine halbe Meile weit. Da sah ich sie knapp hundert Meter vor mir den Straßenrand entlangmarschieren. Sie hatte Jeans und gute Wanderschuhe an, trug einen Rucksack und keine Kopfbedeckung. Ich kurbelte das Fenster auf der Beifahrerseite herunter. Sowie sie das Knattern meines VWs hörte, warf sie einen Blick in meine Richtung und starrte dann stur auf den Asphalt vor sich herab.

»Myrna, ich möchte mit Ihnen reden.«

»Tja, aber ich nicht mit Ihnen.«

Ich fuhr im Schrittempo neben ihr her, so daß die anderen Autos, die hinter mir herangefahren kamen, ungeduldig zu hupen begannen. Ich winkte sie vorbei und behielt mit einem Auge Myrna im Blick, die weitertrottete, während ihr die Tränen übers Gesicht liefen. Ich trat aufs Gas, jagte davon und fuhr ein gutes Stück vor ihr an den Straßenrand. Dann stellte ich den Motor ab, stieg aus und ging ihr entgegen.

»Kommen Sie, Myrna. Nur die Ruhe. Jetzt ist es ein für allemal vorbei«, sagte ich.

»Nein, ist es nicht. Es ist nie vorbei, bis sie bezahlt haben.«

»Ja, aber wieviel? Hören Sie, ich kann Ihre Gefühle verstehen. Sie haben Ihnen alles genommen, was Sie hatten.«

»Diese Schweine«, sagte sie.

»Myrna ...«

»Ich heiße Claire.«

»Na gut, dann eben Claire. Ich sage Ihnen die Wahrheit. Sie haben den falschen Mann umgebracht. Guy hat weder Ihnen noch Ihrer Familie je etwas angetan. Er war der einzige, der Patty jemals gut behandelt hat.«

»Lüge. Sie lügen. Das haben Sie erfunden.«

Ich schüttelte den Kopf. »Patty ist mit vielen Männern ins Bett gegangen. Sie wissen doch, daß sie Probleme hatte. Damals herrschten wilde Zeiten. Dope und freie Liebe und die Idee des Weltfriedens. Wir waren alle nicht ganz bei uns. Können Sie sich daran erinnern? Sie war ein Blumenkind, eine unschuldige –«

»Sie war schizophren«, fauchte Claire.

»Okay. Das will ich Ihnen glauben. Vermutlich hat sie LSD genommen. Sie hat Pilze gegessen. Sich mit spitzen Gegenständen gestochen. Und sämtliche Typen haben sie ausgenutzt, außer Guy. Ich schwöre es Ihnen. Er hatte sie wirklich gern. Er hat mir von ihr erzählt, und das tat er mit sehnsüchtigen und liebevollen Worten. Er hatte versucht, Kontakt zu ihr aufzunehmen. Er hat ihr einmal geschrieben, aber da war sie schon tot. Davon hatte er keine Ahnung. Er wußte nur, daß er nie eine Antwort von ihr bekam, und das betrübte ihn.«

»Er war ein Scheißkerl.«

»Na gut. Er war ein Scheißkerl. Er hat damals eine Menge miese Dinger gedreht, aber im Grunde war er ein guter Mensch. Besser als seine Brüder. Sie haben ihn ausgenutzt. Patty hat sich wahrscheinlich gewünscht, daß das Kind von ihm wäre, aber das war es nicht.«

»Von wem war es dann?«

»Von Jack. Oder Paul Trasatti. Ich weiß nicht genau, mit wie vielen Männern sie geschlafen hat. Und die Briefe hat Guy auch nicht gefälscht. Das waren Bennet und Paul, ein kleiner Plan, den sie ausgeheckt hatten, um sich in jenem Frühjahr ein bißchen Geld zu verdienen.«

»Sie haben mir alles genommen. Alles.«

»Ich weiß. Und jetzt haben Sie ihnen etwas genommen.«

»Was denn?« sagte sie, und in ihren Augen funkelte die Verachtung.

»Den einzigen anständigen Mann, der jemals den Namen Malek getragen hat.«

»Bader war anständig.«

»Aber er hat Sie nie entschädigt. Ihre Mutter hat ihn um das Geld gebeten, und er hat sich geweigert zu bezahlen.«

»Das habe ich ihm nicht angelastet.«

»Jammerschade. Statt dessen haben Sie es Guy angelastet, aber er war unschuldig.«

»Hauen Sie ab«, sagte sie.

»Was noch? Was verschweigen Sie? Ich weiß, daß noch mehr dahintersteckt«, sagte ich. »Sie haben den anonymen Brief an Guy geschrieben, den, den die Polizei hat, stimmt's?«

»Natürlich. Stellen Sie sich doch nicht blöd. Ich habe alle Briefe auf Bennets Schreibmaschine geschrieben. Für den Brief an Guy habe ich die Bibel benutzt. Ich dachte, das würde ihm gefallen... ein Ausschnitt aus dem Deuteronomium... ›Und dein Leben wird immerdar in Gefahr schweben; Nacht und Tag wirst du dich fürchten und deines Lebens nicht sicher sein.‹ Gefällt Ihnen das?«

»Sehr passend. Eine gute Wahl«, sagte ich.

»Das ist noch nicht alles, Herzchen. Das Beste haben Sie übersehen... das Nächstliegende... Sie und diese aufgedonnerte Nachlaßanwältin. Ich habe beide Testamente schon vor Monaten gefunden, gleich als ich angefangen habe, hier zu arbeiten. Ich habe bei jeder sich bietenden Gelegenheit Baders Unterlagen durchsucht. Das zweite Testament habe ich zerrissen, damit jemand losgeschickt werden mußte, um nach Guy zu suchen. Sie haben mir die ganze Arbeit abgenommen. Herzlichen Dank.«

»Was ist mit dem Blut in Ihrem Badezimmer? Wo kam das her?«

Sie hielt ihren Daumen in die Höhe. »Ich habe eine Lanzette verwendet. Ein paar Tropfen habe ich im Hof und ein paar im Pickup hinterlassen. Hinter dem Werkzeugschuppen steht eine Schaufel. An der ist auch Blut.«

»Was ist mit der Erde und den Steinchen auf dem Fußboden im Badezimmer?«

»Ich fand, Donovan sollte auch ein bißchen in die Mangel genommen werden. Haben Sie nicht gleich an ihn gedacht, als Sie es gesehen haben?«

»Offen gestanden schon. Ich wäre ihm auch auf den Leib gerückt, wenn ich nicht herausgefunden hätte, was wirklich los ist. Aber was nun? Der Versuch, sich zu Fuß aus dem Staub zu machen, war dumm. Sie waren nicht besonders schwer zu finden.«

»Na und? Ich verschwinde jetzt. Ich habe genug. Lassen Sie mich in Frieden«, sagte sie.

»Myrna...«, begann ich geduldig.

»Ich heiße Claire«, fauchte sie. »Was *wollen* Sie denn?«

»Ich will, daß das Morden aufhört. Ich will, daß das Sterben aufhört. Ich will, daß Guy Malek in Frieden ruht, wo immer er ist.«

»Guy ist mir gleichgültig«, sagte sie. Ihre Stimme bebte vor innerlichem Aufruhr, und ihr Gesicht war verkrampft.

»Was ist mit Patty? Glauben Sie, daß er ihr auch gleichgültig wäre?«

»Ich weiß es nicht. Ich kenne mich nicht mehr aus. Ich dachte, ich würde mich besser fühlen, aber das tue ich nicht.« Sie marschierte weiter die Straße entlang, und ich trottete hinter ihr her. »Es gibt keine Happy-Ends. Man muß nehmen, was man kriegen kann.«

»Es mag zwar keine Happy-Ends geben, aber es gibt Lösungen, die zufriedenstellend sind.«

»Nennen Sie ein Beispiel.«

»Kommen Sie zurück. Stehen Sie zu dem, was Sie getan haben. Kehren Sie um und stellen Sie sich Ihren Dämonen, bevor sie Sie bei lebendigem Leibe auffressen.«

Sie weinte nun offen, und auf merkwürdige Weise wirkte sie sehr schön, von Anmut umweht. Sie drehte sich um und begann rückwärts zu gehen, mit ausgestrecktem Arm und nach oben gekehrter Hand, als wollte sie trampen. Ich ging mit derselben Geschwindigkeit, Angesicht zu Angesicht mit ihr. Sie begegnete meinem Blick und lächelte, dann sah sie nach hinten, um nach dem Verkehr zu schauen, der aus der anderen Richtung kam.

Wir waren an einer Kreuzung angelangt. Die Straße beschrieb vor uns eine weite Kurve. Die Ampel hatte auf Grün geschaltet, die Autos fuhren an und wurden immer schneller. Auch im nachhinein bin ich mir nicht sicher, was sie eigentlich vorhatte. Einen Augenblick lang sah sie mich unverwandt an, dann machte sie einen Satz und lief mitten in den fließenden Verkehr wie ein Turmspringer, der sich von einem Brett stürzt. Ich dachte, sie würde unversehrt bleiben, da das erste Auto ihr auswich und ein zweites, offenbar ohne Verletzungen zu verursachen, sie nur leicht streifte. Die Fahrer auf beiden Spuren traten auf die Bremsen und kamen ins Schleudern. Sie rannte weiter und geriet ins Stolpern, als sie die Gegenfahrbahn erreichte. Ein entgegenkommendes Auto erfaßte sie, und sie flog darüber hinweg, schlaff wie eine Stoffpuppe, heiter wie ein Vogel.

Epilog

Peter und Winnie Antle kamen zu Guys Trauerfeier angereist, die am Montag nachmittag stattfand. Ich dachte, die Maleks könnten Einwände dagegen haben, aber sie schienen es sich zu verkneifen. Tasha willigte ein, Guys eigenhändiges Testament bei Gericht einzureichen, damit es für gültig erklärt werden konnte, und so wird sein Anteil an Baders Nachlaß auf die Jubilee Evangelical Church übergehen. Ich sagte nichts davon, daß Claire das zweite Testament zerstört hatte. Guy hatte seinen Anteil verdient, und ich glaube nicht, daß die Familie seinen letzten Willen anfechten wird.

Gestern nacht ist mir Guy Malek im Traum erschienen. Ich weiß nicht mehr, worum es in dem Traum ging. Es war ein Traum wie jeder andere, er spielte sich in einer Landschaft ab, die ich nur teilweise kannte, und steckte voller Ereignisse, die nicht ganz schlüssig waren. Ich kann mich erinnern, daß ich mich ungemein erleichtert fühlte. Er war lebendig und heil und ganz er selbst. Irgendwie wußte ich noch im Traum, daß er gekommen war, um sich zu verabschieden. Ich hatte nie Gelegenheit, ihm zu sagen, wieviel er mir bedeutet hatte. Ich habe ihn nicht lange gekannt, aber manche Menschen berühren uns einfach so stark. Ihr Aufenthalt ist kurz, doch ihr Einfluß reicht tief.

Ich klammerte mich an ihn. Er sprach nicht. Er sagte kein einziges Wort, doch ich wußte, er wollte, daß ich ihn losließe. Er war viel zu höflich, um mich für mein Zögern zu schelten. Er stieß mich nicht weg, aber er gab zu verstehen, was er brauchte. Ich erinnere mich, daß ich im Traum weinte. Ich dachte, wenn ich mich weigerte, gehörte er auf ewig mir. Ich dachte, er könnte für immer bei mir bleiben, aber so funktioniert es nicht. Seine

Zeit auf Erden war abgelaufen. Er mußte sich anderen Orten zuwenden.

Schließlich ließ ich ihn gehen, nicht in Trauer, sondern in Liebe. Ich tat es nicht für mich. Es war etwas, das ich für ihn tat. Als ich aufwachte, wußte ich, daß er wirklich fort war. Die Tränen, die ich um ihn weinte, waren die gleichen Tränen, die ich für jeden geweint hatte, den ich je geliebt habe. Meine Eltern, meine Tante. Ich hatte mich auch von ihnen nie verabschiedet, aber nun war es an der Zeit, das nachzuholen. Ich sprach ein Gebet für die Toten und machte die Tür auf, damit alle Geister davonziehen konnten. Ich sammelte sie auf wie die Blütenblätter einer Blume und überließ sie dem Wind. Was geschehen ist, ist geschehen. Was geschrieben ist, ist geschrieben. Ihre Arbeit ist beendet. Unsere ist noch zu tun.

Die Autorin möchte folgenden Personen für ihre wertvolle Unterstützung danken: Stephen Humphrey; Rechtsanwalt John Mackall von Seed, Mackall & Cole; Rechtsanwalt Sam Eaton; Dr. jur. B. J. Seebol; William Tanner von Tanner Investigations; Dan Devereaux, Betriebsleiter bei Granite Construction; Marcia und David Karpeles von der Karpeles Manuscript Library; Captain Ed Aasted, Detective Sergeant Don. F. Knapp, Detective Jill Johnson, Detective Roger Aceves, Detective Lieutenant Nicholas Katzenstein und Lieutenant Richard Glaus vom Santa Barbara Police Department; Dana Motley; Melinda Johnson von der Santa Barbara Newspress; und Lucy Thomas von der Reeves Medical Library am Cottage Hospital.